LA [illegible] AL

DOLLBABY

Z angielskiego przełożyła
Zofia Uhrynowska-Hanasz

Świat Książki
wydawnictwo

Tytuł oryginału
DOLLBABY

Wydawca
Grażyna Woźniak

Redaktor prowadzący
Katarzyna Krawczyk

Redakcja
Elżbieta Kobusińska

Korekta
Irena Kulczycka
Jadwiga Piller

Świat Książki
Warszawa 2016

Świat Książki Sp. z o.o.
02-103 Warszawa, ul. Hankiewicza 2

Księgarnia internetowa: swiatksiazki.pl

Łamanie
Piotr Trzebiecki

Druk i oprawa
Opolgraf SA

Dystrybucja
Firma Księgarska Olesiejuk sp. z o.o., sp. j.
05-850 Ożarów Mazowiecki, ul. Poznańska 91
e-mail: hurt@olesiejuk.pl tel. 22 733 50 10
www.olesiejuk.pl

ISBN 978-83-8031-058-2
Nr 90095688

Czułej pamięci Fannie i Louise,
babek, które ukształtowały moje życie
w stopniu większym,
niż mogły to sobie kiedykolwiek wyobrazić

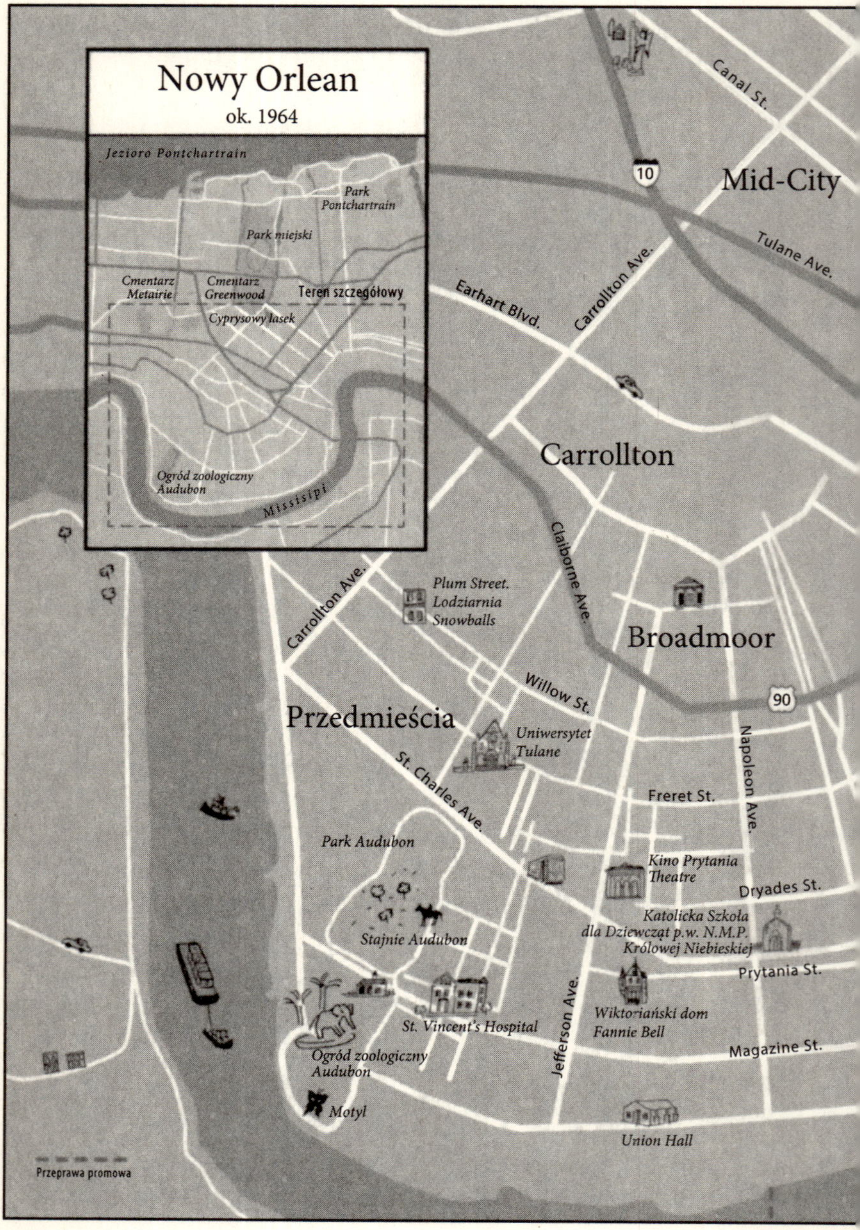
Nowy Orlean
ok. 1964
Jezioro Pontchartrain
Park Pontchartrain
Park miejski
Cmentarz Metairie
Cmentarz Greenwood
Teren szczegółowy
Cyprysowy lasek
Ogród zoologiczny Audubon
Missisipi
Canal St.
10
Mid-City
Tulane Ave.
Carrollton Ave.
Earhart Blvd.
Carrollton
Claiborne Ave.
Broadmoor
90
Carrollton Ave.
Plum Street. Lodziarnia Snowballs
Willow St.
Przedmieścia
Uniwersytet Tulane
St. Charles Ave.
Freret St.
Napoleon Ave.
Park Audubon
Kino Prytania Theatre
Dryades St.
Katolicka Szkoła dla Dziewcząt p.w. N.M.P. Królowej Niebieskiej
Stajnie Audubon
Prytania St.
Jefferson Ave.
St. Vincent's Hospital
Wiktoriański dom Fannie Bell
Magazine St.
Ogród zoologiczny Audubon
Motyl
Union Hall
Przeprawa promowa

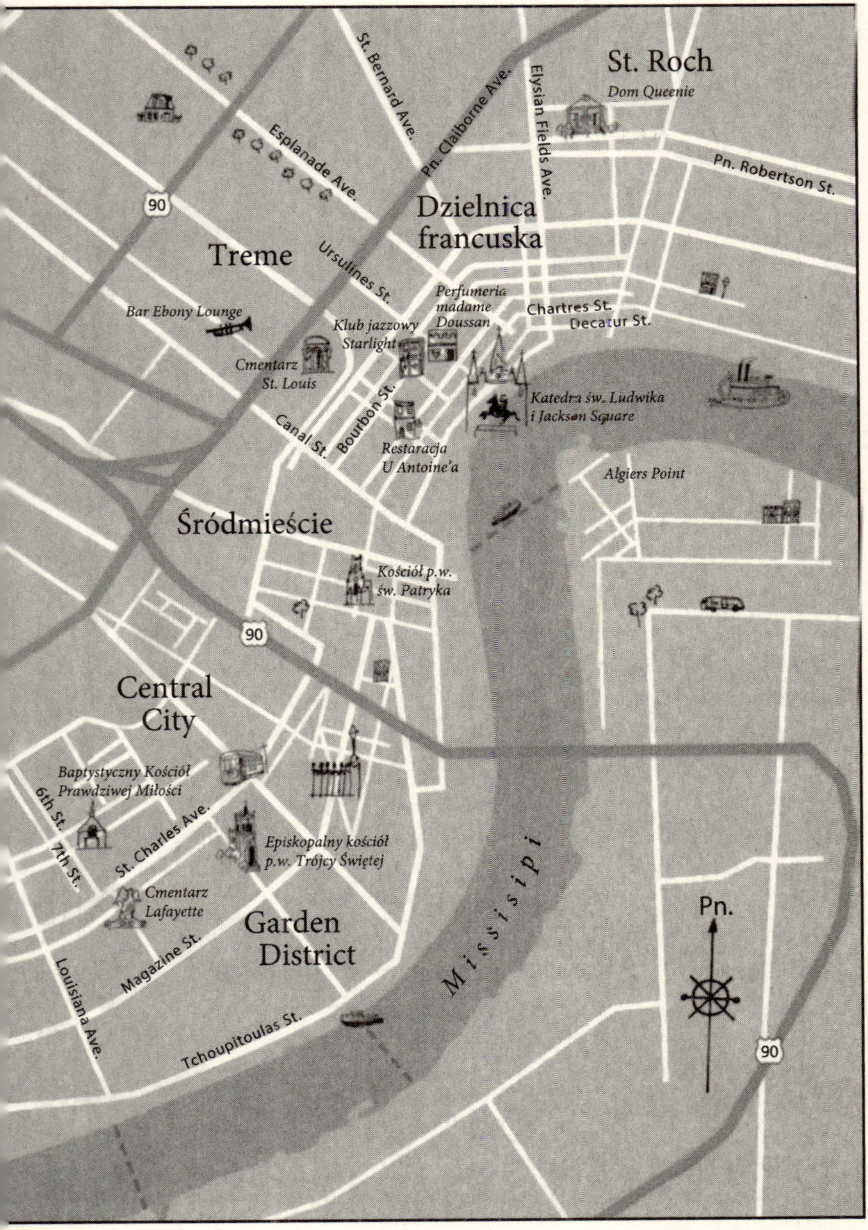

St. Roch
Dom Queenie
St. Bernard Ave.
Pn. Claiborne Ave.
Elysian Fields Ave.
Pn. Robertson St.
Esplanade Ave.
90
Dzielnica francuska
Treme
Ursulines St.
Perfumeria madame Doussan
Chartres St.
Decatur St.
Bar Ebony Lounge
Klub jazzowy Starlight
Cmentarz St. Louis
Bourbon St.
Katedra św. Ludwika i Jackson Square
Canal St.
Restaracja U Antoine'a
Algiers Point
Śródmieście
Kościół p.w. św. Patryka
90
Central City
Baptystyczny Kościół Prawdziwej Miłości
6th St.
7th St.
St. Charles Ave.
Episkopalny kościół p.w. Trójcy Świętej
Cmentarz Lafayette
Garden District
Magazine St.
Louisiana Ave.
Tchoupitoulas St.
Missisipi
Pn.
90

OD AUTORKI

Protest u Woolwortha 1 lipca 1964 roku jest fikcyjny, ale wcześniej w tym miejscu odbyło się kilka podobnych akcji. Tuż przed uchwaleniem Ustawy o Prawach Obywatelskich szerzyły się nastroje buntownicze i chociaż większość protestów sprowadzała się do pikiet przed firmami, które opowiadały się za segregacją rasową, to kilka dni przed 1 lipca został pobity młody czarny mężczyzna za to, że usiadł w barze w budynku władz stanowych Luizjany w Baton Rouge. Został usunięty stamtąd siłą i osadzony w więzieniu, a białych sprawców nigdy nie ukarano. Na podstawie tego incydentu uznałam, że fikcyjny protest na Canal Street będzie nosił wszelkie cechy prawdopodobieństwa.

Zespół The Moody Blues powstał w roku 1964, ale w Stanach Zjednoczonych zyskał popularność dopiero rok później.

Nowy Orlean leży pomiędzy dwoma wielkimi zakrętami Missisipi tworzącymi potężną literę U, która dosłownie obejmuje miasto z trzech stron, toteż jest ono często nazywane Miastem Półksiężyca. Dostosowuje się ono do tych zakrętów i krzywizn, tworząc wachlarzowate dzielnice, które nierzadko na siebie zachodzą. Kierowanie się kompasem w określaniu kierunków może być zatem mylące, miejscowi więc najczęściej traktują rzekę jako główny punkt odniesienia: po stronie jeziora (w przeciwnym kierunku do rzeki, w stronę jeziora Pontchartrain na północ), po stronie rzeki (w kierunku rzeki), przedmieścia (w górę rzeki, licząc od centrum, mimo że leży ono trochę na południe z powodu zakrętu rzeki) i centrum (w dół rzeki).

Niestety, wiele spośród wymienionych w książce lokalnych targowisk i aptek już nie istnieje – padły ofiarą nowego projektu, któremu na imię supermarkety. Kilka szlachetnych wyjątków to lodziarnia Snowballs na Plum Street, kino Prytania Theatre, a także czcigodna restauracja U Antoine'a. Kultowy Motyl znajdujący się na samym końcu Riverview Park z widokiem na Missisipi został pewnego mglistego poranka w latach osiemdziesiątych ubiegłego wieku zmieciony przez barkę, która w niego uderzyła; reszty dokonały buldożery, chociaż miejscowi w dalszym ciągu sam park nazywają Motylem. Madame Doussan przeniosła się na Royal Street i przybrała nazwę Bourbon French Parfums. Dom Fannie na Prytania Street jest wymyślony, ale w tej okolicy można znaleźć kilka przykładów wiktoriańskich domów w stylu Królowej Anny. Tak samo fikcyjne są Katolicka Szkoła dla Dziewcząt pod wezwaniem Najświętszej Marii Panny Królowej Niebieskiej, klub jazzowy Starlight na Bourbon Street, bar Ebony Lounge i Kościół Baptystyczny Prawdziwej Miłości, chociaż obiekty podobne do opisanych w książce istnieją w całym mieście.

CZĘŚĆ PIERWSZA

1964

ROZDZIAŁ

1

Czasami masz ochotę zmienić bieg wypadków – cofnąć jakieś wydarzenie albo udawać, że go w ogóle nie było. To jest właśnie taka chwila – myślała Ibby Bell, gapiąc się przez okno samochodu. Wśród eleganckich domów z tarasami i galeryjkami i pomalowanych kolorowo domków letniskowych znajdował się budynek, który tu wyraźnie nie pasował.

– Ibby? – Vidrine ściszyła radio i zaczęła bębnić palcami po kierownicy.

Dziewczynka nie usłyszała matki, której słowa utonęły w szumie klimatyzacji i monotonnym warkocie silnika pracującego na jałowym biegu. Dziecko wykręcało szyję, by lepiej zobaczyć budynek uparcie kryjący się za szeroko rozpostartymi konarami gigantycznego dębu, walcząc jednocześnie z oślepiającymi promieniami słońca późnego poranka. Osłoniło ręką oczy i dostrzegło wiatrowskaz w kształcie konia wyścigowego, który wystawał wysoko ponad najwyższe gałęzie drzewa. Wiatrowskaz trzepotał się w letnim powiewie, niezdolny do wykonania pełnego obrotu na zardzewiałej osi, co stwarzało wrażenie, że biedny koń został uwiązany wbrew swojej woli.

Znam to uczucie – pomyślała Ibby.

Wiatrowskaz, umocowany na wysokiej iglicy, wieńczył kopułę. Wzrok dziewczynki powędrował do balkonu na piętrze, a stamtąd do frontowej werandy, gdzie dwa fotele na biegunach i bujawka kołysały się łagodnie koło mahoniowych oszklonych drzwi. Dom, otoczony ze wszystkich stron niskim metalowym ogrodzeniem, wyglądał jak zwierzę, które wyrosło ze swojej klatki.

Vidrine nazwała go wiktoriańskim monstrum w stylu królowej Anny, które już dawno powinno być zrównane z ziemią. Teraz Ibby zrozumiała, co matka miała na myśli. Stare zaniedbane domostwo niszczało od lat. Błękitną farbę pokrywała gruba warstwa brudu, okna zostały zabite deskami, a znajdujący się od frontu ogródek tak zarósł dzikimi azaliami i niesfornym bukszpanem, że Ibby ledwie mogła dostrzec prowadzącą do domu wykładaną cegłami dróżkę.

– Czy ty mnie słyszysz, Liberty?

Dopiero jej pełne imię, wypowiedziane z charakterystycznym południowym akcentem, który normalnie Vidrine Bell skrzętnie ukrywała, zwróciło uwagę dziewczynki.

Twarz Vidrine, pomimo włączonej klimatyzacji, targającej jej starannie polakierowane włosy, lśniła od potu. Kobieta przytykała palec do kącika ust, starając się powstrzymać pomarańczową szminkę, która wypełniała wnętrze samochodu zapachem topniejącego wosku, przed wnikaniem w bruzdki zmarszczek.

– Cholerna wilgoć – zaklęła Vidrine. – Jak żyć w miejscu, w którym można usmażyć jajko na chodniku?

To właśnie upały – twierdziła – były jedną z głównych przyczyn, dla których wraz z ojcem Ibby wyjechali po ślubie z Nowego Orleanu. Daleko, daleko, do małego miasteczka Olympia w stanie Waszyngton. Gdzie nikt nie miał południowego akcentu. Z wyjątkiem – sporadycznie – rodziny Bellów.

– Cokolwiek będziesz robiła, Liberty Bell, nie zapomnij o tym. – Vidrine poklepała mosiężną urnę z dwoma uchwytami, która stała między nimi na przednim siedzeniu jak wartownik. Jej usta wygięły się w wyrazie ironii. –

I pamiętaj powiedzieć swojej babce, że to jest prezent ode mnie.

Ibby spojrzała na urnę, którą matka popchnęła w jej stronę. Jeszcze tydzień temu tej urny nie było. A teraz ma dać ją babce, której w życiu nie widziała na oczy. Raz jeszcze odwróciła się i spojrzała na dom. Nie wiedziała, co było gorsze: czy ironiczny uśmieszek matki, czy perspektywa pójścia do tego wielkiego brzydkiego domu, żeby po raz pierwszy zobaczyć tę nieznaną kobietę.

Patrzyła na matkę, zastanawiając się, dlaczego do tej pory nikomu nie przyszło do głowy choćby wspomnieć Ibby, że w ogóle ma jakąś babkę. Dowiedziała się o tym dopiero kilka miesięcy temu zupełnym przypadkiem. Otóż pewnego pogodnego marcowego dnia, kiedy podczas szkolnego jarmarku jej ojciec płacił za lody, wypadła mu z portfela jakaś wyblakła fotografia, która poszybowała leniwie w powietrzu, po czym wylądowała na ziemi. Ibby podniosła ją i przez chwilę przyglądała się widocznej na niej kobiecie o kamiennej twarzy – dopóki ojciec nie zabrał jej zdjęcia.

– Kto to jest? – zapytała.

– Ach, to jest twoja babka – odparł, szybko chowając fotografię w sposób, z którego jasno wynikało, że nie zamierza na ten temat rozmawiać.

Jeszcze w tym samym tygodniu, kiedy razem z Vidrine zmywały naczynia, Ibby zebrała się na odwagę i spytała matkę o kobietę z fotografii. Ta przez chwilę wpatrywała się w córkę swoimi wielkimi okrągłymi, przypominającymi kule bilardowe oczami, po czym rzuciła ścierkę na podłogę, uderzyła pięścią w ladę kuchenną i rozpoczęła typową dla siebie przydługą tyradę, z której jasno wynikało, że Frances Hadley Bell, znana jako Fannie, była drugą ważną przyczyną wyjazdu Vidrine i jej męża z Nowego Orleanu zaraz po ślubie.

I teraz Ibby, bez żadnych wielkich ceregieli, została przywieziona pod dom tej kobiety, a Vidrine zachowywała się jakby nigdy nic.

– Dlaczego chcesz mnie tu zostawić? Czy nie możemy wejść tam razem? – usiłowała pertraktować z matką Ibby.

Vidrine z wyraźną irytacją znużonym ruchem opadła na oparcie siedzenia.

– Ibby, przerabiałyśmy to tysiąc razy. Teraz, po śmierci twojego ojca, potrzebuję trochę czasu, żeby… żeby zebrać myśli.

– Dlaczego nie chcesz mi powiedzieć, dokąd jedziesz?

– To jest akurat coś, czego nie musisz wiedzieć – ucięła matka.

– Jak długo cię nie będzie?

Vidrine zmarszczyła czoło.

– Kilka dni, może tydzień. Trudno powiedzieć. Twoja babka była na tyle uprzejma, że zgodziła się gościć cię u siebie, dopóki ja sobie wszystkiego nie poukładam.

Ibby nadstawiła uszu. „Uprzejma" nie należało do słów, których matka używała w odniesieniu do Fannie Bell.

W tle grało radio. „Tu Radio Nowy Orlean WTIX – rozległ się głos spikera. – Za chwilę następny utwór The Moody Blues…".

– Zrób głośniej – poprosiła Ibby – to był jeden z ulubionych nowych zespołów taty.

Vidrine wyłączyła radio.

– Idź już wreszcie – zwróciła się do córki. – Ona nie gryzie. – Kuksnęła Ibby w bok tak energicznie, że mosiężna urna zakołysała się i przewróciła na siedzeniu.

Ibby postawiła ją z powrotem i przedłużyła kontakt palców z chłodnym metalem uchwytu. Przełknęła ślinę, zastanawiając się, dlaczego matka jest taka tajemnicza. Teraz, po śmierci ojca, Ibby miała wrażenie, że tym, na czym Vidrine najbardziej zależało, było pozbycie się córki.

Vidrine nachyliła się do córki i powiedziała łagodnym tonem:

– Wiem, kochanie, że trudno się z tym pogodzić, kiedy Bóg zabiera ludzi przedwcześnie. Twojego tatę zabrał w jakimś głupim wypadku rowerowym. A my… no cóż… musimy jakoś sobie z tym radzić.

Ibby spojrzała na matkę z ukosa. „Bóg" to było słowo, którego Vidrine nigdy do śmierci męża nie wypowiedziała, a zostawienie Ibby na czas nieokreślony z osobą, której ona nie widziała na oczy, nie wydawało jej się dobrym sposobem na radzenie sobie. Ale była tylko nieśmiałą dwunastolatką i nikt jej nie pytał o zdanie.

Dłoń Ibby zsunęła się z urny.

– Może chociaż ze mną wejdziesz? – zwróciła się do matki.

Vidrine skrzyżowała ramiona.

– Przestań jęczeć, Liberty Alice Bell, i w tej chwili wysiadaj z samochodu. Ja już muszę jechać.

– Ale, mamo…

– I pamiętaj: bądź grzeczna i nie przysparzaj babci kłopotów. A, i jeszcze jedno. – Matka nachyliła się i pogroziła Ibby palcem. – Żadnych koszmarnych powiedzonek w rodzaju „odczep się" czy „nie chce mi się", bo to jest bardzo nieeleganckie. Jasne?

I zanim Ibby zdążyła odpowiedzieć, matka otworzyła drzwi i wypchnęła ją z samochodu.

ROZDZIAŁ

2

– O Boże! – Doll podrapała się w czubek głowy długim czerwonym paznokciem, a drugą ręką odsunęła koronkowe firanki we frontowym oknie.

Spodziewała się zobaczyć mleczarza, dostawcę jajek czy może nawet ryb, ale widok małej dziewczynki stojącej na chodniku przed domem wydał jej się zadziwiający. Puściła firankę i zaczęła zastanawiać się, co robić.

– Co tam się dzieje, dziecko? – usłyszała za sobą głos matki.

Queenie stała w drzwiach pomiędzy kuchnią a jadalnią, blokując nogą drzwi wahadłowe i podtrzymując rękami swój potężny biust.

– Ona tu jest, mamo – powiedziała Doll, nerwowo wygładzając roboczy strój.

– Kto tu jest? – zapytała Queenie.

– Wnuczka pani Fannie – odparła Doll w taki sposób, jakby sama w to nie wierzyła.

Queenie błyskawicznie pokonała odległość dzielącą ją od miejsca, w którym stała Doll.

– Jaki mamy dzisiaj dzień?

– Dzień prasowania, mamo.

Queenie potrząsnęła głową.

– Nie, dziecko, chodzi mi o datę. Którego dziś mamy?

– Czwarty lipca będzie w najbliższą sobotę, więc dziś wypada pierwszy. A po co ci to wiedzieć?

– To niemożliwe – powiedziała naburmuszona Queenie. – Spodziewałam się jej dopiero jutro.

– Ale jest dzisiaj, to jasne jak słońce – rzuciła Doll, patrząc na mknącego ulicą białego forda Galaxie.

– Pani Fannie dostanie szału! – Queenie tupnęła nogą.

Kobiety w niemym zdumieniu przyglądały się stojącej przed bramą dziewczynce w krótkich spodenkach, T-shircie w paski i w czerwonych tenisówkach, zapatrzonej na dom z wyrazem bólu na twarzy.

Queenie zagryzła usta.

– Jej mama nawet nie wie, jak ją powinna ubrać na podróż samolotem.

– A ty skąd to wiesz? Przecież nigdy nie leciałaś samolotem.

Queenie wzięła się pod boki.

– Stąd wiem, że czytam magazyn „Life" pani Fannie. Wiem, jak żyją inni ludzie. – Odwróciła się i ponownie wyjrzała przez okno. – Co ona trzyma w rękach?

Doll nachyliła się, żeby lepiej widzieć.

– To mi wygląda na jakieś trofeum, ale jak kurczowo je trzyma.

– Dziwnie wygląda – zauważyła Queenie.

– Ta dziewczynka? – zapytała Doll.

– Nie, nie o to mi chodzi. – Queenie klepnęła ją po ramieniu. – Chodzi mi o to, co ta mała trzyma w rękach.

– Ma tak samo ostrzyżone włosy jak pani Fannie – dodała Doll.

– Jasne. – Queenie gapiła się przez okno. – Jak Kapitan Kangaroo.

Doll potrząsnęła głową.

– Jeśli wszystko inne będzie jak u pani Fannie, to czeka nas kupa kłopotów.

Queenie pogroziła córce palcem.

– Nie osączajmy jeszcze tego dziecka. – A potem

mruknęła pod nosem: – Boże wszechmogący, módlmy się o cud.

– A mnie się wydaje, że ta mała dziewczynka będzie tam stała cały dzień, dopóki nie wyjdziemy i jej tu nie przyprowadzimy – orzekła Doll.

– No to co ty tu jeszcze robisz? Stoisz, jakbyś czekała na autobus. Idź no zaraz i przyprowadź tu tę małą!

Jednak Doll wcale się nie kwapiła, żeby ściągać im na głowę taki mały żywy kłopot, który stał oto teraz przed bramą. Od dwunastu lat, od kiedy syn pani Fannie, Graham, uciekł z panną Vidrine Crump z Dry Prong, Missisipi, w domu na Prytania Street nie było żadnych gości z nocowaniem. Doll nie wątpiła ani przez chwilę, że przybycie tej małej dziewczynki tylko spowoduje zamieszanie. Nie potrzebujemy brać sobie na głowę żadnych kłopotów, dość już tego było – pomyślała.

– Boisz się takiej kruszyny, co nie waży więcej jak czterdzieści kilo? – paplała dalej Queenie.

– Nie, mama, ja się boję tego, co zrobi pani Fannie, jak się dowie, że ta jej wnuczka już tu jest. Podsłuchałam, co mówiła przez telefon pani Vidrine, jak zadzwoniła, żeby powiedzieć, że zmarł pan Graham, Panie świeć nad jego duszą. Pani Vidrine nawet nie zapytała pani Fannie, czy jej córka może tu przyjechać w odwiedziny. Ona ją po prostu zawiadomiła, że podrzuci tu małą, nawet nie mówiąc, kiedy ją odbierze. Jeszcze nigdy nie widziałam u pani Fannie takiej miny – jakby nie wiedziała, co powiedzieć. A ty ją znasz. – Doll potrząsnęła głową. – Kto jak kto, ale ona zawsze wie, co powiedzieć.

Queenie skrzyżowała ręce na piersiach i zakołysała się na obcasach.

– Posłuchaj mnie. Nie mamy wyboru. Mała już tu jest i musimy sobie z tym poradzić. Chociaż pani Fannie nie ma dziś najlepszego humoru. Będzie lepiej, jak ją o tym uprzedzę. A ty idź po małą.

– Co tu się dzieje? – Głos Fannie był ostry jak brzytwa.

Doll i Queenie spojrzały na siebie porozumiewawczo. Czuły, że nie będzie to zwykły dzień w domu Bellów.

Tak jakby nie wiedziały, że w domu Bellów żaden dzień nie był zwykły.

ROZDZIAŁ 3

Ibby nie miała pojęcia, co myśleć o stojącej na ganku wysokiej, szczupłej kobiecie, z upiętymi na czubku głowy włosami w kształcie pszczelego gniazda. Na dodatek trzepotała rzęsami wielkich oczu i mówiąc, kołysała biodrami, ale dziewczynka nie rozumiała z tego ani słowa. Jedno nie ulegało dla niej wątpliwości: że ma do czynienia z kimś szczególnym.

Nieznajoma zeszła po stopniach werandy i zbliżała się właśnie do Ibby, machając do niej ręką.

– Proszę wejść. – Otworzyła furtkę i nachyliła się tak, żeby ich twarze znalazły się na tym samym poziomie, i dopiero wtedy Ibby zauważyła, że jedno oko kobiety jest ciemne jak obsydian, a drugie jasne jak pogodne niebo i że z tego powodu w jej ładnej skądinąd twarzy brakuje harmonii. Dziewczynka gapiła się na nią niespeszona, ale ta albo sobie z tego nie zdawała sprawy, albo jej to nie przeszkadzało.

– Panienka jest wnuczką pani Fannie, tak? – Kobieta mrugnęła kilka razy, po czym uśmiechnęła się szeroko.

Ibby nie przestawała się na nią gapić; nie bardzo wiedziała, co o niej myśleć.

– Głucha jesteś czy jak? A to co takiego tu trzymasz? – spytała tamta, pociągając za urnę.

Dziewczynka cofnęła się o krok i potrząsnęła głową. Matka przykazała jej wyraźnie, że ma wręczyć urnę babce, a nie żadnej gadającej jak nakręcona i wymachującej rękami nieznajomej.

– No więc dobrze. – Kobieta rytmicznie stukała nogą, jakby się nad czymś zastanawiała. – Panienka jest głodna?

Ibby od tygodnia, czyli od śmierci swojego taty, prawie nic nie jadła. Nagle poczuła się tak, jakby jej żołądek zaatakowały jadowite mrówki.

– Idziemy.

Zanim się zorientowała, ta nowa wzięła ją za rękę i pociągnęła jak małe dziecko. Dziewczynka próbowała się wyrwać, ale uścisk był zbyt mocny, a poza tym ciepło tej drugiej dłoni zrobiło swoje i mała uśmiechnęła się bezwiednie.

– O, to mi się podoba – powiedziała kobieta, prowadząc ją do domu wyłożoną cegłami ścieżką i starając się przy tym unikać sękatych gałązek bukszpanu. – Aha, przy okazji, mam na imię Dollbaby. Może mi panienka mówić Doll.

Na dźwięk tego dziwnego imienia Ibby zrobiła minę, której się zaraz zawstydziła.

– Mam córkę mniej więcej w panienki wieku. Nazwałam ją Ptaszyna – ciągnęła Doll. Kolejne imię, które to dziecko słyszało po raz pierwszy w życiu.

Doll zatrzymała się nagle.

– Z tego, co mi pani Fannie mówiła, panienka ma wkrótce urodziny, tak?

Ibby wysunęła rękę z dłoni Doll. W domu Bellów nie obchodziło się urodzin. Po co robić szum wokół czegoś, co ma każdy? – powtarzała Vidrine co roku w dniu urodzin córki.

– Ile lat panienka kończy?

– Dwanaście.

– Wiedziałam!

Ibby spojrzała zaskoczona.

– Wiedziałam, że panienka umie mówić.

Doll ujęła ją za ramiona i poprowadziła po stopniach na werandę. Gdy tylko znalazły się w domu, ruszyła na górę szerokimi schodami z bogato rzeźbioną poręczą. Ibby zatrzymała się, ponieważ jej uwagę przykuł salon, który mimo ponadczterometrowej wysokości wydawał się przytłaczający z powodu ciemnych wiktoriańskich mebli i czerwonych aksamitnych kotar. Na małym stoliku z marmurowym blatem stała pusta popielniczka. W mieszkaniu cuchnęło zastarzałym dymem papierosowym.

Rozsuwane drzwi prowadziły do drugiego salonu, gdzie telewizor w drewnianej obudowie zajmował tyle miejsca, że zmieściła się jeszcze tylko stara, zjedzona przez mole kanapa. Za salonem, w jadalni, widać było nad orzechowym stołem żyrandol, a na przeciwległej ścianie solidną serwantkę pełną porcelany i sreber. Ibby odniosła nieprzyjemne wrażenie, że w tym zatęchłym domu czas zatrzymał się sto lat temu.

– Na co panienka czeka? Na Boże Narodzenie? – Doll niecierpliwie bębniła palcami po poręczy.

Kiedy Ibby nie zareagowała, Doll zeszła na dół i gestem pokazała jej, że ma dać urnę.

Dziewczynka niechętnie zastosowała się do polecenia.

– Dlaczego panienka tak na mnie patrzy? Czy tam, skąd panienka pochodzi, nie ma służby? – Doll wzięła urnę i postawiła w hallu na stole obok wazonu ze zwiędłymi liliami.

Mała wzruszyła ramionami, zastanawiając się, skąd ta kobieta może wiedzieć, co ona myśli.

– U nas nigdy nie było służby.

Doll przechyliła na bok głowę.

– To kto wam sprzątał?

– Nikt – padła odpowiedź.

– Nikt? To ciekawe. – Doll skrzywiła usta. – Wobec tego niech panienka posłucha, jak jest tutaj. Ja jako pokojówka sprzątam, robię porządki, a od czasu do czasu też coś uszyję. Moja mama, Queenie, ma na głowie całe gotowanie, trochę prasuje i pilnuje spokoju, co bywa w tym domu niełatwe. Rozumie panienka?

Ibby spojrzała na Doll, w gruncie rzeczy nic z tego nie rozumiejąc.

– No i co? – Doll znów podrapała się w głowę długim czerwonym paznokciem. – Dlaczego panienka się na mnie gapi, jakbym miała dwie głowy?

Dziecko zamrugało kilka razy, ale nie wydało z siebie głosu.

– Czy tam, skąd panienka pochodzi, nie ma kolorowych ludzi? – zapytała w końcu Doll.

Ibby potrząsnęła głową.

– Nigdy z nikim takim nie rozmawiałam.

Doll przewróciła oczami.

– Proszę powiedzieć: „kolorowi ludzie". To jesteśmy właśnie my. I radzę panience się do tego przyzwyczaić, bo jest nas tutaj w Nowym Orleanie bardzo dużo. Teraz, jak już to mamy z głowy, pokażę panience jej pokój, a wtedy będziemy mogły zejść na dół i przedstawię panienkę babci w przyzwoity sposób. – Idąc na górę, Doll mówiła do Ibby przez ramię. – Panienka ma chyba poza tym, co na sobie, jeszcze jakieś inne ubranie? Bo na spotkanie z babcią należałoby się stosowniej ubrać.

Podążając za Doll, Ibby zastanawiała się, co jest niestosownego w jej T-shircie i szortach.

Na piętrze weszły do obszernego hallu oświetlonego dwoma żyrandolami z brązu. W jego drugim końcu wpadające przez witrażowe okno promienie słońca tworzyły na orientalnym dywanie skomplikowaną mozaikę. Ibby podeszła do okna i nieśmiało dotknęła szyby, delikatnie wodząc palcami po konturach dużych białych szklanych kwiatów.

– Tutaj we wszystkich starych domach są takie witrażowe okna – pospieszyła z wyjaśnieniem Doll. – To są magnolie. Nie przepadam za nimi. Dla mnie te kwiaty pachną brudną bielizną.

Gdy Ibby wycofywała się spod okna, wpadła na jakiś kamienny obiekt stojący na piedestale.

– Uważaj, dziecko. – Doll przytrzymała rzeźbę, żeby się nie przewróciła. – To jest popiersie pani Fannie. Panienki dziadek, pan Norwood, ofiarował jej to w prezencie ślubnym, ale pani Fannie nie lubi tej rzeźby. Dlatego ona tu wylądowała, żeby jej nikt nie widział.

Z perfekcyjnie wycyzelowanych rysów trudno było się jednak domyślić, czy rzeźba przedstawia kobietę, czy mężczyznę. Płaskie oczy pozbawione były źrenic, ale Ibby miała wrażenie, że jest obserwowana.

– Osoba, która wykonała tę rzeźbę, musiała dobrze znać panienki babcię. Kiedy ją panienka sama pozna, zrozumie, co miałam na myśli. – Przewodniczka zachichotała. – Później panienka będzie miała dość czasu, żeby sobie tutaj pobuszować. Nie każmy pani Fannie zbyt dlugo czekać. – Doll zdecydowanym ruchem postawiła nogę na krótszej kondygnacji schodów, znajdującej się w rogu hallu w pobliżu rzeźby.

– Czy jeden z tych pokojów ma być dla mnie? – zapytała Ibby, wskazując cztery pary drzwi na piętrze.

– Nie, dziecino – odparła Doll – całe to piętro jest wyłączone, szczególnie teraz, po śmierci panienki taty. Idziemy na górę.

Weszły na kolejne schody, które stawały się coraz węższe i coraz bardziej strome.

– Jeszcze nigdy nie byłam w domu, który ma dwa piętra – zauważyła Ibby.

– Kiedyś, kiedy budowano ten dom, na górze znajdowały się pomieszczenia dla służby – rzuciła przez ramię Doll.

Drugie piętro było ciasne – mały przedpokój i drzwi o tak zardzewiałych zawiasach, że opierały się wszelkim wysiłkom Doll, by je otworzyć. Wreszcie pomógł solidny kopniak. Rozległ się trzask i oczom Ibby ukazał się pokój z dwoma jednoosobowymi łóżkami i maleńką komodą. Kobieta zapaliła górne światło. Pojedyncza żarówka rzucała słaby blask na spłowiałą żółtą tapetę, która tu i ówdzie odłaziła płatami.

– Spodziewałyśmy się panienki dopiero jutro. Nie zdążyłam posprzątać. Jakiś zwierzak się tu zaląg i zostało po nim pełno odchodów. Ale nigdy nie udało mi się go złapać. Jeśli panienka zauważy winowajcę, to proszę dać mi znać. – Następnie wyciągnęła rękę w kierunku nędznych drzwi w drugim końcu pokoju. – Tam jest toaleta, z prysznicem – wyjaśniła. – Gdyby panienka chciała się wykąpać, to trzeba zejść na pierwsze piętro, tam w pracowni jest łazienka. Niestety, nie ma tu szafy. Może panienka wieszać sobie ubranie o tutaj. – To mówiąc, wskazała zwisającą z sufitu drucianą pętlę.

Ibby robiła wrażenie rozczarowanej.

– Coś nie tak? – Doll wzięła się pod boki.

– Mama nie pozwoliła mi zabrać z domu radia. Miałam nadzieję, że radio tutaj będzie, ale go nie widzę.

– Lubi panienka muzykę? Jeśli tak, to przyjechała panienka we właściwe miejsce. Nowy Orlean jest znany z dobrej muzyki. Zobaczę, co się da zrobić w sprawie radia. A teraz, trzeba się przebrać. Ma panienka jakąś sukienkę?

Dziewczynka się skrzywiła. Tylko raz w życiu miała na sobie sukienkę, kilka lat temu, kiedy była na ślubie.

– Aha, to znaczy, że nie. – Doll przytknęła palec do policzka i postukała. – Ma panienka ze sobą jakąś walizkę?

– Och, niestety! – Nogi się pod Ibby ugięły. Tak bardzo była skupiona na doręczeniu urny, że zupełnie zapomniała o walizce! – Moja walizka została w samochodzie – powiedziała cicho.

– Nic nie szkodzi. – Doll położyła jej rękę na ramieniu.

Ibby spojrzała na nią dziwnie. Ta kobieta znów czytała w jej myślach. Nie bardzo wiedziała, czy to dobrze, czy źle.

– Proszę czuć się jak u siebie w domu. Ja zaraz będę z powrotem.

Doll odwróciła się i zbiegła po schodach. Zostawiła Ibby samą w pokoju ze zdezelowanym wentylatorem, który stał na toaletce i hałasował jak silnik odrzutowy. Dziewczynka usiadła na łóżku i zaczęła skręcać w palcach kosmyk włosów, jak zawsze wtedy, kiedy była zdenerwowana. Rozsunęła spłowiałe kraciaste zasłonki i stwierdziła, że okno jest luźno zabite deskami. Puściła zasłonki i przy okazji zauważyła na nocnym stoliku grubą warstwę kurzu. Pociągnęła po nim palcem, co pozostawiło cienką linię, a następnie jednym zamaszystym ruchem starła go do czysta; w górę wzbiły się szare obłoki pyłu.

Położyła głowę na poduszce, pozbawionej większości wypełnienia, i obserwowała tańczące w powietrzu drobinki kurzu. Gdyby Doll nie przypomniała jej przed chwilą o urodzinach, z pewnością by o nich zapomniała. To tata zawsze dbał o to, żeby ten dzień był wyjątkowy. Wchodził do pokoju Ibby wcześnie rano, żeby jej wsunąć pod poduszkę urodzinową kartę. A kiedy składał jej na policzku pachnący mydłem pocałunek, udawała, że śpi. Zacisnęła powieki. Już nie będzie urodzin z tatą. Podciągnęła kolana pod brodę, czując bicie własnego serca. Dlaczego została zesłana do tego maleńkiego pokoiku na strychu, skoro na pierwszym piętrze było tyle sypialni? Pomyślała, że pewnie babka jej tutaj nie chce.

Kiedy się ocknęła, zobaczyła nad sobą Doll, która nią potrząsała.

– Musi być panienka wykończona tą podróżą. Wyszłam dosłownie na pięć minut, a panienka już zdążyła zasnąć. Proszę założyć tę sukienkę. – Doll wyciągnęła w jej stronę starannie wykrochmaloną niebieską bawełnianą sukienkę z bufkami, potem potrząsnęła jednak głową. – Ale na te czerwone tenisówki to ja już nic nie poradzę.

– To jest jakaś dziecinna sukienka – zaprotestowała Ibby. – Ja jej nie włożę.

– A co, panienka jest debiutantką czy jak? Ta sukienka musi wystarczyć, dopóki nie wykombinuję czegoś, co się panience spodoba.

– A po kim ta sukienka?

– To nie ma znaczenia – odparła Doll. – Panienka ją wkłada i po krzyku.

Ibby wsunęła sukienkę przez głowę, ale materiał tak był nakrochmalony, że wyglądała w niej jak otwarta parasolka. Poczuła się głupio.

Doll zrobiła krok do tyłu i skrzyżowała ramiona.

– Co jest nie tak, dziecino?

– Czuję się jak Dorotka z *Czarnoksiężnika z Krainy Oz* – powiedziała dziewczynka, pokazując na swoje czerwone tenisówki. – Nienawidzę Dorotki.

– Z tego, co wiem, wcale nie jest taka zła. W końcu osiąga to, co chce, prawda? – Doll niecierpliwie postukiwała butem o podłogę. – Ale babcia panienki czeka, a tego, żeby pani Fannie czekała, trzeba się wystrzegać jak ognia.

Ibby oparła ręce na biodrach i zacisnęła usta. Tak wyglądając, nie miała ochoty nigdzie iść.

Doll dodała cichym głosem:

– Spokojnie, ona nie gryzie.

Ona nie gryzie. Słyszy to zapewnienie już po raz drugi w ciągu godziny, najpierw od matki, teraz od Doll. Niechętnie ruszyła w stronę drzwi.

Doll złapała ją za rękę.

– Wszystko będzie dobrze, panienka się przekona.

Ibby nie wierzyła w ani jedno słowo.

A z uśmiechu Doll wywnioskowała, że i ona w to nie wierzy.

ROZDZIAŁ 4

Kiedy zeszły na dół, Ibby usłyszała dochodzące z jadalni głosy.

Doll wyciągnęła rękę, by ją zatrzymać.

– Zaczekaj sekundę, dziecino. Pani Fannie i Queenie chyba się posprzeczały.

Ibby zajrzała do jadalni: u czoła stołu siedziała dama w spłowiałej podomce, a nad nią stała potężnie zbudowana czarna kobieta.

– Czy to jest twoja mama? – zwróciła się do Doll.

Doll położyła palec na ustach.

– Tak, to jest Queenie – odparła szeptem. – Nie chcę, żeby wiedziały, że tu stoimy.

– Nie pamięta pani? – mówiła właśnie Queenie. – Przecież pani się jej spodziewała. Ona ma na imię Liberty Alice.

– Wiem, jak ma na imię moja wnuczka. – Fannie westchnęła. – Ta... ta idiotka, która wyszła za mojego syna... jakżeż się ta cholerna baba nazywa...

– Vidrine – podpowiedziała Queenie.

– Vidrine. Jak mogłam zapomnieć? Dała jej na imię Liberty, bo mała urodziła się czwartego lipca. Kto jest na tyle głupi, żeby zrobić coś takiego...

– Ktoś, kto sam ma na imię Vidrine, ot co – skomentowała Queenie, żeby obrócić sprawę w żart. – A teraz niech się pani uspokoi. Mogło być gorzej.

– Niby w jaki sposób?

– Ano pani Vidrine mogła nazwać córkę tak, jak się sama nazywa. Wtedy miałybyśmy tu w domu drugą Vidrine. To by dopiero było.

Fannie machnęła ręką.

– Nawet mi nie mów takich rzeczy.

– O, właśnie zeszła z góry, żeby się z panią przywitać – powiedziała Queenie.

– Kto taki?

– No kto, jak nie pani wnuczka?

– Co takiego? – Fannie usiadła. – To ona już tu jest?

– Właśnie to próbuję pani powiedzieć – odparła Queenie. – Pani Vidrine ją tu przywiozła niecałą godzinę temu.

Po tych słowach Doll popchnęła Ibby w stronę jadalni.

– Ta mała jest do pani bardzo podobna – paplała dalej Queenie. – Pani popatrzy, ma nawet na policzku taki sam pieprzyk.

– To znamię piękności – ucięła krótko Fannie. – A nie żaden pieprzyk.

Ibby rozejrzała się dokoła, po czym wybiegła do hallu, podczas gdy Fannie patrzyła za nią w osłupieniu.

– Nie minęło pięć minut, a już pani wystraszyła śmiertelnie to dziecko – odezwała się Queenie.

– A to dopiero – wtrąciła z podziwem Doll – już drugi raz w tym tygodniu pani Fannie zaniemówiła.

• • •

Kiedy Ibby wróciła z hallu z urną, dostrzegła swoje odbicie w oprawnym w złotą ramę lustrze wiszącym nad marmurowym kominkiem i poczuła bardzo wyraźnie wpatrzone w nią trzy pary oczu.

– Podejdź no tutaj, dziecko – przyzwała ją Fannie. – Nie chciałam cię wystraszyć.

Przyciągnęła Ibby tak blisko siebie, że niemal zetknęły

się nosami. Ibby nie pozostawało nic innego, jak tylko patrzeć prosto w twarz babki. Doll miała rację. Artysta, który wykonał jej popiersie, stojące na podeście schodów, uchwycił kwintesencję tej dziwnej kobiety: jej surowe szaroniebieskie oczy, srebrzyste włosy, długi rzymski nos i wąskie usta zaciśnięte w prostą linię.

– Panienka to wykapana babcia, nie ma co – powiedziała Queenie.

Zdaniem Ibby jednak ich podobieństwo kończyło się na fryzurze „na pazia", którą Vidrine wypatrzyła kiedyś na zdjęciu córki Jackie Kennedy, zamieszczonym w czasopiśmie poświęconym modzie. Ibby sięgnęła ręką i założyła sobie włosy za uszy tak, jak to robiła, kiedy miała dłuższą fryzurę i włosy opadały jej na oczy.

– Jak na ciebie wołają, młoda damo? – Fannie oparła się wygodnie w fotelu i zaciągnęła papierosem.

Ibby postawiła urnę na stole, wygładziła sukienkę i dygnęła.

– Liberty Alice Bell, proszę pani.

– Twoje nazwisko znam, na miłość boską, ale jak mam się do ciebie zwracać? Przecież chyba nie Liberty Bell?* Za każdym razem miałabym ochotę dodawać „bim bam".

Ibby wzruszyła ramionami, nie wiedząc, co odpowiedzieć.

– Mów, bo jak nie, to sama wymyślę ci imię. Co byś powiedziała na...

– Ona twierdzi, że ma na imię Ibby – odezwała się nieśmiało Doll.

– Ibby? A co to za imię? – parsknęła Fannie.

Ibby kręciła nogą w tenisówce.

---

* Liberty Bell (ang. *liberty* – wolność; *bell* – dzwon) – Dzwon Wolności – symbol wojny o niepodległość Stanów Zjednoczonych. Obecnie eksponat muzealny znajdujący się w Filadelfii. (Wszystkie przypisy od tłumaczki).

– Jak byłam mała, nie umiałam wymówić „Liberty" i mówiłam Ibby.

– A ona jak ma się do pani zwracać, babciu? Buniu? A może Tootie? – zachichotała Queenie. – Albo może Babciu Fannie? To by nawet ładnie brzmiało.

Fannie lekceważąco machnęła ręką.

– Wystarczy po prostu Fannie. – Nachyliła się do Ibby. – A teraz powiedz mi, dziecko, co się stało z moim chłopcem Grahamem?

Ibby spojrzała na swoje czerwone tenisówki, te same, które miała na nogach, kiedy to się wydarzyło, i poczuła ucisk w piersiach.

Queenie wsparła ją uśmiechem.

– Nie spiesz się, kochanie.

Od wypadku nie minęły nawet dwa tygodnie. Od tamtej pory Ibby poruszała się jakby we mgle, po cichu żywiąc nadzieję, że jeśli nie będzie o tym mówiła, to cała sprawa pójdzie w niepamięć, a jej tata pewnego dnia wróci i powie: „Dzień dobry, kotku", jak zawsze mówił i jak będzie mówił nadal, kiedy ich życie wróci do normy. Dziewczynka wcale nie miała pewności, czy jest już gotowa, żeby o tym rozmawiać, ale czuła wbity w siebie wzrok Fannie, która przypominała w tej chwili szykującego się do ataku psa. Minęła chwila, nim Ibby zebrała się na odwagę, żeby przerwać milczenie. Początkowo mówiła z trudem, zacinając się.

– W każdą sobotę rano… tata… zabierał mnie na rower i jeździliśmy po wzgórzu, a potem szliśmy na pączki. To był taki nasz mały sekret. Mama nie lubi… kiedy jem słodycze. Zabiłaby tatę, gdyby się o tym dowiedziała. – Ibby przykryła ręką usta, uświadamiwszy sobie, jakiego używa języka.

– W porządku, dziecko, mów dalej – powiedziała Fannie.

– Kiedy wracaliśmy, zaczęło padać i droga zrobiła się

śliska. Tata odwrócił się, żeby mi powiedzieć, że mam uważać, i wtedy wpadł na taki wielki leżący na poboczu kamień, i rower się spod niego wysunął… i kiedy do niego dojechałam, miał całą głowę we krwi. – Ibby zamilkła na chwilę. Tamta tragedia zaczęła do niej wracać.

– I co się potem stało? – nalegała Fannie.

Dziewczynka ciężko westchnęła.

– Tacie udało się wstać, więc wróciliśmy do domu na rowerach. Mama była wściekła, jak zobaczyła jego twarz.

– Wezwałyście lekarza? – pytała dalej Fannie.

Ibby potrząsnęła głową.

– Mama chciała, ale tata powiedział, że nie trzeba, że nic mu nie będzie.

– Powinna była wezwać doktora – wtrąciła się Queenie.

– Niech mówi dalej – przerwała jej Fannie.

– Tata źle się poczuł i poszedł się położyć. Kiedy do niego później zajrzałam, żeby sprawdzić, co się z nim dzieje, spał. – Ibby podniosła głowę. – Ale nigdy się nie obudził. Przyjechali po niego następnego dnia rano i go zabrali, i już nigdy więcej go nie widziałam.

– Niech Bóg ma ją w swojej opiece – wtrąciła Queenie.

– To nie była wina panienki – dodała Doll.

Ibby spojrzała na nią przez ramię. Reszty im już nie powiedziała, a mianowicie tego, że nazajutrz rano matka wskazała na nią palcem i orzekła, że to wszystko przez nią, że gdyby nie wykradali się za jej plecami na głupiego pączka, toby się nic złego nie stało.

Fannie zasznurowała usta.

– Był pogrzeb?

– Nie, proszę pani.

Fannie walnęła pięścią w krzesło.

– To wobec tego musimy sprowadzić tu Grahama i zrobić mu prawdziwy pogrzeb.

– Ale tata już tutaj jest, babciu Fannie.

– Co masz na myśli, mówiąc, że Graham tu jest? Gdzie jest?

Ibby wskazała głową mosiężną urnę z dwoma uchwytami.

– Mama powiedziała, że mam go babci oddać.

Rozległy się trzy głośne westchnienia, Fannie złapała się za serce i upadła twarzą na stół.

– O Boże, coś ty zrobiła! – zawołała Doll, podchodząc do Fannie i podnosząc jej głowę.

Oczy kobiety były otwarte, ale niewidzące. Straszne. Martwe. Puste. Jak oczy tamtej rzeźby.

Doll gestem przyzwała matkę, żeby jej pomogła podnieść Fannie. Queenie ujęła ramię Fannie i oplotła nim szyję Doll, która dźwignęła zemdloną z krzesła. Na widok kobiet niosących zemdloną korytarzem do położonej w głębi domu sypialni Ibby przypomniała się szydercza mina matki, kiedy kazała jej oddać urnę babce.

I wtedy doznała olśnienia.

Że to wszystko stało się dokładnie tak, jak sobie od początku zaplanowała Vidrine.

ROZDZIAŁ

5

Doll odrzuciła kołdrę i ułożyła zemdloną w łożu z baldachimem. Fannie miała zamknięte oczy, a jej pierś unosiła się w nierównomiernym płytkim oddechu. Doll przyłożyła wierzch dłoni do czoła leżącej. Było zimne i lepkie od potu.

Pociągnęła za zwisający z sufitu przewód wentylatora. Umieszczony nad baldachimem wiatrak ruszył, dmuchając w położone na sekretarzyku w drugim końcu sypialni papiery. Doll ponownie pociągnęła za przewód, żeby zwolnić obroty wentylatora, po czym weszła do łazienki zmoczyć ściereczkę. Kiedy ją wykręcała, usłyszała jęk Fannie.

– Już idę! – zawołała.

Gdy wróciła do pokoju, Fannie miała otwarte oczy i wzrok wbity w baldachim.

– Dlaczego przez te wszystkie lata nie zauważyłam, że materiał, z którego ten baldachim jest zrobiony, ma taki drobny wzorek? Zawsze myślałam, że to jest zupełnie gładki niebieski adamaszek. Teraz widzę, że ma delikatny wzorek w takie jakby fale.

Doll położyła wilgotną ściereczkę na czole Fannie i spojrzała na baldachim.

– Bo może jak się na coś tak długo patrzy, widzi się to, co się chce widzieć, a nie to, co jest naprawdę.

Fannie złapała Doll za rękę i ścisnęła.

– Chcesz mi coś powiedzieć?

– Nie, pani Fannie, po prostu mówię tak, jak ja to widzę – odparła zdecydowanym głosem Doll.

– Może powinnam się lepiej przyglądać temu, co mnie otacza.

Doll cofnęła rękę.

– Może.

Fannie zdjęła z czoła wilgotny kompres i podała go kobiecie.

– Ja już tego nie potrzebuję.

Doll zabrała ściereczkę.

– Jak pani sobie życzy. – Już miała wychodzić, kiedy usłyszała wołanie leżącej.

– Chodź no tutaj, Doll. Chcę cię o coś zapytać.

Doll skrzyżowała ramiona i wysunęła do przodu biodro.

– O co chodzi?

– Coś jest nie tak? – odezwała się Fannie.

– Nie.

– No to dlaczego stoisz tutaj z taką miną, jakbyś miała ważniejsze sprawy na głowie?

Doll opuściła ramiona.

– No więc o co chce mnie pani zapytać?

– Co myślisz o Ibby?

Młoda kobieta nie miała najmniejszej ochoty na taką rozmowę. Rozejrzała się dokoła, jakby szukała drogi ucieczki.

– Czy ona ci się podoba? – pytała Fannie.

– Oczywiście, że mi się podoba. Dlaczego niby miałaby mi się nie podobać? – odparła Doll trochę zbyt agresywnym tonem.

– Bardzo mi przypomina mnie, kiedy miałam tyle lat co ona. Pamiętam, jaka byłam wystraszona, kiedy umarła moja matka – powiedziała Fannie refleksyjnie. – Miałam wtedy tylko…

– Tak, pani Fannie, wiem, jak pani straciła swoją

mamę – przerwała jej bezceremonialnie Doll, która przez wszystkie lata ze sto razy słyszała tę historię.

– Chodzi mi o to, że... że nie chcę, żeby ta mała dziewczynka musiała przechodzić przez to wszystko, przez co ja przeszłam.

Doll potrząsnęła głową.

– To było bardzo dawno temu. Teraz są inne czasy.

Fannie utkwiła wzrok w baldachimie.

– Poczucie, że się jest niechcianym, nie mija.

– Tak jakbym tego nie wiedziała – mruknęła pod nosem Doll.

Ale Fannie nie przestawała mówić.

– Teraz, kiedy zabrakło Grahama, wątpię, czy Ibby będzie szczęśliwa z Vidrine. Vidrine to nie jest ciepła, kochająca osoba.

– A pani jest? – wtrąciła Doll.

Fannie się skrzywiła.

– Ty mnie nie znasz.

– Po tylu latach pracy w tym domu to chyba jednak znam.

Kiedy Fannie zamknęła oczy, Doll potraktowała to jako sygnał, że rozmowa została zakończona, i znów ruszyła do drzwi.

– A gdybym tak ją tu u nas zatrzymała? – wyrzuciła z siebie nagle Fannie.

Doll odwróciła się.

– Co pani ma na myśli, pani Fannie?

– Mogłabym zapytać Vidrine, czy się zgodzi, żeby ta mała została tu u mnie i ze mną zamieszkała.

To były ostatnie słowa, jakich Doll mogła się spodziewać po Fannie.

– Zamieszkała? Tutaj? Na stałe?

– Czy to jest taki głupi pomysł? Ona mi tak bardzo przypomina mnie. Byłoby dobrze znów mieć w domu dziecko.

Doll chciała powiedzieć, że tak, że to jest istotnie najgłupszy pomysł, z jakim się w życiu spotkała. Pani Fannie nie radziła sobie ze sobą, a cóż dopiero z dzieckiem. Zamierzała coś takiego powiedzieć, ale Fannie nie przestawała fantazjować.

– Wtedy moglibyśmy być wszyscy razem, dosłownie wszyscy, w tym domu. – Uśmiechnęła się w stronę baldachimu, jak gdyby rozwiązała najważniejszy problem świata.

Doll przez chwilę milczała.

– Nie chcę odbierać pani złudzeń, ale pani i Vidrine niespecjalnie się ze sobą zgadzacie.

– Nie wydaje mi się, żeby Vidrine kiedykolwiek naprawdę chciała tego dziecka. Myślę, że urodziła je tylko po to, żeby zatrzymać przy sobie Grahama. – Fannie sięgnęła do nocnego stolika i wzięła do ręki pusty flakonik po perfumach. Odkorkowała go i przysunęła sobie do nosa. – Skończyły mi się perfumy. Ciekawe, kiedy wyszły.

Doll wzięła do ręki flakonik i z powrotem postawiła na stoliku.

– Wyszły, pani Fannie, już wiele lat temu. Nie pamiętam, kiedy ostatni raz ich pani używała. Ale wracając do pani Vidrine. Dlaczego pani uważa, że ona już nie chce Ibby? Powiedziała, że po prostu potrzebuje trochę czasu dla siebie. Nic nie mówiła, że ma zamiar zostawić tu córkę na zawsze.

Fannie machnęła ręką.

– W każdym razie Vidrine na pewno nie pomyślała, co przeżywa Ibby. Biedne dziecko było świadkiem śmierci swojego ojca, a ona zamiast wziąć małą ze sobą, zostawiła ją tutaj z obcymi ludźmi. Wszystkich ma w nosie, poza sobą.

– Pani nie jest dla Ibby obca, pani jest rodziną.

Fannie westchnęła.

– Bóg raczy wiedzieć, jakimi nonsensami nabiła jej głowę. Widziałaś, jak ta mała na mnie przed chwilą patrzyła.

– Każdy tak na panią patrzy – odparła Doll. – Nie ma takiego, kto by się nie wystraszył. Nie dalej jak w zeszłym tygodniu wypłoszyła pani stąd tego Fullera Szczotkę. Zostawił na podłodze w jadalni skrzynkę pełną szczotek i nigdy się po nią nie zgłosił.

Ale Fannie ciągnęła dalej:

– No więc Vidrine pojechała gdzieś w jakiejś sprawie… żeby się odnaleźć… i niech mi kto powie, czy to nie jest czysty egoizm.

– Może to i prawda, pani Fannie, ale dlaczego pani uważa, że ona się wyrzeknie swojej jedynej córki? Teraz, po śmierci pana Grahama, to jest jedyne, czym ona panią trzyma w szachu.

Doll westchnęła głęboko. Słowa Fannie skłoniły ją do pewnych przemyśleń. A jeśli po śmierci pani Fannie zechce się tu wprowadzić pani Vidrine? A może nawet nie będzie aż tak długo czekać… wie, że pani Fannie od czasu do czasu trafiała do domu wariatów. A jeśli uzna, że jej się coś należy? A jeśli zna prawdę o Fannie? Na samą myśl o tym, że Vidrine mogłaby zostać panią tego domu, robiło jej się słabo.

– Pani Fannie, pani przeżyła szok. Widzę tego guza, jaki rośnie na pani czole w miejscu, którym pani uderzyła głową o stół. Pani nie jest w stanie teraz jasno myśleć. Pani powinna trochę odpocząć.

– Tak, muszę się nad tym jeszcze zastanowić. – Fannie zamknęła oczy. – Tak, muszę o tym pomyśleć.

Doll spojrzała na jej twarz, na której rozlał się uśmiech kota z Cheshire*. Ten uśmiech wiele razy u niej widywała.

Módl się, żeby to minęło – pomyślała, zamykając drzwi.

---

* Postać z powieści *Przygody Alicji w Krainie Czarów* Lewisa Carrolla.

ROZDZIAŁ 6

Składany stołek laska skrzypiał, kiedy Ibby ciągnęła go po linoleum pokrywającym podłogę w kuchni. Queenie stała przy zlewie, nucąc coś pod nosem, a jej masywne nogi w zrolowanych poniżej tłustych kolan pończochach kołysały się pod szarym fartuchem. Z tyłu głowa Queenie przypominała idealną kulę, jeśli nie liczyć umieszczonego dokładnie pośrodku maleńkiego koczka wielkości dwudziestopięciocentówki.

Lada, przy której pracowała, była zawalona najróżniejszymi przedmiotami, takimi jak puszki z mąką i cukrem, puszka po kawie pełna tłuszczu, ceramiczny pojemnik z łyżkami i różnego rodzaju trzepaczkami, naczynie na ciasteczka, pojemnik na chleb, kolekcja opartych jedna o drugą desek do krojenia i małe radio tranzystorowe. Queenie przemieszczała się tam i z powrotem wzdłuż lady jak barek na kółkach – krojąc, siekając, płucząc, zdejmując z półek różne rzeczy, mieszając coś w dużym garnku na starej kuchni, zaglądając do piekarnika i od czasu do czasu przecierając czoło ściereczką.

– Queenie? – odezwała się Ibby po chwili.

– Tak, dziecino? – Queenie nawet się nie odwróciła.

– A moja babcia… czy wszystko z nią będzie w porządku?

Queenie postukała łyżką w garnek, wytarła ręce w fartuch, a następnie posłała Ibby przez ramię ciepłe macierzyńskie spojrzenie.

– Od chwili kiedy przyszła wiadomość o śmierci Grahama, pani Fannie jest bardzo zdenerwowana. A już ta urna, którą panienka tak po prostu postawiła przed nią na stole, ostatecznie ją dobiła. Zaniosłyśmy babcię panienki do sypialni, żeby sobie trochę odpoczęła. Ale nic jej nie będzie. Potrzebuje tylko trochę spokoju.

Queenie musiała zauważyć strużkę potu spływającą po twarzy Ibby, bo wyjęła z szuflady szmatkę i zmoczyła ją pod kranem.

– Niech panienka dla ochłody przyłoży to sobie do policzka. W tym starym domu nie ma klimatyzacji. Po jakimś czasie panienka się przyzwyczai. – Sięgnęła do lodówki, wyjęła butelkę, podważyła metalowy kapsel o krawędź niebieskiej plastikowej lady, a kiedy odskoczył, wetknęła do butelki słomkę i wręczyła Ibby. – Proszę się napić, na pewno dobrze to panience zrobi.

Ibby nie była pewna, czy migdałowy gazowany napój o nazwie Doktor Orzech jej smakuje, czy nie, ale był zimny i tylko to się liczyło. Spojrzała przez wychodzące na tyły domu okno, gdzie z dala od rozłożystej hikory trzepotało na lince kilka kompletów bielizny pościelowej. Była tu zabezpieczona siatką weranda ze stołem piknikowym, nad którym zwisało z krokwi sześć czy osiem plastikowych worków napełnionych wodą i połyskujących w słońcu jak nieoszlifowane diamenty.

Queenie zauważyła, że Ibby się im przygląda.

– To są worki pensowe, bo w każdym z nich na dnie znajduje się pensówka. Światło, które się od nich odbija, ma odstraszać muchy, żeby nie siadały na jedzeniu, chociaż za każdym razem, kiedy spojrzę na muchę, to ona już i tak jest wystraszona. Rozumie panienka, co mam na myśli? – Queenie zachichotała.

Kuchnię wypełniał zapach ulatujący z żeliwnego garnka.

– Co gotujesz? – zapytała dziewczynka.

– Bulion z karmazyna. Taka potrawka z ryby. Musi się trochę pogotować, dobrze się przegryźć, zanim będzie gotowa. Czekam na pana Pierce'a, handlarza ryb, który dostarczy nam karmazyna do domu. – Queenie zaczęła kroić w kostkę warzywa i wrzucać je do miski. Kiedy skończyła, przechyliła miskę tak, że Ibby mogła zobaczyć, co jest w środku. – To, co tu panienka widzi, to jest Święta Trójca. Cebula, seler i *poivron*, przez niektórych zwany słodką papryką. Trzeba dodać odrobinę czosnku i szczyptę cayenne i mamy Świętą Trójcę, podstawę wszystkiego, co gotuję. Ale nie mogę używać zbyt dużo pieprzu, bo pani Fannie dostaje wtedy niestrawności, a kiedy pani Fannie cierpi na niestrawność, to może mi panienka wierzyć, trzeba się trzymać od niej z daleka. – Queenie przełożyła zawartość miski do garnka, zamieszała kilkakrotnie i nakryła pokrywką.

W tym momencie do kuchni weszła Doll, ciągnąc się za włosy. Ku osłupieniu dziecka te włosy zostały jej w ręce.

– Jak panna Ibby nie zamknie buzi, to jej tam mucha wleci – powiedziała Queenie.

Na widok miny małej Doll wybuchnęła śmiechem.

– Myślała panienka, że to są moje prawdziwe włosy? Nie, to jest peruka. – To powiedziawszy, rzuciła perukę na ladę kuchenną przy oknie.

– Jak się czuje pani Fannie? Może by wezwać doktora? – zainteresowała się Queenie.

– Ma wielkiego guza na głowie, ale nic jej nie będzie.

– Jesteś pewna, że nie powinnyśmy wezwać doktora?

– Nie, mama, ona musi tylko trochę odpocząć, to wszystko. – Doll usiadła na stołku koło okna wychodzącego na tyły domu.

Ibby widziała, że się nad czymś zastanawia.

Queenie postawiła miskę na stole.

– Proszę jeść, panienka musi być głodna po tej podróży.

Dziewczynka dotknęła łyżką białej paci.

– A to, co to jest? – spytała.

– Najpierw proszę spróbować, a potem powiem.

Ibby nie spodobała się ta odpowiedź. Tak zawsze mówiła jej matka, kiedy chciała ją skłonić do zjedzenia kalafiora, a mało było rzeczy, których Ibby nie cierpiała bardziej. Ostrożnie nabrała maleńką porcję białej masy, przyglądając się jej bardzo dokładnie, zanim dotknęła potrawy czubkiem języka. O dziwo, okazała się przyjemnie słodka. Zauważyła, że Queenie nie sprzestaje na nią patrzeć.

– Widać, że nigdy do tej pory panienka nie jadła zsiadłego mleka – skonstatowała.

Ibby potrząsnęła głową.

– A co to jest zsiadłe mleko?

– Nastawia się mleko na dzień albo dwa, aż się skwasi i zsiądzie. Posypałam je trochę gałką muszkatołową i cynamonem, żeby było ostrzejsze.

Mała odsunęła pustą miseczkę.

– Dobrze, że mi nie powiedziałaś, co to jest, zanim zjadłam.

– Doll mówiła, że panienka lubi muzykę – przypomniała sobie Queenie. – A jaką muzykę?

– Moody Blues.

– Blues? My w Nowym Orleanie mamy bluesa pod dostatkiem – zapewniła ją Queenie.

Doll parsknęła śmiechem.

– Nie, mama, The Moody Blues to nowy zespół z Anglii.

– Z Anglii? A po co nam zespół z Anglii, skoro mamy tu takich jak Allen Toussaint, Dr. John i Irma Thomas. Czy nie mam racji?

– Może i masz – przyznała Doll i wzruszyła ramionami.

– Co się dzisiaj z tobą dzieje, dziewczyno? – Queenie machnęła ścierką córce przed nosem. – Przecież uwielbiasz Miss Irmę.

Doll zaczęła skubać perukę, jakby się chciała na niej zemścić.

– Może Doll ma zły humor z tego powodu, że ja tutaj jestem – wtrąciła Ibby.

– Skąd panience to przyszło do głowy? – żachnęła się Doll.

– Bo ja wiem, że Fannie wcale mnie nie zaprosiła. Po prostu mama mnie tu przywiozła, bo nie wiedziała, co ze mną zrobić.

– A panienka, zamiast robić taką smutną minkę, niech lepiej spojrzy na mnie. – Queenie przysunęła sobie krzesło i usiadła koło Ibby. – Kiedy Fannie się dowiedziała, że panienka ma przyjechać, szalała z radości.

Ibby potrząsnęła głową.

– Fannie nie wygląda na szczęśliwą z tego powodu, że ja tu jestem.

– Cała pani Fannie. – Queenie wzięła z lady kuchennej brunatne jajko i położyła je na stole przed dziewczynką, a następnie lekko wprawiła w ruch. – Niech panienka spojrzy na sprawę z tej strony. Babcia panienki jest jak to jajko. Jeśli jajko się zachwieje, to znaczy, że jest surowe. Wtedy wrzucam je do miski i robię ciasto. A jeśli wiruje równo, to znaczy, że jest ugotowane, jak to tutaj, i robię z niego sałatkę jajeczną.

– A może ty powinnaś wziąć popękane jajko, mama. To by bardziej pasowało – wtrąciła Doll.

Queenie spojrzała na nią spode łba.

– Powinnaś wiedzieć, czy jajko jest surowe, czy ugotowane, zanim zdecydujesz, co z nim zrobić.

– Czy Fannie zawsze była jak to jajko? – zapytała Ibby.

Queenie wstała i podeszła do lady kuchennej.

– Nie, panno Ibby, na początku ona taka nie była. Na początku była nowa i świeża, jak my wszyscy. Widziała panienka może to duże drzewo przed domem?

– Widziałam. A bo co?

– To drzewo ma wielki pień, a jego gałęzie zajmują tyle miejsca. Ale ono nie od razu było takie duże. Rosło latami, aż zaczęło się pochylać. Czasem musimy je podpierać, żeby się nie przewróciło. I tak samo jest z panią Fannie. – Queenie złapała się za plecy i skrzywiła.

– Co się dzieje, mama? – zapytała Doll.

– Moje ciało ma sześćdziesiąt lat, a noszą je nogi dziewięćdziesięciopięcioletnie – odparła Queenie, przytrzymując się lady. – Panienka wie, co chcę przez to powiedzieć? Jestem jak to drzewo. Moje nogi już mnie nie chcą nosić.

– A mama panienki to jeszcze inna historia – wtrąciła Doll. – Jakby tak zamknąć w jednym pokoju panią Fannie i panią Vidrine, to trudno powiedzieć, która by wyszła na własnych nogach.

Queenie zgromiła Doll wzrokiem.

– Po co wywlekać takie rzeczy? Pani Fannie nie byłaby zachwycona, gdyby wiedziała, że o niej rozmawiamy. Nie jesteśmy u siebie.

– Dobrze, jak mi nie chcecie powiedzieć, to sama ją o to zapytam – zdecydowała Ibby.

Queenie i Doll spojrzały po sobie.

– Nie, niech panienka tego nie robi. – Queenie usiadła przy stole obok Ibby i wymierzyła w nią palec. – Zasada numer jeden w tym domu. Nigdy nie pytaj pani Fannie o jej przeszłość. To ją bardzo denerwuje. Zasada numer dwa. Kiedy pani Fannie zaczyna mówić o swojej przeszłości, to słuchaj, ale nie zadawaj pytań. Zasada numer trzy. Jak widzisz, że zaczyna jej się trząść ręka, to lepiej zmień temat, bo dostanie ataku. Zasada numer cztery. Jeśli jest coś takiego, co chciałabyś wiedzieć, to lepiej przyjdź do nas, my ci powiemy.

– Ale mówiłyście, że to nie jest wasz dom, żeby o niej opowiadać – przypomniała im Ibby.

– Tak powiedziałaś, mama – potwierdziła Doll.

– Zmieniłam zdanie. Wystarczy tylko zapamiętać te zasady, a nie będzie żadnych kłopotów.

– To powiedzcie mi, dlaczego one się tak nienawidzą – poprosiła Ibby.

– No już dobrze, powiem, ale niech panienka nigdy się nie przyznaje przed panią Fannie, że cokolwiek panience mówiłam. To jest zasada numer sześć.

– Numer pięć, mama – sprostowała Doll. – Żadnej zasady numer sześć nie ma.

– Zamknij buzię, panna Ibby wie, o co mi chodzi.

Doll przewróciła oczami.

– Może i zasada numer sześć powinna być, lepiej się z mamą nie sprzeczać.

– To jest zasada niepisana. I nie potrzebuje żadnego numeru. – Queenie na chwilę zamilkła. – Mam panience powiedzieć o jej mamie i tacie? No to powiem. Pani Fannie zaplanowała panu Grahamowi całe życie. Myślała, że jak pan Graham skończy prawo na Tulane, to podejmie pracę w mieście, ożeni się, zamieszka w tym domu i założy rodzinę. Wymarzyła sobie, że ten dom będzie pełen dzieci i życia. Ale to wszystko się zmieniło w dniu, w którym pan Graham poszedł ze swoimi kolegami z prawa do restauracji przy Carrollton Avenue, gdzie poznał kelnerkę Vidrine Crump. Pani Fannie myślała, że to tylko takie chwilowe zauroczenie. Nie brakowało dziewczyn, które się uganiały za panem Grahamem. Ale jemu wpadła w oko właśnie Vidrine. To nie była taka dziewczyna, jaka... – Queenie spuściła oczy.

– Mama chciała powiedzieć, że była nie taka, z jakimi zwykle spotykał się pan Graham – pospieszyła z pomocą Doll.

Queenie skarciła ją wzrokiem, po czym znów zwróciła się do Ibby.

– Fannie nie była zachwycona tym, że pan Graham widuje się z panią Vidrine, i wcale tego nie ukrywała. Chciała, żeby pan Graham ożenił się z kimś... z kimś...

– Z kimś lepszym – dokończyła za matkę Doll. – Pani Fannie mówiła o niej „to nicdobrego z Dry Prong, Missisipi. Ten wyszczekany tłumok z dużym cycem", pamiętasz?

Queenie się skrzywiła.

– Zamknij buzię, dziewczyno. Mówimy o jej mamie. – Queenie położyła dłonie na kolanach i westchnęła głęboko. – No więc tata panienki przyszedł pewnego dnia do domu i oznajmił, że ożeni się z panią Vidrine, czy pani Fannie sobie tego życzy, czy nie. A pani Fannie na to, że jeśli pan Graham tak zrobi, to nie przestąpi więcej progu tego domu. I co na to pan Graham? Po prostu uciekł z mamą panienki. A czyj to był pomysł, żeby uciec aż tak daleko, jak nie pani Vidrine? Zrobiła to pewnie dlatego, że pan Graham mimo wszystko tak kochał to miejsce. Ze dwanaście lat pani Fannie go nie widziała. Przez dłuższy czas nie wiedziała nawet, że ma wnuczkę. Dopóki pan Graham nie oprzytomniał i nie przysłał jej kilka lat temu zdjęcia panienki.

W pewnej chwili zaskrzypiały drzwi werandy i wszystkie trzy spojrzały w tamtą stronę. Do kuchni wszedł czarnoskóry mężczyzna w białym podkoszulku i w ogrodniczkach. Zdjął kapelusz i zmiął go w zniszczonych rękach.

Skinął siwą głową w stronę kobiet.

– Dzień dobry, Queenie. Dzień dobry, Doll.

– Dzień dobry, panie Pierce – odparła Queenie, odpychając się od stołu.

– Mam dziś dla was pięknego karmazyna. – Mężczyzna spojrzał pytająco na Ibby. – A kogóż my tu widzimy?

– To jest wnuczka pani Fannie, Ibby. Przyjechała do nas z wizytą. – Queenie skinęła głową. – Córka pana Grahama. Nie widzi pan podobieństwa?

– Jasne, jasne. – Mężczyzna skinął głową. – Te same

oczy. Panienki tata, panno Ibby, to był dobry człowiek. A także bardzo bystry.

– A pan go znał? – zapytała dziewczynka.

– Ja przychodzę do tego domu od czasu, kiedy tata panienki był małym chłopcem – odrzekł pan Pierce. – To bardzo przykre, że odszedł.

Queenie poszła za mężczyzną do zaparkowanej na podjeździe za domem zdezelowanej furgonetki, gdzie w równych rzędach leżały między blokami lodu ryby. Przesuwała palcem po łuskach, żeby sprawdzić w ten sposób ich świeżość. Trzy wskazane sztuki pan Pierce zawinął w gazetę i ruszył z powrotem do domu z czerwoną siatką zarzuconą na ramię.

– Uprzejmie panu dziękuję, panie Pierce – powiedziała Queenie.

Mężczyzna położył na stoliku siatkę z ostrygami, uchylił kapelusza i wyszedł.

Queenie przyniosła deskę do krojenia i rozwinęła gazetę.

– Popatrzcie no, pan Pierce dołożył nam mały upominek, dał cztery ryby zamiast trzech. To bardzo ładnie z jego strony. – Wyjęła z szuflady tasak i z hukiem odcięła głowę jednej z ryb, po czym podsunęła odcięty łeb Ibby pod nos. – Widzi panienka oczy tej ryby? Są czyste. A to znaczy, że ryba jest świeża. Moja mama mawiała: „Ryba psuje się od głowy". Zanim cokolwiek poczujesz, wszystko widać w oczach. – Queenie wydłubała nożem rybie oko i włożyła sobie do ust. – A to na szczęście.

– Lepiej niech się panienka przyzwyczai do zachowań mojej mamy. – Doll wskazała widelcem na Queenie, która właśnie filetowała rybę. – Mogła poprosić pana Pierce'a, żeby to za nią zrobił, ale mama jest bardzo wymagająca, lubi obrać te ości z każdego najmniejszego włókienka mięsa, do czysta.

– Nic się nie może zmarnować – wyjaśniła Queenie,

zawinęła filety w nasączone mlekiem szmatki i schowała do lodówki. Następnie ości, razem z głową ryby, zawinęła w inny kawałek płótna, którego cztery rogi związała na supeł. – A to nadaje całej potrawie smak. – Wrzuciła zawiniątko do garnka i nakryła przykrywką, a następnie przechyliła głowę i spojrzała na Ibby. – A teraz, jak już panna Ibby poruszyła ten temat, to ja bym chciała wiedzieć, czy mama panienki mówiła coś więcej?

Tego ranka Vidrine wydawała Ibby najróżniejsze polecenia: Nie zapomnij dać urny swojej babci. I nie gadaj za wiele. Bądź grzeczna i nie sprawiaj babci kłopotu.

Powiedziała coś jeszcze, kiedy wsiadały na lotnisku do samochodu, ale Ibby nie całkiem zrozumiała, co mama miała na myśli. Teraz powtórzyła dokładnie słowa Vidrine: „I nie słuchaj niczego, co te chytre czarnuchy będą o mnie wygadywały".

Queenie i Doll spojrzały po sobie. Queenie zrobiła taką minę, jakby zjadła coś kwaśnego, a potem tasak, który trzymała w ręce, opadł tak mocno, że stół mało nie pękł na dwoje.

– Jak ten ćwok śmie nazywać nas chytrymi! A jej się wydaje, że niby kim ona jest? – syknęła Queenie.

– Przepraszam. Nie chciałam powiedzieć nic złego. Ja tylko powtórzyłam to, co mi mówiła mama – dodała Ibby.

– Nic nowego, nic, czego byśmy wcześniej nie słyszały. – Doll pokiwała głową, z trudem hamując śmiech.

Queenie spojrzała na Ibby.

– Panno Ibby, radzę iść na górę i trochę odpocząć. Panienka miała ciężki poranek.

• • •

Kiedy tylko Ibby opuściła kuchnię, Queenie zwróciła się do Doll:

– Ciekawe… tak jakoś dziwnie zachowywałaś się całe rano… A może pani Fannie coś ci powiedziała, kiedy z nią byłaś wtedy sama w pokoju?

Doll wzruszyła ramionami.

– Wyjęła pusty flakonik i mówiła, że musi sobie dokupić perfum.

– Nie, chodzi mi o pannę Ibby. Mówiła coś o niej?

– No, mówiła. Chciałaby, żeby panna Ibby z nią tu zamieszkała.

– Ale na stałe?

– Tak, mama, na stałe, tak się wyraziła.

– Wolę nawet nie myśleć, co by na to powiedziała pani Vidrine.

Nagle zaskoczył kobiety dochodzący z korytarza donośny głos.

– Hej, jest tam kto?!

– O Boże! – Doll rozejrzała się w popłochu. Tego głosu nie mogła pomylić z żadnym innym.

– Czego ona tutaj szuka? – mruknęła Queenie pod nosem.

Doll wyjrzała przez drzwi kuchenne i zobaczyła stojącą w hallu Vidrine z niewielką walizeczką w ręce.

– Panna Ibby zapomniała swojej walizki z samochodu – szepnęła do matki. – Wygląda na to, że pani Vidrine przyniosła tę walizkę. Myślałam, że spieszy się na samolot. Ciekawe, co ona tutaj jeszcze robi.

– Słyszałaś kiedy, żeby pani Vidrine powiedziała prawdę? – zapytała Queenie. – Może chce zacząć gdzieś nowe życie i przystać do jakiejś sekty. Nie mam pojęcia. Z nią nigdy nie wiadomo. Zresztą teraz to nie ma znaczenia. Jest tutaj, więc idź do niej, zanim zejdzie z góry pani Fannie i dostanie na jej widok ataku serca.

– Co to, to nie. Nigdzie nie idę. Wyjdź do niej sama.

Queenie podeszła do Doll i pod jej ręką przez szparę w drzwiach wyjrzała na korytarz.

– Liberty! – wrzasnęła w stronę schodów Vidrine.

Queenie skrzywiła się i zakryła uszy rękami.

Vidrine rozejrzała się dokoła, jakby robiła inwentaryzację sprzętów: nachyliła się do wiszącego na ścianie obrazka, przejechała ręką po stole.

– Tylko popatrz na nią – szepnęła Queenie. – W dalszym ciągu ma te okropne oczy jakby za duże do jej głowy. Przez to wygląda, jakby wsadziła palec w gniazdko elektryczne.

Doll nigdy nie mogła zrozumieć, co się panu Grahamowi w tej kobiecie spodobało. Poza tymi zwariowanymi oczami Vidrine miała zwyczaj patrzenia z ukosa, jakby jej ciągle coś śmierdziało. Na szczęście panna Ibby jest bardziej podobna do ojca – pomyślała.

Queenie trąciła ją w bok.

– Mówię ci, idź już i przynieś tę walizkę.

– Może pani Vidrine zostawi ją po prostu w korytarzu i sobie pójdzie – odparła Doll, nie kwapiąc się wcale, żeby spełnić polecenie matki.

Queenie wykręciła głowę.

– Wcale mi nie wygląda na to, żeby miała gdziekolwiek iść.

– Liberty Bell, chodźże wreszcie i weź ode mnie tę swoją cholerną walizkę! – wrzasnęła Vidrine.

Drzwi do pokoju Fannie się otworzyły i w korytarzu rozległy się kroki.

– Zobacz, co najlepszego zrobiłaś – rzuciła Queenie. – Idzie pani Fannie. Leć szybko i spróbuj ją zatrzymać.

Ale było już za późno. Fannie właśnie zbliżała się do Vidrine. Ku zdumieniu Doll ubrana, a nawet lekko umalowana.

– Ciekawe, dlaczego pani Fannie się uśmiecha? Przecież ona nie znosi tej kobiety – zauważyła Queenie.

– Och nie… – jęknęła Doll.

– No i co? – Queenie kuksnęła ją w bok. – Co teraz?

– Pamiętasz, o czym dopiero co rozmawiałyśmy… Pani Fannie na pewno będzie prosiła Vidrine, żeby Ibby mogła tu z nią zamieszkać. Dlaczego inaczej miałaby się uśmiechać? Pani Fannie tylko wtedy tak serdecznie się uśmiecha, kiedy czegoś od kogoś potrzebuje. A sądząc po tym wielkim uśmiechu, musi tego bardzo potrzebować.

– Ile to lat się nie widziałyśmy…? – zaczęła Vidrine lodowatym tonem.

Doll się spodziewała, że Fannie odpowie coś w rodzaju: z tobą to i tak za krótko, a tymczasem Fannie powitała ją kordialnie, wyciągając do niej rękę.

– Miło mi cię widzieć, Vidrine.

Vidrine odskoczyła do tyłu i uniosła dłoń, jakby Fannie wycelowała do niej z broni.

– Ja tu przyszłam oddać walizkę Ibby, a nie po to, żeby za coś przepraszać. Ibby zostawiła walizkę w samochodzie. A zresztą spieszę się. – I z tymi słowy Vidrine skierowała się do drzwi.

Fannie pospieszyła za nią.

– Zaczekaj chwilę, proszę cię, chciałam z tobą o czymś porozmawiać.

– Nie mam czasu. – Vidrine otworzyła drzwi, w dalszym ciągu trzymając walizkę.

Fannie złapała ją za rękę.

– Ale właściwie dokąd się tak spieszysz?

Vidrine wyrwała jej rękę.

– Nie twoja sprawa.

Fannie ponownie złapała ją za rękę, tym razem mocniej. Vidrine zaczęła się z nią szarpać.

– Oho… widzę, że szykuje nam się tu pyskówka – powiedziała podniecona Queenie do Doll.

Fannie puściła Vidrine.

– Poczekaj chwilę. Mnie to naprawdę nie interesuje,

dokąd się tak spieszysz. Jeśli o mnie chodzi, możesz sobie nawet jechać do Indii. Chcę tylko twojej zgody na to, żeby Ibby tu u mnie została.

Vidrine zaczęła rozcierać ramię. W miejscu, w którym ją Fannie złapała, zaczął się pojawiać siniak.

– Zobacz, co zrobiłaś!

– Przykro mi.

– Przykro ci? Już ja wiem, jak ci jest przykro. Zresztą to nie ma znaczenia. O co ci chodzi? Ibby tu zostaje, tak jak się umawiałyśmy. A teraz wybacz, ale muszę już iść. – Vidrine szerzej otworzyła drzwi.

Fannie zamknęła je nogą.

– Co ty robisz? Zwariowałaś? – żachnęła się Vidrine.

– Ale ja chcę, żeby została na zawsze. Żeby tu ze mną zamieszkała.

Vidrine wzięła się pod boki.

– Poprosiłam, żeby mogła tu zostać na trochę, nie na zawsze.

– Wiem – odparła Fannie – ale pomyślałam, że tutaj, u mnie, byłoby jej lepiej.

– Lepiej? U ciebie? Co, do cholery, chciałaś powiedzieć przez to, że Ibby będzie lepiej u ciebie? To ja decyduję o tym, gdzie jest jej lepiej. A jeśli dalej będziesz mnie w ten sposób obrażała, to ją zabieram i już.

– Po prostu pomyślałam, że teraz, jako wdowie, przyda ci się trochę swobody – powiedziała Fannie. – Ja się zajmę Ibby, a ty będziesz ją mogła odwiedzać, kiedy zechcesz.

– Chyba zwariowałaś? Popatrz na siebie. Co znaczy ten guz na czole? Znów się przewróciłaś po pijaku? Piłaś dziś rano? Tak? Stąd się wszystko bierze? I to ma być właściwa atmosfera do wychowywania dziecka?

– Nie, nie piłam. Jestem całkowicie trzeźwa.

– A to znaczy, że jesteś jeszcze bardziej zwariowana, niż myślałam – oznajmiła Vidrine. – Graham zawsze to mówił.

Nienawidził cię od czasu, kiedy go wysłałaś do internatu. Jak myślisz, dlaczego po ślubie ze mną uciekł od ciebie aż tak daleko, co?

– To była twoja sprawka – odparła Fannie. – Nie Grahama. On byłby tu, w Nowym Orleanie, najszczęśliwszy.

– Skoro tak, to dlaczego nigdy cię nawet nie odwiedził? – Vidrine ponownie wzięła się pod boki. – Bo cię nienawidził. Uważasz, że chciałby, żeby jego córka mieszkała u jego matki, której nienawidził? Nie sądzę.

– To niech zdecyduje sama Ibby.

Vidrine spojrzała na Fannie spode łba.

– To był mój wielki błąd. Nie powinnam nigdy przywozić tu Ibby. Liberty Bell, schodź zaraz na dół! Wyjeżdżamy! – Vidrine krzyczała tak głośno, że aż się zakołysał wiszący nad jej głową żyrandol.

U góry pojawiła się Ibby.

– Co się stało, mamo?

– O, nie. Panna Ibby schodzi – szepnęła do matki Doll.

– Ciekawe, jak długo biedaczka tego słuchała – zmartwiła się Queenie. – Musimy coś z tym zrobić.

Doll potrząsnęła głową.

– Nie możemy nic więcej zrobić, jak tylko patrzeć i czekać, co z tego wyniknie.

– Chodź, jedziemy. – Vidrine podniosła walizkę z podłogi.

– Ale przecież ja tu dopiero przyjechałam – zaprotestowała Ibby.

– Przepraszam cię, Vidrine – błagała ją dalej Fannie. – Możemy porozmawiać później, a teraz niech mała tu zostanie.

– Słyszałaś, co do ciebie mówię, Ibby? Schodź w tej chwili na dół! – Vidrine szarpnęła za gałkę drzwi i otworzyła je kopniakiem.

Ibby zbiegła po schodach.

Fannie złapała wnuczkę za rękę i przyciągnęła do siebie.
– Pozwól jej zostać.
Vidrine patrzyła to na Fannie, to na Ibby, a potem spojrzała na zegarek i cisnęła w nie walizką, która wylądowała dokładnie u stóp dziewczynki. Na koniec rozległo się trzaśnięcie frontowych drzwi. Doll widziała, jak Vidrine biegnie do samochodu. Nawet się nie obejrzała za siebie.
Z kuchni wyszła Queenie.
– Mam nadzieję, że ostatni raz w życiu widziałam tę kobietę.
– Nie byłabym tego taka pewna – powiedziała Doll.
Po wyjściu Vidrine Fannie wzięła Ibby za rękę.
– Zapraszam cię na przejażdżkę – rzuciła.

ROZDZIAŁ 7

Doll i Queenie stały przy oknie i patrzyły, jak Fannie wycofuje samochód z podjazdu.

– Dokąd one się, do jasnej, wybierają, jak myślisz? Przecież Fannie od lat nie prowadziła samochodu. To niebezpieczne. – Queenie była wyraźnie zatroskana.

Doll objęła matkę ramieniem.

– Co zrobić? I tak wszelkie próby powstrzymania jej na nic by się zdały, ona nigdy nie posłucha dwóch przebiegłych czarnuch.

Queenie uwolniła się od ramienia Doll.

– Ja nie żartuję. Dosyć już żartów jak na jeden dzień.

Podeszła do lady kuchennej i nastawiła radio na muzykę gospel. Zmywając naczynia, miarowo kołysała głową z boku na bok. Po chwili Doll zmieniła stację.

Queenie spojrzała na córkę.

– Dlaczego to robisz? Przecież wiesz, że przy zmywaniu lubię słuchać muzyki gospel.

Z radia rozległ się głęboki głos:

– To jest WBOK, jedyna stacja w Nowym Orleanie nadająca rhythm and bluesa, a ja jestem Chubby Buddy i przedstawiam wam naszą własną królową soulu Irmę Thomas. Jej najnowsza piosenka *Marzę o tym, żeby ktoś mnie pokochał* zajmuje pierwsze miejsca na listach przebojów. Reszta, jak to mówią, jest milczeniem. Zapraszamy dziś wieczorem do La Ray's Village Room na

Dryades Street – będzie można posłuchać pani Irmy na żywo.

Doll podkręciła głośność dokładnie w chwili, kiedy Irma Thomas wydała tęskny krzyk.

Queenie z powrotem ściszyła radio.

– Nie rozumiem, dlaczego młodzi ludzie słuchają takiej głośnej muzyki. Rozsadza mi głowę.

Doll zlekceważyła uwagę matki i zaczęła tańczyć, wymachując rękami i kołysząc biodrami w takt muzyki.

– Mogę dziś wyjść trochę wcześniej? – spytała.

– Nic ci się nie stanie, jak przyjdziesz tam trochę później, jeszcze się nasłuchasz tej swojej Irmy. Co ty kombinujesz, dziewczyno?

Doll podeszła do lady przy oknie wychodzącym na tyły domu, wzięła widelec i zaczęła do niego śpiewać, jakby to był mikrofon. Na chwilę przerwała, żeby odpowiedzieć matce:

– Och, nic.

– Ty mnie nie zbywaj takimi „och nicami". – Queenie z powrotem nastawiła radio na muzykę gospel. – Lepiej powiedz, co przede mną ukrywasz.

Doll oparła się o ladę.

– Umówiłam się z takimi jednymi przed sklepem mydło i powidło na Canal Street.

– Ale z kim? Co to za ludzie?

– No wiesz, Doretha, Slim, może Lola Mae…

– I po co? – Queenie skrzyżowała ręce na piersiach i posłała córce spojrzenie „nie-ty-tego-nie-zrobisz".

– Ot, tak sobie, po prostu żeby pobyć razem. – Doll wyglądała przez okno. Była niezadowolona, że się w ogóle odezwała. Nie umiała kłamać i matka zawsze potrafiła ją przejrzeć na wylot.

– Ale chyba nie planujecie tych numerów z zasiadaniem w barze, co? – Queenie wyjęła ze zlewu nóż i wymierzyła go w córkę. – Kiedy ostatnim razem twoi przyjaciele zrobili to w barze u Woolwortha, zgarnęła ich policja. Pamiętasz? Każde z nich albo straciło pracę, albo zostało wyrzucone ze szkoły. Earline Murray musiała wysłać swojego syna z domu, bo zaczęli dostawać pogróżki o zamachach bombowych. A Jerome Smith? Mało go nie pobili na śmierć.

– To dlatego, że Jerome wziął udział w jednym z rajdów dla wolności, mamo, a nie dlatego, że siedział wtedy w barze u Woolwortha.

Doll wiedziała, że jej matka gotowa była zawsze opowiedzieć się po stronie biednych, pokrzywdzonych i nierozumianych, którymi w jej pojęciu byli wszyscy sąsiedzi z dzielnicy St. Roch, w której mieszkały. Doll opadła na stołek, udając, że słucha „mowy" Queenie, którą ta wygłosiła już setki razy.

– Nie dalej jak wczoraj syn Virgie Mae Jefferson został naprawdę ciężko pobity za to tylko, że siedział przy barze w bufecie budynku władz stanowych w Baton Rouge. A kto idzie do więzienia? Przecież nie ci biali, którzy go pobili, to jasne. Nie inaczej będzie z wami, jak pójdziecie do Woolwortha.

– Spokojnie, mama.

Queenie uderzyła pięścią w stół.

– Dlaczego wiecznie szukasz guza?

Doll nie pozostawało nic innego, jak tylko pozwolić matce się wygadać. Queenie mocno wierzyła w status quo. Segregacja, owszem, ale przy tym równość – to było dla niej do zaakceptowania pod warunkiem, że zapanuje spokój. Ale Doll wyznawała inne zasady. Jej córka Ptaszyna była niewiele starsza od Ruby Bridges, małej kolorowej dziewczynki, którą uzbrojeni strażnicy odprowadzali do Szkoły Podstawowej dla Białych Frantza w Dziewiątym Okręgu Wyborczym w roku 1960. Jej nauka tam miała nadać szkole charakter integracyjny. Sprawa trafiła na pierwsze strony gazet i zapoczątkowała masowy odpływ białych z miasta, co rozwścieczyło Ku-Klux-Klan. Od tamtej pory minęły cztery lata i co dobrego z tego wynikło? Jeśli chodzi o Doll, to niewiele się zmieniło. Dla swojej córki chciała czegoś lepszego. Chciała, żeby Ptaszyna mogła sama decydować o swoim życiu, a nie by ktoś jej dyktował, co ma robić. Była zdecydowana o to walczyć, tylko nie bardzo wiedziała jak.

– Na tym polega problem – mruknęła pod nosem Queenie – że większość ludzi żyje w błogiej nieświadomości jego istnienia.

– Już to słyszałam – burknęła Doll.

– Ale to prawda, dziecko. Ty jesteś poszukująca.

– Co chcesz powiedzieć przez to, że jestem poszukująca? – Doll wpatrywała się w matkę. Nigdy dotychczas nie słyszała tego słowa z jej ust. Zastanawiała się, czy jest to „słowo dnia" zaczerpnięte z gazety pani Fannie.

Queenie skierowała nóż w jej stronę.

– Poszukująca, dziecino, tak, poszukująca to jest taka osoba, która czegoś szuka, ale nigdy tego nie znajdzie.

– Ja wcale nie jestem poszukująca, mamo. Nie widzisz, co się dokoła ciebie dzieje. Świat się zmienia.

– Właśnie. Nie słuchasz tego, co do ciebie mówię. Ludzie idą do więzienia, tracą życie. To się nie zmieniło. A teraz siadaj tu ze mną i pomóż mi obierać ostrygi.

– Zaraz skończę dwadzieścia trzy lata. Czas, żebyś mi przestała mówić, co mam robić.

– Jestem twoją matką. Dla mnie twój wiek nie ma znaczenia. Jesteś moją córką i będę cię chroniła przed kłopotami najlepiej, jak tylko umiem.

– Tak jak uchroniłaś przed nimi Ewella, tak?

Queenie położyła rękę na piersi i spuściła oczy. Brat Doll, Ewell, dostał kilka lat temu kulę w pierś podczas bezsensownej strzelaniny, w której zginęło czterech młodych czarnych mężczyzn, a potem cała dzielnica została sparaliżowana strachem.

– Przepraszam, mamo. Nie powinnam tego mówić. – Doll dotknęła ramienia matki; zdawała sobie sprawę, że posunęła się za daleko, wzbudzając w niej stare lęki i dręczące ją pytanie, które z jej dzieci będzie następne. Doll nie trafiła do więzienia i nie została pobita tak jak jej przyjaciele podczas ostatniego protestu tylko dlatego, że porucznik Kennedy, policjant zaprzyjaźniony z panią Fannie, poznał ją i odesłał do domu, zanim awantura rozpoczęła się na dobre. Następnym razem już mogła nie mieć tyle szczęścia. Na tym polegał cały problem. Ale czy była to wina Doll, że czuła się jak ziarno posiane w niewłaściwej glebie? Może nawet Queenie miała rację. Jednak ziarno już dojrzało, gotowe w każdej chwili pęknąć bez względu na to, co radziła matka.

Queenie podniosła wzrok.

– Ty myślisz, dziecko, że ja nie wiem, co mówię, widzę to wyraźnie. Ale mylisz się, kochanie. Ja po prostu próbuję ci oszczędzić tych wszystkich kłopotów, jakie na ciebie czyhają. A teraz idź na ganek i przynieś ten woreczek ostryg od pana Pierce'a.

Doll poszła i po chwili wróciła z woreczkiem ostryg, który położyła na stole kuchennym.

– A co, znów ci dokucza artretyzm? – zapytała, widząc, że matka wmasowuje sobie w łokcie proszek musztardowy.

Queenie skinęła głową.

– Obieranie ostryg to dla mnie męka.

– To po co w ogóle wzięłaś ostrygi? – Doll rozcięła nożem niewielki woreczek. – Przecież wiesz, że ostrygi są najlepsze tylko w miesiącach z literą „r". O tej porze roku są bardzo mizerne.

– Chciałam, żeby panna Ibby spróbowała, jak smakują

ostrygi, póki jest tu z nami – odparła Queenie. – Nic na to nie poradzę, że przyjechała w środku lata.

Wsadziła czubek noża w spojenie skorupy i po kilku ruchach noża skorupa się otworzyła. Uniosła ostrygę na czubku i obejrzała ją dokładnie przed wrzuceniem do przygotowanej miski.

– Powiem ci coś jeszcze – ciągnęła dalej. – Zauważyłam, że zachowujesz się tak, jakbyś się bała tej małej dziewczynki.

– Co znaczy „bała"? Dlaczego miałabym się bać panny Ibby? – zaperzyła się Doll.

– Słyszałam, w jaki sposób odzywałaś się do tego dziecka. Jakbyś się bała, że panna Ibby wejdzie między ciebie i panią Fannie i skradnie całą jej uwagę.

Doll wrzuciła do miski obraną ostrygę i wymierzyła w matkę ostrze noża.

– A niby w jaki sposób się do niej odzywałam? Odzywam się do panny Ibby w taki sam sposób jak do ciebie.

– Właśnie to miałam na myśli. Nie rozpuszczaj buzi tak, jakbyś rozmawiała z panią Fannie. Nie możesz w ten sposób odzywać się do panny Ibby. Ona nie jest do tego przyzwyczajona.

Doll usiadła zdenerwowana.

– Mama, dlaczego się nade mną znęcasz, jakbyś miętosiła ciasto na chleb.

– Wcale się nad tobą nie znęcam, dziecko. Ja tylko... ja tylko chcę, żebyś zrozumiała, jakie to jest dla ciebie szczęście, że trafiłaś tu, do tego domu. – Queenie wepchnęła czubek noża w szparę następnej skorupy, po czym spojrzała na córkę. – Ile razy mam ci powtarzać, że nie zmienisz swojego losu? Że jesteś tutaj z wyboru Boga. I nic ani nikt nie ma na to wpływu.

Taka była odpowiedź jej matki na wszystko. Doll zacisnęła usta i nic więcej nie powiedziała. Queenie nie mogła zrozumieć jednego: że im bardziej próbowała gasić zapał Doll, odwołując się do zdrowego rozsądku, tym bardziej rozniecała w niej iskrę buntu.

Przez chwilę kobiety siedziały w milczeniu, pogrążone we własnych myślach, aż wreszcie Queenie potrząsnęła głową i powiedziała:

– Nie powinnam była mówić temu dziecku prawdy o jej matce. Jest na to jeszcze za mała.

– Nie powiedziałaś nic, co nie jest prawdą.

– Tak, i Bóg mi świadkiem, że to jeszcze nie była cała prawda. – Queenie wrzuciła do miski kolejną ostrygę. – Na pewno pamiętasz panią Vidrine. Nie wierzę, żeby się zmieniła przez te dziesięć lat choć odrobinę.

Doll miała dwanaście lat, kiedy pan Graham przyprowadził do domu pannę Vidrine. Queenie dobrze pamiętała tamtą pierwszą wizytę. Do tej pory na samo wspomnienie aż się w niej wszystko gotuje. Podczas obiadu panna Vidrine zawołała Doll i powiedziała jej, że nienawidzi wątróbki i żeby nigdy nie podawała wątróbki, kiedy ona przychodzi w gości. I na oczach wszystkich wypluła przeżutą wątróbkę do ręki Doll. Zrobiła tak przy pani Fannie i przy panu Grahamie. Wszyscy to widzieli i nikt nie zareagował.

– Jasne, że pamiętam, mamo, ale co to ma za znaczenie?

– Zaraz ci powiem. Ta panna Vidrine zobaczyła taki duży dom i pomyślała, że pan Graham jest bardzo bogaty. I musiała rzucić na niego jakiś urok. Inaczej nie potrafię sobie tego wytłumaczyć.

– Jaki tam urok. Ja to pamiętam zupełnie inaczej: że pewnego dnia przy obiedzie panna Vidrine poinformowała panią Fannie, że jest w ciąży z panem Grahamem.

Queenie otarła pot z czoła wierzchem dłoni i przez chwilę wpatrywała się intensywnie w córkę.

– Teraz, kiedy pan Graham odszedł, mamy większe

problemy. Pani Vidrine tylko czeka, żeby pani Fannie zamknęła oczy. Wtedy może się tu wprowadzić, przejąć ten dom i zostać jego panią.

Doll upuściła ostrygę na stół i spojrzała na matkę.

– Wiem, mama, i ja o tym myślałam.

– Tylko nie wygadaj się przed panną Ibby. Nie chcę, żeby pomyślała, że się wtrącamy. Rozumiesz? Ani słówka. – Queenie wyłuskała jeszcze kilka ostryg i spojrzała na Doll. – A jak myślisz, dokąd pani Vidrine pojechała?

Doll wzruszyła ramionami.

– Nie wiem, czy miała tyle rozumu, żeby komukolwiek powiedzieć.

Queenie przez chwilę milczała.

– Musimy wymyślić jakiś plan i dopilnować, żeby ona nigdy się nie dobrała do pieniędzy Fannie. I trzeba się z tym pospieszyć.

Mina Queenie była pełna determinacji. Doll znała ją bardzo dobrze. Ta mina oznaczała, że zanim obiorą do końca wszystkie ostrygi, jej matka będzie miała precyzyjny, gotowy do realizacji plan.

ROZDZIAŁ 8

Queenie tak rozwścieczyła myśl, że musi koniecznie znaleźć sposób na odsunięcie Vidrine od domu, że w dwadzieścia minut wszystkie ostrygi były wyłuskane. A tymczasem Doll snuła swoje plany, jak by się tu spotkać z przyjaciółmi na Canal Street. Zdecydowała, że zastosuje ten sam wybieg co zawsze: matka ma wiedzieć, że ona jest na górze w swojej pracowni zajęta szyciem nowej sukni dla pani Fannie. Queenie nigdy nie zapuszczała się na górę, więc przy odrobinie szczęścia Doll będzie mogła się wymknąć, kiedy matka zajmie się prasowaniem, oglądając przy tym swój ulubiony program telewizyjny.

– O, do licha, spójrz na zegar – powiedziała Queenie, wycierając ręce w fartuch. – Prawie jedenasta trzydzieści. Pospiesz się, żebym mogła oglądać swoje ulubione seriale.

Queenie wyciągnęła ze schowka przy kuchni deskę do prasowania i zawlokła ją do salonu. Doll ruszyła korytarzem w stronę schodów.

– Gdybyś mnie potrzebowała, to jestem na górze – rzuciła.

Queenie nie odpowiedziała. Była zbyt zajęta nastawianiem *W poszukiwaniu jutra*. Kiedy tylko program się zaczynał, pogrążała się w innym świecie. Na to Doll zawsze mogła liczyć. Teraz stała na górze i czekała na właściwy moment. Gdy tylko usłyszała, że matka rozmawia z telewizorem, wiedziała, że nadeszła ta chwila. Skradała się korytarzem, aż minęła Queenie, ale to i tak nie miało większego znaczenia, bo telewizor ryczał tak głośno, że musieli go słyszeć wszyscy sąsiedzi, nawet przy zamkniętych oknach.

Doll wyszła kuchennymi drzwiami i udała się do garażu, gdzie trzymała ubranie specjalnie na taką okazję. Zdjęła strój pokojówki i założyła spodnie, białą bawełnianą koszulę i mokasyny. Znalazłszy się już na zewnątrz, zatrzymała się jeszcze i zajrzała przez okno do domu. Queenie, oparta o deskę do prasowania, z brodą podpartą dłońmi, oglądała telewizję. Doll pospieszyła w stronę przystanku autobusowego, świadoma podejrzliwych spojrzeń sąsiadów, dla których widok czarnoskórego nie w stroju roboczym i przemykającego ulicą mógł oznaczać tylko kłopoty.

Za rogiem zobaczyła kilka dziewczyn w roboczych fartuszkach, zgromadzonych na przystanku autobusowym i wyraźnie jadących po sprawunki dla swoich pań. Spojrzała na zegarek. Była jedenasta czterdzieści. Z przyjaciółmi miała się spotkać w południe na rogu Canal Street i St. Charles. Z ulgą powitała nadjeżdżający autobus.

Zapłaciła za bilet i wraz z grupą dziewczyn udała się na tył autobusu, wymieniając po drodze ukłony z kilkoma znajomymi osobami. Nie była w nastroju do rozmowy, usiadła więc przy oknie i zaczęła wyglądać. Co parę przecznic autobus się zatrzymywał i zabierał nowe czarne dziewczyny w roboczych strojach, które przesuwały się do tyłu, gdzie zajmowały wolne miejsca i ze zmęczeniem na twarzach myślały o tym, że wolałyby być gdzie indziej i robić co innego – tak samo jak Doll.

Jakieś trzydzieści przecznic dalej, przy Canal Street niedaleko Missisipi, autobus kończył bieg. Doll ruszyła w kierunku sklepu mydło i powidło, gdzie umówiła się ze swoimi przyjaciółmi. Właśnie mijała niewielki budynek z czerwonej cegły, gdzie mieściła się naprawa obuwia. Dziś pusty fronton sklepu zachęcał do wynajęcia lokalu. Doll pomyślała, że byłoby to idealne miejsce na sklep z sukienkami.

Osłoniła dłońmi oczy i zajrzała do środka. Wyobraziła sobie siebie w szwalni na zapleczu, jak projektuje suknie balowe dla czarnych kobiet, a jedną czy dwie ulubione eksponuje na wystawie. Sięgnęła do torebki, żeby zapisać informacje, kiedy na tablicy „Do wynajęcia" pod numerem telefonu zauważyła dopisek: „Nie dotyczy czarnych".

Stała jeszcze przez jakiś czas, intensywnie mrugając. Tabliczka z napisem „Do wynajęcia", odbijając się na jej piersi, pozostawiała na niej ciemny prostokąt. Doll czuła, jak burzy się w niej krew; miała ochotę wybić szybę wystawową tak, żeby się rozprysła w drobny mak. Zamiast tego odeszła rozczarowana, ze spuszczoną głową.

Dopiero kilka przecznic dalej, w pobliżu rogu St. Charles Avenue, na widok grupy przyjaciół nieco się rozpogodziła, przypominając sobie, po co tu przyszła.

– Co się z tobą działo, Dollbaby? – zawołał młody mężczyzna w płóciennym kapeluszu obszytym niebieską wstążką. – Myśleliśmy, że machnęłaś na nas ręką.

– Wybacz, Slim – odparła Doll. – Nie mogłam się wyrwać. Gdzie jest Lola Mae?

– Tu jestem – odezwała się młoda kobieta w luźnej sukience w kratkę, wyłaniając się zza Doll.

– A gdzie reszta?

Slim skinął głową w kierunku przeciwległej strony ulicy, gdzie stała grupka ich przyjaciół, którzy starali się robić wrażenie, że nie mają zdrożnych zamiarów.

– Lepiej, żebyśmy się nie zbierali zbyt dużymi grupami – wyjaśnił. – Nie powinniśmy zwracać na siebie uwagi.

Doll spojrzała ukradkiem na drugą stronę ulicy, żeby ocenić, ile osób zamierzało wziąć udział w proteście.

– Doretha jest?

– Jest. Stoi za Jerome'em po drugiej stronie Canal Street – wyjaśnił Slim. – Jak ty się pojawiłaś, to znaczy, że już jesteśmy w komplecie. Chodź za mną i pamiętaj, co ci mówiłem.

Slim uchylił kapelusza przed Jerome'em, na co tamten odpowiedział tak samo. Był to umówiony sygnał, na który mieli zacząć zbliżać się do sklepu. Szli jedno za drugim, w bezpiecznej odległości od siebie, i wchodzili do Woolwortha w pięciominutowych odstępach. Doll stała na rogu, udając, że czeka na autobus. Pojawił się jeden i odjechał. Potem drugi. Na widok trzeciego zaczęła się już niepokoić, ale w tym momencie Jerome dał jej znak. Weszła do sklepu i udawała, że się rozgląda za lakierem do włosów. Po upływie kilku minut znalazła się w barze, gdzie już siedziała piątka czarnych, w tym Jerome, Doretha i Lola Mae.

Chłopak obsługujący automat z wodą sodową podszedł do Jerome'a i wskazał wiszący na ścianie napis.

– Co ty sobie, do jasnej cholery, myślisz, Jerome? Nie umiesz czytać? Ten bar jest dla białych ludzi. Nie dla kolorowych. Chyba znasz obowiązujące tu zasady. Ile razy mam ci powtarzać?

Mężczyzna znał Jerome'a, który już czwarty raz organizował taki protest.

Jerome zignorował go i w sposób najelegantszy, na jaki było go stać, powiedział:

– Poproszę wodę nektarową.

Młody mężczyzna za barem założył ręce i przewrócił oczami, a następnie odszedł, rozwiązując fartuch. Doll wiedziała, że najprawdopodobniej idzie po menedżera. Zanim wrócił, bar był pełen kolorowych. Nagle zrobiło się bardzo cicho; wszyscy biali, widząc, co się święci, opuścili to miejsce. Jedynym słyszalnym dźwiękiem stało się tykanie zegara ściennego. Dwunasta piętnaście. Czyżby tu byli zaledwie piętnaście minut? Doll wydawało się, że od ich przyjścia minęła wieczność.

– Co robimy? – szepnęła do siedzącej obok niej wyraźnie zdenerwowanej Dorethy.

– Przypomnij sobie, co mówił Jerome. Czekamy na pojawienie się reporterów, żeby nam zrobili zdjęcia – wyjaśniła Doretha. – Mam nadzieję, że zdążą przed policją, bo jak nie, to nas pobiją na próżno.

Za nimi pojawił się niski mężczyzna w nakrochmalonej białej marynarce z wyhaftowanym czerwoną nicią napisem na kieszonce: „Pan Balducci, Menedżer".

– Jestem zmuszony poprosić państwa o opuszczenie lokalu.

Nikt ze zgromadzonych przy barze się nie ruszył.

– W porządku. Nie zostawiacie mi, państwo, wyboru: muszę wezwać policję – oznajmił pan Balducci.

W dalszym ciągu nikt nie drgnął. Doll słyszała ciężki oddech siedzącej koło niej Loli Mae. Gdzie są ci cholerni reporterzy? – zastanawiała się.

Nagle frontowe drzwi się otworzyły, wbiegł mężczyzna z aparatem i zaczął robić zdjęcia.

Natychmiast podbiegł do niego pan Balducci z podniesioną ręką.

– Tylko żadnych zdjęć. Nie u nas.

Próbował złapać za długi obiektyw aparatu, ale reporter uchylił się i wbiegł za ladę, cały czas trzaskając zdjęcia grupie ponurych czarnych ludzi.

Doll zauważyła nadjeżdżającą sukę policyjną. Zanim zdążyła ostrzec Lolę Mae, do sklepu wtargnęło sześciu policjantów i wyciągnęło zza pasów kajdanki. Jeden z nich podszedł do Doll.

– Chodź no, mała, tylko nie podskakuj – powiedział, potrząsając kajdankami.

Kiedy Doll spojrzała na plakietkę z nazwiskiem, zamarło jej serce. Ostrzegano ją przed Gormleyem. Był tłusty, różowy, z oczkami jak paciorki i robił groźne miny, co przyprawiało ją o dreszcze. Złapał ją za nadgarstek i pociągnął, aż ich twarze znalazły się na jednym poziomie.

– A to co takiego? – zapytał, wskazując na jej twarz. – Hej, Frank, chodź zobacz. Jedno oko jak u czarnucha, a drugie niebieskie. – Twoja mama pieprzyła się z białym, zgadza się, złotko? – powiedział to tak głośno, że wszyscy musieli go słyszeć. A potem szepnął Doll do ucha, zatrzaskując jednocześnie na jej nadgarstku kajdanki: – I ty też lubisz sobie popieprzyć z białymi facetami, co? Mam nadzieję, że nie pogardzisz białym gliniarzem. Tylko pod tym warunkiem cię puszczę.

Gormley próbował podnieść ją ze stołka, ciągnąc za kajdanki. Jednak Doll stawiała opór. Posłała Dorecie błagalne spojrzenie, ale ta udawała, że nie widzi, co się dzieje. Doll złapało za gardło coś znacznie gorszego niż strach: uczucie całkowitej bezsilności. Zacisnęła usta, obiecując sobie, że już nigdy więcej do czegoś takiego nie dopuści. Nigdy. Jeśli tylko to będzie możliwe.

– No, ruszaj się i nie sprawiaj kłopotów. – Gormley wyciągnął pałkę zza pasa i już miał uderzyć nią Doll, kiedy zerwała się z miejsca Lola Mae.

– Nie! – wrzasnęła.

Doll widziała kątem oka, jak Lola Mae wyciąga rękę i bierze cios na siebie, po czym pada na podłogę, wijąc się z bólu.

A tymczasem, zanim Gormley zdążył wymierzyć jej kolejny cios, nadbiegł inny policjant, wysoki, chudy mężczyzna o kruczoczarnych włosach.

– Co ty, do jasnej cholery, wyprawiasz, Gormley? Dostałeś wyraźny rozkaz: nie używać siły niepotrzebnie.

Doll rozpoznała w mężczyźnie porucznika Kennedy'ego i odetchnęła z ulgą.

– Ta suka się stawia, nie chce słuchać – odparł Gormley, wymierzając dodatkowo leżącej Loli Mae kopniaka.

Dziewczyna jęknęła i zaczęła kasłać.

– Zrobiłem, co mogłem – powiedział porucznik Kennedy i dał znak innemu policjantowi, żeby podszedł. – Sądzę, że z powodu obrażeń jej ręki musimy wezwać pogotowie.

Młody funkcjonariusz pomógł Loli Mae wstać i wyprowadził ją na zewnątrz.

Gormley mruknął coś pod nosem i podążył za nimi. W przelocie rzucił jeszcze pełne nienawiści spojrzenie wystraszonej Doll.

– Chodź, odwiozę cię do domu. – Kennedy odpiął Doll kajdanki i wyprowadził ją za róg budynku. Pomógł jej zająć miejsce w tyle wozu policyjnego, po czym wsiadł sam, zdjął czapkę policyjną, przechylił się do Doll i spokojnym głosem udzielił jej reprymendy. – Co ty tu, do jasnej cholery, robisz, Doll? Mogłaś trafić na dołek albo jeszcze gorzej.

Dobrze wiedziała, co Kennedy miał na myśli. Gormley był znany ze swoich zachowań.

Rozparta wygodnie na tylnym siedzeniu, zaczęła się zastanawiać, co by było, gdyby nie pojawił się porucznik Kennedy. Cały czas brzmiały jej w uszach słowa matki.

Następnym razem możesz nie mieć tyle szczęścia.

Kiedy podjeżdżali pod dom, Doll z ulgą stwierdziła, że samochodu Fannie ciągle jeszcze nie ma.

– Ale pan nic nie powie? – zwróciła się do Kennedy'ego z obawą w głosie.

Mężczyzna potrząsnął głową.

– A teraz zmykaj, zanim Fannie zauważy twoją nieobecność.

Jednak Doll nie myślała o Fannie. Bała się Queenie, która by ją zabiła, gdyby się zorientowała, że Doll wyszła mimo jej zakazu. Pospieszyła do domu w nadziei, że nikt nie zauważył, jak wysiadała z radiowozu, po czym weszła do garażu, żeby się z powrotem przebrać w strój roboczy. Na koniec wsunęła się tylnymi drzwiami do domu, a nie widząc nigdzie w pobliżu Queenie, usiadła w kuchni przy oknie i zaczęła polerować srebra.

– Gdzie byłaś? – zapytała matka, gdy tylko weszła do kuchni.

– Jak to gdzie byłam? Byłam na górze i szyłam suknię pani Fannie, tak jak ci mówiłam. A bo co? – Doll czuła strumyczek potu ściekający jej po szyi.

– Nie słyszałam radia. Zawsze kiedy szyjesz, słuchasz radia – powiedziała Queenie.

– Zamknęłam drzwi. Nie chciałam ci przeszkadzać w oglądaniu telewizji.

Queenie posłała jej surowe spojrzenie.

– Serio? Od kiedy jesteś taka uważająca?

– Od zawsze. Sama mnie tego nauczyłaś. Jako dobra matka.

Queenie zmrużyła oko.

– To dlaczego jesteś taka spocona? Coś przeskrobałaś?

Doll potrząsnęła głową.

– Nie, nie wychodziłam z domu. Po prostu byłaś za bardzo zajęta oglądaniem telewizji, żeby to zauważyć.

ROZDZIAŁ

9

Ibby widziała, że Fannie jest zdenerwowana po sprzeczce z Vidrine. Prowadziła samochód jedną ręką; w drugiej trzymała papierosa i pruła jak do wypadku. A do tego jeszcze ten guz na czole. Ibby zastanawiała się, czy w takim stanie babka w ogóle powinna prowadzić samochód.

– Dokąd jedziemy? – spytała w końcu.

– Odwiedzić madame Doussan – odparła Fannie. Wiatr wpadający przez otwarte okno samochodu rozwiewał jej siwe włosy. – W Dzielnicy Francuskiej.

– Och – wyrwało się Ibby.

Nikt do tej pory nie wspominał o żadnej madame Doussan. Nigdy nikogo nie tytułowano przy niej „madame". Dokąd Fannie ją wiezie?

Fannie jechała przez starszą część miasta, zwaną Garden District i znaną z rozłożystych koron dębów, którymi wysadzane były ulice. Za drzewami kryły się wspaniałe rezydencje. Wkrótce znalazła się w centrum miasta pełnym wysokich budynków, a po przekroczeniu Canal Street – w Dzielnicy Francuskiej, gdzie ulice były węższe, a domy miały nie więcej niż jedno lub dwa piętra. Większość z nich została zbudowana z cegieł i pokryta tynkiem, a piętra zdobiły balkony z kutego w piękne wzory żelaza. Na parterze były, z nielicznymi wyjątkami, przeszklone drzwi składające się z kilku segmentów, niektóre otwarte tego ranka na ulicę, dzięki czemu Ibby mogła rzucić okiem na życie w tej starej szacownej dzielnicy miasta, gdzie aromaty kuchenne mieszały się z zapachem mokrego betonu, pozostawionym przez czyścicieli ulic, co tworzyło dziwną, ale przyjemną mieszankę.

Fannie zatrzymała samochód na Royal Street przed sklepem, którego wystawa była zastawiona cynowymi żołnierzykami. Musiały być ich setki, poustawianych w szeregi po trzy i cztery jak na paradzie na szklanych półkach. Ibby wysiadła z samochodu, by je podziwiać.

Po chwili obok niej pojawiła się Fannie.

– Twój tata uwielbiał ten sklep.

– Czy to właśnie tutaj mieszka madame Doussan, nad tym sklepem z żołnierzykami? – zapytała Ibby.

– Nie, dziecino, madame Doussan mieszka za rogiem na Chartres Street.

Ibby spojrzała na Fannie i dopiero teraz się zorientowała, jak wysoką kobietą jest jej babka. Widziała w niej coś ze swego taty, szczególnie w tym, że zawsze sprawiała wrażenie, jak gdyby myślała o czymś, co chciała zachować tylko dla siebie. Dostrzegła jednak między matką a synem pewną różnicę. Poranna rozmowa z babką dała Ibby poznać jej bezpośredniość, której brakowało ojcu, i to ją z lekka przeraziło.

– Latami Graham nie pragnął niczego poza żołnierzykami do swojej kolekcji – ciągnęła Fannie. – Na pewno do dziś są w jego pokoju. Zupełnie o tym sklepie zapomniałam aż do tej chwili. Wracają wspomnienia.

Ibby widziała odbicie babki w oknie wystawowym. Przypomniała sobie, co według Queenie powinna zrobić, kiedy Fannie zacznie mówić o przeszłości.

Zasada numer dwa. Kiedy Fannie zacznie mówić o przeszłości, nie zadawaj żadnych pytań.

Fannie ruszyła ulicą, wymachując torebką i stukając w chodnik wielką parasolką, jakby to była laska. Minęły grupkę czarnych chłopców w wieku ośmiu – dziewięciu lat, którzy stepowali i śpiewali na ulicy. Kiedy Ibby zatrzymała się, żeby posłuchać, jeden z chłopców do niej podszedł.

– Założę się o dolara, że wiem, skąd masz te buty. – Wskazał na czerwone tenisówki Ibby.

Fannie zawróciła i złapała Ibby za rękę.

– Chodź, dziecko. To jest najstarszy numer na świecie.

– Założę się o dolara – powtórzył chłopak, w dalszym ciągu pokazując na jej buty.

– Skąd?

Chłopak wyciągnął rękę i się uśmiechnął.

– Stąd.

Fannie potrząsnęła głową, wyjęła dolara i wetknęła mu do ręki, a następnie zwróciła się do Ibby:

– Jeśli cię jeszcze kiedykolwiek ktoś zaczepi, to pamiętaj: nie zatrzymuj się ani na chwilę. W przeciwnym razie nigdy nie dojdziemy do madame Doussan.

Po drodze spotkały jeszcze mężczyznę od stóp do głów pomalowanego na srebrno. Fannie wyjaśniła, że ten człowiek chodzi od rogu do rogu i stojąc na odwróconej misce, udaje rzeźbę.

– Ale po co? – zdziwiła się Ibby.

– Dla pieniędzy, dziecko. Oni wszyscy robią to dla pieniędzy.

Kawałek dalej Ibby zauważyła dobrze zbudowanego mężczyznę w spódniczce w kratę rozmawiającego z dwiema kobietami przebranymi za króliczki. Jeszcze dalej, obok stoiska z jedzeniem, stał młody chłopak z wielką, większą niż on sam, rurą udającą gigantyczną parówkę. Na ich widok obsługujący stoisko mężczyzna wykrzyknął:

– Może Szczęśliwego Hot Doga dla panienki?

– Nie dzisiaj. – Fannie oddaliła go ruchem ręki.

Ibby spojrzała w niebo, przykryte białą pierzyną. Zupełnie inaczej wyobrażała sobie Nowy Orlean. Ludzie, jedzenie, a nawet niebo – wszystko wydawało się całkiem inne. Tam, skąd ona pochodziła, prawie nie było chmur. Zdarzało się coś bardzo cienkiego, ulotnego i zawieszonego wysoko na niebie. Tutaj chmury były dosłownie wszędzie. Napływały znad rzeki, wpadały na siebie i zwisały bardzo nisko, wręcz sprawiały wrażenie, że można ich dotknąć ręką.

– Czy zbiera się na deszcz? – zapytała Ibby, patrząc na przepływające jedna za drugą chmury.

– O tej porze roku nigdy nie wiadomo. Tu może padać, a już przecznicę dalej nie. Zawsze mam przy sobie parasolkę na wszelki wypadek. Ale idziemy, dziecino.

Skręciły za róg, przeszły jeszcze kawałek i zatrzymały się przed sklepem na Chartres Street, gdzie na szybie fantazyjnymi złotymi literami wypisano: „Francuska Perfumeria Madame Doussan".

Och – westchnęła Ibby – to jest sklep. Madame Doussan jest właścicielką sklepu perfumeryjnego. Zamarło jej serce. Pomyślała, że Fannie zamierza ją zostawić u madame Doussan na zawsze.

Fannie otworzyła drzwi sklepu, czemu towarzyszył dźwięk mosiężnego dzwonka. Kiedy weszły do środka, zaatakowała je agresywna mieszanina najróżniejszych zapachów. Mały sklepik był długi i wąski, z jednej strony zastawiony szklonymi gablotkami, a z drugiej cienkimi półeczkami, na których stały flakony perfum, rozpylacze, a także wspaniała kolekcja soli kąpielowych, pudrów, płynów i tym podobnych.

Z zaplecza, oddzielonego od sklepu czerwoną pluszową zasłoną, wyłoniła się i podeszła do nich z ceremonialnym gestem ręki starsza pani w długiej, zwiewnej jedwabnej sukni.

– Jestem madame Doussan, czy mogę w czymś pomóc?

– Owszem – odparła Fannie, wyciągając z torebki pusty flakonik po perfumach.

Na dnie zalegał zaschnięty osad. Madame Doussan odwróciła flakonik do góry dnem, na którym zauważyła odręczny napis, po czym wyjęła szklany korek i powąchała.

– To jest Róża Orientu, specjalny zapach, zrobiony kiedyś na zamówienie klientki. Skąd pani go wzięła?

– To ty go dla mnie zrobiłaś – odrzekła Fannie.

Kobieta wpatrywała się w nią przez chwilę.

– Fannie? To ty? Od dawna cię nie widzieliśmy. Jak wynika z daty zapisanej na dnie flakonika, od twojej ostatniej wizyty musiało upłynąć ze dwanaście lat.

– Rzeczywiście aż tyle?

– Tak, moja droga. Przepraszam, że cię nie poznałam. Ostatnim razem, kiedy cię widziałam, miałaś piękne kasztanowe włosy. Moje włosy zrobiły się takie rzadkie, że już teraz zawsze noszę tę chustkę. – Dotknęła głowy. – Siadaj przy ladzie, bardzo cię proszę.

Fannie i Ibby usadowiły się na stołkach, gdy tymczasem madame Doussan weszła za kontuar.

– Czy mam ci napełnić ten flakonik tym samym zapachem? – spytała. Wyciągnęła spod lady drewnianą skrzynkę z fiszkami i zaczęła je przeglądać. – O, jest. Baza to olejek różany, a do tego odrobina bursztynu, wanilii i drzewa sandałowego z leciutką nutą piżma i magnolii.

– Prosiłabym też, żebyś przygotowała specjalny zapach dla mojej wnuczki, która będzie miała niedługo urodziny.

Ibby, zdziwiona i wzruszona gestem Fannie, uśmiechnęła się szeroko. Wyglądało na to, że dzień nie będzie taki zły, jak się zapowiadał.

– Dziękuję, babciu Fannie.

Fannie poklepała ją po ręce.

– Bardzo proszę, dziecino. Mów mi po prostu Fannie, tak będzie najlepiej.

Madame Doussan postawiła na ladzie pudełko pełne fiolek z próbkami.

– Młodsze dziewczęta preferują lżejsze, cytrusowe, zapachy. Zaraz wypróbujemy kilka, dlaczego nie?

Madame Doussan otworzyła pierwszą fiolkę i Ibby pochyliła się nad nią, żeby powąchać zapach.

– Mów, jeśli ci się nie podoba. Będziemy tak długo szukały, aż znajdziemy coś, co ci przypadnie do gustu. To była magnolia. – Madame puściła parę kropel zapachu na fiszkę.

Doll miała rację z tą magnolią – śmierdziała jak brudna bielizna. Ibby potrząsnęła głową.

– A spróbuj tego. – Madame Doussan podsunęła jej pod nos inną fiolkę.

Ibby potrząsnęła głową.

– Widzę, że goździk też nie – zanotowała madame. – Spróbuj tego.

Ibby nachyliła się. Ten zapach był przyjemniejszy, łagodzący.

– Piżmo. Młode dziewczyny zawsze wybierają piżmo. A ten?

– Tak, ten mi się naprawdę podoba – stwierdziła Ibby.

– Dzika orchidea. Masz dobry gust, młoda damo – zauważyła właścicielka sklepu.

Spróbowały jeszcze co najmniej dwudziestu fiolek, zanim madame Doussan oznajmiła, że Ibby wybrała właściwą kompozycję dzikiej orchidei, cytrusa, piżma, gardenii i przypraw korzennych.

– Teraz idę do swojej pracowni przygotować dla was te zapachy, a wy się tymczasem rozejrzyjcie po sklepie – zaproponowała.

Ibby poszła oglądać to, co było na wystawie, a po chwili dołączyła do niej Fannie.

– Rodzina madame Doussan wytwarzała perfumy w tym lokalu od ponad stu lat. Są tutaj jeszcze oryginalne pojemniki z tamtych czasów – wyjaśniła Fannie, wskazując stare kolorowe flakoniki.

– Jakie piękne – powiedziała z westchnieniem Ibby.

Zauważyła za oknem starą kobietę jeżdżącą tam i z powrotem na rolkach i robiącą do nich miny za każdym razem, kiedy je mijała.

– Lucy – szepnęła Fannie, jakby do siebie.

– Znasz ją? – zapytała zdumiona Ibby, a następnie podeszła do drzwi i wyjrzała na zewnątrz. Kobieta, która musiała być mniej więcej w wieku Fannie, miała długi siwy warkocz, obszarpaną suknię ślubną, a na głowie wielki oklapnięty kapelusz i jeździła tam i z powrotem na rolkach. Za nią dreptało małe stadko kaczek. Kiedy Lucy zmieniała kierunek, kaczki robiły to samo – tam i z powrotem. Za każdy razem zdenerwowane przepychały się, żeby za nią nadążyć.

– Każdy tu zna Lucy Królową Kaczek – wyjaśniła Fannie. – Plotka głosi, że wiele lat temu została porzucona dosłownie przed samym ołtarzem i od tamtej pory krąży w ślubnej sukni po Dzielnicy Francuskiej w poszukiwaniu swojego narzeczonego. Jest tu, jak daleko sięgam pamięcią.

– A te kaczki?

– Pewnego dnia Lucy zaczęła karmić je nad rzeką i kaczki podreptały za nią do domu. Od tamtej pory się z nią nie rozstają.

– A skąd te rolki? – dociekała Ibby.

– O rolkach nic nie wiem, ale nigdy nie widziałam jej bez nich.

Ku zdumieniu dziewczynki Lucy zatrzymała się przed drzwiami i pokazała na nią palcem.

– Czy ja cię znam?

Przestraszona tubalnym głosem kobiety, Ibby odskoczyła do tyłu.

– Wyglądasz jak ktoś, kogo znałam – powiedziała Lucy.

Kiedy Fannie stanęła za Ibby, Lucy wskazała na nią palcem.

– Ciebie znam – stwierdziła. – Ty jesteś Fannie. Ja cię znam.
– Tak, Lucy, kochanie. Ja jestem Fannie.
– Kupę lat. Wyglądasz teraz jak stara kobieta – orzekła Lucy.
– Wszystkie tak wyglądamy – odparła Fannie.
– Ja nie. – Lucy potrząsnęła głową i wystartowała na rolkach. – Nie ja.
– Po co ona to robi? – zapytała Ibby. – Dla pieniędzy?
– Nie, kochanie, ona jest po prostu inna – wyjaśniła Fannie, patrząc za Lucy, która po chwili zniknęła za zakrętem.
– A skąd ty ją znasz? – zaciekawiła się Ibby.
– Mówiłam ci: wszyscy ją tu znają.
– Tak, ale skąd Lucy zna ciebie?
Fannie spojrzała na wnuczkę z ukosa.
– Zaraz po przyjeździe do Nowego Orleanu, bardzo dawno temu, mieszkałam w Dzielnicy Francuskiej. Ona już wtedy tu była.
Ibby zauważyła, że ręka Fannie zaczęła się trząść. Złapała ją i ścisnęła.
Fannie wyrwała jej rękę.
– Ciekawe, co tak długo porabia madame Doussan?
– Już jestem. – Madame wręczyła Fannie małe pudełeczko elegancko owiązane wstążeczką. Dla Ibby był osobny pakiecik.
– A to jest dla ciebie, młoda damo. Specjalnie dla ciebie skomponowany zapach, który nazwiemy Dzika Orchidea Numer Siedem. Gdybyś potrzebowała więcej, to wystarczy tylko podać nazwę. Odrobina talku i balsamu do ciała to upominek.
Ibby wzięła od madame paczuszkę.
– Dziękuję – powiedziała.
– Przypilnuj babcię, żeby nie zwlekała zbyt długo z następną wizytą. Nie jestem coraz młodsza – mruknęła madame.

Kiedy już siedziały w samochodzie, Ibby odkorkowała flakonik i powąchała.

– Dzika Orchidea Numer Siedem, podoba mi się ta nazwa. – Zaaplikowała sobie kroplę zapachu na szyję tak, jak jej pokazała madame Doussan.

– Tylko nie przesadzaj. Wystarczy kropelka – poinstruowała ją Fannie. – Zawsze można dodać więcej.

– Dziękuję ci za te perfumy, Fannie. Poza tobą tylko od taty dostawałam prezenty. Mama mówi, że prezenty to wyrzucanie pieniędzy w błoto.

– No cóż, młoda damo, teraz, kiedy jesteś pod moją opieką, będzie trochę inaczej. Już moja w tym głowa.

Kiedy dojechały do Canal Street, zobaczyły zaporę przed Woolworthem, skąd policja wyprowadzała grupkę kolorowych osób w kajdankach. Zamiast ominąć awanturę, Fannie podjechała do jednej z barykad i zaczepiła policjanta.

Mężczyzna nachylił się i oparł łokciem o drzwi samochodu.

– Co słychać, Fannie, dawno cię nie widziałem na mieście.

– Co tu się dzieje, Kennedy? – zapytała.

– Kolejny protest w barze.

Fannie potrząsnęła głową.

– Kolejny? Jest tam ktoś znajomy?

– W tej chwili nie ma – odparł mężczyzna, poklepał drzwi i oddalił się w kierunku zamieszania.

– Dzięki Bogu – powiedziała Fannie.

Ibby zastanawiała się, jakim cudem jej babka zna tyle osób. Tam, skąd ona pochodziła, każdy pilnował swojego nosa. To prawda, że Fannie od dawna mieszkała w Nowym Orleanie, ale w dalszym ciągu wydawało się Ibby dziwne, że znały ją takie osoby jak choćby ta Lucy od kaczek. Korciło ją bardzo, żeby zapytać o to Fannie, ale wolała trzymać buzię na kłódkę.

Zasada numer jeden. Nie pytaj Fannie o jej przeszłość.

ROZDZIAŁ

10

Po takich trudnych przeżyciach, jak wczorajszy przyjazd z ojcem w urnie, omdlenie Fannie i awantura między babką a matką, Ibby, schodząc rano na śniadanie, nie wiedziała, czego się jeszcze może spodziewać. Jakże mile była zdziwiona, kiedy zastała Fannie siedzącą w jadalni przy stole. Starsza pani popijała koka-kolę z butelki i czytała poranną gazetę, jakby się kompletnie nic nie stało.

Kiedy Ibby usiadła, z kuchni wyłoniła się Queenie.

– Tak, proszę pani?

– Bądź uprzejma przygotować Ibby jakieś śniadanie.

– Oczywiście. Co panienka zwykle jada na śniadanie?

– Zwykle jem owsiankę – odparła Ibby. – A do picia może Tang*?

Queenie skrzywiła się z odrazą.

– Tang? A co, panienka jest astronautką? Panienka tu będzie dostawała prawdziwe ludzkie jedzenie, jak się należy. Ja proponuję *pain perdu* z syropem i świeżo wyciśnięty sok z pomarańczy.

– Pan co? – zapytała Ibby.

– No wie panienka. *Pain perdu.* Coś takiego jak tost francuski – wyjaśniła Queenie.

Fannie odchrząknęła.

– No to mamy słowo dnia, Queenie. Oksymoron.

---

* Tang – napój syntetyczny w proszku.

– Oksymoron. Co za śmieszna nazwa. A co to znaczy? – zapytała Queenie, zaglądając Fannie przez ramię.

– To jest zbitka sprzecznych ze sobą słów, która daje absurdalny efekt. Na przykład: „ogłuszająca cisza", „pracowity leń" czy „piękna brzydota".

– Aha, „piękna brzydota", to do mnie pasuje. – Queenie mrugnęła, po czym zniknęła w kuchni.

Widać było, że Fannie koncentruje się na czymś, co wyczytała w gazecie. Pomiędzy jednym a drugim zaciągnięciem się papierosem pilnie wpatrywała się w tekst. Wreszcie odłożyła gazetę i zdusiła papierosa.

– Jak spałaś? – zapytała wnuczkę.

– Mogłabym przysiąc, że słyszałam tygrysa. – Ibby wzruszyła ramionami. – Widocznie coś mi się przyśniło.

– Nie, kochanie, nic ci się nie przyśniło. Mieszkamy w bliskim sąsiedztwie Ogrodu Zoologicznego Audubon. – Fannie wskazała za siebie. – Kiedy wieje północny wiatr w kierunku jeziora, słychać rożki mgłowe statków na Missisipi i czuć zapach melasy z fabryki położonej przy Parku Audubon. – Fannie nachyliła się i już znacznie cichszym głosem dodała: – A w spokojne noce przez szum wentylatora na poddaszu przebijają się czasem krzyki z domu wariatów położonego przy Henry Clay Avenue. – Przymknęła oko i zapaliła kolejnego papierosa. – Któregoś dnia miałam nawet spotkanie na ulicy.

– Z kim? Z tygrysem? – zapytała Ibby.

– Nie, dziecko, z kobietą z domu wariatów.

– Złapali ją?

– Nie jestem pewna. – Fannie uśmiechnęła się smutno.

Ibby rozejrzała się za urną, którą zostawiła na stole.

– Coś jest nie tak?

– Nie, nie, nic – odparła, by nie denerwować babci. Bawiła się serwetką, którą miała na kolanach, i modliła się, żeby Doll w celu uspokojenia Fannie nie pozbyła się urny.

Nagle otworzyły się drzwi kuchni i weszła Queenie z dużą tacą pełną jedzenia. Ibby nigdy nie widziała tyle jedzenia naraz. Jajecznica na bekonie, talerz *pain perdu* lekko polanego syropem, cukier puder i waza gęstej białej papki z kałużą żółtego płynu pośrodku.

– Co to jest to białe? – wskazała na wazę Ibby.

– Kasza, dziecino – odparła Fannie – musisz tylko rozmieszać łyżką to masło.

Chwilę później znów pojawiła się Queenie.

– Tak, proszę pani?

– Czy możesz mi przynieść ołówek, żebym sobie zaznaczyła dzisiejsze konie?

– Mam tu ołówek w kieszeni.

Kilka minut później ponownie zjawiła się Queenie.

– Słucham, proszę pani.

– Babciu Fannie, jak to jest, że Queenie zawsze wie, kiedy ci czegoś potrzeba? – wtrąciła się cienkim głosikiem Ibby.

Potężny biust Queenie uniósł się w ciężkim westchnieniu.

– Tyle lat pracy w tym domu to już się wie.

– Spójrz pod stół. – Fannie wskazała nogą. – Tam jest taki guzik, jak go przycisnę, to w kuchni odzywa się dzwonek. Pozostałość z dawnych czasów, kiedy ludzie mieli służbę.

– No właśnie, pozostałość. Z czasów, kiedy ludzie mieli służbę – mruknęła Queenie, gdy wychodziła.

Dwie sekundy później była z powrotem.

– A co tym razem? – spytała.

– Wyszłaś, zanim zdążyłam ci powiedzieć.

– No właśnie. Co takiego?

– Popatrz. W gazecie piszą, że u Woolwortha znów była jakaś awantura. I jest zdjęcie leżącej na ziemi kobiety…

Queenie zajrzała do gazety przez ramię Fannie, po czym wyrwała jej gazetę i schowała za siebie.

– Co ty robisz? – spytała Fannie.

Queenie gorączkowo zastanawiała się nad odpowiedzią.

– Tam jest jeden przepis, który chciałam dziś wypróbować.

– Nie widziałam żadnego przepisu.

– Ale jest – upierała się Queenie.

– Pokaż. Który? – Fannie wyciągnęła rękę.

– To ma być niespodzianka. – Queenie mrugnęła do Ibby.

Fannie zwróciła się do wnuczki:

– Queenie jest zawsze bardzo tajemnicza. Powiedz mi, Queenie, co planujemy na dziś dla Ibby.

– Co planujemy? Myślałam, że pani ma jakieś swoje pomysły. – Queenie schowała gazetę do kieszeni fartucha i wzięła się pod bok.

– Może zabierz ją na basen do Audubon Park? To by jej na pewno sprawiło przyjemność.

– Nie mogę jej zabrać, proszę pani.

– A dlaczego nie?

– Pani dobrze wie, dlaczego. – Queenie skrzyżowała ręce na piersiach, postukując butem w podłogę.

– Nie wiem.

– Owszem, wie pani.

– Przypomnij mi.

– Pani bardzo dobrze wie, że ubiegłego lata basen zamknęli.

– Taki dobry basen... – Fannie westchnęła.

– Jasne, że dobry – przyznała Queenie, mrużąc oczy. – Kto jak kto, ale ja to wiedziałam.

– To dlaczego, na miłość boską, go zamknęli?

Queenie robiła wrażenie zdenerwowanej.

– Nie pamięta pani dlaczego, tak, nie pamięta pani?

– Proszę cię, powiedz mi. Bo dostanę bólu głowy.

– Miasto zamknęło basen, bo nie chciało, żeby korzystali z niego kolorowi, żeby się nie mieszali z białymi i nie brudzili im wody. Więc zamiast dać się ludziom łączyć, tak jak być powinno, zamknęli basen.

Fannie zmrużyła oczy.

– Po prostu jakoś mi to umknęło.

– Musiało umknąć – burknęła Queenie, wracając do kuchni.

Fannie zwróciła się do Ibby:

– No więc co my z tobą dzisiaj zrobimy?

Ponownie pojawiła się Queenie. Była wyraźnie poruszona. Tym razem czekała bez słowa z założonymi rękami.

– A może zaprowadzisz Ibby do Honey Friedrichs? Ona ma córkę mniej więcej w jej wieku, Annabelle – chyba tak ma ta dziewczynka na imię?

– Powiem Doll, żeby zaprowadziła pannę Ibby, jak tylko skończy prasowanie. – Queenie skinęła głową w stronę Ibby i opuściła pokój. Chwilę później zajrzała do jadalni.

– Nie wzywałam cię – powiedziała Fannie.

– Wiem, ale przyszedł pan Henry z artykułami spożywczymi.

– Powiedz mu, że zaraz tam będę. – Fannie zdusiła papierosa i szybko wstała od stołu.

– Biegnij na górę i włóż coś na siebie, dziecino – zwróciła się do Ibby Queenie, zbierając ze stołu puste talerze. A następnie mruknęła pod nosem: – Mam nadzieję, że Annabelle Friedrichs nie będzie się awanturowała, to wyjątkowo wredne dziewuszysko.

Kiedy Ibby znalazła się na piętrze, zauważyła, że drzwi do pokoju położonego na lewo od jej sypialni są uchylone i że dochodzi stamtąd stukot maszyny do szycia. Zajrzała do środka i zobaczyła, że podłoga pokoju jest zaścielona szablonami krawieckimi i kawałkami materiału. Za starą maszyną Singera siedziała Doll, a podmuch obracającego się u sufitu wiatraka poruszał brzegami szablonu, z którego właśnie korzystała. Na chwilę przerwała pracę, żeby przyjrzeć się robocie, po czym nacisnęła pedał, przesuwając jednocześnie materiał pod stopką maszyny. Dziś nie miała peruki. Przylizane gładko włosy sięgały jej poniżej brody. Podśpiewywała cicho w rytm sączącej się z radia melodii, jakby się bała, że może kogoś obudzić.

Ibby uchyliła szerzej drzwi, które głośno zaskrzypiały.

Doll uniosła głowę przestraszona.

– A panienka co tutaj robi? – zapytała, wyszarpując materiał z maszyny i chowając go za siebie.

– Przepraszam… ja nie chciałam… – Ibby nie dokończyła zdania, zastanawiając się, dlaczego Doll jest taka zdenerwowana.

Kobieta wstała od maszyny i delikatnie wyprowadziła ją z pokoju.

Kiedy zamknęła drzwi, dziewczynka spytała:

– A co tam takiego jest, że nie chcesz, żebym to zobaczyła?

– Normalnie jest panienka mile widzianym gościem w mojej pracowni, o każdej porze, ale teraz wykonuję zamówienie pani Fannie. A to ma być coś dla panienki.

Ibby spojrzała na Doll z ukosa. Miała nadzieję, że nie będzie to kolejna sukienka w stylu Shirley Temple.

– Tylko niech panienka nie mówi pani Fannie, że coś wie na ten temat, bo będzie wściekła.

– Nie bój się – uspokoiła ją Ibby, patrząc gdzieś obok Doll.

– Co takiego? Panienka czegoś szuka?

– Nie mam pojęcia, gdzie jest urna z tatą. Wiesz, co się z nią stało?

– Och, panno Ibby, musiałam ją schować. Pani Fannie nie może się pogodzić z faktem, że z pana Grahama została tylko garstka popiołu w jakimś naczyniu, więc wyniosłam urnę do jego pokoju. – Doll wzięła się pod boki.

– Bałam się, że go wyrzuciłaś – wyznała Ibby.

Doll postukała się palcem w policzek.

– To chodźmy, niech panienka sobie na niego popatrzy. Tylko ani słowa Fannie, że panienkę tam wpuściłam. Jasne? Ani słowa. – Doll wsadziła klucz w drzwi znajdujące się dokładnie naprzeciwko pracowni. – To pokój panienki taty. Był o parę lat młodszy od panienki, kiedy go wysłali do szkoły z internatem w Missisipi. Myślę, że od tamtej pory niewiele się tu zmieniło.

Pośrodku pokrytej niebieskim linoleum podłogi znajdowała się piękna róża wiatrów z długimi białosrebrnymi ramionami wskazującymi północ, wschód, południe i zachód. Obok zsuniętego pod ścianę łoża z baldachimem z patchworkową narzutą stała półka z armią cynowych żołnierzyków, tak jak mówiła Fannie. Na przeciwległej ścianie, pomiędzy oknami z niebieskimi zasłonami w kratę, była szafa. W rogu piętrzyły się porządnie poukładane komiksy.

– Wstawiłam urnę do szafy. – Doll wskazała przeciwległą ścianę. – Jeśli panienka chce, to zostawię drzwi niezamknięte, żeby panienka mogła sobie w każdej chwili tu przyjść. Ale to będzie nasza mała tajemnica. Zgoda?

Ku zdumieniu Ibby szafa w dalszym ciągu była pełna ubrań jej ojca – starannie poukładane na półce T-shirty, kilka marynarek i koszul z kołnierzykami, a także wisząca na wieszaku zielona bluza uniwersytetu Tulane. Na dnie stało kilka par butów. Doll położyła urnę między parą zniszczonych tenisówek i brązowych mokasynów.

– Zostawię panienkę samą z tatą. – Cicho zamknęła drzwi.

Ibby uklękła i przez dłuższą chwilę wpatrywała się w mosiężną urnę. Próbowała sobie przypomnieć oczy ojca i zmarszczki, które mu się robiły w kącikach, kiedy mówił, że ją kocha. Tęskniła za jego głosem. Chłód linoleum sprawił, że przypomniała sobie, jaka jest samotna. Zastanawiała się, czy i on się tak czuł, gdy tu mieszkał. Chciała mu powiedzieć, jak bardzo żałuje, że to przez nią jego rower poślizgnął się na chodniku tamtego dnia. Szukała właściwych słów, żeby to wyrazić, ale ich nie znajdowała. Spuściła głowę i zamknęła oczy. W pokoju panowała taka cisza, że słyszała swój oddech.

– Ja się tobą zaopiekuję, obiecuję – powiedziała.

Wstawiła z powrotem urnę do szafy i wróciła do półki z żołnierzykami. Wybrała jednego, który według niej musiał być jego ulubionym: siedział na koniu z uniesionym mieczem. Schowała żołnierzyka do kieszeni i zamknęła za sobą drzwi.

ROZDZIAŁ

11

Ibby przebrała się i zeszła na dół. Na werandzie na tyłach domu kłębił się wokół stolika piknikowego tłumek kilkunastu kobiet ubranych w typowe dla służby domowej uniformy. Była z nimi Queenie. Stała z boku i wymachiwała rękami jak sędzia sportowy. Doll, oparta o ladę kuchenną, obserwowała scenę z założonymi rękami.

– Kto to są ci wszyscy ludzie? – zapytała Ibby.

Doll wykrzywiła usta.

– Pamięta panienka tę gazetę, której pani Fannie tak bardzo dziś rano poszukiwała? Czasami potrafi cały ranek spędzić z nosem w gazecie, żeby ocenić szanse i wytypować numery. Po południu zasiądzie w swoim ulubionym fotelu w salonie i, przylepiona do telewizora, będzie sprawdzała, czy jej ulubiona drużyna wygrała.

– Nie rozumiem.

– Widzi panienka te wszystkie dziewczyny tam na ganku pchające się do stolika? Ich chlebodawczynie, kobiety mieszkające w tych starych domach na Prytania Street, nie chcą się tu same pokazywać, więc parę razy w tygodniu przysyłają swoje służące, żeby pod kierunkiem pana Henry'ego obstawiały w ich imieniu. – Doll wskazała jedynego mężczyznę, który coś pracowicie zapisywał w notesie. – Pan Henry pracuje u pana Salvatore'a, właściciela niewielkiego sklepu spożywczego na Garfield Street. Oprócz dostarczania do domów produktów żywnościowych przynosi za każdym razem takie specjalne druczki, na których kobiety z sąsiedztwa mogą wpisywać swoje zakłady. Pan Henry jest kimś w rodzaju bukmachera.

– Czy to coś złego? – dociekała Ibby.

– Nie, dziecino, to dobra rzecz, szczególnie dla pani Fannie. Ona ma duże osiągnięcia, odrabia starannie swoją pracę domową, wie, na kogo postawić. Zgarnęła w ten sposób kupę pieniędzy. Ludzie się zwiedzieli i zaczęli do niej przychodzić po radę.

– A na co są te zakłady?

– O mój Boże, dosłownie na wszystko. Na konie. Na psy. Na piłkę nożną. Na to, kto wygra najbliższe wybory. Kiedy uderzy pierwszy huragan. Teraz na przykład stawiają na konie, na baseball, na Wimbledon, na dyscypliny olimpijskie i na kilka turniejów golfowych. A babcia panienki potrafi ot tak, z kapelusza, ocenić szanse. Dlatego prawie co rano, kiedy pojawia się u nas pan Henry na swoim czerwonym rowerze, zaczyna się dosłownie wyścig do naszych drzwi. I to dlatego pani Fannie tak szybko dziś się ubrała. Wiedziała, co się będzie działo.

Ibby wskazała na tłumek kobiet.

– I Fannie jest tam wśród nich?

– Jasne, że jest. W samym środeczku, siedzi przy stoliku i wykrzykuje swoje typy, podając je panu Henry'emu. Dla niej to jest fantastyczna zabawa. – Doll potrząsnęła głową.

– Baltimore wygrywa z Nowym Jorkiem trzy do jednego – ogłosiła Fannie.

– Co ona powiedziała? – zapytała jedna z kobiet.

– Philly – odpowiedziała druga.

– Nie, Baltimore – poprawiła trzecia.

– Pani Fannie nie zapisuje swoich typów nikomu poza panem Henrym, żeby nic nie pokręcił – wyjaśniła Doll. – A te wszystkie kobiety muszą się dobrze starać, żeby zrozumieć, co ona mówi. Mniej więcej połowę słyszą źle, ale i tak wychodzą na swoje.

Fannie pozwoliła kobietom kłócić się przez chwilę między sobą, zanim ogłosiła następny zakład.

– Emerson przed Stolle trzy sety do jednego w finałach.

– Kto? – wyrwała się jedna z kobiet.

– Ciii. Jak będziesz cały czas gadała, Millie, to nic nie usłyszę – zwróciła jej uwagę inna kobieta.

Doll potrząsnęła głową.

– Ich paniom zależy na paru dolarach ekstra, jakie mają z tych zakładów. Mogą sobie kupić jakąś ładną sukienkę albo dodatkowe pantofle, na które mężowie żałują im pieniędzy. A co z tego mają te wszystkie służące? One też się cieszą, bo obstawiają i na własny rachunek, z czego mają po parę dolców na tydzień. I wszyscy są zadowoleni.

Ibby wraz z Doll obserwowały przepychanki kobiet. Biedny pan Henry starał się notować to, co mówiła pani Fannie, ale i on od czasu do czasu musiał ją prosić o powtórzenie.

– Broncos kupują Billy'ego Lotta od Patriotów.

Pan Henry skinął głową i zapisał, co trzeba.

Doll westchnęła.

– Pani Fannie zarobiła na tych swoich typach niezłą forsę. Każdy o tym wie. Parę dni temu przyjechała tu nawet policja pytać ją, jak obstawiać. Najpierw jak pukali do drzwi, to miałam niezłego pietra, ale teraz już się nie boję. Na ogół.

Ze wszystkich stron zaczęły płynąć do pana Henry'ego pieniądze. Mężczyzna rozglądał się wtedy dokoła, żeby sprawdzić, kto płaci, i za każdym razem uderzał głową w jeden ze zwisających z krokwi plastikowych worków. A potem taki worek tańczył nad nim w powietrzu, od czasu do czasu uderzając go w twarz, bez względu na to, ile razy pan Henry go odpychał. Pieniądze, worek i znów pieniądze, worek. Ibby stłumiła chichot.

W pewnym momencie pan Henry uniósł do góry rękę.

– Nie wszystkie panie naraz, pojedynczo proszę. Ja nigdzie nie uciekam.

Doll wskazała na werandę.

– Kiedy pojawia się pan Henry, to one lecą jak muchy do lepu. Niektóre z nich to nawet całkiem tłuste muchy. – Zaśmiała się rubasznie. – Ale dość już tego. Mam panienkę zabrać do pani Friedrichs, żeby się panienka pobawiła z jej córką.

Kiedy się znalazły na ulicy, Ibby zapytała:

– A jak daleko jest do pani Friedrichs?

– Jedna przecznica – odparła Doll; szła noga za nogą, jakby jej się tam wcale nie spieszyło.

– Od dawna pracujesz u mojej babci? – dociekała Ibby.

– Zaczęłam przychodzić do prasowania, kiedy byłam mniej więcej w panienki wieku. Musiałam rzucić szkołę. Mama powiedziała, że nie potrzebuję się już dalej uczyć. Że wszystko, co powinnam umieć, jest w tym domu. – Doll potrząsnęła głową.

Ibby wyczuła żal w jej głosie.

– A od jak dawna Queenie jest u Fannie? – zainteresowała się.

Doll zatrzymała się i zerwała kwiat azalii. Przez chwilę mu się przyglądała, po czym cisnęła go za płot domu, przed którym stanęły.

– Od dawna, dziecino, nastała tam razem z domem.

– Co to znaczy?

– To znaczy, że razem z meblami, dywanami, srebrem. Z całym wyposażeniem domu.

– A jak dawno to było?

– Mama mówi, że w tym domu mieszkała dawniej, przed panią Fannie, taka jedna stara wdowa, pani Althea. Pani Althea młodo straciła męża. I nie miała dzieci, więc po jej śmierci wystawiono dom na sprzedaż, z całą zawartością, ze wszystkim. I pan Norwood kupił go dla Fannie zaraz po ich ślubie. I już pierwszego dnia, kiedy pani Fannie i pan Norwood, każde z małą walizeczką, się tam wprowadzili, moja mama czekała na nich w jadalni jak co rano. Mówi, że pamięta ten dzień, jakby to było wczoraj.

• • •

Właśnie przyjechali nowi właściciele. Queenie, cała w nerwach, stała obok krzesła w jadalni, tak jak to robiła codziennie od piętnastu lat w oczekiwaniu na polecenia pani Althei, i słyszała wyraźnie dochodzący z hallu głos mężczyzny. Wygładziła służbowy strój i poprawiła na głowie biały wykrochmalony czepeczek, a następnie wyjrzała, żeby zobaczyć młodą parę. Dziewczyna nie może mieć więcej jak osiemnaście lat – pomyślała wtedy.

Kobieta postawiła walizkę na podłodze.

– I my mamy tu mieszkać, w tym starym domu?

– Nie podoba ci się, kochanie? – zapytał mąż, który zdjął z głowy kapelusz i miętosił go teraz nerwowo w palcach.

– Ale, Norwood, on wydaje się taki... taki duży! – wykrzyknęła. – Przecież jest teraz kryzys. Jak możemy sobie na niego pozwolić?

– O to się nie martw, kochanie – powiedział mężczyzna. – Gdy brałem z tobą ślub, mówiłem ci, że się o wszystko zatroszczę.

Queenie nie bardzo wiedziała, co myśleć o tej parze. Kobieta była wyelegantowana. Miała na sobie obcisłą spódniczkę i jedwabną bluzkę, która ledwie zakrywała jej obfity biust.

– Przyzwyczaisz się do tego domu, kochanie. – Norwood zaczął wchodzić po schodach na górę. – Chodź, najpierw obejrzymy sypialnię. – Mrugnął do Fannie porozumiewawczo.

Ale ona stała dalej w hallu, jakby niezdecydowana, co robić. Zamiast ruszyć za mężem, weszła do salonu i zaczęła się rozglądać. Zaciągnęła czerwone pluszowe zasłony i przejechała palcami po białym marmurowym kominku, a potem przesunęła ręką po materiale, którym pokryta była kanapa. Później wkroczyła do jadalni, gdzie sunęła opuszkami palców wzdłuż linii stołu.

– Dzień dobry pani – zagadnęła Queenie, kiedy Fannie dojechała do miejsca, w którym stała.

Fannie odskoczyła do tyłu.

– A kto ty jesteś?

Queenie stała spokojnie, starając się ukryć strach pomimo kropelek potu, jakie zaczęły się pojawiać na jej czole. Nie ulegało wątpliwości, że ta młoda kobieta w niczym nie przypominała pani Althei, eleganckiej, pełnej wdzięku dobrze ułożonej starszej kobiety. Nowa właścicielka robiła wrażenie tak nieokrzesanej, że Queenie pomyślała o znalezieniu sobie innej pracy. Z drugiej strony może nie trzeba zadawać sobie tyle trudu, kiedy się zna dosłownie każdy kąt tego domu, najbliższe otoczenie, a całotygodniową rutynę ma się dosłownie w małym palcu? Musi podjąć decyzję, i to szybko.

– Nie słyszałaś, co powiedziałam? Wynocha stąd! – rozkazała Fannie.

Queenie błyskawicznie zdała sobie sprawę z tego, że ta kobieta nigdy wcześniej nie miała służby. To będzie niewątpliwe wyzwanie, z całą pewnością. Nabrała tchu w piersi.

– Ja tu jestem służącą, proszę pani. Nazywam się Saphronia Trout. I należę do tego domu – wyjaśniła, starając się być przekonująca.

– Jeszcze nigdy nie słyszałam, żeby służąca „należała" do jakiegoś domu – rzuciła Fannie.

Boże, czy ty słyszysz, jak ona się wyraża? Klasa robotnicza – co do tego Queenie nie miała już wątpliwości. – No i ten akcent, ona nie może pochodzić z miasta. Musi być ze wsi – wystarczy posłuchać, jak przeciąga słowa, jakby nie chciały wyjść jej z ust. Ale jedno jest pewne: jeśli tu u nas zamieszka, to ja ją nauczę, jak się mówi, żeby nie była jak ta parszywa owca. Grunt, żeby miała trochę poczucia humoru. Bo na razie jest z tym kiepsko. Może zacznę od słowa dnia z gazety, żeby poprawić jej słownictwo. Żeby choć trochę przypominała panią Altheę. To była wielka pani, ona miała maniery.

– A cóż to za napuszone imię Saphro... Saphro...

– Saphronia, proszę pani – dokończyła Queenie.

– No dobrze, ale co to za imię? Co ci się wydaje, że kim ty niby jesteś? Królową Nilu? Co, Queenie? – Fannie wzięła się pod boki. – A teraz zmykaj stąd, jak ci mówiłam. – Machnęła ręką, jakby ją odprawiała.

– Tak jest, proszę pani. – Queenie zniknęła, wzięła z szuflady w kuchni torebkę i wyszła.

Nazajutrz rano zjawiła się ponownie. A kiedy Fannie zeszła z góry, czekała na nią koło tego samego krzesła co wczoraj.

– Co ty tu, do diabła, robisz, Queenie? – ofuknęła ją Fannie. – Przecież ci powiedziałam, że masz iść i więcej się tu nie pokazywać.

Queenie bała się patrzeć na nią wprost, bo Fannie miała na sobie koszulę nocną z przezroczystego materiału. Spoglądała więc z ukosa, starając się nie odwracać głowy.

– Co mogę podać na śniadanie, proszę pani?

– Umiesz gotować? – Fannie splotła ręce na piersiach, uświadamiając sobie, że jest na wpół naga.

– Tak, proszę pani, jestem bardzo dobrą kucharką, według pani Althei.

– Mnie kucharka nie jest potrzebna – odparła Fannie, machając ręką. – A teraz zmykaj do domu tak, jak ci mówiłam.

W następnym tygodniu Queenie pojawiała się na Prytania Street codziennie. I co rano pytała nową panią, co chciałaby zjeść na śniadanie. Wreszcie siódmego dnia uzyskała inną odpowiedź niż zwykle.

– Umiesz zrobić jajka benedict*?

– Jasne, że umiem.

Chwilę później Queenie wróciła do jadalni i postawiła przed Fannie sadzone jajka i napój z mleka i brandy w nadziei, że brandy jakoś korzystnie wpłynie na jej nową panią.

Fannie spojrzała na talerz z podziwem.

– Nigdy do tej pory nie jadłam jajek benedict.

– Może je pani mieć codziennie – powiedziała Queenie, dumnie wypinając pierś – jeśli tylko pani zechce.

Fannie spróbowała jajek.

– To jest najlepsze, co jadłam w życiu! – wykrzyknęła.

– Umiem przygotować jeszcze wiele innych potraw stamtąd, skąd i ta pochodzi. Mogę zrobić gumbo** i grillady***, i wszystko, czego tylko pani sobie zażyczy. Umiem zrobić też świetny crème brûlée.

Fannie zwróciła na Queenie swoje stalowoszare oczy.

– Naprawdę? I zostaniesz? Będę na ciebie mówiła Saphro... Saphro... – to znaczy po imieniu – jeżeli sobie tego życzysz.

Queenie nie bardzo wiedziała, co myśleć o tym sentymentalnym zachowaniu Fannie. Jeszcze nigdy żadna pracodawczyni się do niej w ten sposób nie zwracała, tak jakoś osobiście. Może ona mimo wszystko nie jest taka zła... – pomyślała.

– Wystarczy Queenie, proszę pani.

---

* Jajka benedict – jajka sadzone na grzance z szynką.

** Gumbo – danie typowe dla południowej Luizjany. Jest to zupa lub rodzaj gulaszu. Zwykle składa się z bulionu z warzywami i mięsem albo owocami morza.

*** Grillady – różne rodzaje smażonych mięs, podawanych zwykle z sosem pieczeniowym – potrawa typowo kreolska.

• • •

– I od tamtej pory babcia panienki mówi na nią Queenie. Już jakieś dobre trzydzieści lat – powiedziała Doll.

– Czy Fannie wymyśliła i twoje imię? – spytała Ibby.

Doll potrząsnęła głową.

– Nie, tak mnie nazwała mama w dniu, w którym przyszłam na świat. Mówi, że wyglądałam jak mała ciemna laleczka, *baby doll*. Taka, co to można ją znaleźć w cieście królewskim. I od tamtej pory nazywa mnie swoją małą Dollbaby.

– A co to jest takiego ciasto królewskie?

Doll wykrzywiła usta.

– Zupełnie zapomniałam, że panienka nie jest stąd. Ale słyszała panienka o Mardi Gras*, prawda?

– Słyszałam.

– No więc ciasto królewskie to jest owalna strucla, którą się jada właśnie w okresie Mardi Gras. Nie bardzo wiem dlaczego, ale do tych ciast wkładają gołe laleczki, wielkości połowy mojego małego palca. Czasami te laleczki są z porcelany, a czasami z plastiku, w każdym razie zawsze wyglądają tak samo: rączki i nóżki zawsze mają wyciągnięte do góry, jakby się zaraz miały wysiusiać.

– Czy Dollbaby to jest twoje prawdziwe imię?

– Nie, moje prawdziwe imię to Viola, ale nikt tak na mnie nie mówi.

Doll zatrzymała się przed dużym szalowanym domem pomalowanym na kolor lodów truskawkowych. Szpaler bukszpanowego żywopłotu prowadził do podwyższonego ganku z kolumienkami. W ogródku rosło wielkie drzewo pekanowe, na którego niższych gałęziach kołysała się ogrodowa bujawka. Trawa pod nią była wyraźnie wytarta.

---

* Mardi Gras (franc.) – ostatki, zapusty.

Doll schyliła się i szepnęła do Ibby:

– Tylko niech panienka nie pozwoli pannie Annabelle wejść sobie na głowę. Jej się wydaje, że jest księżniczką. Tak samo jak jej mamie. Boże broń dać się nabrać na te fochy. To wszystko, co mam do powiedzenia.

Następnie Doll poprowadziła Ibby schodkami na ganek i zadzwoniła do drzwi. Poprzez szklane ozdobne panele Ibby widziała zbliżającą się długonogą kobietę w stroju służbowym.

– Dzień dobry, Doll. – Kobieta otworzyła drzwi. – A kogo my tu widzimy?

– Ernestine, to jest wnuczka pani Fannie. Przyjechała z wizytą. Pani Fannie pomyślała, że mogłaby się czasem pobawić z panną Annabelle.

Ernestine gestem zaprosiła je do środka.

– Panna Annabelle jest w kuchni, kończy dekorować ciasteczka, które właśnie upiekłam.

– A pani Honey w domu? – zapytała Doll, której głos lekko zadrżał.

– Wyszła po zakupy.

Doll odetchnęła z ulgą. W kuchni mała dziewczynka uczesana w kucyki z kokardkami siedziała na stołku i jadła duże ciastko z polewą. Jej kręcone włosy miały kolor nowej pensówki, a twarz była usiana piegami niemal tego samego koloru.

– Ciasteczka prosto z pieca. Poczęstuje się panienka? – Ernestine podsunęła Ibby talerzyk z ciastkami.

– Tak, poproszę – odpowiedziała grzecznie Ibby i położyła ciastko na serwetce, którą jej podała Ernestine.

Annabelle zeskoczyła ze stołka i przyjrzała się Ibby. Miała buzię z jednej strony umazaną czekoladą. Ibby z miejsca poczuła do niej niechęć. Sądząc po nieprzyjemnej minie Annabelle, niechęć okazała się wzajemna.

– Kto ty jesteś? – zapytała Annabelle, otwierając usta tak

szeroko, że widać było przerwę między jej górnymi zębami, w której mógłby się zmieścić ołówek.

Dziewczynka pomyślała, że Annabelle wygląda jak skrzyżowanie Howdy Doody z Raggedy Ann*, a nie było to korzystne połączenie.

– Bądź grzeczna, Annabelle – zwróciła jej uwagę Ernestine. – To jest wnuczka pani Fannie, która mieszka na tej samej ulicy. Przyjechała w odwiedziny.

Ibby spróbowała ciasteczka, przyglądając się Annabelle, która przekrzywiła głowę, jakby poczuła coś śmierdzącego.

– Idźcie pobawić się do ogródka za domem – powiedziała Ernestine.

Annabelle oblizała palce z czekolady i otworzyła drzwi.

– Idziesz czy nie? Bo nie mam za dużo czasu.

Ibby spojrzała na Doll błagalnym wzrokiem.

– Niech panienka idzie, panno Ibby. Wszystko będzie dobrze. – Doll popchnęła Ibby lekko i szepnęła jej do ucha: – Tylko proszę pamiętać, co mówiłam.

---

* Howdy Doody i Raggedy Ann – postacie z dziecięcych kreskówek.

ROZDZIAŁ 12

Niecałą godzinę później Doll wyjrzała przez okno i zauważyła wyraźnie zdenerwowaną Ernestine, która zbliżała się podjazdem. Towarzyszyła jej Ibby.

– Wszystko wskazuje na to, że mamy problem – powiedziała, zagryzając wargę.

Queenie wytarła ręce w fartuch i podeszła do okna akurat w chwili, kiedy Ernestine stanęła u drzwi.

– Co się stało? – Doll otworzyła drzwi i podparła je nogą.

– Pokłóciły się. Ale niech panienka sama opowie. – Ernestine skinęła głową w stronę Ibby.

Queenie wzięła ją pod brodę.

– Boże święty! Co się panience stało? Skąd to czarne oko?!

– I do tego jeszcze kolano, ma obtarte kolano. – Ernestine spojrzała na Doll. – Pani Honey mówi, żeby panna Ibby więcej do nas nie przychodziła, że nie jest mile widziana, bo pobiła pannę Annabelle. – Po czym nachyliła się do Doll i Queenie. – Zanosiło się na to od początku. Pobiły się na podwórku za domem. Musiałam wziąć wąż do podlewania, żeby je rozdzielić. Przykro mi, że panna Ibby ucierpiała.

– Dziękuję bardzo, że ją przyprowadziłaś – powiedziała Queenie, zamykając drzwi za Ernestine. Sekundę później ponownie je otworzyła i zawołała za nią: – W tej sytuacji powiedz swojej pani, że pani Fannie nie będzie mogła jej pomóc, kiedy przyjdzie pan Henry, wiesz, co mam na myśli. – Queenie uśmiechnęła się szeroko.

Widać było, jak ramiona Ernestine podskakują ze śmiechu.

– Wiem, co masz na myśli. Zrozumiałam cię bardzo dobrze. Na pewno jej to przekażę.

Queenie wskazała na krzak rosnący blisko miejsca, w którym stała Ibby.

– Zerwij mi, dziecko, listek z tego krzaka.

Ibby zerwała listek i podała Queenie, która roztarła go w palcach i jej zwróciła.

– Niech panienka przyłoży to sobie do oka. Liść geranium podziała łagodząco – wyjaśniła, po czym zwróciła się do Doll: – Gdzie jest pani Fannie?

– Poszła się przespać, musi odpocząć przed wielkim meczem, który będzie dziś po południu w telewizji – odparła Doll.

– Dobrze. Potrzebuję trochę czasu, żeby sobie to wszystko jakoś poukładać. Panno Ibby, niech panienka tu przyjdzie. Proszę usiąść na stołku, muszę obejrzeć to kolano. – Queenie właśnie szorowała kuchnię. – Gdzieś tutaj widziałam taką jedną...

– Jeśli szukasz pajęczyny, to jest na ganku – domyśliła się Doll. – Zauważyłam ją, kiedy był tu pan Henry.

Doll wdrapała się na stolik i zdjęła z kąta wielką pajęczynę, po czym wróciła do kuchni i wręczyła ją Queenie, która poskładała pajęczynę starannie i przyłożyła do obdartego ze skóry kolana Ibby.

– Nie ma potrzeby kupować gazy, skoro pajęczyna działa równie dobrze. – Queenie mrugnęła do Ibby. – Panienka potrzyma to tak przez chwilę, aż przestanie krwawić. – Machnęła ręką w stronę lodówki. – Doll, podaj mi jedną ze świeczek łojowych, z tych, co je trzymam w zamrażalniku na wypadek, gdyby pani Fannie coś sobie zrobiła.

Doll wręczyła świeczkę matce, która położyła ją na oku Ibby przypominającym teraz sinoczerwoną masę.

Queenie zmarszczyła czoło.

– Panienka lepiej mi powie, co się stało...

– Czy to jest prawda?

– Czy co jest prawdą? – zapytała Queenie.

– Że moja babcia była striptizerką na Bourbon Street? – wyrzuciła z siebie Ibby, której oczy mało nie wyszły z orbit.

Doll potrząsnęła głową.

– Co ta piekielna dziewczyna naopowiadała pannie Ibby?!

– Niech no panienka mi powie – Queenie zwróciła się do Ibby – co jej przyszło do głowy?

– Annabelle mi powiedziała, że wie od swojej mamy, że ta pani, co mieszka w domu, w którym straszy, na tej samej ulicy, to zwykła hołota, striptizerka z Bourbon Street.

– Panna Annabelle coś takiego powiedziała?

Ibby skinęła głową.

– Na to ja wpadłam w złość i pchnęłam na nią huśtawkę, która ją przypadkiem uderzyła w głowę. I wtedy ona zaczęła strasznie wrzeszczeć.

– Wyobrażam sobie – przyznała Doll. – To istna histeryczka.

– A potem Annabelle zamierzyła się na mnie pięścią i obiecała, że mnie tak stłucze, że zobaczę wszystkie gwiazdy.

Doll przysunęła stołek do Ibby i wręczyła Queenie następną zamrożoną świecę.

– Nie pierwszy raz Annabelle wywołuje awanturę. – Queenie zmieniła świecę na oku Ibby na świeżą.

– I co dalej? – Doll była ciekawa, co też takiego jeszcze Annabelle mogła naopowiadać Ibby.

– Ona mnie uderzyła, więc ja ją kopnęłam. Potem ona mnie pchnęła, to ja ją złapałam za kostkę i przewróciłam i kiedy się tak turlałyśmy po ziemi, przyszła Ernestine i polała nas wodą z węża. – Ibby mówiła tak szybko, że nie mogła złapać tchu.

– Niech się panienka uspokoi. Nigdzie nam się nie spieszy – zapewniła ją Queenie.

Ibby dostała czkawki.

Queenie uderzyła ją w kark.

– Niech panienka odetchnie głęboko.

– I co dalej? – gorączkowała się Doll.

– A potem wyszła z domu mama Annabelle, żeby zobaczyć, co się stało, i Annabelle do niej podbiegła i poskarżyła, że to wszystko moja wina, że zaczęłam ją przezywać. I wtedy jej mama kazała Ernestine odprowadzić mnie do domu. I powiedziała, że nie chcą mnie tam widzieć, że mam się u nich więcej nie pokazywać.

– Jak tylko pani Fannie wystąpiła z propozycją tej wizyty, od razu wiedziałam, że to nie jest dobry pomysł – mruknęła Queenie.

– Ale co z tym fantem teraz zrobić? – zastanawiała się Doll. – Pani Fannie na pewno zauważy to oko.

Queenie zabrała świecę i przyjrzała się oku Ibby.

– Musimy, jak zwykle, udawać, że nic się nie stało, chyba że zapyta. A panna Ibby niech idzie na górę i się przebierze w suche rzeczy. I podczas lunchu słówkiem nie piśnie o tej awanturze z Annabelle, a przede wszystkim o tym, co tamta wygadywała na panią Fannie. Słyszysz, moje dziecko?

Ibby zeskoczyła ze stołka.

– Nic się nie bójcie, pary nie puszczę.

Kiedy Ibby wyszła z kuchni, Doll spojrzała na matkę.

– Jak długo masz zamiar ukrywać przed Ibby prawdę o pani Fannie? Prędzej czy później i tak się dowie.

Queenie wyjrzała przez okno. Miała charakterystyczną minę świadczącą o głębokim namyśle. W pewnym momencie odwróciła się do Doll.

– Zasada numer sześć.
– Od kiedy to mamy zasadę numer sześć?
– Od tej chwili.
– Ciekawe, jak ona brzmi?
– Cokolwiek będzie się działo, należy trzymać pannę Ibby z daleka od panny Annabelle.

ROZDZIAŁ 13

Ibby zeszła na lunch i bokiem wsunęła się na krzesło, tak żeby babcia nie zauważyła jej oka.

– A to, co takiego? – zapytała Fannie, kiedy Queenie postawiła na stole półmisek.

– Pomyślałam sobie, że może panna Ibby zechce spróbować czegoś innego, kiedy jest u nas. – Postawiła na stole również butelkę ostrego sosu. – Wiem, jak w sezonie na pomidory lubi pani gazpacho. A na półmisku mamy ostrygi na trzy sposoby: w muszelce, ostrygi à la Rockefeller i ostrygi Bienville. I do tego na małym talerzyku trochę chleba kukurydzianego, już z masłem, tak jak pani sobie życzy.

Fannie nachyliła się do Ibby i szepnęła:

– To wszystko jest na pokaz, dla ciebie. Dla mnie ona takich rzeczy nie robi.

– Przypominam, że dziś nie ma żadnego dalszego ciągu, pani Fannie.

Queenie posłała Ibby przelotny uśmiech, z rodzaju „tylko buzia na kłódkę".

Ibby wzięła kawałek chleba.

– A co to jest ten dalszy ciąg? – spytała.

Fannie wsadziła łyżkę do zupy.

– Queenie w ten sposób nazywa deser. Tak czy owak, wygląda na to, że deser nie będzie nam dzisiaj potrzebny.

Ibby poszła za przykładem Fannie i spróbowała zupy.

Była zimna i pływały w niej małe kawałki cebuli i zielonej papryki. Odłożyła łyżkę w nadziei, że ostrygi będą lepsze, ale gdy na nie popatrzyła, nie miała pewności.

– Widzę po twojej minie, że nigdy do tej pory nie jadłaś ostryg. – Fannie wzięła do ręki trójzębny widelec. – To jest taki specjalny widelec, spróbuj nadziewać na niego ostrygi. O tej porze roku one są małe, więc najlepiej łykać je w całości.

Ostrygi były szare i śliskie i na samą myśl o tym, że miałaby je zjeść, zrobiło się Ibby słono w ustach, tak jak wtedy, kiedy zbierało jej się na wymioty. Ponieważ jednak Fannie przez cały czas obserwowała ją z zainteresowaniem, wzięła do ust surową ostrygę, ale kiedy tylko Fannie się odwróciła, wypluła ją w serwetkę.

– Co porabiałaś dziś rano? Jak się udała wizyta u Annabelle Friedrichs?

Zanim Ibby zdążyła odpowiedzieć, do pokoju wpadła Queenie.

– Chciałam przypomnieć, że w sobotę są urodziny panny Ibby i że pani zrobiła rezerwację na lunch u Antoine'a.

– Zrobiłam?

– Tak, na jedenastą trzydzieści. Ma przyjść Wrona, żeby umyć samochód, bo musi zawieźć panią i panienkę do Antoine'a, a potem wrócicie tutaj na tort.

– Rozumiem.

– Tak, proszę pani, a potem najprawdopodobniej Doll i ja weźmiemy na resztę dnia wolne, bo to jest Czwarty Lipca i w ogóle. Oczywiście, o ile pani się zgodzi – dodała Queenie.

Ku zdumieniu wszystkich rozległ się dzwonek u drzwi.

Queenie pospieszyła do hallu. Kiedy otworzyła, do środka wpadła z impetem kobieta z czerwoną wytapirowaną fryzurą.

– Zastałam Fannie?

Zdradził ją skrzeczący głos. Ibby zesztywniała na widok Honey Friedrichs, która odpychając Queenie, wdarła się do jadalni. Stanęła koło stołu, w jednej ręce trzymając talerz ciastek, a drugą próbując poprawić obcisłą niebieską sukienkę. Queenie została przy drzwiach z otwartymi ustami.

– Bardzo miło cię widzieć, Fannie, po takiej długiej przerwie. Chyba przeszkadzam w lunchu, ale nie zabiorę zbyt wiele czasu. Spieszę się na zebranie Ligi Młodzieży, jednak przedtem musiałam wpaść z tymi ciasteczkami, które Ernestine upiekła specjalnie na powitanie Ibby w naszej dzielnicy. – Postawiła na stole tackę z ciasteczkami i podparłszy się pod boki, stukała nerwowo butem w podłogę.

Ibby zauważyła, że Honey wygląda zupełnie inaczej niż wtedy, kiedy przyszła do nich do ogródka. Wtedy miała na sobie czarne spodnie, a włosy uczesane gładko w koński ogon. Teraz jej włosy były tak natapirowane i wylakierowane, że kiedy mówiła, nawet nie drgnęły.

– Annabelle i Ibby pięknie się dziś rano bawiły, prawda, kochanie? – Honey uśmiechnęła się fałszywie, czekając na potwierdzenie ze strony Ibby. – Prawda, kochanie? – powtórzyła, wpatrując się w nią szeroko otwartymi oczami.

Tak bardzo starała się utrzymać uśmiech, że aż jej zaczęły drgać kąciki ust. Ibby obawiała się, że jeśli nie odpowie dostatecznie szybko na pytanie, to Honey pęknie i cała prawda o porannym epizodzie się z niej wyleje.

– Tak, proszę pani – powiedziała, starając się, żeby to zabrzmiało jak najbardziej przekonywająco.

– Dobrze, tylko tyle chciałam powiedzieć. Nie będę dalej przeszkadzać w lunchu. Ibby jest oczywiście zawsze mile widzianym u nas gościem, ilekroć zechce odwiedzić moją małą Annabelle. Wszyscy jesteśmy dobrzy, tak? – Honey popatrzyła po obecnych, jakby oczekiwała odpowiedzi. – No to ja już będę szła. Nie chciałabym się spóźnić na popołudniowy mecz baseballowy, który będę obstawiać. Do boju, Cardinals! – Uniosła rękę, jakby była cheerleaderką, a następnie odwróciła się i drobnym krokiem wybiegła z domu równie szybko, jak do niego wtargnęła.

Queenie zamknęła za nią drzwi i poprawiła fartuch.

– Czy możesz mi powiedzieć, o co w tym wszystkim chodzi? – zwróciła się do niej Fannie.

– To ponad moje siły – odparła Queenie i zniknęła w kuchni.

Fannie przez jakiś czas wpatrywała się w stojący przed nią talerz ciasteczek.

– No, popatrzcie, a jednak mamy dalszy ciąg.

ROZDZIAŁ 14

Na widok Queenie wchodzącej do kuchni Doll podniosła wzrok.

– Honey już sobie poszła?

Queenie zachichotała.

– Tak, Bogu dzięki. Nigdy jej w takim stanie nie widziałam. Dosłownie wychodziła ze skóry.

– Całe szczęście, że nie wspomniała przy pani Fannie o tym oku. Panna Ibby wygląda jak zawodowy bokser po przegranej walce. Musimy coś wymyślić. – Powiemy Fannie na przykład, że mała się potknęła i przewróciła w ogródku.

– Tak, wiem. Sama się nad tym zastanawiałam – odparła Queenie.

Doll wzięła ze stojącej na stole miski orzech pekanowy i przyjrzała mu się dokładnie.

– Może zrobię pieróg pekanowy na przyjęcie z okazji Czwartego Lipca, które ma się odbyć nad jeziorem.

Queenie założyła ręce.

– Co rozumiesz przez przyjęcie nad jeziorem? Tego dnia mamy piknik kościelny. Wielebny Jeremiasz na pewno się spodziewa, że mu pomożesz.

– Przyjęcie jest później. I nie ma mowy, żebym na nie nie poszła. To będzie ostatni dzień przed zamknięciem Lincoln Beach.

– Dlaczego w tym roku tak wcześnie zamykają plażę? Myślałam, że poczekają z tym do końca lata.

– Teraz, kiedy ogłosili, że Pontchartrain Beach, gdzie kąpali się dotychczas biali, będzie plażą integracyjną, Lincoln Beach zamykają na dobre. Władze miejskie twierdzą, że nie ma sensu utrzymywać dwóch plaż publicznych – więc co robią? Zamykają plażę dla czarnych.

Queenie usiadła przy stole i podparła się łokciem.

– Rozumiesz, o co mi chodzi? Gdyby rząd się tak nie wtrącał, toby nie zamknęli plaży dla czarnych. A tak przy okazji: widziałaś może dzisiejszą gazetę? Jest duże zdjęcie twojej przyjaciółki Loli Mae, jak leży na podłodze podczas protestu na Canal Street. To mogłaś być równie dobrze ty.

– Ale nie byłam, mamo. Z całą pewnością.

Queenie wzięła do ręki gazetę i pokazała na zdjęcie.

– Naprawdę? A przyjrzyj no się lepiej.

Doll gapiła się na zdjęcie, na którym widać było leżącą na podłodze Lolę Mae, stojącego obok niej policjanta i gromadkę młodych czarnych ludzi, którzy siedzieli na stołkach barowych i szeroko otwartymi oczami wpatrywali się w tę scenę.

– Popatrz na to ramię i na ten profil na samym końcu zdjęcia. Jak myślisz, kto to może być? – Queenie zmrużyła oczy.

– O czym ty mówisz, mama? Ja tu nic nie widzę. – Ale właśnie w tym momencie zobaczyła. W samym rogu zdjęcia dostrzegła swój profil. Nie było co do tego wątpliwości.

– Tylko nie udawaj, że nie wiesz, o czym ja mówię. Przecież to ty tam siedzisz na tym stołku. Dlaczego mnie okłamujesz?

– Wybacz, mamo, ale czułam, że ja tam muszę być.

– Tak naprawdę to musisz wreszcie zacząć więcej myśleć o Ptaszynie – powiedziała Queenie – a mniej o sobie.

– A co ty myślisz, że ja tam poszłam dla zabawy? Ja to robię właśnie dla niej i dla takich jak ona – wyjaśniła Doll. – Ale ty tego nie rozumiesz.

– Tylko ciekawe, co dobrego z tego wyniknie, jak Ptaszyna zostanie bez matki. Kto się nią zaopiekuje? Musisz być ostrożniejsza. I żebyś mnie już nigdy nie próbowała okłamywać. – Queenie pogroziła córce palcem i rzuciła gazetę na stół. – Mówię ci, od kiedy prezydent Johnson obiecał, że podpisze nową ustawę o prawach obywatelskich, ludzie są bardzo podminowani. Z tego mogą być tylko niepotrzebne kłopoty. – Queenie wstała od stołu i chciała zajrzeć do jadalni.

– Siadaj, mama. Jak tam ostatnio zaglądałam, pani Fannie czekała przed telewizorem na rozpoczęcie meczu.

– Ale przecież do transmisji została jeszcze godzina. Po co ona tam siedzi? Przeleci mi koło nosa mój ulubiony program – powiedziała ze smutkiem w głosie Queenie. – A gdzie jest panna Ibby?

– Jest z Fannie. Przykazałam jej, że ma siadać tak, żeby to podbite oko wypadało od strony hallu. Ale nie musisz się martwić, że Fannie je zauważy. Jest pochłonięta oglądaniem uroczystości otwarcia.

Drzwi zaskrzypiały i do kuchni wszedł mężczyzna w za dużym kombinezonie. Szedł wolno, szurając pałąkowatymi nogami. Przyniósł szarą papierową torbę, zwiniętą u góry.

– Wejdź, Wrona, i połóż to – poleciła mu Queenie.

Mężczyzna położył torbę na stole.

– Wolę, żeby te sprawunki załatwiała ci Doll. Ludzie z Mody Dziecięcej Haase'ego w końcu wezmą mnie za jakiegoś zboczeńca, jak mnie będziesz wysyłała po takie rzeczy – powiedział.

Doll otworzyła torbę i wyciągnęła czarne lakierki Mary Janes.

– Dzięki, tato. Będą pasowały na pannę Ibby jak ulał.

Queenie podała Wronie szklankę słodkiej herbaty, ignorując jego komentarz.

– Doll, skończyłaś już sukienkę pani Fannie na urodzinowy lunch Ibby?

– Prawie.

– A co z sukienką Ibby?

– Będzie gotowa jutro, mama.

Wrona dopił herbatę i wytarł usta w czerwoną chustkę, którą wyciągnął z kieszeni kombinezonu.

– Widzę, że masz czym innym zaprzątniętą głowę. Jakbyś czegoś potrzebowała, to będę za domem mył samochód pani Fannie.

Queenie wyjęła z lodówki dwie wody sodowe, zaniosła je do pokoju i postawiła na stoliku przed Fannie.

– Może by panienka chciała pomóc mi trochę w kuchni? – Skinęła głową w stronę Ibby.

Fannie tak była zajęta rozmową z telewizorem, że nawet nie zauważyła, jak jej wnuczka wymknęła się z pokoju.

– Jaki tort by panienka chciała na urodziny? – zapytała Queenie, kiedy Ibby usiadła przy stole. – Jadła panienka kiedyś *doberge*?

– A co to jest *doe-besz*?

– To jest tutejsza specjalność, tort, który ma około dwunastu cieniutkich jak papierek warstw poprzekładanych budyniem. To ulubiony tort pani Fannie.

– Chyba kiedyś jadłam – odpowiedziała Ibby, po czym dodała: – A kto to jest Wrona?

Doll siedziała na stołku przy oknie i jadła lunch.

– Wrona to mój tata. Właśnie pucuje starego cadillaca panienki babci, żeby was zawieźć na urodzinowy lunch.

Ibby spojrzała na Doll.

– Czy Wrona to jest jego prawdziwe imię?

– Nie, dziecino – odparła Queenie. – On się naprawdę nazywa Cedric Cornelius Trout, niech Bóg ma biedaka w swojej opiece. – Wskazała na okno. – Jego mama mówiła, że jak przyszedł na świat, to był taki szpetny, że wystraszył z pola wszystkie wrony, wszyściutkie co do jednej. Dlatego nazwała go Wroną.

– Mama żartuje – powiedziała Doll.

– Wcale nie żartuję – zapewniła ją Queenie. – Jak Boga kocham.

– Nigdy mi nie mówiłaś, jak to było z tym imieniem taty.

– Bo nigdy mnie nie pytałaś – odrzekła Queenie, po czym zwróciła się do Ibby: – A może by panienka poszła i pomogła trochę Wronie w myciu samochodu? On się tam pewnie czuje bardzo samotny. Tylko proszę mi nie grzebać w moim ogródku warzywnym, dobrze?

Kiedy drzwi za Ibby się zamknęły, Doll zwróciła się do matki:

– Widzę, że próbujesz pozbyć się z domu Ibby, jak możesz, żeby tylko pani Fannie nie zauważyła jej oka, zgadłam?

– Każdy sposób jest dobry.

•••

Po południu, nieco później, Doll zawołała przez drzwi siatkowe:

– Tato, chodź no tutaj!

– Co się znów stało? – Wrona wrzucił gąbkę do wiadra i zakręcił wodę.

– Chodź, chodź! – nalegała Doll, trzymając dla ojca otwarte drzwi, po czym usiadła na stołku przy oknie. Po chwili zjawiła się też Ibby.

– Dlaczego wszyscy są tak cicho? – zapytała.

Doll położyła palec na ustach.

– Słuchajcie. – Nachyliła się do radia. – Zaraz przemówi prezydent.

Queenie siedziała przy ladzie kuchennej, podparta łokciami, z głową przy radiu tranzystorowym. Kiedy Wrona podszedł trochę bliżej, podkręciła głośność.

– „Niniejsze oświadczenie jest transmitowane z Pokoju Wschodniego Białego Domu" – rozległy się słowa spikera. – „Oddaję głos prezydentowi Stanów Zjednoczonych Lyndonowi B. Johnsonowi".

Słychać było szelest papieru, jakby ktoś przekładał kartki, i po chwili inny głos:

– „Drodzy bracia Amerykanie".

– Popatrz, jednak to zrobił – szepnęła do matki Doll, kręcąc się z podniecenia.

Queenie położyła palec na ustach.

– „Za chwilę podpiszę ustawę o prawach obywatelskich 1964. Chcę przy tej okazji powiedzieć, co ta ustawa znaczy dla każdego Amerykanina". – Prezydent odchrząknął. – „W tym tygodniu mija sto osiemdziesiąt osiem lat od chwili, kiedy niewielka grupa dzielnych ludzi rozpoczęła długą walkę o wolność. Poświęcili swoje życie, swój majątek i honor nie tylko po to, by zbudować podwaliny narodu, lecz także, by wykuć wzorzec wolności zarówno pod względem niezależności politycznej, jak i swobód obywatelskich".

Doll zauważyła, że Ibby macha nogami, jakby była znudzona. Miała ochotę podejść i nią potrząsnąć. Powiedzieć: Słuchaj tego, co mówi prezydent. Słuchaj! Jednak zamknęła oczy i skupiła się na własnym oddechu.

– „Jest to wielki tryumf... nasze pokolenie Amerykanów zostało powołane do tego, by kontynuować niekończącą się walkę o sprawiedliwość w naszej ojczyźnie... Wierzymy, że wszyscy ludzie są równi, jednakże wielu nie zaznało równego traktowania".

Doll otworzyła oczy i spojrzała na Wronę. Jej ojciec miał łzy w oczach. Biedny tata – pomyślała. – Jeśli ktokolwiek rozumie sens słów prezydenta, to przede wszystkim on. Bóg jeden wie, przez co przeszedł; na własnej skórze doświadczył skutków segregacji rasowej, która zepchnęła go do pozycji zwierzęcia.

– „Cel tej ustawy jest jasny" – kontynuował prezydent, podkreślając słowo „jasny". – „Nie ogranicza ona mianowicie swobód żadnego Amerykanina, jak długo respektuje on prawa innych. Nie zapewnia też nikomu żadnych szczególnych przywilejów. Jedynym gwarantem spełnienia zarówno własnych oczekiwań, jak i zabezpieczenia przyszłości dzieci, są nasze indywidualne zdolności. Ustawa stanowi, że ci, którzy są równi wobec Boga, będą od tej pory równi przy urnach wyborczych, w szkołach, fabrykach, hotelach, restauracjach, kinach, a także we wszystkich innych miejscach publicznych".

Wrona kiwał głową po każdym słowie prezydenta, a Queenie wpatrywała się w radio z niebywałą wprost zajadłością.

– „Celem tego aktu prawnego jest wzmożone działanie na rzecz wolności i sprawiedliwości, a także większe poszanowanie godności człowieka... Jest on wyzwaniem dla nas wszystkich, byśmy zarówno w lokalnych społecznościach, jak i w stanach, a także we własnych domach i sercach eliminowali każdy najmniejszy przejaw niesprawiedliwości, jaka może jeszcze pokutować w naszym umiłowanym kraju... Obywatele, nadszedł czas próby. Nie możemy zawieść. Musimy zniszczyć wszelkie źródła trucizny, jaką jest segregacja rasowa... Dziękuję i dobranoc". – Rozległ się odgłos odsuwania mikrofonu.

Wszyscy siedzieli w milczeniu, pogrążeni we własnych myślach, przeżywając jeszcze słowa prezydenta, które zawisły w powietrzu jak ciężka chmura.

– To nowe prawo zmieni wszystko – odezwała się po chwili Doll.

– Nie zmieni absolutnie nic – rzuciła z pogardą Queenie, jakby chciała wypluć zalegający jej w ustach niedobry smak.

– Nie jesteśmy tymi, którymi chcemy być. Nie jesteśmy

tymi, którymi mamy być, ale Bogu dzięki nie będziemy też tymi, którymi byliśmy – podsumował Wrona, który siedział ze spuszczoną głową. – Bo nie ma białego człowieka, który by rozumiał, co myśli i czuje czarny człowiek. Niestety, w większości czarni ludzie sami tego nie wiedzą.

– Co ty tam mruczysz pod nosem, stary człowieku? – warknęła Queenie.

W odpowiedzi Wrona jedynie potrząsnął głową.

Doll mocniej splotła ręce.

– Na pewno wielebny Jeremiasz będzie miał wiele na ten temat do powiedzenia w najbliższą niedzielę.

– A ja dalej twierdzę, że nie można ot tak sobie mieszać ludzi, jakby byli kopą jaj.

Wrona wyciągnął chustkę z kieszeni i wytarł oczy. Kiedy wychodził z domu, z pokoju dobiegł krzyk:

– Jak ten beznadziejny prezydent śmie przerywać mój program?!

Matka i córka wymieniły spojrzenia.

Queenie wyłączyła radio.

– Tutaj w tym domu nic się nie zmieni. To pewne. – Przewróciła oczami. – I dla czarnego człowieka też nic się nie zmieni, obojętne, co prezydent powie w radiu.

Doll wyjrzała przez okno i zobaczyła ojca, jak pochylony myje samochód. Miała nadzieję, że przynajmniej tym razem słowa matki się nie sprawdzą.

ROZDZIAŁ

15

Schodząc nazajutrz rano na śniadanie, Ibby zauważyła, że drzwi do pracowni Doll są uchylone. Kiedy zajrzała do środka, zobaczyła parę wpatrzonych w siebie ciemnych oczu: przestraszyła się.

– Uciekaj od drzwi, przecież ci mówiłam – ofuknęła ciemnooką dziewczynkę Doll.

– Ale, mamo, tam ktoś jest!

Podenerwowana Ibby przebiegła przez hall i schowała się w pokoju swojego ojca. Przez jakiś czas nasłuchiwała, czy ktoś za nią nie idzie, ale po chwili wyjęła z szafy urnę i postawiła ją na podłodze przed sobą.

– Dzień dobry, tato – powiedziała.

– A w tej puszce to jest twój tata?

Ibby podniosła głowę i zobaczyła parę patykowatych ciemnych nóg przyczepionych do dziewczynki mniej więcej w jej wieku, ubranej w kraciastą sukienkę bez rękawów, z głową całą w warkoczykach. Wziąwszy się pod boki, spoglądała na Ibby z góry.

– To jest twój tata? – zapytała ponownie, pokazując na urnę.

– Tak – odparła Ibby, zdenerwowana nagłym pojawieniem się gościa w pokoju jej ojca.

Dziewczynka usiadła po turecku obok niej.

– Jak miał na imię?

– Graham – odparła Ibby.

– Ładnie.

Przez chwilę przyglądały się sobie nawzajem. Ibby dostrzegła w nieznajomej podobieństwo do Doll. Te same szerokie usta, wąska twarz, pełne wyrazu oczy i piękna migdałowa cera.

– Ty jesteś Ptaszyna? – zainteresowała się.

Dziewczynka skinęła głową. Patrzyły na siebie jeszcze przez chwilę.

– Czy to jest twoje prawdziwe imię?

– Aha. Mama dała mi takie imię, dlatego że kiedy się urodziłam, miałam otwartą buzię, o tak. – Ptaszyna uniosła głowę, wydęła wargi i zaczęła otwierać i zamykać usta. – Jak głodny pisklak.

– A ja mam na imię Ibby.

– I to jest twoje prawdziwe imię?

– Nie. Tak naprawdę mam na imię Liberty, ale w ten sposób mówi do mnie tylko moja mama, i to jedynie wtedy, kiedy jest zła – wyjaśniła Ibby, ściskając urnę.

Ptaszyna nachyliła się i spojrzała jej głęboko w oczy, do czego Ibby nie była przyzwyczajona.

– Tęsknisz za swoim tatą, prawda?

– On mnie kochał – wyrzuciła z siebie Ibby. Nie miała pojęcia, dlaczego to powiedziała, a już szczególnie do obcej osoby.

– Mój tata też mnie kochał, tak mówi mama.

– A czy coś się z nim stało?

– Właściwie to nie wiem. Poszedł sobie przed moim urodzeniem. – Ptaszyna podparła dłońmi brodę, jakby się nad tym zastanawiała.

– To... to znaczy, że nigdy nie widziałaś swojego taty?

– Nieważne. – Dziewczynka wzruszyła ramionami. – Mama mówi, że on wrócił na Ponure Bagna, tam, gdzie jest jego miejsce.

– A gdzie są Ponure Bagna?

– To taka plamka na mapie, na nizinach. Mama mówi, że gdyby się ją nie wiadomo jak wymazywało z mapy, to i tak zawsze wyjdzie.

– Byłaś tam kiedyś?

Ptaszyna potrząsnęła głową.

– Nie. Ludzie tego miejsca unikają, jakby tam panował wielki smród, bo mówią, że jak ktoś raz trafi na Ponure Bagna, to już nigdy stamtąd nie wróci.

– A tam straszy?

Ptaszyna przysunęła się bliżej do Ibby.

– Podobno tam panuje wielka cisza. I jak już ona kogoś dopadnie, to ten ktoś nie potrafi potem bez niej żyć. No i ci, co już tam są, nie mogą się stamtąd wydostać, bo wierzą, że w każdym krzaku i w każdym drzewie siedzi szatan. A jeśli nie szatan, to jakieś straszydło albo duch.

– I tam jest teraz twój tata?

Ptaszyna skinęła głową.

– Mama mówi, że on tam poszedł, jeszcze zanim ja się urodziłam, i od tej pory nikt go nie widział.

Ibby żal się zrobiło Ptaszyny z tego powodu, że nigdy nie widziała swojego taty.

– Twój tata na pewno cię kocha po swojemu.

– Tak, mama też tak mówi. – Ptaszyna popatrzyła Ibby prosto w oczy. – A twój tata, chociaż teraz jest tam, wysoko – spojrzała w niebo – zawsze będzie z tobą, jak długo masz go tutaj. – Wzięła rękę Ibby i położyła na jej sercu. – Za każdym razem, jak zechcesz być ze swoim tatą, wystarczy, że zrobisz to.

– Ptaszyna! Mówiłam ci, żebyś się nie ruszała z pracowni! Nie wolno ci tutaj wchodzić. – Przy drzwiach stała Doll, stukając butem w podłogę.

Ptaszyna podniosła się i pokazała na Ibby.

– A ona tu jest.

– Tylko mi nie pyskuj. Wiesz, że ty i ona to nie to samo.

A teraz, powiedz mi, Ptaszyno Trout, czegoś ty naopowiadała pannie Ibby? – Doll spojrzała na córkę spod przymrużonych powiek.

– Nic jej nie naopowiadałam. Tak sobie tylko gadamy.

– Niech panna Ibby nie wierzy w nic, co mówi Ptaszyna – mruknęła zagniewana Doll.

W gruncie rzeczy historia Ptaszyny zaintrygowała Ibby. Znalazła pewną pociechę w tym, co jej czarnoskóra dziewczynka powiedziała: że jej tata zawsze z nią będzie, jeśli tylko zachowa go w sercu. Uśmiechnęła się do siebie.

– Panienka mnie słucha? – zapytała Doll.

Ibby zorientowała się, że całkowicie pogrążyła się we własnych myślach.

– Najlepiej niech panienka idzie się ubrać. Queenie czeka w kuchni z herbatnikami i kaszką. Pani już zjadła śniadanie, ale proszę jej nie przeszkadzać. Jest zajęta typowaniem koni, musi zdążyć przed przyjściem pana Henry'ego. Dzisiaj Ptaszyna może dotrzymać panience towarzystwa. Chodź, Ptaszyna. – Doll wzięła córkę za rękę i wyprowadziła z pokoju.

Kiedy Ibby zeszła na dół, Ptaszyna siedziała przy stole kuchennym nad stertą herbatników. Wzięła potężny łyk mleka i uśmiechnęła się do Ibby.

– O, widzę, że już się poznałyście. – Queenie wytarła ręce w fartuch.

W tym momencie otworzyły się drzwi i do kuchni wszedł Wrona z dużym pudłem.

– Proszę, tu jest tort, który miałem odebrać z piekarni. Co dzisiaj gotujesz? Pachnie pięknie. – Wrona poprzesuwał produkty w lodówce, żeby zrobić miejsce dla tortu.

Queenie mieszała coś w garnku.

– Gumbo. Pan Pierce dał mi trochę więcej krewetek, żebym mogła dołożyć do zupy. Coś tam dla ciebie zostawię. Wiem, jak bardzo lubisz gumbo.

– Dzień dobry – powiedziała Ptaszyna z buzią wypchaną herbatnikami.

– Chyba wiesz, że się nie mówi z pełną buzią. – Queenie zapukała łyżką w garnek, po czym odłożyła ją na ladę kuchenną. – A teraz posłuchajcie, młode damy. Jak tylko pojawi się tutaj pan Henry, proszę, żebyście nie przeszkadzały, jasne?

Wrona przez chwilę nerwowo pocierał policzek, a następnie szepnął Queenie do ucha:

– Może dziewczynki po tym wczorajszym wystąpieniu prezydenta nie powinny się szwendać po mieście, lepiej niech się trzymają podwórka. Burmistrz nawoływał do zachowania spokoju i o ile wiem, nie było żadnych awantur, ale strzeżonego Pan Bóg strzeże.

Queenie skinęła głową i spojrzała na dziewczynki.

– Wrona ma rację. Dzisiaj trzymajcie się domu. Nigdzie nie wychodźcie, słyszycie?

– Ale, buniu, co my mamy robić na podwórku? – jęknęła Ptaszyna. – Mówiłaś, że możemy iść na Plum Street i kupić sobie po śnieżnej kuli.

Mężczyzna potrząsnął głową i skierował się do drzwi.

– Wy, kobiety, i tak nigdy mnie nie słuchacie. Szkoda sobie strzępić język.

– Prooooszę. – Ptaszyna złożyła ręce i uśmiechnęła się rozbrajająco.

– No, już dobrze – zgodziła się Queenie, kiedy Wrona zniknął jej z oczu. – Ale gdyby zanosiło się na jakąś awanturę, to zaraz wracajcie do domu, słyszysz mnie? – Queenie spojrzała znacząco na Ptaszynę. – Żadnych kłopotów, jasne?

– Jasne, obiecuję. – Ptaszyna zeskoczyła ze stołka.

Queenie sięgnęła do puszki po herbatnikach i położyła przed dziewczynkami cztery dziesięciocentówki i dwie dwudziestopięciocentówki.

– Tylko żeby nie było z tego żadnych kłopotów – powtórzyła Ptaszynie.

Mała złapała pieniądze i schowała do kieszeni.

– Idziemy, panno Ibby.

Wkrótce po wyjściu z domu natknęły się na gromadkę kobiet w strojach pokojówek, które spieszyły do domu Bellów obstawiać konie. Kawałek dalej Ibby zatrzymała się z wahaniem.

– Co się stało? – spytała Ptaszyna.

Tyłem do nich siedziała na ogrodowej huśtawce Annabelle Friedrichs.

– Chodź, przejdziemy na drugą stronę ulicy – zaproponowała Ibby.

– Po co?

– Widzisz tę dziewczynkę na huśtawce? To jest Annabelle.

– I co z tego? – Ptaszyna wzięła się pod boki.

– To ona mi podbiła oko. – Ibby pokazała na swoją twarz.

– Tym bardziej powinnyśmy przejść obok niej. Nie rób nic, dopóki nie dam ci sygnału. Ona jest za płotem, co nam zrobi?

Ibby zastanawiała się przez chwilę.

– W porządku.

– Jak coś do ciebie powie, to ty się nie odzywaj. Rozumiesz? Ona chce ci dokuczyć, a ty udawaj, że masz to w nosie. Chodź za mną.

Ptaszyna szła naprawdę powoli, wymachując rękami jakby nigdy nic i beztrosko pogwizdując.

Ibby ruszyła za nią i zaczęła naśladować ją we wszystkim.

Annabelle usłyszała gwizdanie i się odwróciła. Dziewczynki szły dalej, machając rękami. Annabelle zeskoczyła z huśtawki i podeszła do płotu.

– O, widzę, że jeszcze masz podbite oko – powiedziała, gdy szła równolegle z dziewczynkami po drugiej stronie płotu. – I czarnuchę za przyjaciółkę.

Ibby z trudem powstrzymała chęć odwrócenia się i pociągnięcia jej za warkocze, ale w porę przypomniała sobie słowa Ptaszyny.

– Teraz! – usłyszała nagle i zaraz potem Ptaszyna obróciła się, zsunęła majtki, wypięła na Annabelle gołą pupę i – w nogi. Ibby odwróciła się jeszcze i zobaczyła swojego wroga, jak stoi z otwartą buzią.

Ptaszyna nie ustawała w biegu. Trzy przecznice dalej dziewczynki zatrzymały się, żeby nabrać tchu.

– Nie mogę uwierzyć, że to zrobiłaś – wyrzuciła z siebie Ibby.

– Więcej ci nie podskoczy – zapewniła ją Ptaszyna i zachichotała.

Bez pośpiechu dotarły do St. Charles Avenue. Przeszły przez jezdnię do pasa dzielącego kierunki ruchu, który jak dowiedziała się Ibby, nazywano w Nowym Orleanie terenem neutralnym, i stanęły na żółtym świetle w oczekiwaniu na tramwaj. Kilka minut później podjechał zielony tramwaj z czerwonym dachem.

– Daj motorniczemu pieniądze. – Ptaszyna wręczyła Ibby dziesięciocentówkę i wsiadła.

Dziewczynki przesunęły się do przodu, zapłaciły motorniczemu za bilety, po czym wróciły na tył wagonu i usiadły.

Siedząca za Ibby kobieta postukała ją w ramię.

– Usiądź koło motorniczego, tam jest twoje miejsce – zwróciła jej uwagę.

Ibby rozejrzała się i stwierdziła, że jest pełno wolnych miejsc zarówno z przodu, jak i z tyłu.

– No, idź. – Kobieta machnęła ręką.

Ibby wstała i czekała na Ptaszynę.

– Ale ty zostajesz. – Kobieta posadziła Ptaszynę z powrotem, naciskając jej ramię.

Ptaszyna zadarła brodę i skinieniem głowy dała Ibby znać, że ma się zastosować do polecenia, po czym odwróciła się w drugą stronę.

Tramwaj jechał dość długo St. Charles Avenue, by wreszcie skręcić przy zakolu rzeki. Mniej więcej sześć kwartałów dalej Ptaszyna zerwała się z miejsca i pociągnęła za białą linkę wiszącą nad oknem, a następnie skinęła głową w stronę Ibby.

– Dlaczego ona kazała mi przejść gdzie indziej? – zapytała Ibby, kiedy wyszły z tramwaju.

– Bo tu, gdzie usiadłyśmy, było miejsce wydzielone dla czarnych. Myślałam, że wiesz, że biali siedzą z przodu.

– Dlaczego?

Ptaszyna wzruszyła ramionami.

– Odkąd pamiętam, zawsze tak było. Bunia mówi, że dawno temu, kiedy dopiero zaczynała pracę u pani Althei, były tramwaje oznaczone żółtą gwiazdą, tylko dla kolorowych. Ale one jeździły bardzo rzadko i zawsze przepełnione, więc Bunia przeważnie musiała chodzić do pracy na piechotę. Mówi, że odetchnęła z ulgą, kiedy zlikwidowali tramwaje dla kolorowych, bo w zwykłym tramwaju zawsze jakieś wolne miejsce z tyłu się znalazło.

Kiedy przechodziły przez ulicę, Ibby zastanawiała się nad tym, co jej powiedziała Ptaszyna. Nie rozumiała, jak można w tak różny sposób traktować ludzi.

Dziewczynki przeszły Plum Street jeszcze spory kawałek, aż napotkały tłumek ludzi tłoczących się przed szalowanym fioletowym narożnym budynkiem.

– Idź i ustaw się w tej kolejce od frontu. Ja muszę iść od tyłu i stanąć tam, gdzie wszyscy kolorowi. – Wręczyła Ibby dwudziestopięciocentówkę i zniknęła.

Ibby otworzyła drzwi siatkowe, które prowadziły do

stoiska ze śnieżnymi kulami. Umieszczona nad ladą tablica informowała o stu różnych smakach. Mężczyzna w białym fartuchu i dziwnej papierowej czapce trzymał pod otworem wielkiej maszyny chiński pojemnik. Do tego pojemnika wpadały maleńkie strużyny lodu, które tworzyły rodzaj kulki. Minęło ze dwadzieścia minut, nim Ibby znalazła się na początku kolejki.

– Jaki smak? – zapytał mężczyzna w papierowej czapce.

Ibby wskazała na dziewczynkę stojącą w kolejce obok.

– Taki sam jak ona.

– To będzie tort weselny z bitą śmietaną i słodzonym mlekiem skondensowanym. O taki smak ci chodziło?

– A wystarczy mi na to dwadzieścia pięć centów? Bo więcej nie mam – powiedziała Ibby.

– Bez problemu, młoda damo.

Ibby dostała swój tort weselny i wyszła na zewnątrz, rozglądając się za Ptaszyną, która, jak się okazało, już na nią czekała.

– Jaki masz smak? – zapytała.

– Coś takiego, co się nazywa tort weselny. – Ibby poszła za Ptaszyną do znajdującej się w pobliżu chodnika ławki.

– Ja biorę za każdym razem to samo. Wiśnię. – Ptaszyna oblizała ściekający po ściance pojemnika czerwony syrop.

Dziewczynki siedziały na ławce i rozkoszowały się ciepłem słońca i chłodem śnieżnej kuli, który spływał im do gardła. Ciągnąc przez słomkę „tort weselny", Ibby zauważyła, że Ptaszyna bawi się swoim złotym łańcuszkiem. Podniosła go nawet w pewnym momencie do góry, by lepiej pokazać łańcuszek Ibby.

– Dostałam go w tym roku od pani Fannie na jedenaste urodziny. Widzisz? Tu jest literka P jak Ptaszyna.

– Jaki ładny naszyjnik – pochwaliła Ibby. – Ale nie bardzo sobie wyobrażam, żeby Fannie poszła do sklepu jubilerskiego kupować biżuterię.

– Ona wcale nie musi w tym celu chodzić do sklepu – wyjaśniła Ptaszyna. – Sami do niej przychodzą.

– To znaczy, że kto do niej przychodzi?

– Jeśli pani Fannie chce kupić naszyjnik, to dzwoni do pana Normana, który przychodzi do niej do domu z całą kasetką biżuterii. A jak potrzebuje butów, to panna Odille od Gusa Mayera przynosi jej kilkanaście par do wyboru. Jeśli chce czegoś takiego, czego jej nie dostarczą do domu, to posyła Wronę.

– O – powiedziała Ibby – to w Olimpii, skąd ja pochodzę, tak nie ma.

Kiedy dziewczynki siorbały swoje kule, podszedł do nich policjant w granatowym mundurze i nachylił się nad Ibby.

– Znasz tę czarną dziewczynkę? – Wskazał na Ptaszynę.

– Znam, panie władzo – odparła zdziwiona tym pytaniem Ibby.

– A skąd to podbite oko? – zainteresował się policjant.

– To sprawka takiej jednej dziewczynki z sąsiedztwa.

– Możesz tu na chwilkę podejść? – Policjant wskazał drzewo rosnące w niewielkiej odległości od nich.

Ibby nie rozumiała, dlaczego mężczyzna chce z nią rozmawiać, ale zastosowała się do jego życzenia. Ptaszyna przestała jeść i przyglądała im się z oddalenia.

Kiedy znaleźli się pod drzewem, policjant nachylił się do Ibby.

– Czy to ta czarna dziewczynka podbiła ci oko?

Mężczyzna robił nawet miłe wrażenie, ale to pytanie zdenerwowało Ibby. Dlaczego uważa, że Ptaszyna ją pobiła?

– Nie. Przecież już mówiłam. To mi zrobiła inna dziewczynka. Moje kolano to też jej sprawka. – Pokazała obtarte kolano.

– A kim jest ta czarna dziewczynka, z którą siedziałaś? – Policjant wskazał Ptaszynę, która wykręcała szyję w ich kierunku.

– Ptaszyna.
– A jak ją poznałaś? – drążył dalej.
– Jej mama pracuje u mojej babci.
– A kim jest twoja babcia, jeśli wolno zapytać?
– Nazywa się Fannie Bell.
– To dlaczego nic nie mówiłaś?
– A pan ją zna? – Ibby ze zdziwieniem spojrzała na mężczyznę.
– Oczywiście, że ją znam. Od bardzo, bardzo dawna. Jestem porucznik Kennedy. A Ptaszyna jest córką Dollbaby. Jak mogłem sobie tego nie skojarzyć?
Teraz już także Ibby poznała porucznika. To był ten sam, który podszedł wtedy do ich samochodu, kiedy kupowały z Fannie perfumy.
– Odwieźć cię do domu? – Porucznik Kennedy wskazał ręką radiowóz policyjny.
– Ja nie mogę wrócić bez Ptaszyny – odparła dziewczynka.
Policjant poprawił na głowie czapkę z daszkiem.
– Ona może jechać z nami.
Podszedł wraz z Ibby do ławki, na której siedziała Ptaszyna.
– Chodź, jedziemy – powiedział.
– Ale ja nic złego nie zrobiłam – broniła się Ptaszyna, wstając z ławki.
– Chcę was zawieźć do domu z uprzejmości wobec pani Fannie – odrzekł porucznik Kennedy. – To wszystko.
Ptaszyna przez chwilę patrzyła na niego podejrzliwie, zanim w końcu wyrzuciła pusty pojemnik po lodach do kosza na śmieci. Kiedy mijali dom Friedrichsów, Annabelle w dalszym ciągu siedziała na huśtawce. Na widok radiowozu policyjnego z wyglądającymi przez tylne okno dwiema osobami zeskoczyła z huśtawki i zaczęła wołać matkę.

Ibby zapadła się w siedzenie; wyobrażała sobie, czego tym razem Annabelle naopowiada Honey.

Porucznik Kennedy podjechał pod dom Fannie i odprowadził dziewczynki do drzwi. Kiedy zadzwonił, otworzyła Doll.

– Dzień dobry, Dollbaby – przywitał się, uchylając czapki. – Jak się miewasz?

– Dobrze, dziękuję.

– To miło. Zastałem Fannie?

– Pani odpoczywa. Mogę w czymś pomóc?

– Chodzi o to, że kilka pań przy stoisku ze śnieżnymi kulami zauważyło podbite oko u wnuczki Fannie i zaniepokoiły się, że stało się coś niedobrego. Po wczorajszym wystąpieniu prezydenta jesteśmy podczas weekendu szczególnie czujni. Na wszelki wypadek wolałem odwieźć dziewczynki do domu. Lepiej, żeby dzisiaj nigdzie już nie wychodziły.

– Dziękuję, panie poruczniku – powiedziała Doll, wpuszczając dziewczynki do środka.

– Masz bardzo udaną córkę, Dollbaby. Uważaj na nią. I przekaż Fannie moje pozdrowienia. – Porucznik Kennedy znów uchylił czapki.

– Jasne, że przekażę.

Gdy tylko Doll zamknęła za gościem drzwi, odezwała się Ptaszyna:

– Ja nie zrobiłam nic złego, przysięgam.

– Wiem, dziecko. – Doll objęła córkę ramieniem i przytuliła. – Wiem.

ROZDZIAŁ 16

Queenie uniosła do góry sobotnią gazetę, pokazując pierwszą stronę z rysunkiem przedstawiającym flagę amerykańską, a pod nią podpis LIBERTY. Ibby ziewnęła.

– Niech no panienka spojrzy. Na pierwszej stronie dzisiejszej gazety jest panienki imię. Musieli wiedzieć, że to urodziny panny Ibby.

– O rany, zupełnie zapomniałam. – Ibby wzięła gazetę i spojrzała na nagłówek.

– Jak panienka mogła zapomnieć o własnych urodzinach? – zdziwiła się Queenie.

– Nie wiem. Pewnie dlatego, że tyle się ciągle dzieje. Czy może dzwoniła moja mama?

Minęły cztery dni, a od Vidrine nie było ani słowa. Ibby pomyślała, że mama mogła przynajmniej zadzwonić i złożyć jej życzenia. No cóż, Vidrine to Vidrine. Chwilami zastanawiała się, czy matce zależy na kimkolwiek innym poza nią samą. Mimo to nie traciła nadziei.

– Nie, dziecino, ale dzień jest jeszcze młody. – Queenie zamieszała ciasto. – A, i jeszcze jedno. Niech panienka nic nie mówi pani Fannie, że wczoraj przywiózł was do domu porucznik Kennedy. Dobrze? Tego akurat ona nie musi wiedzieć.

Przez otwarte drzwi wdarł się huk dalekiego pioruna i widać było, jak na podwórku za domem wichura wznosi kłęby kurzu i targa liśćmi drzewa pekanowego.

Queenie wyjrzała na podwórko.

– Mam nadzieję, że dziś niebo nie będzie pluło, bo zepsułoby nam piknik kościelny. To by było okropne, gdyby tyle dobrego jedzenia poszło na marne.

Doll wpadła do kuchni, porwała z szuflady nożyczki i bez słowa wyskoczyła na dwór.

Queenie pokazała głową na sypialnię Fannie.

– Tam jest Doll, próbuje doprowadzić do tego, żeby pani Fannie była gotowa na urodzinowy lunch panienki, ale babcia nie chce współpracować. Ona chce tylko oglądać w telewizji jakiś mecz. Stawia na Twins przeciwko Jankesom. Boże, mam nadzieję, że jej drużyna wygra, bo ona nienawidzi Jankesów.

Po śniadaniu Ibby poszła do swojego pokoju. Po chwili znalazła ją tam Doll.

– Co panienka tutaj robi? Dlaczego panienka siedzi tu sama? – Doll położyła na łóżku sukienkę, którą uszyła dla niej na urodziny.

Ibby wzięła sukienkę i przejechała palcami po materiale. Była to prosta sukienka bez rękawów, w kolorze kobaltowego błękitu, z białym kontrastującym paskiem u dołu i pod szyją.

– Jaka ładna – zachwyciła się.

– To o co chodzi? Dlaczego panienka ma taką smutną minę?

Dziewczynka wzruszyła ramionami.

– A jak zwykle panienka spędzała urodziny?

– Tata dawał mi kartę z jakimś śmiesznym wierszykiem, który sam wymyślał, a potem zapraszał mnie i robiliśmy razem coś fajnego. Tylko on i ja, bez Vidrine.

– A teraz nie ma panienki taty. Rozumiem. – Doll przytknęła palec do policzka. – Ale jestem pewna, że panienka będzie się dobrze bawiła u Antoine'a. To jedna z najlepszych restauracji w mieście.

– Byłaś tam kiedyś?

Doll spojrzała na Ibby z ukosa.

– Nie, dziecino, ja tam nigdy nie byłam. Niech no panienka do mnie podejdzie, to przymierzymy tę sukienkę. Zobaczymy, czy dobrze leży. – Doll włożyła Ibby sukienkę przez głowę i zasunęła suwak, po czym wręczyła jej białe koronkowe skarpetki i czarne lakierki. – A teraz niech się panienka przejrzy w lustrze na drzwiach łazienki.

Ibby obracała się w tę i w tamtą stronę, podziwiając swoje odbicie.

– No jak? – Doll strzeliła z jednego ze swoich długich paznokci.

– Jest wspaniała. Dziękuję.

– Ale ja w dalszym ciągu nie widzę uśmiechu na buzi panienki. O co chodzi?

– Ona mi się naprawdę podoba. Tylko że ja nie jestem przyzwyczajona do chodzenia w sukienkach. O nic poza tym nie chodzi.

– Wygląda panienka naprawdę bardzo ładnie. Proszę podejść tu do mnie, to panienkę uczeszę.

Doll zaczesała krótkie włosy Ibby na jedną stronę, po czym wsunęła jej spinkę z kokardką w paseczki. Ibby ponownie spojrzała w lustro.

– Wyglądam jak mały dzidziuś – zaprotestowała.

– Trzeba wreszcie przestać być chłopczycą. – Doll wyciągnęła Ibby spinkę, wyjęła z kieszeni opaskę i wsunęła jej na włosy. – A tak?

Ibby znów spojrzała w lustro.

– Chyba lepiej.

– A teraz proszę włożyć to. – Doll wręczyła jej białe bawełniane rękawiczki.

– Rękawiczki? – zdziwiła się dziewczynka, krzywiąc się. – A ja myślałam, że rękawiczki noszą tylko starsze panie.

– Tutaj u nas wszystkie prawdziwe damy, młode czy stare, noszą na wyjście rękawiczki – wyjaśniła Doll.

Ibby wsunęła palce w rękawiczki.

– Na jakie wyjście?

– Na każde, dziecino. Do restauracji, do kościoła, a nawet po zakupy na Canal Street. Och, i jeszcze jedno. – Doll wyjęła z kieszeni mały słoiczek podkładu kosmetycznego. – Zaraz spróbujemy zrobić coś z tym okiem.

Doll nabrała na palec beżowej masy i rozprowadziła ją pod okiem dziewczynki na zasinieniach, które z niebieskawofioletowych robiły się stopniowo zielonkawożółte.

– Dobrze. A teraz chodźmy na dół. Zobaczymy, czy uda się wywołać uśmiech również na twarzy pani Fannie.

– Zaczekaj chwileczkę. – Ibby pobiegła do szafki nocnej i delikatnie pokropiła sobie szyję perfumami.

– Dobrze – pochwaliła ją Doll. – Może jednak panienka nie jest tak całkiem chłopczycą.

Kiedy zeszły do kuchni, zastały tam Wronę, który opierał się o prowadzące na werandę drzwi. Miał na sobie czarne spodnie, czarną koszulę frakową i wypucowane do połysku skórzane buty. W ręku trzymał szoferską czapkę.

– Wszystkiego najlepszego z okazji urodzin, panno Ibby – powiedział.

Stojąca przy kuchni Queenie się odwróciła.

– A kogóż my tu widzimy? Z pewnością przyszłą królową piękności. Panienka przypomina mi panią Fannie, kiedy była młoda – piękna smukła szyja, spiczasty nosek, no i te cudne niebieskie oczęta.

– I te głupie włosy na pazia – dodała Ibby.

– Włosy odrosną, panno Ibby – zapewniła ją Doll, po czym zwróciła się do matki: – Mamo, ja muszę wracać do pani Fannie. Ona tam siedzi u siebie i czeka, żebym ją uczesała.

Chwilę później ponownie pojawiła się w kuchni, wyraźnie wyczerpana. W ślad za nią podążała Fannie, która bawiła się beżową torebką ze skóry aligatora i poklepywała jedwabną spódniczkę z zielonego szantungu. Doll nie pożałowała jej też tuszu do rzęs, różu i czerwonej szminki, co w sumie dodało zwykle bladej cerze Fannie blasku. Toalety dopełniła sama zainteresowana, obficie spryskując się Różą Orientalną, której zapach czuć było w drugim końcu kuchni. Największe wrażenie jednak zrobiły na Ibby wspaniale ułożone włosy babki, obecnie w kolorze łagodnego kasztanowego brązu. Gdyby Ibby nie wiedziała, z pewnością pomyślałaby, że w drzwiach stoi zupełnie obca osoba.

– Co się tak wszyscy gapicie? – zapytała Fannie, naciągając białe skórkowe rękawiczki.

Wypowiedziała wprawdzie te słowa burkliwie, ale Ibby mogłaby przysiąc, że w niebieskich oczach babki czaił się uśmiech.

Wrona odprowadził Fannie do samochodu i otworzył przed nią tylne drzwi. Ibby usiadła obok babki. Wrona jechał wolno St. Charles Avenue, a ponieważ Fannie paliła papierosa, Ibby odkręciła okno. Kiedy zbliżali się do Lee Circle, rozległ się potężny grzmot. Po niebie sunęły ciężkie burzowe chmury, toteż dziewczynka była przekonana, że to uderzył piorun. Tymczasem rozległ się następny grzmot i następny.

Wrona spojrzał na zegarek.

– Zbliża się południe. To musi być salut z pięćdziesięciu dział przy Arsenale na Dauphine Street.

– Czy ktoś umarł? – Fannie pomachała ręką, żeby przegonić sprzed twarzy dym papierosowy.

– Nie, proszę szanownej pani. – Wrona spojrzał na swoje pasażerki w lusterku wstecznym. – Zapomniała pani? Dziś jest Święto Niepodległości.

– Na miłość boską, przecież wiem, co to za dzień – odparła Fannie.

– Obchody Czwartego Lipca – dodał Wrona.

Kilka minut później zatrzymali się przed budynkiem przy Rue St. Louis, na którym wisiał na łańcuchu szyld: „Restauracja u Antoine'a, rok założenia 1840". Do samochodu podszedł mężczyzna w czarnym smokingu i otworzył im drzwi.

– Dzień dobry, pani Bell. Numa czeka z zarezerwowanym stolikiem.

– Dziękuję, Alciatore – odezwała się Fannie, przytrzymując się ręki mężczyzny.

Ibby podążyła za babką do rzęsiście oświetlonej sali. Większość stolików była wolna, jeśli nie liczyć samotnie siedzącej pary w dalekim kącie przy drzwiach na taras.

– Bardzo proszę tędy. – Maître d'hôtel poprowadził je przez całą salę do korytarzyka na lewo.

Fannie zachęcała wnuczkę, żeby szła za nią.

– W tej pierwszej sali jadają tylko turyści, kochanie – szepnęła.

Korytarzyk prowadził do dużej przestronnej sali jadalnej pełnej kręcących się jak muchy w ukropie kelnerów. Maître d'hôtel zaprowadził je do jedynego wolnego stolika i wysunął krzesło dla Fannie.

– Zaraz będzie tu Numa – powiedział, kładąc przed nimi karty.

Kiedy Ibby usiadła, zauważyła, że ściany są obwieszone oprawionymi w ramki zdjęciami sławnych ludzi. Fannie spostrzegła, że dziewczynka się im przygląda.

– Każdy dygnitarz i celebryta, jaki kiedykolwiek pojawił się u Antoine'a, ma tu na ścianie swoje zdjęcie – wyjaśniła. – W ciągu stu lat sporo się tego nazbierało.

Najbliższa Ibby fotografia przedstawiała smagłego mężczyznę o czarnych zaczesanych gładko do tyłu włosach, który patrzył na nią z frywolnym uśmiechem. Próbowała odcyfrować podpis pod zdjęciem.

– „Szczerze mówiąc, kochanie, kompletnie mnie to nie obchodzi" – przeczytała głośno Fannie.

Dziewczynka spojrzała na nią zaskoczona. Czyżby babka chciała ją obrazić?

Fannie wskazała fotografię.

– Nie oglądałaś *Przeminęło z wiatrem*? To najważniejsza kwestia Clarka Gable'a z tego filmu. I to on jest na tej fotografii.

– Nie oglądałam. Mama mi nie pozwala oglądać filmów z Południa – odparła Ibby.

– Dlaczego? Boi się, że nabijesz sobie głowę różnymi głupstwami, że na przykład mamy w ogródkach aligatory albo że nie płacimy służbie?

Ibby poczuła się tak speszona, że nie bardzo potrafiła odpowiedzieć.

– Coś w tym rodzaju – bąknęła.

– Wobec tego ona cię uczy, że ignorancja jest błogosławieństwem – zauważyła Fannie.

Tymczasem do ich stolika podszedł zażywny kelner.

– Pani Bell, dawno nie mieliśmy przyjemności gościć pani u nas.

Mężczyzna mówił z takim dziwnym akcentem, że Ibby z najwyższym trudem go rozumiała.

– Nie miałam powodu przychodzić, Numa. – Fannie wyciągnęła z torebki papierosa. – Ale dziś mam powód. Dziś są dwunaste urodziny mojej wnuczki. Będziemy je świętować.

Numa nachylił się, żeby zapalić Fannie papierosa. Mężczyzna cały czas dotykał czoła białą serwetką. W pewnym momencie spojrzał na Ibby.

– Wszystkiego najlepszego z okazji urodzin dla szanownej panienki.

– Poproszę o koktajl. Dla mnie Staroświecki. A dla Ibby Shirley Temple.

– Już się robi. – Numa skłonił się lekko i zniknął.

– Dlaczego on tak dziwnie mówi? – zapytała szeptem Ibby, nachylając się przez stolik do Fannie.

– Bo on jest Cajunem*, kochanie. Cajunowie pochodzą z kraju bayou**, gdzie pierwszym językiem jest taka właśnie łamana francuszczyzna.

Ibby wzięła do ręki menu, przekręciła je do góry nogami, po czym z powrotem je odwróciła.

– Jeżeli nie czytasz po francusku, to i tak nic nie zrozumiesz – zauważyła Fannie, zdejmując rękawiczki.

– A ty znasz francuski?

– Nie, dziecino, ale większość ludzi w Nowym Orleanie potrafi przynajmniej przeczytać i zrozumieć menu po francusku. Sama coś dla ciebie zamówię. Zresztą i tak znam tę kartę prawie na pamięć.

Kiedy Fannie zastanawiała się, co zamówić, Ibby postanowiła zapytać ją o coś, co nie dawało jej spokoju od wczorajszej rozmowy z Ptaszyną.

– Babciu Fannie, gdzie są Ponure Bagna? Czy one znajdują się w bayou tam, gdzie żyją Cajunowie?

Fannie ze zdumieniem łypnęła na nią okiem znad karty.

– Ibby, dziecko drogie, mów do mnie po prostu Fannie. Mam dopiero pięćdziesiąt dwa lata. „Babciu Fannie" brzmi bardzo postarzająco. Co do Ponurych Bagien, to nigdy o takim miejscu nie słyszałam. A dlaczego pytasz?

– Ptaszyna mi powiedziała, że tam mieszka jej tata.

Fannie zmarszczyła czoło.

– To jest prawdopodobnie historia, którą wymyśliła Dollbaby, żeby zaspokoić ciekawość córki. Bo widzisz,

* Cajunowie – potomkowie osadników francuskich z Kanady zamieszkujący południowo-zachodni rejon Luizjany, Akadię.

** Bayou – teren zalewowy na południu Stanów Zjednoczonych.

Ptaszyna to wypadek przy pracy. – Fannie odchrząknęła. – Taki niefortunny wypadek, w wyniku którego Dollbaby zaszła w ciążę. Była wtedy jeszcze dzieckiem. Nigdy nie powinno do tego dojść, ale jednak doszło, no i mamy Ptaszynę. W każdym razie żadnego taty nie było w zasięgu wzroku. Dollbaby nie lubi o tym mówić, więc nie poruszaj przy niej tego tematu. I nie odbieraj złudzeń Ptaszynie. Niech wierzy w to, co chce.

Ibby zastanawiała się przez chwilę nad tym, co usłyszała.

– Czy ja też jestem wypadkiem przy pracy?

Fannie zmrużyła jedno oko.

– Nie, dlaczego? Co za głupoty przychodzą ci do głowy?

Numa wrócił z notesem i ołówkiem i czekał na zamówienie. Ale Fannie się nie spieszyła; powoli sączyła swój koktajl.

– Ibby zacznie od krewetek z sosem remoulade. Potem na zakąskę zamówimy jej pompano* *en papillote***. Ja wezmę zupę żółwiową i smażonego pstrąga. I podaj półmisek kartofli soufflé. – Fannie wręczyła Numie menu. – I jeszcze jednego drinka.

– Często tu bywałaś? – zapytała Ibby.

Fannie zmrużyła oczy.

– Tak, kochanie, dawno, dawno temu… To była ulubiona restauracja twojego dziadka. Tu, przy tym stoliku, mi się oświadczył.

– Naprawdę?

– Naprawdę. – Fannie spojrzała na sufit. – Przy jakichś specjalnych okazjach przyprowadzałam tu Grahama i Balfoura. Dla ciebie zamówiłam to, co zamawiałam dla twojego taty.

Po chwili Ibby zapytała:

---

* Pompano – morska ryba z rodzaju ostrobokowatych.

** *En papillote* – metoda gotowania – w papierze, w paczuszce.

– A kto to jest Balfour?

Fannie przez moment pocierała dolną wargę, jakby się zastanawiała, co odpowiedzieć.

– Czy Graham nigdy nie wspominał, że miał brata?

– Nie – odparła Ibby.

Pojawił się Numa z kartoflami i przystawkami.

– *Bon appétit.*

Czekając na odpowiedź, Ibby spróbowała krewetki.

– Nie mówił ci wiele o swojej rodzinie, prawda? Może to i dobrze. – Fannie zaciągnęła się papierosem. – Balfour był młodszym bratem twojego ojca.

– A gdzie on teraz jest?

– Był wypadek... – Fannie zawiesiła głos, patrząc w przestrzeń.

Zasada numer dwa. Jeśli zacznie mówić o przeszłości, nie zadawać pytań.

Fannie zwróciła się do Ibby, patrząc jej prosto w oczy.

– A może byśmy tak porozmawiały o czymś innym? Na przykład o tym, kto ci podbił oko.

– Och. – Ibby lekko dotknęła oka.

– Myślałaś, że nie zauważyłam, tak? Ten podkład, który ci Doll rozmazała na twarzy, niewiele pomaga.

Babka i wnuczka jadły w milczeniu, ale Ibby nie miała wątpliwości, że Fannie intensywnie o czymś myśli. Jej oczy zaszły mgłą, stały się dalekie.

Tym razem Numa postawił przed Ibby talerz nakryty torbą z szarego papieru. Dziewczynka zastanawiała się, co też takiego zamówiła jej babka. Po chwili Numa przyniósł nóż i rozciął papierową torbę. Spod papieru uleciał obłok pary i na talerz wysunęła się ryba, a zaraz po niej masło i mięso kraba; przed Fannie Numa postawił porcję ryby.

– Czy madame życzy sobie do ryby kieliszek wina? – zapytał.

Fannie zdusiła w popielniczce niedopałek papierosa, nie tknąwszy nawet zupy.

– A dlaczegóż by nie? – odparła i kiedy Ibby wzięła widelec do ręki, ponownie zwróciła się do niej z pytaniem: – No więc powiedz mi, moja droga, kto ci podbił oko?

Ibby odłożyła widelec, zastanawiając się, czy zmyślić jakąś historię, czy powiedzieć prawdę. Zdecydowała, że czas powiedzieć prawdę.

– Annabelle mnie uderzyła...

– A dlaczego to zrobiła?

– Niechcący puściłam na nią huśtawkę, a ona się wściekła i walnęła mnie pięścią w twarz.

– Oddałaś jej?

Ibby wpatrywała się w swoją rybę.

– Tak jest. – Powiedziała to szybko w nadziei, że Fannie nie zorientuje się, o co chodzi, ale krzywy uśmieszek, jaki pojawił się na twarzy babki, dowodził, że zrozumiała.

– Aha, to by tłumaczyło wczorajszą wizytę Honey Friedrichs w naszym domu – powiedziała ze śmiechem i poklepała Ibby po ręce. – Ja bym na twoim miejscu zrobiła to samo, drogie dziecko. Musimy poszukać dla ciebie innej towarzyszki zabaw.

Kiedy skończyły jedzenie, Numa zebrał talerze i zgarnął tępym nożem z obrusa okruchy pieczywa.

– Kawa dla pani? – spytał.

– Tak, chętnie. – Kiedy wyszedł, Fannie ponownie zwróciła się do Ibby: – Chciałam cię o coś zapytać, kochanie. Twoja matka powiedziała mi kiedyś z wielką pewnością w głosie, że twój ojciec mnie nienawidził i że to ja byłam przyczyną, dla której opuścił Nowy Orlean. Czy kiedykolwiek coś podobnego powiedział tobie?

– Nie, nigdy nic takiego mi nie mówił.

Fannie wpatrywała się przez chwilę we wnuczkę.

– A czy kiedykolwiek w ogóle mówił o mnie albo o swoim ojcu?

Ibby spuściła oczy, zastanawiając się, co odpowiedzieć, żeby nie urazić babki.

– Nie, chyba nigdy nie mówił.

– Co to znaczy „chyba"? Albo mówił, albo nie.

Ibby bawiła się przez chwilę serwetką, po czym spojrzała na Fannie.

– Wiem, co czuł do ciebie, bo widziałam, jak patrzył na twoje zdjęcie.

– Jakie moje zdjęcie? – Fannie przechyliła głowę.

– To, które nosił w portfelu.

– O. To znaczy jak na nie patrzył?

– No, z miłością – odparła Ibby. – Myślę, że za tobą tęsknił.

– Miło mi to słyszeć, kochanie.

Rozmowa urwała się nagle, kiedy koło ich stolika pojawiło się czterech kelnerów z dużą srebrną paterą.

– Tort Alaska z okazji urodzin panienki – oznajmił jeden z kelnerów i machnął palcem jak batutą. – Raz, dwa, trzy…

I wtedy męski kwartet wykonał *Happy Birthday* i wszystkie oczy zwróciły się ku Ibby.

– Najserdeczniejsze życzenia z okazji urodzin, kochanie – powiedziała Fannie, wznosząc do góry kieliszek wina. Pomiędzy dwoma bezowymi gołąbkami siedzącymi na torcie wił się napis *Happy Birthday.* Wszystko to razem wyglądało jak najpiękniejsza rzeźba. Ibby już miała coś takiego powiedzieć, kiedy zobaczyła łzy spływające po policzkach Fannie, która szeptała coś do siebie, nawet nie próbując ich wycierać.

– Czy wszystko w porządku, Fannie? – Ibby wyciągnęła rękę i dotknęła jej dłoni.

Fannie spojrzała na nią, ale widać było, że w tej chwili przebywa gdzieś bardzo, bardzo daleko.

ROZDZIAŁ

17

Doll widziała, że Wrona, podjeżdżając pod dom, patrzy gdzieś przed siebie. Znała dobrze to spojrzenie. Znaczyło ono, że pani Fannie ma problem.

Nadeszła Queenie.

– Pewnie Wrona będzie potrzebował pomocy. Sam nie da rady przyprowadzić pani Fannie do domu.

Doll podeszła do samochodu w chwili, kiedy Wrona usiłował ruszyć z miejsca Fannie, która patrzyła tępo przed siebie, sztywna i nieruchoma, jakby się zamieniła w słup soli. Ibby siedziała obok niej na tylnym siedzeniu.

Wrona dotknął łokcia Fannie.

– Wysiadamy, trzeba iść do domu. Wiem, że pani mnie słyszy. Idziemy.

– Czas na tort, no i pora dać pannie Ibby prezent urodzinowy. Czy nie mam racji? – Oczy Doll napotkały wzrok ojca.

Wrona obszedł samochód i otworzył drzwi z drugiej strony.

– Idziemy do domu, panno Ibby. Pani Fannie będzie za minutkę.

Wrona odprowadził dziewczynkę pod sam dom, gdzie czekała na nią Queenie.

– Niech panienka siądzie sobie w jadalni. Mamy dla panienki niespodziankę – powiedziała, po czym szepnęła do Wrony: – Co się dzieje?

– Nie ma co szeptać, mama. Ja was i tak słyszę. – Doll udało się wyjąć z samochodu jedną nogę Fannie. W tym tempie – pomyślała – to potrwa do jutra.

– Przez całą drogę z restauracji pani Fannie nie przestawała mówić, że trzeba dać prezent urodzinowy paniczowi Balfourowi, jakby był razem z nami w samochodzie – powiedział Wrona.

– Balfourowi? Dlaczego nagle zaczęła bredzić o Balfourze? Nie wspominała o nim przynajmniej od dziesięciu lat – zdziwiła się Queenie.

Wrona zdjął czapkę i podrapał się w głowę.

– Po mojemu to pewnie rozmawiała z panną Ibby o Balfourze w restauracji.

– O mój Boże. – Queenie spojrzała na Doll. – Lepiej idź i pomóż wprowadzić panią Fannie do domu. A potem zdecydujemy, co z nią zrobić.

Wrona i Doll szarpali się z Fannie dobre piętnaście minut, zanim wreszcie wyciągnęli ją z samochodu, a następnie wzięli pod ręce i zaprowadzili do domu.

– Dzień dobry, pani Fannie – powitała ją Queenie, kiedy weszli kuchennymi drzwiami.

Fannie gapiła się na stojący na kuchennym stole tort urodzinowy.

– Czyje to urodziny? – zapytała.

– Jak to, nie pamięta pani? To są urodziny pani wnuczki, panny Ibby. Ona siedzi w jadalni i czeka. A Doll zaraz przyniesie prezent, który dla niej przygotowała. Pamięta pani? To był pani pomysł.

Wrona z trudem prowadził Fannie do jadalni.

– Za chwilę tam będziemy.

– A ja zaraz przyjdę. – Doll, przemykając się koło ojca na górę, nie miała dobrych przeczuć.

Kiedy wróciła, Fannie siedziała w swoim fotelu, a świeczki na torcie były zapalone.

– Zaśpiewajmy teraz wszyscy *Happy Birthday* – zaproponowała Queenie.

Kiedy tylko solenizantka zdmuchnęła świeczki, Doll ofiarowała jej naturalnej wielkości szmacianą lalkę z włosami z brązowej przędzy i z wyhaftowaną twarzą. Lalka ubrana była tak samo jak Ibby, łącznie z lakierkami Mary Jane. Fannie, która do tej pory siedziała spokojnie, nagle odwróciła się i wskazując na Ibby, powiedziała:

– Ta lalka wygląda dokładnie tak jak ta dziewczynka.

– Tak miało być, pani Fannie – przypomniała jej Queenie.

Ibby patrzyła na lalkę z dziwnym wyrazem twarzy, jakiego Doll jeszcze nigdy u niej nie widziała. Chwilę później nachyliła się do Fannie i pocałowała ją w policzek.

– Dziękuję ci, babciu – powiedziała, a następnie posadziła lalkę na krześle obok siebie. Jedząc tort, zerkała na nią ukradkiem.

Doll dała znak Wronie i Queenie, żeby poszli za nią do kuchni. Kiedy tylko drzwi się za nimi zamknęły, wyrzuciła z siebie:

– Jej się ta lalka nie podoba, mamo. Już ja to widzę.

– Ale ona bardzo ci się udała. Wykapana panna Ibby – pochwalił córkę Wrona.

– Co z tego – odparła Doll. – Oczy panny Ibby to nie były oczy dziecka, które się cieszy z nowej lalki.

– Spodoba jej się na pewno – pocieszała córkę Queenie. – Tylko ona jeszcze o tym nie wie.

Nagle usłyszeli łomot. Queenie i Doll pobiegły do jadalni. Na podłodze leżała Fannie i trzymając się za brzuch, trzęsła się ze śmiechu. Obok niej leżały szczątki jednej ze szklanek z rżniętego kryształu.

Queenie gestem przyzwała Wronę.

– Chodź no tutaj, pomóż nam podnieść panią, a potem idź po miotłę.

– Co się stało? – zwróciła się Doll do Ibby.

– Fannie strąciła szklankę ręką – wyjaśniła dziewczynka. – A potem sturlała się z krzesła na podłogę i zaczęła się śmiać.

Doll złapała Fannie za rękę i próbowała podnieść ją z podłogi.

– No, proszę wstawać, pani Fannie. Miała pani ciężki dzień. Najlepiej położyć się do łóżka.

Queenie wzięła Fannie za drugą rękę i dała znak Wronie i Doll, żeby zostawili ją samą.

– Ja sobie poradzę – zapewniła ich.

– Pomóc ci zaprowadzić ją do pokoju? – zapytał Wrona.

– Damy sobie radę same, prawda, proszę pani? – Queenie mówiła pieszczotliwym tonem, jakby się zwracała do dziecka.

Doll spojrzała na zegarek, a Wrona poszedł do kuchni po miotłę.

– Piąta godzina. Boże święty, jak to możliwe, że już się zrobiło tak późno.

Tymczasem wrócił Wrona z miotłą.

– Ta miotła jest już bardzo zniszczona. Muszę jak najprędzej postarać się o nową. Kupowanie miotły w sierpniu nic dobrego nie wróży – powiedział.

Doll zmiotła szkło na śmietniczkę.

– W takiej sytuacji, tato, najlepiej kup dwie.

– Ciekawe, jak jej dasz na imię. – Doll próbowała zagadać Ibby w nadziei, że odwróci uwagę solenizantki od zamieszania, którego odgłosy dochodziły z sypialni.

– Komu? – zapytała Ibby.

– Swojej nowej przyjaciółce. – Doll skinęła głową w stronę siedzącej na krześle lalki.

– Jeszcze nie wiem. – Ibby wzruszyła ramionami, wpatrując się w resztki tortu na swoim talerzyku.

– Panienka miała dziś ciężki dzień. Proszę iść na górę, ja tam zaraz przyjdę.

Po wyjściu Ibby Doll zmiotła resztki szkła. W kuchni zastała Wronę nad kawałkiem tortu.

– Ona jej się nie podoba – powtórzyła i wrzuciła szkło do pojemnika na śmieci.

– O ile sobie przypominam – powiedział Wrona – ty i twoja mama mówiłyście parę dni temu, że pani Vidrine nie uznaje urodzin. Tak podobno twierdziła panna Ibby. Może ona nigdy nie dostała od nikogo lalki. Nie pomyślałaś o tym?

– Pewnie masz rację – odparła Doll. – Lepiej pójdę zobaczyć, co tam u niej słychać.

Idąc korytarzem, zauważyła, że lalka w dalszym ciągu siedzi na krześle tam, gdzie ją Ibby zostawiła. Wzięła lalkę pod pachę i ruszyła na górę. Słyszała, jak Queenie usiłuje uspokoić Fannie. Po tylu latach znoszenia takich scen wcale nie było lżej. Doll zastanawiała się, jak człowiek może doprowadzić się do takiego stanu.

Kiedy otworzyła drzwi do pokoju Ibby, dziewczynka siedziała na łóżku.

– Zapomniałaś tego. – Doll usiadła koło niej i wręczyła jej lalkę.

– Och, rzeczywiście. – Ibby wzięła lalkę i odłożyła ją na bok.

– Nie podoba ci się?

– Ona ma być podobna do mnie?

– Tak. Ma być.

– A czy ja tak wyglądam? Czy mam włosy jak strąki i oczy, które się nie zamykają?

Doll się roześmiała.

– Nie, kochanie. Fannie pomyślała, że przyda się panience ktoś do towarzystwa, i tyle. Nieważne, jak ona wygląda. Może to był zresztą głupi pomysł.

– Doll?

– Tak, dziecko?

– Myślę, że dzisiaj podczas lunchu złamałam zasadę drugą. Kiedy Fannie wspomniała coś o Balfourze, zapytałam ją, kto to jest.

Doll pogłaskała ją po włosach.

– Niech panienka się tym nie przejmuje. Te zasady wymyśliła moja mama. Wkrótce sama się panienka przekona, że jeżeli chodzi o Fannie, to właściwie żadne zasady nie obowiązują. Z nią to od kłopotu do kłopotu. Ale zanim sobie pójdę, proszę mi powiedzieć, czy panienka coś znalazła.

– Jak to czy coś znalazłam? Na przykład co?

– Proszę zajrzeć pod poduszkę.

Ibby sięgnęła pod poduszkę i wyciągnęła prostokątny pakiecik przewiązany sznurkiem. Spojrzała na Doll.

– Co to jest?

– Trzeba to rozwinąć z papieru.

Kiedy Ibby zsunęła sznurek, papier odpadł i ukazało się małe tranzystorowe radio.

– To jest od Queenie i ode mnie – wyjaśniła Doll. – Wiem, jak panienka lubi muzykę. Z muzyką wszystko wydaje się łatwiejsze, prawda?

Ibby wstała i zarzuciła Doll ręce na szyję.

– Dziękuję. Naprawdę nie wiem, co powiedzieć. To jest najlepszy prezent urodzinowy, jaki kiedykolwiek dostałam.

– Poproszę radio na chwilę. Spróbujemy znaleźć dla panienki jakąś odpowiednią stację. Czasem jest tu kiepski odbiór. – Doll szukała przez chwilę na skali, aż coś znalazła. – O, proszę. – Postawiła radio na stoliku obok łóżka.

– Następnie – zapowiedział spiker – przebój Frankiego Valli i the Four Seasons, który wszyscy kochamy i śpiewamy razem z nimi, *Szmaciana lalka*.

Doll złapała lalkę i zaczęła z nią wywijać w takt piosenki, a potem porwała do tańca Ibby. Kiedy piosenka się skończyła, obie padły na łóżko, chichocząc jak szalone.

– A nie mówiłam, że z muzyką wszystko wydaje się łatwiejsze? – Pocałowała Ibby w czoło. – Niestety, muszę już iść. Na pewno Queenie czeka na mnie na dole.

– Doll?

Doll zatrzymała się w drzwiach.

– Tak, panno Ibby?

– Czy z Fannie będzie wszystko w porządku?

Doll podrapała się paznokciem w głowę, bo nie bardzo potrafiła, co odpowiedzieć.

– Jasne, że tak. Wszystko będzie w porządku. Kiedyś.

Ibby wpatrywała się w nią, jakby się zastanawiała, czy jej uwierzyć, czy nie.

Ma takie same oczy jak Fannie – pomyślała Doll.

– Najlepiej niech się panienka teraz położy, a jutro rano się zobaczymy – powiedziała.

Kiedy schodziła na dół, ogarnął ją lęk: A jeśli panna Ibby jest taka sama jak jej babka? A jeśli ma po niej ten sam wariacki gen? Jak mówi mama: wybiera się przyjaciół, ale rodziny się nie wybiera.

A to czasem bywało najbardziej bolesne.

• • •

Kiedy nazajutrz rano pojawiły się Doll i Queenie, powitało je dochodzące z domu ciche pojękiwanie.

– A to co takiego? – zapytała Queenie.

– To Fannie. Już ją słyszę, jest w sypialni – wyjaśniła Doll.

– Muszę tam iść, zobaczę, co się dzieje.

Doll ruszyła za matką. Queenie próbowała otworzyć drzwi, ale były zamknięte od środka. Z drugiej strony dochodziły hałasy.

– Pani Fannie, tu Queenie, proszę otworzyć drzwi.

Nikt się jednak nie odezwał. Queenie poszła do kuchni

i wróciła z kluczem. Kiedy otworzyła drzwi, Doll wydała okrzyk przerażenia. Pokój przedstawiał koszmarny widok – jakby ktoś w nim szalał z wielkim młotem. Toaletka była przewrócona, a lustro potłuczone, wszędzie walały się kawałki szkła. Fotografie, które dotychczas stały na komodzie, teraz, powyrywane z ramek, poniewierały się po podłodze. Jakiś biały strzęp zwisał z ramienia wentylatora u sufitu jak flaga, zataczając razem z nim kręgi. Fannie trzymała w ręce odłamek lustra i wymachiwała nim jak nożem. Dokoła wszystko było zbryzgane krwią, która obficie spływała na podłogę.

– Pani Fannie, proszę się uspokoić. – Queenie wyciągnęła do niej rękę pojednawczym ruchem. – Proszę zostawić to szkło i iść ze mną do łazienki, żebym mogła panią umyć.

Fannie wymachiwała odłamkiem szkła, jakby szukała ofiary.

– Po co się tak denerwować. – Queenie podeszła krok bliżej.

Fannie wyciągnęła szkło w jej kierunku, a następnie zaczęła się śmiać. Najpierw było to kilka krótkich chichotów. Potem odrzuciła głowę do tyłu i zaczęła się kręcić dokoła swojej osi, jej nocna koszula unosiła się w powietrzu jak obłok, a całe ciało trzęsło się w szaleńczym mrożącym krew w żyłach rechocie. Nagle szklany sztylet wypadł jej z ręki. Queenie podbiegła i kopnęła go, a następnie złapała Fannie wpół i odciągnęła z miejsca, w którym było najwięcej szkła. Fannie osunęła się bezwolnie w jej ramiona, jakby uszło z niej całe życie.

Queenie dała znak Doll, żeby się nie zbliżała.

– Idź i zadzwoń po doktora Hathawaya. Powiedz, żeby przyjeżdżał natychmiast.

– A ty dasz sobie sama z nią radę? – Doll nigdy nie widziała Fannie w aż tak fatalnym stanie.

– No, idź!

Kilka minut później Doll pojawiła się w drzwiach łazienki.

– Zaraz będą. Całe szczęście, że doktor Hathaway ma dziś rano dyżur.

– Dzięki Bogu, że szpital jest tak blisko. – Queenie owiązała rękę Fannie szmatką. – Pomóż mi ją podnieść i ubrać, zanim przyjadą.

Queenie przemawiała do Fannie ściszonym głosem, głaszcząc ją po głowie, gdy tymczasem Doll próbowała ubrać panią. Kiedy wsunęła jej na nogę pantofel, rozległo się stukanie do drzwi.

– Idź otwórz, zanim zejdzie na dół panna Ibby – powiedziała Queenie.

Doll wróciła w towarzystwie trzech mężczyzn w białych kitlach.

– Jak ona się miewa? – zapytał doktor.

– Proszę się rozejrzeć dokoła, panie doktorze, sam pan widzi.

Doktor Hathaway postawił torbę koło łóżka, wyjął strzykawkę i zrobił Fannie zastrzyk; nawet nie drgnęła.

– Panie doktorze – odezwała się Queenie – tak źle to jeszcze nigdy nie było.

– A co spowodowało ten atak? – dociekał doktor, jednocześnie badając Fannie.

– Umarł jej syn Graham – wyjaśniła Doll. – Od tego się zaczęło. A w kilka dni później pojawiła się jej wnuczka z panem Grahamem w postaci garstki popiołu w puszce. Na domiar złego podczas lunchu padło imię panicza Balfoura. Boję się, że tego wszystkiego było już dla pani Fannie za dużo. Stanowczo za dużo.

– Rozumiem – odparł doktor Hathaway.

Na dany znak jeden z pielęgniarzy zarzucił sobie ramię Fannie na szyję, złapał ją wpół i wyprowadził z pokoju.

Podobne epizody zdarzały się na tyle często, że Doll miała spakowaną dla Fannie niewielką torbę, którą wręczyła drugiemu pielęgniarzowi.

– Zabierzemy ją i zobaczymy, jak się będzie czuła – zdecydował doktor.

Oznaczało to mniej więcej tyle, że zawiozą Fannie do St. Vincent's Hospital, gdzie pozostanie, dopóki doktor nie uzna, że przestała być zagrożeniem dla siebie i swojego otoczenia. Mógł to być dzień czy dwa, a mogło być i parę tygodni. Trudno przewidzieć.

– Może trzeba jej będzie założyć na rękę parę szwów – przypomniała Queenie. – W każdym razie mocno jej zabandażowałam ranę.

– Obejrzę tę rękę, jak tylko przyjedziemy do szpitala – zapewnił ją doktor. – W porządku, chłopcy, idziemy.

– Wszystko będzie dobrze, proszę się nie martwić o pannę Ibby. Zajmiemy się nią troskliwie aż do pani powrotu – Queenie zapewniła Fannie, a potem patrzyła, jak jej pani idzie korytarzem prowadzona przez pielęgniarza w asyście doktora Hathawaya.

Queenie i Doll stały przy drzwiach frontowych, patrząc przez ozdobne szkło, jak pielęgniarze wsadzają Fannie do karetki. Tymczasem na szczycie schodów pojawiła się Ibby.

– Dokąd zabierają Fannie? – zapytała.

Zbiegła po schodach, rozepchnęła kobiety i otworzyła drzwi.

Doll wzięła ją delikatnie za ramiona i cofnęła do środka.

– Zabierają babcię na kilka dni, żeby sobie odpoczęła.

– Ale gdzie ma odpoczywać? Dokąd ją zabierają?

Ibby gorączkowo machała do Fannie, jakby miała jej już nigdy nie zobaczyć.

– Zabierają ją do St.Vincent's, panno Ibby.

– Do szpitala dla wariatów?

Doll obróciła Ibby twarzą do siebie.

– Posłuchaj, dziecino, tam mają specjalny system otwartych drzwi dla takich ludzi jak Fannie, kiedy ogarnia ich smutek nie do zniesienia. Ale wszystko będzie dobrze. Proszę się nie martwić. Pani Fannie wkrótce wróci. A teraz idziemy. – Doll delikatnie odciągnęła Ibby od drzwi. – Panienka pojedzie dziś rano z nami do kościoła.

Ibby błyskawicznie odwróciła głowę.

– Do kościoła?

Doll wzięła się pod boki.

– A to panna Ibby nigdy nie była w kościele?

– Nigdy.

– A dlaczego?

– Mama mówi, że kościół to kupa śmiecia.

– Dobrze – powiedziała z powściągliwym uśmieszkiem Doll. – Dziś sama panienka zobaczy, co to jest kościół. I sama o tym zdecyduje.

Kiedy mniej więcej godzinę później Wrona podjechał chevroletem Malibu, Queenie zajęła miejsce obok kierowcy, a Doll i Ibby wsunęły się na tylne siedzenie. Doll widziała, jak Wrona zerka na nie we wstecznym lusterku.

– Czy ktoś może mi powiedzieć, co się dzieje? – zapytał.

– Pani Fannie wyjechała na kilka dni – odparła Queenie.

– Rozumiem. – Wrona skinął głową, wycofując samochód z podjazdu. – Jasne. – I po chwili dodał: – To znaczy, że panna Ibby wybiera się dziś z nami do kościoła, tak?

– Tak, tato. Będzie miała do towarzystwa Ptaszynę. Ale najpierw musimy jeszcze wstąpić do naszego domu i się przebrać.

– Rozumiem – odparł Wrona i po chwili dodał: – Uważacie, że to dobry pomysł, żeby wziąć dziś pannę Ibby do kościoła, gdy wiadomo, co wielebny Jeremiasz będzie mówił po wystąpieniu prezydenta i w ogóle?

Doll odpowiedziała po dłuższej chwili:

– Wszystko będzie w porządku, tato.

Boże – myślała – tata ma rację. Wielebny będzie mówił o prawach obywatelskich i o tym, jak czarny człowiek jest wyzyskiwany, a biały człowiek go gnębi. Co panna Ibby sobie o tym wszystkim pomyśli? To nie jest dobry dzień, żeby zabierać do kościoła białą dziewczynkę. Miejmy nadzieję, że nikt jej nic nie powie. Panna Ibby jeszcze nigdy w życiu nie była w kościele, może się nie pozna. Doll potrząsnęła głową. Dość już dzisiaj miały kłopotów. Limit na ten dzień został wyczerpany. Ale kogo próbuje oszukać? Każdy zauważy siedzące obok Ptaszyny białe dziecko.

Wrona jechał przez centrum miasta, przez Dzielnicę Francuską, przez Faubourg Tremé, gdzie stłoczone jeden przy drugim domy nie miały podwórek. Wreszcie skręcił w Pola Elizejskie, szeroki bulwar wysadzany dębami i zabudowany skromnymi parterowymi szeregowymi domkami, które niegdyś pomalowane na różne jaskrawe kolory, dziś zaniedbane straszyły żelaznymi sztabami antywłamaniowymi w oknach i drzwiach. Otoczenie domów zawalone było składanymi krzesłami, pustymi pojemnikami po jedzeniu, wśród których buszowały wygłodniałe psy.

– Chciałabym, żeby sąsiedzi nauczyli się wreszcie po sobie sprzątać – mruknęła pod nosem Doll, kiedy Wrona zatrzymał samochód przed długim wąskim domkiem bliźniakiem z dwojgiem drzwi wejściowych, które prowadziły do dwóch identycznych mieszkań.

Na ich widok Ptaszyna zerwała się ze stojącego na ganku plastikowego krzesła. Miała na sobie niebieską sukienkę z bufkami i z białą satynową szarfą; sukienka tak była nakrochmalona, że wyglądała jak dzwon, spod którego cienkie nóżki Ptaszyny sterczały jak lody na patyku.

Zbiegła po stopniach i pokazując na Ibby, zapytała:

– A co ona tutaj robi?

– Jak możesz się tak wyrażać o pannie Ibby? – zbeształa ją Doll. – Gdzie twoje dobre wychowanie?

– Tak jak mówiłam: co ona tutaj robi? – powtórzyła Ptaszyna, wciąż pokazując na Ibby.

– Spędzi z nami dzisiaj cały dzień – odparła Doll.

Ptaszyna patrzyła na Ibby, jakby nie wiedziała, co o tym sądzić.

– Poczekajcie tu chwilę na ganku, a my wejdziemy do środka – zaproponowała Queenie.

– Niech będzie. – Ptaszyna wzruszyła ramionami.

Po wejściu do domu Queenie zatrzymała się i oparła o ścianę.

Doll położyła jej rękę na ramieniu.

– Co z tobą, mamo? Wszystko w porządku?

Queenie machnęła ręką.

– Nic mi nie jest. Po prostu jeszcze nigdy nie widziałam Fannie w takim stanie. Trochę się przestraszyłam. Nic więcej.

Doll patrzyła, jak matka z trudem człapie. Nie chciała nic mówić, ale myślała to samo co ona. Do tej pory Fannie zawsze po kilku dniach wracała z St. Vincent's Hospital do domu, ale co będzie, jeśli tym razem stanie się inaczej? Co będzie, jeśli Fannie już nigdy nie wróci?

Trzeba się dziś w kościele specjalnie w tej intencji pomodlić – pomyślała Doll, idąc za matką do jej sypialni.

ROZDZIAŁ

18

Ibby stała na werandzie z Ptaszyną i przyglądała się małemu rosnącemu przed domem ozdobnemu drzewku obsypanemu bezładnie paciorkami z okazji Mardi Gras. Na czubku każdej gałązki tkwiła pusta niebieska butelka. Ibby nigdy czegoś podobnego nie widziała.

– Dlaczego to drzewo ma ponadziewane na gałązki puste butelki? – zapytała.

– Bo to jest butelkowe drzewo Queenie – odparła Ptaszyna. – Za każdym razem, jak skończy mleczko magnezowe, pustą butelkę nadziewa na gałązkę. W te butelki wpadają duchy, które się błąkają po nocach. Mama mówi, że one lubią niebieskie szkło i dlatego wpełzają do środka, a jak już tam wejdą, to nie mogą wyjść. Jak wstanie słońce, to się wszystkie spalą. I tyle.

– A po co są te wszystkie paciorki?

– To są koraliki na Mardi Gras.

– Ale po co one są?

– Dla ozdoby. Po paradzie obrzucamy nimi drzewko. Ono wtedy bardzo ładnie wygląda, nie uważasz? – Ptaszyna pokazała zęby w uśmiechu. – Większość z tych paciorków rzuciłam ja. – Złapała Ibby za rękę i wciągnęła do domu. Pachniało tu płatkami kwiatów i tapicerowanymi meblami. Ptaszyna opadła na brązową kanapę ze sztucznej skóry z oparciem nakrytym szydełkowym afganem. – W tej części domu mieszkają Queenie, Wrona i Puzon. Ja i mama mieszkamy obok, w drugiej części.

– A kto to jest Puzon? – zapytała Ibby, siadając obok Ptaszyny.

– Puzon? A, to mój wujek. Naprawdę nazywa się Thaddeus. Nazywają go Puzon, bo lubi grać na puzonie. Tu gdzieś jest jego zdjęcie. – Ptaszyna wskazała na gazowy kominek i stojące na nim zdjęcia w ramkach, po czym wybrała jedno z nich. – O, to ten.

Chłopiec na zdjęciu nie wyglądał na wiele starszego od Ibby. Był wysoki i chudy i miał pociągłą twarz, szeroki uśmiech i krótko przystrzyżone włosy. A w oczach iskierki, jakby coś spsocił.

– Wygląda bardzo młodo jak na twojego wujka.

– Ma szesnaście lat. Może nawet będzie w kościele dziś rano, ale z Puzonem nigdy nie wiadomo. Ma taki zwyczaj, że jak go gdzieś oczekują, to właśnie nie przychodzi.

– A kto to są tamci ludzie na zdjęciu?

– Ten po lewej to mój wujek Ewell, a ten koło niego – wujek Malcolm. Nie znałam żadnego z nich. Umarli przed moim urodzeniem.

– A co im się stało?

– Co było z Malcolmem, to nie wiem. Chyba mi o nim nigdy nie mówili. A Ewell zginął od kuli w bójce przed tym domem. – Ptaszyna rozejrzała się po innych fotografiach. – Nie widzę zdjęcia mojego wujka Purnella. Bunia musiała wszystkie stąd zdjąć.

– Dlaczego miałaby to zrobić?

– Ostatnio popadł w niełaskę. Bo się włóczył ze złymi braćmi. Bunia wyrzuciła go z domu, nie chciała, żeby ich tu przyprowadzał. – Ptaszyna odstawiła zdjęcie na kominek i pokazała na sukienkę Ibby. – Moja mama ci ją uszyła, prawda?

– Prawda – odparła Ibby. – Na urodziny. I uszyła mi też lalkę.

– Wiem. Położyłam się na podłodze i mama mnie odrysowała. Powiedziała, że jak będzie miała czas, to i dla mnie taką uszyje. Mówi, że kiedyś założy swój interes. Zamierza szyć ubrania i takie tam różne. I na pewno będzie w tym dobra, no nie?

Z głębi domu wyłoniła się Doll.

– Dziewczynki gotowe?

Ptaszyna wstała z kanapy.

– Fajnie wyglądasz, mamo.

Doll miała na ramieniu białą skórzaną torebkę i była ubrana w jedwabną sukienkę z szantungu, podobną do tej, w której wystąpiła Fannie na wczorajszym lunchu u Antoine'a.

– Dzięki, kochanie – odparła Doll, poprawiając treskę.

Za Doll pojawiła się Queenie.

– Idziemy, nie chciałabym się spóźnić. – Poczłapała ciężko do drzwi, z trudem dźwigając swoje zwaliste ciało.

Ibby nigdy dotąd nie widziała jej w niczym innym, jak tylko w szarej roboczej sukience i białym fartuchu. Dziś miała na sobie ciemnofioletową bawełnianą suknię z koronkowym kołnierzykiem. Zdołała też tak jakoś napuszyć włosy, że spod dużego fioletowego kapelusza wystawało coś w rodzaju krótkiej grzywki. W jednej ręce trzymała czarną skórzaną torebkę, a w drugiej białe bawełniane rękawiczki.

– Gdzie jest ojciec? – Queenie rozejrzała się po pokoju.

– Jestem tutaj, kobieto. – Do pokoju wszedł właśnie Wrona w ciemnym garniturze w prążki i w butach z dwukolorowej skóry.

– Weź z lodówki jajka faszerowane. – Queenie machnęła ręką w stronę kuchni. – I pamiętaj o chlebie kukurydzianym i jarmużu.

– Wszystko już jest w samochodzie – odparł Wrona.

– No to jedziemy. Na co czekacie? – Queenie pomachała rękawiczkami.

Ibby wsunęła się do samochodu i usiadła obok Ptaszyny, która trzymała na kolanach tacę z faszerowanymi jajkami. Doll przewiązała włosy szalem, założyła ciemne okulary i zajęła miejsce z drugiej strony. Queenie z przodu opuściła okno, mocno trzymając kapelusz, żeby go nie zwiało.

Jakieś piętnaście minut później zajechali pod Baptystyczny Kościół Prawdziwej Miłości przy Dryades Street w Central City, dzielnicy położonej w pobliżu autostrady międzystanowej. Niegdyś była to tętniąca życiem część miasta, która zawdzięczała swój rozwój drobnym przedsiębiorcom, głównie przedstawicielom mniejszości. W latach czterdziestych ubiegłego wieku powstało tu osiedle mieszkaniowe, co zapoczątkowało stopniowy upadek dzielnicy. Obecnie większość budynków świeciła pustkami, z wyjątkiem kilku barów i warsztatu samochodowego mieszczących się na rogach ulic. Do kościoła ciągnęły teraz tłumy odświętnie ubranych ludzi. Wrona podjechał pod kościół, po czym wysiadł, żeby otworzyć drzwi Queenie.

– Wy idźcie, a ja poszukam miejsca do zaparkowania – powiedział.

Ostre słońce odbijało się od metalowego krzyża wznoszącego się wysoko nad dwuspadowym dachem małego białego szalowanego kościółka. Czerwone drzwi wejściowe były otwarte, a dwaj mężczyźni w białych szatach witali napływających wiernych. Na przyległym pustym terenie, gdzie ustawiono pod namiotem dziesiątki składanych stolików, kilka kobiet przyjmowało datki w postaci żywności.

– Dzień dobry, siostro Saphronio, dzień dobry, siostro Violu – powitał Queenie i Doll mężczyzna z błyskiem w oczach.

– Niech będzie błogosławiony ten dzień, wielebny ojcze Jeremiaszu. – Queenie wzięła od mężczyzny program nabożeństwa i papierowy wachlarz.

– A kogóż my tu widzimy? – zapytał pastor.

– To jest panna Ibby – wtrąciła się Ptaszyna.

Wielebny Jeremiasz uścisnął dłoń Ibby.

– Witamy, witamy.

Doll i wielebny wymienili spojrzenia.

– Proszę wziąć wachlarz, młoda damo, i idźcie z Ptaszyną na przód kościoła tam, gdzie są wszystkie dzieci.

Ibby, biorąc od pastora wachlarz, zauważyła, jaki miły ma on stosunek do ludzi i jak kojąco na nich wpływa, nawet jeśli są białymi dziewczynkami, które nigdy wcześniej nie były w kościele.

Doll wskazała głową na drzwi.

– Wchodźcie, dziewczynki. My musimy z Queenie iść od tyłu i dopilnować, żeby wszystko było przygotowane do pikniku, który ma się odbyć po nabożeństwie.

Ptaszyna wciągnęła Ibby do kościoła i zaprowadziła ją do środkowej nawy. Okna zostały pozamykane i panował nieopisany upał. Ibby z trudem łapała oddech. Kiedy dziewczynki dotarły na początek kościoła, zatrzymały się przed samym stopniem ołtarza i usiadły na podłodze po turecku. Kościół był w środku pomalowany na biało i niczym nieozdobiony, z wyjątkiem zwisającego z sufitu nad podium wielkiego płótna przedstawiającego sielankowy pejzaż: jezioro w otoczeniu ośnieżonych szczytów górskich. Ibby zastanawiała się, czy wielebny Jeremiasz tak sobie wyobraża niebo. Pod płótnem stał przed pulpitem mężczyzna w szacie i z pochyloną głową kartkował wielką Biblię.

Do dziewczynek dołączyło na podłodze kilkoro dzieci, a niemowlęta zostały powierzone opiece dwóch kobiet ubranych w długie do kolan białe szaty. Ibby i Ptaszyna siedziały, wachlując się, gdy tymczasem do kościoła napływali wierni. Po chwili rozległo się niskie mruczando, coś pomiędzy nuceniem a jękiem, w takt którego siedzące w ławkach kobiety kołysały się miarowo.

– Co one robią? – Ibby nachyliła się do Ptaszyny.

Ptaszyna nawet nie zadała sobie trudu, by się odwrócić w tamtą stronę.

– One łączą się z duchem.

Niektóre dzieci zaczęły naśladować kobiety, kiwając się w przód i w tył i z zamkniętymi oczami monotonnie coś mrucząc. W miarę jak wierni napływali do kościoła i zajmowali miejsca w ławkach, robiło się coraz głośniej nie tylko dlatego, że ludzie rozmawiali między sobą, ale także dlatego, że mówili do siebie. Ibby odwróciła się do Ptaszyny, żeby ją zapytać, co się dzieje, ale przyjaciółka miała zamknięte oczy i wachlowała się intensywnie. Od czasu do czasu z tyłu dobiegał jakiś samotny krzyk.

– Jakże jestem szczęśliwa! – wykrzyknęła na cały głos jedna z kobiet, wstając, po czym zamknęła oczy i usiadła z powrotem.

– Chwała! – wykrzyknęła inna.

Trzecia odezwała się gdzieś z przodu:

– O, słodki Jezu!

– Amen! – zakończyła kolejna, wstała, uniosła do góry rękę i usiadła.

Trwało to dobre pół godziny, cały czas napięcie rosło, a im dłużej trwało, tym szybciej biło serce Ibby. Czuła się tak, jakby ją pozostawiono w jakimś obcym kraju wśród ludzi, którzy mówili innym językiem. Zastanawiała się, czy wypadało wyjść z kościoła i przeczekać wszystko na zewnątrz. Trąciła Ptaszynę w nogę, ale ta, pogrążona w ekstazie, nawet nie zwróciła na nią uwagi.

Tymczasem wstała kobieta z dużym sztucznym kwiatem, przypiętym do koka z tyłu głowy, i oznajmiła:

– Jakże szczęśliwa! – Zamiast jednak wzorem innych kobiet usiąść, tubalnym głosem dodała: – Jestem tu, by chwalić błogosławione imię Boże i by dziękować Bogu za radość w moim sercu. – Z tymi słowy położyła ręce na piersi. – Przyszłam tu, by wam powiedzieć o pokoju, który spłynął na moją duszę, gdy Jezus zawrócił mnie z drogi grzechu i wezwał, bym stanęła w jednym szeregu z Jego chrześcijańskimi świętymi... Amen! Jakże szczęśliwa!

Potem wstała inna, potężnie zbudowana kobieta, która pociła się obficie, i podniosła do góry wachlarz.

– Zobaczyłam światło, które sprowadziło moje nogi na właściwą ścieżkę, zanim było za późno! – wykrzyknęła. – Przez wiele lat jedynym, co zajmowało mój umysł, były nikczemność i potępienie. Ale duch przemówił i Jezus pochylił się nisko nade mną i zbawił moją duszę. Amen! Jakże szczęśliwa!

Wstawali następnie po kolei mężczyźni, kobiety, a nawet dzieci i deklarowali swoją ufność w Boga. Jedni szeptali, inni bredzili bez sensu, trzęsąc się jak opętani. Nagle, ku wielkiej uldze Ibby, cała ta histeria ustała i zapanował spokój jak po wielkim zmęczeniu; pozostało tylko ciche mruczando.

Ibby wachlowała się energicznie, zachodząc w głowę, co nastąpi teraz.

Wielebny Jeremiasz, który przez cały czas zachowywał stoicki spokój, podszedł do krawędzi podestu i podniósł w górę ręce.

– Dzięki wam, bracia i siostry, za to, że Go chwaliliście. Dziękuję ci, siostro Clementine, za twoje słowa. Dziękuję ci, bracie Josephie. Dzięki wam wszystkim.

Wielebny Jeremiasz zrobił pauzę, jakby na coś czekał.

A potem wierni zaczęli wykrzykiwać:

– Amen!

– Niech Bóg będzie pochwalony!

Wielebny Jeremiasz wyciągnął ręce, prosząc o ciszę.

– Cieszę się, że widzę tak wielu chrześcijan, którzy przychodzą tutaj i porzucają grzechy tego świata, by zwrócić swój umysł ku radościom, które Bóg nam zaleca. Niech będzie błogosławione imię Jego. Nikt z ludzi spoza tego kościoła nie wie, czym jest uczucie szczęścia, dopóki nie odrzucą swoich ziemskich zwyczajów i nie pozwolą, by w ich sercach zagościła religia... Czyż nie jest to prawdą? – Głos Jeremiasza był kojący, melodyjny...

– Amen!

– Pobłogosław, Panie!

– Religia – ciągnął wielebny – to potężny pancerz, który pomaga w walce z grzechem. Chociażby w tym tygodniu udało się przezwyciężyć dogmatyzm i nienawiść tych, którzy żywili uprzedzenia wobec ludzi kolorowych. Nasz szanowny prezydent w swej mądrości uznał za właściwe przyjąć ustawę nadającą prawa obywatelskie wszystkim ludziom. Wszystkim. Czy rozumiecie, co do was mówię? Jeśli się dobrze wsłuchacie, usłyszycie jęki konającego Starego Południa; zobaczycie, jak w niesławie i mękach śmiertelnych gryzie ziemię i na próżno próbuje zatrzymać tryumfalny pochód praw obywatelskich!

– Amen!

– Bogu niech będą dzięki!

Głos wielebnego Jeremiasza z każdą chwilą przybierał na sile.

– Wielu z was pamięta opowieści swoich rodziców o tym, jak to było na plantacjach, kiedy umierał bogaty właściciel. Bracie Leroy, bracie Willie, pamiętacie, co wam mówili rodzice? Pamiętacie?

– Ja pamiętam! – Siedzący z przodu starszy mężczyzna zastukał laską w podłogę.

– A zatem wiesz, bracie Leroy, jakie to było ważne wydarzenie dla całej społeczności. – Wielebny Jeremiasz zrobił pauzę dla efektu. – Biedni przychodzili na świat i odchodzili i nikt o to nie dbał. Ale kiedy umierał właściciel plantacji, zarówno biali, jak i kolorowi celebrowali żałobę. Nawet ci, którzy radzi patrzyli na jego odejście z tego świata, też go opłakiwali. Wiecie wszak, o czym mówię!

Zapadła cisza, gdy tymczasem wielebny Jeremiasz chodził tam i z powrotem przed podium. Ibby patrzyła jak zahipnotyzowana. Nie rozumiała nawet połowy z tego, co mówił, ale podobał jej się dźwięk głosu duchownego.

– Był w tamtych czasach taki zwyczaj, żeby umierających właścicieli plantacji jak najdłużej utrzymywać przy życiu. Podpierano w tym celu taką osobę jak największą liczbą poduszek. Słyszałem o takim plantatorze, który dzięki tym wszystkim poduszkom umierał przez całe dwa tygodnie. Kiedy już nie było żadnej nadziei, rodzina zwołała naradę. A wiecie po co?

– Po co? – krzyknęli wierni.

Ibby zerknęła na Ptaszynę, która wpatrywała się w pastora jak zaczarowana.

– Otóż rodzina zastanawiała się, kiedy usunąć te poduszki i komu ma przypaść ten zaszczyt. Jak widzicie, bracia i siostry, wyciąganie poduszek stało się sprawą bardzo poważną! Mówię wam o tym, ponieważ w związku z waszyngtońską obstrukcją parlamentarną przypomniały mi się dawne czasy. Kiedy prezydent Johnson zdecydował o projekcie ustawy o prawach obywatelskich, wyciągnięcie poduszek spod Starego Południa stało się tylko kwestią czasu. A kiedy Senat zagłosował za zamknięciem debaty, był to sygnał, bracia i siostry, że poduszki zostały wyciągnięte, co oznaczało śmierć Starego Południa i zarazem koniec tak ciężkiej opresji dla Murzynów. Obstrukcja parlamentarna jak anioł z płonącym mieczem broniła czarnemu człowiekowi dostępu do wrót raju, któremu na imię pełne obywatelstwo. Jednak dzięki naszemu prezydentowi Stare

Południe zostało rzucone na kolana i musiało się poddać w niesławie!

Kiedy wielebny Jeremiasz przestał ocierać czoło, Ibby poczuła, że pieką ją policzki. Machała usilnie papierowym wachlarzem, ale wypieki nie ustępowały. A tymczasem tłum wiernych wylał się do przejścia, gdzie wiele kobiet padło na ziemię, tarzając się po podłodze, skąd porządkowi zbierali je i wynosili na zewnątrz jak kłody drewna.

Reszta wiernych powstała.

– Wreszcie wolni! Wreszcie wolni! – wołali.

Wielebny Jeremiasz pozwolił im przez kilka minut powtarzać tę deklarację, aż w końcu uniósł rękę, prosząc o ciszę.

– Wielki człowiek, Lyndon B. Johnson, przejdzie do historii jako ten, który nie tylko stawił czoło Harry'emu Floodowi Byrdowi*, ale go pokonał, zwalczając jego taktykę poniżania Murzynów. Stare Południe doczekało się wreszcie swojego Waterloo: niech jęki jego konania usłyszy cały świat, niech wyzyskiwacze wiedzą, że Bóg jeszcze żyje i że niezbadane są jego wyroki. Poduszka została wyciągnięta. Niech kona Stare Południe! Niech kona!

Wierni znów się zerwali na nogi.

– Niech kona! Niech kona!

Tym razem wielebny pozwolił im dać upust emocjom, podczas gdy sam próbował ich przekrzyczeć:

– Konia z rzędem temu, kto sprawi, że Stare Południe ze swoją przemocą i segregacją rasową już nigdy nie odżyje! Kto by pomyślał, że na własne oczy zobaczymy, jak powalone na kolana sromotnie ucieka? Niech kona! Poduszka została wyciągnięta. Wielka Pani Wolność pokazała swoje oblicze. Dajcie mi wolność**!

---

* Harry Flood Byrd (1887–1966) – amerykański senator z Wirginii, znany ze swoich rasistowskich poglądów, zagorzały przeciwnik desegregacji i zwolennik supremacji białych.

** Wolność – po ang. *liberty*; Liberty to niezdrobniałe imię Ibby.

– Dajcie mi wolność! Dajcie mi wolność!

Na dźwięk swojego imienia Ibby spojrzała w tamtą stronę. Wołali ją, żeby stanęła razem z nimi. Nie namyślając się ani chwili dłużej, podniosła się i spokojnie podeszła do wielebnego Jeremiasza. Wierni zamilkli.

Pastor nachylił się nad nią.

– Słucham cię, dziecino.

– Jestem Liberty – oznajmiła, unosząc w górę ręce tak, jak to robiły kobiety w kościele.

Rozległ się samotny krzyk. Ibby odwróciła się i zobaczyła poruszenie: patrzyły na nią twarze kobiet, na których malowała się zgroza. A potem kobiety padły w przejściu jak powalone kręgle. Ibby spojrzała na wielebnego Jeremiasza. Chciał jej coś powiedzieć, ale jego głos wydał się dziewczynce słaby i zniekształcony, płynął gdzieś ponad nią, jak we śnie. Tyle zapamiętała, zanim oczy uciekły jej w tył głowy, a ona sama osunęła się na podłogę.

ROZDZIAŁ 19

Biorąc pod uwagę liczbę łóżek polowych ustawionych pod namiotem, Kościół Baptystyczny Prawdziwej Miłości musiał być dobrze przygotowany na tłumy omdlałych kobiet, które poddawały się sile ducha przywoływanego w każdą niedzielę za sprawą niezwykłych zdolności wielebnego Jeremiasza. Na jednym z takich właśnie łóżek ocknęła się Ibby w asyście Queenie, Doll, Ptaszyny i samego wielebnego. Kiedy otworzyła oczy, Queenie i wielebny byli pogrążeni w rozmowie.

– Ona jest wnuczką pani Fannie. A pani Fannie dziś rano zachorowała, więc wzięłam ją ze sobą. Nie sądziłam, że będzie z nią jakiś kłopot. – Queenie miętosiła swoje białe rękawiczki.

– Dlaczego nic nie mówiłaś? Każda wnuczka pani Fannie jest tu mile widzianym gościem, wiesz o tym dobrze. Ale nie bardzo mi się podobało to, że w połowie przerwała moje kazanie.

– Ona jeszcze nigdy nie była w żadnym kościele – wtrąciła Doll – a tym bardziej w kościele dla kolorowych, proszę wielebnego. Myślę, że biedactwo nie bardzo wiedziało, jak się zachować. Ona się nazywa Liberty, Liberty Bell. Kiedy usłyszała swoje imię, pomyślała, że ojciec wzywa ją do siebie, nic więcej.

Wielebny Jeremiasz zachichotał.

– To rzeczywiście ciekawy przypadek.

– Ciekawy – zgodziła się z nim Doll. – Ludzie nieprędko zapomną takie kazanie.

Wielebny skinął głową.

– To pewne, siostro Violu. Czas leczy wszystkie rany, łącznie z tymi, które nas trawią od środka, a które widzi tylko Bóg Wszechmogący.

– Tak mówią – odparła Doll, spoglądając na wielebnego z ukosa. – Tak mówią.

Ibby zamknęła oczy, zastanawiając się, o czym ci ludzie rozmawiają. Mimo że wiał lekki wiatr, w dalszym ciągu była bardzo spocona i kręciło jej się w głowie. Kiedy otworzyła jedno oko, zobaczyła pochyloną nad sobą twarz chłopca tak blisko, że czuła na policzkach jego oddech.

– Thaddeus Trout, co ty wyrabiasz? – skarciła go Doll. – Zostaw w spokoju pannę Ibby i idź po jakąś lemoniadę.

– A kto to jest? Skąd ona się tu wzięła?

– To jest wnuczka pani Fannie. Mówiłam ci o niej. A ty gdzie do tej pory byłeś? Przyszedłeś na nabożeństwo czy tylko się najeść? – Queenie wymierzyła w niego palec.

– Nie, mama, cały czas byłem w kościele.

– Gdzie? Ja cię w każdym razie nie widziałam.

– Stałem z tyłu z Shortym.

– Aha. – Obfity biust Queenie zafalował, co świadczyło o tym, że nie uznała tej wersji. – To idź po lemoniadę, tak jak ci mówiła Doll.

Po zniknięciu Thaddeusa wielebny Jeremiasz rozejrzał się dokoła.

– A gdzie jest siostra Etta Mae? Może położenie rąk pomogłoby uwolnić tę dziewczynkę od jej przypadłości? Siostro Etto Mae, jest nam tu siostra bardzo potrzebna.

U boku wielebnego Jeremiasza pojawiła się niska, gruba kobieta w białej sukni.

– Tak jest, wielebny ojcze, tak jest.

– To dziecko tutaj potrzebuje siostry pomocy. – Pastor pokazał głową na Ibby.

– Tak, widzę. – Etta Mae stanęła u wezgłowia polówki. Zamknęła oczy, zwróciła twarz ku niebu, a następnie położyła dłonie na skroniach dziewczynki.

Nagły kontakt z ciepłymi dłońmi kobiety podziałał na Ibby jak szok; zerwała się i usiadła.

– Muszę przyznać, siostro Etto Mae, że działa siostra szybko – stwierdził wielebny. – A nawet bardzo szybko.

W tym momencie wrócił Thaddeus z papierowym kubkiem. Ptaszyna próbowała wziąć mu go z ręki.

– Daj mi to, Puzon.

Ale Puzon cofnął rękę.

– Nie, sam jej to dam.

– Uspokójcie się – skarciła ich Doll.

Puzon pokazał Ptaszynie tryumfującą minę, wręczył kubek Ibby i zniknął w tłumie.

– No i co z tym fantem zrobić? – Queenie spojrzała znacząco na wielebnego.

– Mieć na nich oko, mieć na nich oko – powtórzył, a następnie zwrócił się do Ibby: – Jestem wielebny Jeremiasz, ale już się przed chwilą spotkaliśmy w kościele.

Ibby zarumieniła się, kiedy mężczyzna podał jej rękę.

– Przepraszam – szepnęła.

– Nie ma za co przepraszać, dziecko. Nie spiesz się, popijaj powoli lemoniadę, a potem wstawaj i ciesz się resztą dnia. – Poklepał ją po kolanie.

– Bardzo dziękuję, wielebny – powiedziała Queenie.

– No, chodź – Ptaszyna pociągnęła Ibby za rękę.

Ibby nieśmiało spojrzała na Doll.

– W porządku, może panienka iść z Ptaszyną – zgodziła się Doll, ruchem głowy wskazując tłum ludzi kłębiący się wokół kilku stolików ustawionych w bok od kościoła. Kiedy dziewczynki szły przez tłum, nikt ku uldze Ibby nie zwracał na nią uwagi. Ptaszyna podeszła do jednego ze stolików i podała Ibby papierowy talerzyk, serwetkę i plastikowy widelczyk. Idąc wzdłuż stołu, pokazywała jej różne potrawy w miskach i naczyniach żaroodpornych.

– Tu masz sałatkę ze szkarłatki, placki kukurydziane, fasolę nakrapianą, mieszaną zieleninę, smażoną okrę. O, i słynne faszerowane jajka buni. A tam masz marynowane świńskie nóżki, kurczaki barbecue, żeberka i salceson. – Ptaszyna przerwała swoje wyjaśnienia, żeby zajrzeć do dużego garnka. – Nie jestem pewna, co to może być.

Tymczasem zjawił się Puzon i stanął za Ptaszyną z talerzem pełnym jedzenia.

– To jest potrawka z oposa, ciemna maso.

– Obejdzie się bez twojej pomocy. – Ptaszyna spojrzała na niego naburmuszona.

– Wygląda na to, że jednak się nie obejdzie – odparl Puzon niespeszony. – Jestem Puzon.

Ibby była lekko speszona sposobem, w jaki chłopak się do niej uśmiechał.

– Wynoś się – Ptaszyna go popchnęła.

Puzon puścił do Ibby oko.

– Później się spotkamy – rzucił i zaraz dołączył do grupy nastolatków siedzącej pod wielkim dębem w pobliżu cmentarza.

Ptaszyna podjęła swoją wędrówkę wzdłuż stołu.

– A to tutaj to jest słonina, kapusta, dżambalaja*. A tam, na tamtym drugim stole, są same słodycze. Pudding chlebowy i takie tam.

Kiedy usiadły na ziemi pod drzewem po drugiej stronie cmentarza, Ptaszyna postanowiła ostrzec Ibby przed Puzonem.

---

* Dżambalaja – potrawa kreolska składająca się z ryżu z dodatkiem cebuli, czosnku, papryki i pomidorów. Występuje w wielu różnych wersjach.

– Nie zwracaj na niego uwagi. Zachowuje się, jakby był Bóg wie kim i jakby wszystkie dziewczyny za nim szalały. Ja mam na niego sposób.

Ibby widziała, że Puzon cały czas zerka w jej stronę. Poczuła dziwne łaskotanie gdzieś w środku.

Tylko że tym razem chciała, żeby to łaskotanie trwało.

ROZDZIAŁ 20

Wieczorem Doll powiesiła sukienkę Ibby i usiadła na brzegu jej łóżka.

– Przepraszam za ten dzień – powiedziała Ibby.

Doll przygładziła włosy.

– Nie ma za co przepraszać. A poza tym ci ludzie będą mieli przynajmniej o czym gadać, i to na długo.

Ibby podparła się na łokciu.

– Nie musisz tu ze mną siedzieć. Nic mi nie jest.

– Nie zamierzam zostawiać panienki samej. Czasami, kiedy pani Fannie była w złej formie, zostawałam z nią na noc, żeby nie czuła się samotna. Mam nawet w pracowni łóżko polowe, specjalnie w tym celu.

– Doll?

– Tak, dziecko?

– Kiedy wróci Fannie?

Doll przez chwilę zastanawiała się nad odpowiedzią.

– Tak na pewno to nie wiem, kochanie. Myślę, że w ciągu najbliższych dni będziemy mieli jakąś wiadomość od doktora.

– A dlaczego ona jest zawsze taka smutna?

– Och, dziecino, na to nie ma prostej odpowiedzi. Tak się z nią czasem dzieje, kiedy wzbiera i buzuje w niej smutek. – Doll podniosła palcem podbródek Ibby i przyciągnęła jej twarz do swojej. – Proszę się nie bać, pobyt babci w szpitalu nie ma nic wspólnego z panienką. Kiedyś, kiedy panienka dorośnie i założy własną rodzinę, to zrozumie te sprawy. Czasem miłość bywa bolesna. Ale tak to Pan Bóg stworzył. – Doll zastanowiła się nad swoimi słowami. Zdawała sobie sprawę z tego, że mówi w równym stopniu do Ibby, jak i do siebie.

– Doll?

– Tak, dziecino?

– Doll, co się stało z Balfourem?

– Czułam, że jak już w czasie waszego wczorajszego lunchu padło jego imię, będzie panienka o niego pytała. – Spojrzała w sufit i nabrała tchu. – Zdarzył się wypadek. I potem już nigdy pani Fannie nie była sobą.

• • •

Graham Bell wbiegł na drugie piętro i otworzył drzwi do mansardy. Za nim, trzymając w rękach samoloty z drzewa balsa, biegł jego młodszy brat Balfour, zwany w skrócie Balfym. Do Bożego Narodzenia zostało zaledwie parę tygodni i chłopcy byli podekscytowani. Właśnie wysłuchali przez radio wraz z rodzicami wystąpienia prezydenta Roosevelta. Prezydent powiedział, że w Europie szaleje wojna i że Stany Zjednoczone muszą być czujne. W celu zapobieżenia ewentualnej inwazji niemieckiej prezydent planuje udzielenie Brytyjczykom pomocy militarnej. Japończycy od kilku lat prowadzili wojnę w Chinach. Był rok 1940. Graham miał prawie dziesięć lat. Balfy właśnie skończył osiem. O wojnie wiedzieli niewiele; tyle że umieli się w nią bawić.

Graham otworzył okno wychodzące na ogródek przed domem i wychylił się przez nie. Do pokoju wdarł się chłodny podmuch wiatru i wmiótł do środka kilka liści dębu. Balfy podszedł do brata.

– Trzymaj, Graham – powiedział i wręczył mu jeden z samolotów, po czym wyjął z kieszeni pudełko zapałek.

– Dostaniesz od mamy, jak zobaczy, że się bawisz zapałkami – zwrócił bratu uwagę Graham.

– To jej nie mów. – Balfy postawił samolot na parapecie i zapalił zapałkę.

Graham widział tylko czubek jego jasnej, kędzierzawej głowy. Wpadający przez okno podmuch wiatru zgasił płomień. Chłopiec nachylił się jeszcze niżej, by osłonić następną zapałkę.

– Daj mi zapałki, ja to zrobię. – Graham wyciągnął rękę.

Balfy oddalił go gestem.

– Auuu! – wykrzyknął nagle i zdmuchnął zapałkę. – Sparzyłem się! – Potarł palec o wełniane spodenki.

– W ten sposób spalisz cały dom – upomniał go Graham.

– Zamknij się! – odszczeknął się Balfy. – Powiem ci, kiedy masz rzucić swój samolot. Ja zapalę mój, a ty w tym samym czasie rzuć swój i udawaj, że mnie zestrzeliłeś.

– Co za bezczelny smarkacz!

Balfy wystawił głowę przez okno i podniósł samolot w górę.

– Gotów?

Graham zrobił to samo.

– Gotów.

– Poczekaj chwilę, aż go podpalę. – Balfy usiadł na parapecie, żeby zapalić zapałkę. Potarł ją raz i drugi i mało nie stracił równowagi.

– Uważaj, Balfy. Nie chciałbym zbierać z chodnika twoich szczątków tylko dlatego, że jesteś zbyt tępy na to, żeby zapalić zapałkę.

– Zamknij się, Graham. – Balfy przytknął czubek samolotu do zapalonej zapałki. – Łał, popatrz – powiedział, kiedy płomienie strzeliły w górę.

– Pospiesz się! – wrzasnął Graham.

– Teraz! – krzyknął Balfy. – Rzucaj swojego!

Samolot Grahama otarł się lekko o gałęzie dębu, po czym ślizgiem zniżył się i usiadł na wybrukowanej cegłami ścieżce. Samolot Balfy'ego uwiązł w gałęziach dębu i zaczepił się skrzydłem o jedną z nich.

– Do diabła! – wykrzyknął Balfy, gramoląc się przez okno i stając na zewnątrz na rynnie. – Dostanę go stąd!

– Zwariowałeś? Mama złoi ci skórę, jak zobaczy, co ty wyprawiasz. Wracaj do środka, bo się zabijesz! Weź mój samolot, a ja jutro kupię sobie drugi!

Balfy przytrzymał się dachówek i wychylił się na zewnątrz.

– Dostanę go. Jeszcze tylko parę centymetrów.

– Słyszysz, co ci mówię!? – wrzasnął Graham. – Właź z powrotem do środka! Przecież to tylko głupia zabawka, a poza tym jest spalona. I tak już nie będzie latać.

Oczy Balfy'ego zrobiły się ogromne – rynna jęknęła i ugięła się pod nim. Chłopiec spróbował uczepić się dachu, ale w tym momencie rynna się urwała.

– Ratunku! Graham! – Z paniką w oczach malec usiłował złapać się brata.

Graham wyciągnął rękę, ale było już za późno. Mógł tylko patrzeć na zastygłą w wyrazie paniki buzię Balfy'ego, który z głuchym łomotem runął na twarz. Graham wychylił się przez okno, żeby spojrzeć na brata, i w tej samej chwili samolot Balfy'ego odczepił się od gałęzi i lotem spiralnym, jak zraniony motyl, opadł na ziemię i wylądował obok chłopca.

– Balfy? – Graham wychylił się jeszcze bardziej, powtarzając w kółko imię brata w nadziei, że malec przewróci się na plecy i zacznie się śmiać, jakby to był żart. Bo Balfy często pozwalał sobie na takie numery po to, żeby go nastraszyć.

Jednak koło głowy Balfy'ego pojawiła się kałuża krwi. Zaraz potem nadbiegły z domu mama i Queenie i kiedy mama odwróciła jego brata twarzą do góry, Graham mało nie zwymiotował. Z twarzy Balfoura naprawdę niewiele zostało. I wtedy Graham usłyszał mrożący krew w żyłach krzyk. Dopiero o wiele później się zorientował, że ten krzyk wyrwał się z jego własnych ust.

Queenie spojrzała w górę.

– Co się stało, paniczu Graham? – zapytała.

Graham patrzył na nią z góry, nie wiedząc, jak się odezwać, żeby nie wydać się winnym.

– Myśmy… myśmy się tylko bawili w samoloty. I on… on wypadł przez okno.

Fannie trzymała głowę Balfy'ego, całując jego zakrwawioną buzię w taki jakiś oszalały sposób, że Grahama ogarnęło przerażenie. Kiedy spojrzała w górę, dostrzegł w jej oczach rozpacz. A potem zaczęła desperacko machać ręką.

– Szybko! Wzywajcie pogotowie, Queenie!

Tymczasem nadbiegł z domu Norwood i nachylił się koło Fannie.

– Na miłość boską, co tu się stało?

Fannie znów spojrzała w okno. Tym razem jej oczy były zimne, tak zimne jak ostrza sztyletów. Graham zrozumiał, że matka obarcza go winą za to, co się stało.

Po chwili napotkał spojrzenie ojca. Norwood musiał dostrzec rozpacz chłopca, bo powiedział:

– Spokojnie, synku. Nie bój się, chodź tutaj do nas.

Graham potrząsnął głową.

– Synu – powtórzył Norwood spokojnym tonem, takim samym, jakim czasem przekonywał Grahama do zrobienia czegoś, czego chłopiec nie chciał zrobić. – Potrzebujemy twojej pomocy. Przynieś jakieś ręczniki.

Graham zbiegł na dół, porwał z łazienki na pierwszym piętrze ręczniki, najszybciej jak tylko mógł, pokonał ostatnią kondygnację schodów i w jednej chwili znalazł się przy pochylonych nad młodszym bratem rodzicach.

Kiedy ojciec odsunął się, żeby wziąć od niego ręcznik, zobaczył twarz Balfy'ego. Malec miał oczy w dalszym ciągu otwarte, jakby krzyczał, a usta pełne krwi. Jego jasne pszeniczne włosy były ubrudzone na czerwono. Nie ruszał się.

– Balfy! – Graham rzucił się, chcąc uściskać brata.

– Za późno, synu.

Czuł, jak ojcu drżą ręce, kiedy próbował go odciągnąć od Balfy'ego.

– Nie mów tak! – wrzasnął Graham. – Wszystko będzie dobrze! Wszystko będzie dobrze! Balfy, obudź się. Obudź się, Balfy!

Fannie tuliła syna, szepcząc mu coś do ucha i kołysząc go w ramionach.

– Kocham cię, syneczku. Kocham cię. Pamiętaj o tym. Kocham cię. Nie opuszczaj mnie. Kocham cię.

– Balfy, obudź się! – krzyknął Graham.

Nadbiegła Queenie i zaraz potem pod dom podjechała karetka pogotowia.

– Jak Balfy?

Fannie potrząsnęła głową.

Queenie zaczęła jęczeć.

– Nie. To niemożliwe. To niemożliwe. Boże, to niemożliwe. Nie panicz Balfour. Nie, Boże.

Norwood podskoczył do Queenie i szepnął jej do ucha:

– Zajmij się Grahamem, on jest w szoku. – A następnie wyszedł na spotkanie ekipie pogotowia.

– To wszystko moja wina – wyszeptał Graham.

Queenie przytuliła go do siebie.

– To nie wina panicza. To wypadek. To tylko wypadek.

Queenie tuliła go tak mocno, że ledwie mógł oddychać, jednocześnie sterując nim delikatnie w stronę domu. Próbował jej się wyrwać, ale nie mógł nawet poruszyć głową.

– Muszę iść – powiedział, starając się odepchnąć ją od siebie.

– Nie, dziecino, zostaniesz tu ze mną.

Walczyli tak przez chwilę, aż wreszcie Graham się poddał. Queenie w dalszym ciągu trzymała go w niedźwiedzim uścisku, ale i tak pod jej ramieniem widział, jak lekarz słucha serca Balfy'ego i kręci głową. Chłopiec zaczął płakać, wstrząsany szlochami bezsilnej rozpaczy.

– No, no, paniczu Graham, wszystko będzie dobrze. Queenie się tobą zaopiekuje.

Graham patrzył, jak ciało jego brata kładą na wózku i przykrywają prześcieradłem. Kierowca karetki przez chwilę rozmawiał z Norwoodem, a następnie sanitariusze podwieźli wózek do ambulansu i kiedy tylko drzwi za Balfym się zamknęły, Fannie osunęła się na ziemię.

– Mama! – wykrzyknął Graham i zaczął się wyrywać. Wyciągnął ramiona i chciał do niej biec, ale Queenie go zatrzymała.

– Ona jest w szoku, tak samo jak panicz. Lepiej chodźmy do domu. Tutaj nie mamy już nic do roboty. Oni zajmą się Fannie.

Queenie zaprowadziła Grahama do domu, ale po drodze chłopiec cały czas się odwracał; chciał sprawdzić, czy karetka zabiera i matkę. Norwood próbował otoczyć swoją szyję ramieniem Fannie, żeby ją podnieść z ziemi. W końcu objął ją w pasie, dźwignął i zarzucił sobie na ramię. Jeden z medyków ruszył za nimi.

– Uważaj, Queenie – ostrzegł ją Norwood, kiedy wnosili Fannie po stopniach do domu.

Graham nie wiedział, w którą stronę biec. Czy do karetki, żeby jeszcze po raz ostatni powiedzieć bratu do widzenia. Czy do matki, żeby się upewnić, że wszystko jest z nią w porządku.

Ale jednocześnie jakąś cząstką siebie chciał stąd uciec i nigdy nie wrócić.

W domu usłyszał dochodzące z pokoju rodziców

odgłosy szurania. A potem drzwi zostały zamknięte i ojciec z jednym z medyków zeszli na dół.

Norwood nachylił się do Grahama i powiedział:

– Synu, muszę jechać do szpitala i załatwić formalności związane z Balfourem. Mama dostała środek nasenny, powinna spać całą noc, więc jej nie przeszkadzaj.

– Dobrze – odparł Graham.

Norwood z kolei zwrócił się do Queenie.

– Możesz zostać tu na noc?

– Mogę, proszę pana. Zajmę się Grahamem. Proszę się nie martwić.

Graham nie zapamiętał już nic więcej z tego dnia, ale rano, kiedy się obudził, usłyszał na drugim piętrze jakieś walenie. Zatrzymał się na dolnym stopniu schodów, bojąc się iść na górę. Zamiast tego wyszedł przed dom, gdzie zobaczył Wronę, który stojąc na drabinie, zabijał deskami okno mansardy i wieżyczki. Wrona skinął Grahamowi głową. Chłopiec odwzajemnił pozdrowienie. Kiedy spojrzał pod nogi, stwierdził, że na chodniczku, tam gdzie upadł Balfour, w dalszym ciągu jest krew. Nachylił się i dotknął lepkiej plamy. Krew wsiąkła w miękką cegłę. Próbował zetrzeć ją butem, ale bez względu na to, jak mocno tarł, plama nie ustępowała. Tarł więc i tarł coraz mocniej. Tarł wciąż tak bardzo, aż noga odmówiła mu posłuszeństwa.

– Paniczu Graham, co panicz robi? – Queenie złapała go na ręce, przerzuciła sobie przez ramię i zaniosła do domu. Zaraz za drzwiami postawiła go, pochyliła się nad nim i zaczęła przemawiać do niego łagodnym tonem:

– Paniczu Graham, panicz czuje się teraz bardzo zagubiony, ale nie możemy cofnąć tego, co się stało, bez względu na to jak bardzo byśmy chcieli, panicz rozumie? No cóż, życie toczy się dalej, a panicz musi być silny dla pani Fannie. Nic nam panicza Balfoura nie wróci, to jasne.

Gdybym tylko złapał go za rękę, gdybym wyszedł do niego na tę rynnę, może mógłbym go uratować – myślał Graham.

Queenie złapała go za brodę i zwróciła twarzą do siebie.

– Paniczu Graham, czy panicz mnie słyszy?

Ale Graham wyrwał jej się i ruszył schodami na górę do pokoju matki. Kiedy złapał za gałkę, drzwi okazały się zamknięte. Wtedy wrzasnął na dół:

– Wpuść mnie tam!

Queenie potrząsnęła głową.

– Nie, dziecino. Doktor powiedział, że mama panicza potrzebuje odpoczynku. Nie możemy jej przeszkadzać.

– Gdzie jest mój tata?

– Jest w szpitalu. Poszedł wcześnie rano pozałatwiać sprawy. A panicz niech zejdzie tu na dół, na śniadanie.

Tak minął tydzień. Pochowali Balfoura na cmentarzu Metairie. Dzień był zimny i brzydki; lało niemiłosiernie. Fannie opuściła swój pokój tylko po to, żeby wziąć udział w pogrzebie. Przez cały czas nie odezwała się słowem. Ani do Norwooda, ani do Grahama. Nie powiedziała nic nawet do Balfoura, kiedy go chowali. Jakby to ona umarła. Po nabożeństwie Norwood odprowadził ją z powrotem do jej pokoju. Kiedy wychodził, pod drzwiami czekał na niego Graham.

– Czy mama jeszcze kiedyś coś powie? – zapytał.

– Mam nadzieję, synu, mam nadzieję. – A potem nachylił się i przytulił Grahama do siebie. Chłopiec słyszał, jak ojciec cicho płacze.

•••

Boże Narodzenie nadeszło i minęło. W dzień po Nowym Roku Queenie zlikwidowała choinkę, a nierozpakowane prezenty schowała do szafy w hallu.

Kiedy skończyła się przerwa szkolna, Norwood przyszedł do Grahama na rozmowę.

– Synu, chciałbym z tobą porozmawiać na pewien temat.

Graham leżał na łóżku i czytał komiks. Na widok ojca odłożył komiks i usiadł.

– O mamie? – zapytał.

– Częściowo. – Norwood pogłaskał chłopca po ciemnych włosach. – Powinieneś się ostrzyc.

– Wiem, ale wszyscy są zajęci.

– Zdaję sobie z tego sprawę, synu. I to jest właśnie problem. Bardzo źle się z tym czuję. Nie byłem ostatnio zbyt dobrym ojcem.

– Wszystko jest w porządku, tato.

Norwood pocałował syna w czoło.

– Posłuchaj.

Graham zesztywniał. Za każdym razem kiedy dorośli mówili „posłuchaj", nie wynikało z tego nic dobrego.

– Dziś rano lekarze powiedzieli mi, że twoja mama będzie musiała na jakiś czas nas opuścić.

– Co to znaczy „na jakiś czas"? – zapytał Graham.

– Tego oni dokładnie nie wiedzą. W każdym razie dopóki się lepiej nie poczuje.

– A czy mogę się z nią przedtem zobaczyć?

Norwood wziął dłoń Grahama w swoją rękę.

– Oni ją już zabrali. Kiedy spałeś.

Graham wyszarpnął ojcu rękę.

– Co to znaczy? Dlaczego nikt mnie nie obudził?

– Uspokój się, synu. To było w środku nocy. Dostała... dostała jakiegoś ataku. Ale nie martw się. Doktor mówi, że wszystko z nią będzie w porządku.

– A kiedy ona wróci?

– Mam nadzieję, że tak gdzieś w lecie. Wtedy, kiedy i ty wrócisz.

– Kiedy ja wrócę? Skąd?

Graham uwielbiał ojca, Norwood mu zawsze imponował. Ogorzały i zahartowany od pracy na holowniku, miał potężne ramiona od ciągnięcia lin. Ciemne włosy zaczesywał na bok, tak jak Graham, a jego spokojne orzechowe oczy w słońcu stawały się zielone. Dziś te oczy nie były spokojne. Robiły wrażenie, jakby ich właściciel mówił jedno, a myślał co innego.

– Muszę wyjechać na dłużej, w dole rzeki mam robotę. Nie chcę cię zostawiać samego.

– Mną się może zająć Queenie.

– Queenie ma swoją rodzinę, synu. Nie może być z tobą przez cały czas. Rozmawiałem z dyrektorem szkoły z internatem imienia Świętego Stanisława. Ta szkoła znajduje się na Mississippi Gulf Coast. Jutro rano cię tam zawożę.

– Co?! – Graham usiadł na piętach. – Wykluczone!

– Posłuchaj, synu. – Norwood popchnął go na łóżko. – Nie mam wyboru. Przykro mi, ale przynajmniej na razie tak musi być.

Nazajutrz rano o świcie Queenie obudziła Grahama. Pomogła mu się ubrać i zapakowała śniadanie. Wręczyła mu niewielką walizkę i pomachała na pożegnanie, gdy tymczasem Norwood wycofywał samochód z podjazdu.

Graham wyglądał przez tylne okno, zastanawiając się, czy jeszcze kiedykolwiek wróci do domu na Prytania Street. A jeśli tak, to czy będzie tak samo jak dawniej.

Czy matka kiedykolwiek pokocha go tak, jak go kochała przed śmiercią Balfy'ego?

Wcale nie był tego taki pewien.

•••

– Czy to się stało w tym pokoju? – zapytała Ibby.

Doll skinęła głową.

– Dlatego to okno jest zabite deskami. Od czasu wypadku.

– A czy jeden z zamkniętych pokojów na piętrze to jest pokój Balfoura?

– Tak. Pani Fannie kazała Queenie zaraz wtedy go zamknąć. Od tamtej pory niczyja noga w nim nie postała.

– Ciekawe, dlaczego tata nigdy mi nie powiedział o swoim bracie.

Doll potrząsnęła głową.

– Dlatego, panno Ibby, że w dniu, w którym umarł panicz Balfour, umarło coś w nim samym. Był przekonany, że matka obarczała go winą za ten wypadek. I że dlatego rodzice wysłali go do szkoły z internatem. Nigdy tego nie powiedział, ale wyczytałam to w jego oczach. Myślę, że głównie z tego powodu uciekł z panienki mamą. Ale pani Fannie nigdy nie miała o to do niego pretensji. Ona tylko pragnęła, żeby został tu z nią, w tym domu, żeby nadal tworzyli rodzinę. Próbowała z nim rozmawiać, chciała mu okazać, jak bardzo go kocha, ale od czasu wypadku panicz Graham ją stale od siebie odpychał. Myślę, że tak bardzo cierpiał w środku, że nie umiał sobie z tym poradzić. Od patrzenia, jak on cierpi, mało pani Fannie nie pękło serce.

– Żałuję, że mi nic nie powiedział. Może bym mu choć trochę pomogła.

To tłumaczyło smutek, jaki czasem widziała w oczach swojego taty. Myślała, że przez nią był taki smutny. Myślała, że może nie czuł się z niej dumny albo żałował, że nie urodziła się chłopcem. Teraz wszystko zrozumiała. Jej tata cierpiał wewnętrznie przez coś, co stało się bardzo dawno temu. Jednak żałowała, że jej nie powiedział o wypadku. Może mogłaby mu jakoś ulżyć w tym cierpieniu.

Doll westchnęła głęboko.

– Niektóre rzeczy są zbyt zepsute na to, żeby je można było naprawić. Pozostaje tylko się z nimi pogodzić.

– Doll?

– Tak, dziecino?

– Czy Fannie jest zbyt zepsuta, żeby ją można było naprawić?

Doll kilka razy pstryknęła paznokciem, zanim odpowiedziała:

– Niech panienka pamięta, że Fannie kocha panienkę bez względu na wszystko. A teraz niech panienka spróbuje trochę odpocząć. – Przy drzwiach Doll odwróciła się jeszcze. – Wie panienka co? Zaraz jutro powiem Wronie, żeby odbił te deski z okna. Niech będzie jakiś ruch powietrza. Czas wpuścić do tego pokoju trochę życia.

ROZDZIAŁ

21

Nazajutrz rano Ibby poszła do pokoju Grahama, by chociaż przez chwilę potrzymać urnę z jego prochami. Nie spała całą noc, tylko myślała o nim. Tak wiele było rzeczy, których nie wiedziała o swoim ojcu, o tak wielu nigdy nawet nie wspomniał. Zapamiętała, w jaki sposób patrzył na zdjęcie Fannie, kiedy podczas szkolnego kiermaszu wypadło mu ono z portfela – jakby chciał jej coś powiedzieć i nie mógł. Wtedy Ibby nie rozumiała malującego się w oczach ojca bólu; teraz go zrozumiała. Chciał wyznać swojej matce, że ją kocha, tak jak ona, Ibby, żałowała teraz, że już nie może powiedzieć tego jemu.

Zamykając drzwi od pokoju ojca, wiedziała, że jest za późno na to, żeby pomóc jemu, ale być może jeszcze nie było za późno na to, żeby pomóc Fannie. W jakikolwiek sposób.

Kiedy pojawiła się w kuchni, Queenie wyjmowała właśnie ciasteczka z piekarnika.

– Panna Ibby wygląda na całkiem wykończoną. Co się stało? Nie spała panienka? – zagadnęła.

– Niewiele – odparła Ibby.

– Doll mówiła, że też nie mogła spać, bo całą noc słyszała ryki tygrysa w zoo. – Queenie skinęła głową w stronę podwórka, gdzie Doll ściągała ze sznura upraną bieliznę. – Lepiej trzymać się dziś od niej z daleka. Jak się nie wyśpi, jest okropnie zrzędliwa.

Queenie postawiła przed Ibby talerzyk bekonu i zagadnęła wesoło:

– No i co my mamy dzisiaj do roboty? Mogłybyśmy pójść na rynek drobiowy w bok od Carrollton Avenue i kupić parę świeżych kurczaków. Wiadomo, że są świeże, bo ukręcają im łebki przy kliencie, a potem je pięknie oskubią i elegancko zapakują, tak żeby je można było zanieść do domu.

Tego ranka Queenie była wyjątkowo rozmowna, nawet jak na siebie.

Ibby potrząsnęła głową.

– Nie? No to możemy iść na targ rybny na Jefferson Highway i kupić świeżych krabów samiczek albo krewetek i zrobić nadziewany mirliton*. Mam też dobre kreolskie pomidory na gazpacho.

– Ale ja nie jestem głodna – zaprotestowała Ibby.

Queenie nie przestawała gadać.

– A może byśmy zagrały w tysiąca? Mam tu w szufladzie karty. Albo jeszcze lepiej pooglądamy sobie któryś z moich programów w telewizji, a w tym czasie Doll uprasuje bieliznę. – Queenie prawie się roześmiała przy tych ostatnich słowach.

– Czy dzwonił doktor? – zapytała Ibby.

– Nie, dziecino. Myślę, że minie jeszcze kilka dni, zanim zadzwoni. – Queenie odwróciła się twarzą do zlewozmywaka.

Ibby odniosła wrażenie, że jest coś, o czym nie chce mówić.

– Czy stało się coś złego?

Queenie usiadła przy stole. Jej radosna mina gdzieś się ulotniła.

---

* Mirliton – rodzaj kabaczka, warzywo dyniowate, szczególnie popularne w Luizjanie.

– Dziś rano zadzwoniła mama panienki.

– Moja mama? Żeby mi złożyć życzenia urodzinowe?

– Ibby, dziecino, nie wiem, jak to panience powiedzieć. – Queenie wbiła wzrok w podłogę, co niezbicie świadczyło o tym, że ma niedobre wiadomości.

A tymczasem weszła Doll z koszykiem bielizny do prasowania, który postawiła na ladzie.

– Co się dzieje?

– Przed chwilą dzwoniła mama panny Ibby – zakomunikowała Queenie.

Doll szeroko otworzyła oczy.

– Ciekawe, jak zareaguje pani Vidrine, gdy usłyszy, że pani Fannie nie ma w domu.

– To już bez znaczenia. – Queenie potrząsnęła głową.

– Co to znaczy: bez znaczenia? – zapytała Doll.

Queenie przenosiła wzrok z Doll na Ibby i z powrotem.

– Bo pani Vidrine powiedziała, że już tu nie wróci.

•••

Pewnego ranka, jakieś dwa tygodnie później, Ibby, Queenie i Doll siedziały w kuchni, kiedy nagle usłyszały, że drzwi wejściowe najpierw się otwierają, a później zamykają.

Fannie wróciła ze szpitala. Zostawiła walizkę w hallu i poszła do jadalni, zajęła swoje zwykłe miejsce i zaczęła czytać gazetę.

– Napiłabym się kawy! – wrzasnęła.

– Niech panienka idzie do jadalni i usiądzie przy stole, jakby nigdy nic – zarządziła Queenie. – Słyszy mnie panienka? Tylko proszę nic nie wspominać o szpitalu. Proszę mówić o swoich sprawach, jakby to był najzwyklejszy ranek.

– Nie wiem, jak ja mam to zrobić – wyznała Ibby, ale

Queenie, nie czekając ani chwili dłużej, wypchnęła ją po prostu z kuchni.

– Niech panienka zachowuje się tak jak każdego innego dnia. Proszę się przywitać z panią Fannie i pocałować ją w policzek.

– I co dalej? O czym mam z nią rozmawiać? – zaniepokoiła się Ibby.

– Niech panienka robi to, co mówiłam. – Queenie lekko popchnęła ją w stronę Fannie.

Ibby podeszła do babki i pocałowała ją w policzek, a następnie usiadła przy stole.

– Dzień dobry, Fannie.

– Dzień dobry, młoda damo. Jak ci się spało? – Fannie nie podniosła głowy znad gazety.

Zanim Ibby zdążyła odpowiedzieć, przyszła Queenie z kawą.

– Co by pani zjadła na śniadanie?

– Może bekon – odparła Fannie. – Tam robią bekon beznadziejnie.

Ibby spojrzeniem dała znać Queenie, żeby zmieniła temat.

– Nic prostszego. Mamy dość bekonu, zaraz usmażę – zgodziła się Queenie, puszczając do Ibby oko.

Ale Ibby nie rozumiała, co Queenie od niej chce.

– A panienka co by zjadła?

– To samo co Fannie – odrzekła Ibby, rzucając Queenie identyczne spojrzenie.

Queenie wyszła z pokoju, ale po chwili znowu się pojawiła.

– Coś jeszcze? – spytała.

– Marzy mi się zsiadłe mleko. Mogłabyś mi przynieść?

– Oczywiście.

– Coś się wydarzyło w tym czasie, kiedy mnie nie było? – Fannie nie skierowała tego pytania do nikogo w szczególności; w dalszym ciągu nie przestawała czytać gazety.

Ibby spojrzała na Queenie.

Ta skinęła głową.

– Panienka może powiedzieć.

Ibby popatrzyła na nią spode łba. Miała nadzieję, że będzie mogła poczekać kilka dni z informacją o Vidrine, aż się upewni, że Fannie znów jest sobą.

– Powiedzieć mi o czym?

– Dzwoniła pani Vidrine – wyjaśniła Queenie.

Fannie odłożyła gazetę.

– Co chciała?

– Powiedziała, że panna Ibby może tu na jakiś czas zostać.

Ibby zacisnęła usta. To nie były dokładnie słowa jej matki, i Queenie doskonale o tym wiedziała.

Fannie się rozpromieniła.

– A jakiś czas to znaczy jak długo?

– Nie mówiła – odparła Queenie, wycofując się do kuchni. – Myślałam, że pani Fannie będzie ciekawa...

Fannie zerwała się od stołu. Ibby słyszała, jak w przedpokoju do kogoś telefonuje.

Wróciła Queenie z kawą.

– Po co o tym wspominałaś? – wyszeptała Ibby.

– Prędzej czy później i tak musi się dowiedzieć.

– Później byłoby lepiej.

– Tu, w tym domu, nie ma później – wyjaśniła Queenie.

– Do kogo ona dzwoni? Mam nadzieję, że nie do Vidrine.

– Och. – Queenie zakołysała się na piętach. – O tym nie pomyślałam.

Fannie wróciła uśmiechnięta.

Queenie powiedziała do Ibby tak cicho, żeby Fannie tego nie usłyszała:

– To nie mogła być Vidrine. Fannie by się tak nie uśmiechała.

– Wszystko ustalone – oznajmiła.

– O czym pani mówi? – spytała Queenie. – Co jest ustalone?

– Właśnie zapisałam Ibby do Katolickiej Szkoły dla Dziewcząt pod wezwaniem Najświętszej Maryi Panny Królowej Niebieskiej. Za dwa tygodnie początek lekcji.

Ibby opadła na oparcie krzesła.

Queenie potrząsnęła głową.

– Panna Ibby i szkoła katolicka. Tego jeszcze nie było!

CZĘŚĆ DRUGA

1968

ROZDZIAŁ 22

Większość dziewczynek w szkole pod wezwaniem Najświętszej Maryi Panny Królowej Niebieskiej znała się jeszcze z czasów przedszkola i pochodziła z dobrych katolickich rodzin, co w ich ustach brzmiało jak jedno słowo: dobrych-katolickich-rodzin. Wyjątków było niewiele. Na dwadzieścia pięć dziewcząt z drugiej klasy, do której chodziła Ibby, była tylko jedna niekatoliczka: Ibby Bell. Według niej została przyjęta do tej szkoły jedynie dlatego, że Fannie znała siostrę przełożoną Gertrude. Chociaż Fannie nigdy by tego nie potwierdziła. Tak było cztery lata temu.

Dziś, w ostatnim dniu szkoły, uczennice ustawione w szeregu jak kostki domina i ubrane w identyczne mundurki, składające się z zielonych plisowanych spódniczek i białych popelinowych bluzek z monogramami wyszytymi na kołnierzach, czekały na wejście do kaplicy, gdzie miało się odbyć nabożeństwo. Ibby stała ze spuszczoną głową i starała się, żeby jej nie zauważyła siostra Gertrude, która skrzypiąc gumowymi podeszwami o woskowaną drewnianą podłogę, maszerowała wzdłuż szeregu tam i z powrotem jak odpowiedzialny za musztrę sierżant. Ta licząca prawie metr osiemdziesiąt wzrostu kobieta o przenikliwym spojrzeniu zielonych oczu i cienkich wiecznie zasznurowanych ustach mogła wystraszyć samego diabła.

– Dziewczęta, dziewczęta, proszę o ciszę! – burczała.

Na ogół tubalny głos siostry Gertrude wystarczał, by postawić dziewczyny na baczność – ale nie dzisiaj, nie na godzinę przed rozpoczęciem letnich wakacji. Szkoła pod wezwaniem Najświętszej Maryi Panny Królowej Niebieskiej nie miała klimatyzacji, a otwarte okna korytarza prowadzącego do kaplicy nie przynosiły wytchnienia, jedynie wpuszczały do wnętrza duszący majowy upał i kilka głodnych much. Dziewczyny były rozdrażnione i niespokojne.

– Cisza! Jeśli będę musiała chociaż raz to powtórzyć, czeka każdą z was, bez wyjątku, kara aresztu szkolnego.

Ibby wstrzymała oddech, kiedy siostra Gertrude, uderzając linijką w habit, zatrzymała się koło niej, a następnie wyciągnęła rękę do stojącej przed nią dziewczynki.

– Janice Jumonville, wypluj tę gumę.

Zaskoczona Janice nachyliła się i wypluła na otwartą dłoń zakonnicy różową kulkę gumy balonowej. Siostra Gertrude wrzuciła ją do kieszeni habitu i poszła dalej. Ibby zastanawiała się, ile siostra zgromadziła takich oblepionych kurzem kulek.

Nagle stojąca za Ibby dziewczynka popchnęła ją do przodu.

– Uspokój się, Annabelle – powiedziała Ibby. – Narobisz mi kłopotu.

Okres dojrzewania nie był dla Annabelle łaskawy: jej niesforne rude włosy przybrały odcień miedzi, przerwa między przednimi zębami się poszerzyła, a piegi, których przybyło, zlały się w jedną plamę, jakby dziewczynka cierpiała na jakąś skórną chorobę. Mimo to nadal zachowywała się tak, jakby cały świat do niej należał.

Ponownie popchnęła Ibby, tym razem jeszcze mocniej, wytrącając jej z rąk księgę pamiątkową klasy, która z hukiem upadła na podłogę. Schylając się, by ją podnieść, Ibby natrafiła wzrokiem na małą drewnianą tabliczkę na drzwiach kaplicy.

ZŁOTA ZASADA
NIE RÓB DRUGIEMU, CO TOBIE NIEMIŁE.

Chciała pokazać to Annabelle, ale wiedziała, że nic dobrego z tego nie wyniknie. Że w jej świadomości będzie zawsze: rób drugiemu...

Siostra Gertrude musiała obserwować te igraszki, bo bez słowa podeszła do Annabelle, wyciągnęła ją z szeregu i zaprowadziła do swojego gabinetu, który mieścił się na końcu korytarza.

– Dobrze jej tak – syknęła Marcelle, kiedy siostra Gertrude znalazła się poza zasięgiem jej głosu.

Ibby nie cierpiała kaplicy, bo zawsze musiała siedzieć w tylnych ławkach, podczas gdy jej koleżanki stały w nawie w kolejce do komunii, w której ona nie mogła uczestniczyć, ponieważ nie była katoliczką. Już cztery lata znosiła te upokorzenia, a w dalszym ciągu czuła się jak wyrzutek.

Po skończonym nabożeństwie udała się razem ze swoją przyjaciółką Winnie Waguespack na przystanek tramwajowy na St. Charles Avenue. Kiedy czekały na tramwaj, minęła je Annabelle w swoim lśniącym granatowym mustangu kabriolecie, pokazując im środkowy palec.

– Myślę, że to było przeznaczone dla mnie. – Ibby kopała ziemię szkolnym półbutem, gdy tymczasem nadjechał tramwaj. – Nie wiem, na czym polega jej problem.

– Nie daj sobie wejść na głowę – poradziła Winnie ze słodkim jak melasa odziedziczonym po matce akcentem z Missisipi, który zachowała, mimo że dorastała w Nowym Orleanie. – Nikt nie lubi Annabelle. Nie wiem, za kogo ona się ma.

Ibby wręczyła konduktorowi dziesięciocentówkę i znalazła miejsce przy oknie. Winnie wsunęła się obok niej.

– Tego granatowego mustanga Annabelle dostała w zeszłym roku na urodziny od swojego taty – powiedziała

Winnie, wyjmując spinkę i uwalniając burzę brązowych kręconych włosów.

– Ja nie mam jeszcze nawet prawa jazdy – mruknęła Ibby.

– Dlaczego nie masz? Ja zrobiłam prawo w ubiegłym roku, jak skończyłam piętnaście lat.

Ibby wzruszyła ramionami.

– Fannie by mi nie pozwoliła. Pewnie uważa, że w ten sposób będę bezpieczniejsza.

– Szczerze mówiąc, to wcale nie jest takie fajne – powiedziała Winnie. – Myślę, że mama dlatego pozwoliła mi zrobić prawo jazdy, żebym mogła po szkole załatwiać jej różne sprawy. Nie masz czego żałować. A przy okazji – dodała – słyszałam, że kilka tygodni temu Annabelle dostała konia na szesnaste urodziny.

Ibby spojrzała na Winnie.

– Konia? Naprawdę?

– Tak słyszałam. – Winnie zachichotała. – Wyobrażasz sobie coś takiego? Ciekawe, jakim cudem jej ojca na to wszystko stać, skoro on jest tylko księgowym i w ogóle. Tak czy owak, bycie jedynaczką musi być fajne. Bo ja sobie nie wyobrażam, jak to jest, kiedy nie dzielisz sypialni z trzema siostrami i łazienki z czterema braćmi. A poza tym dałabym wszystko, żebym nie musiała zmieniać pieluch mojej małej siostrzyczce.

– Bycie jedynaczką wcale nie jest takie fajne, jak się może wydawać – zauważyła Ibby.

Winnie uśmiechnęła się trochę za słodko.

– Oj, przepraszam, zapomniałam.

Dziewczyny trzymały się blisko, ale było coś, co irytowało Ibby w przyjaciółce, a mianowicie Winnie miała taki sposób przedstawiania spraw, jakby mówiła jedno, a myślała coś zupełnie innego. Na pewno chciała być miła, ale to, co mówiła, wypadało protekcjonalnie.

– Nie mieć rodziców to musi być bardzo przykre. – Winnie poklepała Ibby po ręce.

Ibby cofnęła dłoń.

– Mam babcię... i mamę... no gdzieś tam ją mam.

– Przepraszam, ja naprawdę nie chciałam... – Winnie potrząsnęła głową i się odwróciła.

Ibby próbowała przeczekać chwilę niezręcznego milczenia, wyglądając przez otwarte okno.

Zaczęło mżyć, chodniki parowały, a w powietrzu panował lepki upał. Ibby wystawiła rękę, zbierając krople deszczu i zastanawiając się, jak to jest, kiedy się ma taką dużą rodzinę jak Waguespackowie.

Kiedy się odwróciła, zobaczyła po drugiej stronie wagonu parę hippisów. Długie włosy opadały mężczyźnie na ramiona przykryte luźną koszulą; na szyi miał na rzemyku znak pokoju. Obejmował czule młodą kobietę w topie bez pleców i w batikowej spódnicy, swobodnie tulącą się do jego piersi.

Być tak wolnym to chyba bardzo przyjemne uczucie – pomyślała Ibby, przyglądając się parze.

Kiedy tramwaj dojechał do Jefferson Avenue, deszcz zdążył prawie całkowicie wyparować, pozostawił jedynie lekką mgiełkę unoszącą się nad ulicą.

– Wysiadam – oznajmiła Ibby.

Kiedy wstała, Winnie pociągnęła ją za spódnicę.

– Nie chciałam ci zrobić przykrości.

– Nic się nie stało.

Winnie ponownie pociągnęła ją za spódnicę.

– Posłuchaj: za dwa tygodnie rodzice urządzają mi urodzinowe przyjęcie. Dostaniesz zaproszenie pocztą. Pójdziesz ze mną na zakupy wybrać jakąś sukienkę? Moglibyśmy iść na Canal Street do D.H. Holmesa albo i do Maison Blanche, jeśli nam starczy czasu.

Większość koleżanek chodziła razem w soboty na

zakupy, ale Ibby nikt nie zapraszał, bo wszyscy wiedzieli, że jej ubrania szyje Doll.

– Jasne – odparła Ibby – dzięki za zaproszenie.

Wysiadła z tramwaju i ruszyła Jefferson Avenue w kierunku Prytania Street. Pozostałe po deszczu chmury zasnuwały niebo, zatrzymując pod sobą wilgoć. W dali rozległ się grzmot. Ibby spojrzała w górę. Pioruny w Nowym Orleanie działają podstępnie. Kiedy ci się wydaje, że już sobie poszły, atakują z tyłu z hukiem, który czujesz dosłownie w całym ciele. Przed przyjazdem do Nowego Orleanu Ibby nigdy czegoś podobnego nie słyszała. Początkowo bała się, ale lęk minął. W ogóle wiele się zmieniło w ciągu ostatnich czterech lat. Przede wszystkim nie była już strachliwą dwunastolatką.

Położyła rękę na bramie i wytarła pot z czoła. Przypomniało jej się, jak to było, kiedy matka podrzuciła ją do Fannie. Dom wydał jej się wtedy złowrogi i niegościnny. Dziś budził w niej zupełnie inne uczucia: kojarzył jej się ze starym wyświechtanym kocem. Może nie był szczególnie piękny, ale dawał poczucie bezpieczeństwa.

Gałęzie dębu w ogródku kołysały się, jakby na jej powitanie. Od czasu, kiedy jesienią 1965 roku w mieście szalał huragan Betsy, biedne drzewo wyraźnie się pochyliło. Ibby wróciła pamięcią do tamtych upalnych dni, kiedy nie było prądu i zamknięto szkoły. Wrona, Queenie, Doll i Ptaszyna sprowadzili się na Prytania Street w obawie przed powodzią w ich dzielnicy. Przypomniało jej się, jak jedli zimne konserwy, jak na podwórku robili barbecue, jak dla zabicia czasu grali w karty i jak każdy najmniejszy kawałek lodu był dosłownie na wagę złota. Wszyscy narzekali, ale wtedy po raz pierwszy Ibby poczuła się jak prawdziwy członek rodziny.

Od tamtej pory drzewo co roku pochylało się niżej, tak że teraz przypominało krzywą wieżę w Pizie. Sąsiedzi naciskali na Fannie, żeby kazała je wyciąć, tłumaczyli, że jest niebezpieczne, ale ona nie dawała się przekonać. Tak jakby to drzewo coś dla niej znaczyło. W pewien sposób przypominało Ibby Fannie – było może lekko skrzywione, ale uparcie trzymało się życia.

Fannie przeżyła swój pobyt w szpitalu przed czterema laty i jeszcze wiele kolejnych po nim, a Ibby szybko się zorientowała, że jej babka od czasu do czasu musi uciec od życia. Ale przywykła do jej zwyczajów i potrzeb, a wszyscy też zachowywali się tak, jakby to było całkowicie normalne.

I Nowy Orlean też był taki. Zasada „żyj i daj żyć innym" wydawała się głęboko wrośnięta w tkankę miasta; nikogo nie obchodziło, kim jesteś ani jak wyglądasz – miałeś tam swoje miejsce i każdy to respektował. Istniało oczywiście kilka wyjątków, w szczególności Annabelle Friedrichs, która nie przestawała uprzykrzać życia Ibby, ale ta przyzwyczaiła się już do jej prowokacji i starała się je ignorować. W ciągu lat jednak ulubionym celem złośliwości Annabelle stała się nieobecność Vidrine, a tego już Ibby nie mogła tolerować.

Nikt cię nie chce, nawet twoja własna matka. Jesteś wyrzutkiem. Wracaj tam, skąd przyszłaś.

Ibby nie miała wiadomości od Vidrine od czterech lat, od chwili, kiedy matka ją tu przywiozła. I kiedy Annabelle swoimi docinkami przypominała jej o tym, czuła się tak, jakby Vidrine w ogóle nie istniała. Było jej z tym po prostu lżej.

Fannie próbowała wytłumaczyć zniknięcie Vidrine jej pasją podróżniczą, ale Ibby wiedziała, jak nazwać matkę, która opuszcza swoje dziecko i nawet nie czuje potrzeby, by zadzwonić od czasu do czasu i powiedzieć dzień dobry. Z Vidrine Ibby nigdy niczego nie mogła być pewna, nie wiedziała nawet tego, co by jej powiedziała, gdyby pewnego dnia jej matka wróciła.

Teraz otworzyła bramę i ruszyła podjazdem, na którym

stały zaparkowane dwa samochody – bardzo dostojnie wyglądający czarny lincoln Town Car i nowiusieńki czerwony lincoln Continental kabriolet z tapicerką z białej skóry. Zauważyła, że w garażu nie było starego granatowego kabrioletu Fannie.

Kiedy otworzyła drzwi od strony kuchni, zastała Queenie siedzącą na stołku i czyszczącą przy kuchennym stole kraby z miękką skorupą. Ibby bardzo lubiła te kraby, ale nie mogła patrzeć, jak ich nogi się wiją, kiedy Queenie specjalnymi nożycami przecina im pancerz i wygarnia ze środka gąbczaste białe mięso.

W ciągu ostatnich dwóch lat Queenie trochę spowolniała. Jej mocno posiwiałe włosy przypominały teraz kolorem sól z pieprzem, a ona sama zamiast pracować na stojąco przy ladzie kuchennej, wolała siedzieć przy stole. Twierdziła, że nogi nie chcą jej już utrzymywać w pozycji pionowej. Na widok Ibby powiedziała:

– O Boże, panienka ma buzię czerwoną jak kreolski pomidor.

Ibby położyła książki na stole i wytarła twarz z potu.

– To dlatego, że w Nowym Orleanie jest tylko jedna pora roku. Upalna.

Queenie wrzuciła kraba do ciasta naleśnikowego i wytarła ręce w fartuch.

– Nie, dziecino, mamy różne pory roku. Mamy porę ostryg, porę langust, krewetek i krabów. Jak się nad tym zastanowić, to jest jeszcze pora aligatorów, huraganów i Mardi Gras. My tu, w tej okolicy, mamy całą gamę pór roku. Poza tym, dziecino, jest dopiero koniec maja. A jak przyjdzie wrzesień, to nawet i ja się pocę. – Queenie skinęła głową w stronę książek Ibby. – Niech mi panienka pokaże swoje zdjęcie w księdze pamiątkowej.

Ibby otworzyła księgę na stronie poświęconej jej klasie i Queenie schyliła głowę, żeby się lepiej przyjrzeć.

– Kto panience dorysował takie wielkie czarne wąsy?

Ibby przewróciła oczami.

– A jak myślisz: kto to mógł zrobić?

W tym momencie do kuchni weszła Doll, nucąc coś pod nosem. Niewiele się zmieniła. Wciąż uwielbiała czerwony lakier do paznokci i wciąż lubiła upinać wysoko włosy, chociaż dziś wyprostowała je sobie za pomocą specjalnego kremu Morgana i podwinęła zręcznie na końcach. Ibby uznała, że w tym uczesaniu Doll wygląda młodziej niż na swoje dwadzieścia siedem lat.

Ona też nachyliła się nad zdjęciem.

– Panno Ibby, dlaczego panienka pozwala Annabelle na takie rzeczy?

– Kiedy ja jej wcale nie pozwalam. Ona jest po prostu wredna.

– Na panienki miejscu tak bym jej dała w łeb, że by się nie pozbierała – powiedziała Doll. – Nikomu bym na coś takiego nie pozwoliła.

Queenie poklepała Ibby po ręce.

– Panienka i tak jest najładniejsza w całej klasie. Nawet z tymi wąsiskami.

Ibby położyła głowę na stole.

– Nie, wcale nie jestem najładniejsza. Po prostu wy wszyscy staracie się mnie pocieszyć.

– Słyszałaś, Doll? Ona powiedziała „wy wszyscy". Panno Ibby, panienka jest teraz jedną z nas. – Queenie przeczesała palcami długie brązowe włosy Ibby. – Przecież panienka wie, że za takie włosy niejedna by wszystko oddała. Panienka ma zgrabną figurkę z cycuszkami całkiem całkiem jak na dziewczynkę w tym wieku. To po babci.

– Mama, nie mów w ten sposób do panny Ibby – skarciła ją Doll.

– Kiedy to prawda. – Queenie się roześmiała. – Panienka jest już dorosła. Można ją wziąć za młodą kobietkę tak gdzieś około dwudziestki, a nie dziewczynkę, która jeszcze nie skończyła szesnastu lat.

Ibby machnęła ręką.

– Może i można, ale Fannie chyba nigdy nie pozwoli mi dorosnąć.

– A to dlatego, że jak panienka dorośnie, to pani Fannie będzie stara, a ona nie chce być stara. Może dlatego poszła dzisiaj rano i kupiła sobie ten nowy czerwony samochód.

Ibby zerknęła przez okno.

– Ten duży czerwony kabriolet? To jest samochód Fannie?

– I to jeszcze nie wszystko – wtrąciła Doll. – Nie widziałyście jeszcze telewizora, który sobie sprawiła, gdy wracała po kupieniu samochodu.

– Nowiusieńki kolorowy telewizor – podniecała się Queenie. – I do tego takie małe coś do klikania, żeby mogła sobie zmieniać kanały, nie ruszając się z kanapy. Mówi, że za ten telewizor, z tym urządzeniem do zmiany kanałów, zapłaciła prawie tyle samo co za samochód.

– Ciekawe, dlaczego? – zdziwiła się Ibby.

– Takie rzeczy się robi na starość, żeby znów się poczuć młodym. Czy nie jest tak, Doll?

– A skąd ja mam to niby wiedzieć? Ale posłuchaj, mama, ty masz ile lat? Blisko sześćdziesiąt pięć. Ciekawe, kiedy ty sobie sprawisz nowy samochód?

– Nie mówiłam ci? Dziś rano pani Fannie dała Wronie swojego starego granatowego cadillaca. Już tu był i sobie go zabrał. Założę się, że jeździ po mieście i się nim przechwala.

– A ile lat ma pani Fannie? Tyle co ty? – zapytała Doll.

– Nie, nie. Pani Fannie jest trochę młodsza, może ma z pięćdziesiąt sześć, tyle mi wyszło, kiedy ostatni raz obliczałam.

– To będzie stare pudło w czerwonym cadillacu – rzuciła Doll i zachichotała.

– Ja bym tak o pani Fannie nigdy nie powiedziała. – Queenie wymierzyła palec w Doll. – Żadna kobieta nie lubi, żeby jej wypominać wiek.

– Queenie, czy jest już Ibby? – zawołała z jadalni Fannie.

– Właśnie przyszła! – wrzasnęła w odpowiedzi Queenie. – Zaraz ją przyślę.

Podeszła do Ibby i ścisnęła ją za ramiona.

– Lepiej niech panienka tam idzie. Pan Rainold i pani Fannie chcą panience coś powiedzieć.

– A po co przyszedł pan Rainold? – zapytała Ibby, kiedy Queenie podprowadzała ją do drzwi.

Emile Rainold był od dawna pełnomocnikiem prawnym Fannie i przychodził raz albo dwa razy do roku omówić z nią sprawy finansowe. Ibby powinna była rozpoznać jego czarny Town Car stojący na podjeździe.

– Panienka się nie przejmuje – powiedziała Queenie, ale po tym, jak odwróciła oczy, Ibby poznała, że jest coś, czego jej nie chce powiedzieć.

ROZDZIAŁ

23

Doll leciutko uchyliła drzwi, żeby móc podsłuchiwać rozmowę Fannie z panem Rainoldem.

Queenie gestami starała się ją od tego odwieść.

– Chodź no tutaj do mnie.

Doll położyła palec na ustach.

– Ciii, mama. Chcę słyszeć, co pan Rainold ma do powiedzenia. Wiesz, o co chodzi?

Queenie westchnęła głęboko.

– Pani Fannie jest w strachu, że się ziszczą jej najgorsze obawy.

– To znaczy? – szepnęła Doll.

– Tylko posłuchaj, dziecko. – Queenie nawet nie podniosła głowy znad kraba, którego właśnie obierała.

Doll widziała pana Rainolda, który siedział przy stole w granatowym płóciennym garniturze w prążki, białej zmiętej bawełnianej koszuli zapinanej na guziki i w czerwonej muszce w tureckie wzory. Często zastanawiała się, czy jest to jedyny garnitur pana Rainolda, czy też może ma szafę pełną identycznych garniturów, żeby nie musiał się codziennie zastanawiać, co na siebie włożyć. Jedynym elementem stroju Emile'a Rainolda, który się zmieniał, było obuwie. Białe półbuty wiosną i latem i brązowe zamszowe jesienią i zimą. Słomkowa fedora leżała na stole obok jego teczki, a pan Rainold przeglądał jakieś papiery, jednocześnie paląc fajkę. Przy każdym pociągnięciu jego policzki zachowywały się jak ryba rozdymka. Od czasu do czasu poprawiał sobie na nosie okulary w złotej drucianej oprawce i drugą ręką przygładzał falujące siwe włosy. Kiedy weszła Ibby i usiadła naprzeciwko niego przy stole, między gościem a Fannie trwała ciągle jeszcze burzliwa dyskusja.

– Temu panu Rainoldowi przydałaby się solidna kąpiel – szepnęła Doll.

– On zawsze tak wygląda – odparła Queenie. – Najczęściej twarz mu się błyszczy, jakby wyjął głowę z piekarnika.

– Postarzał się. Wygląda starzej od pani Fannie. Jak myślisz, dlaczego on się nigdy nie ożenił?

Queenie opuściła ręce i spojrzała na Doll.

– A jak myślisz, dlaczego? Dlatego, że kobiety go ani trochę nie interesują.

Doll wybuchnęła śmiechem. Pan Rainold musiał to usłyszeć, bo spojrzał w jej stronę. Przymknęła drzwi tak, żeby jej nie było widać.

– Nic się nie zmieniło, Fannie. Prawo to prawo – powiedział.

– Jesteś tego pewien, Emile? – Fannie przymrużyła jedno oko.

– Fannie wygląda tak, jakby miała za chwilę zerwać się z tego fotela i skręcić panu Rainoldowi kark. Ciekawe, dlaczego?

– Dlatego, że nie lubi, jak on jej mówi nie. – Queenie wzruszyła ramionami. – Do przyjścia panny Ibby ze szkoły – to już będzie dobre dwie godziny – cały czas się o coś sprzeczają. A co robi panna Ibby?

– Siedzi i słucha – odparła Doll.

– Vidrine zostawiła u mnie Ibby i więcej się nie pokazała – powiedziała Fannie surowym głosem. – Przez cztery lata nawet do córki nie napisała. Czy nie możemy zrobić czegoś?

Emile Rainold spojrzał na nią sponad okularów.
– Jedyna droga do tego, żebyś mogła zostać prawnym opiekunem Ibby, prowadzi przez sąd, który musi uznać, że Vidrine nie nadaje się do sprawowania opieki rodzicielskiej, ale w tym celu należy udowodnić, że matka stanowi zagrożenie dla córki.
– No ale przecież ona ją porzuciła – powtórzyła Fannie.
– Nie o to chodzi. Chodzi o to, czy stanowi dla niej zagrożenie, czy nie. Ona przecież od lat nie przebywa z Ibby, więc jedynym sposobem na to, żeby udowodnić, że może stanowić dla niej zagrożenie, jest oświadczenie, że ją pozostawiła z kimś, kto takie zagrożenie stanowi.
– Masz na myśli mnie, tak? – żachnęła się Fannie.
– Ja ci tylko tłumaczę, jak sąd może tę sytuację ocenić, gdybyś zechciała o to wystąpić. – Pan Rainold postukał fajką w popielniczkę i dołożył tytoniu. – Sąd nie uzna pozostawienia Ibby u jej babci za porzucenie, bo zgodziłaś się przyjąć wnuczkę na czas nieokreślony. Nie mieliśmy wtedy pojęcia, że to ma być na zawsze.
– A dlaczego nie możemy po prostu wystąpić do sądu i zobaczyć, co z tego wyniknie? – nalegała Fannie.
– Problem polega na tym, że gdybym miał przygotować dokumenty, musiałbym znać miejsce zamieszkania Vidrine.
Pusta filiżanka pana Rainolda brzęknęła o spodek.
– Mama – szepnęła Doll – pan Rainold nie ma kawy.
Queenie złapała srebrny dzbanek i wyminąwszy Doll, wślizgnęła się do jadalni.
– Wygląda na to, że Vidrine wybrała życie koczownicze – stwierdził pan Rainold.
– Jakie życie wybrała Vidrine? – zapytała Queenie, napełniając kawą filiżankę pana Rainolda.
– Koczownicze. Chciałem przez to powiedzieć, że nie ma stałego adresu.

Queenie wyszła, a Fannie założyła ręce i usiadła.

– Chcesz mi powiedzieć, że Vidrine w każdej chwili może wejść tymi oto drzwiami i zabrać Ibby, tak?

– Obawiam się, że tak właśnie może być. Prawo jest zawsze po stronie matki.

– Gdybym więc jutro umarła, zostawiając ten dom Ibby, to dopóki ona nie skończy osiemnastu lat, wpadłby on w ręce jej prawnej opiekunki, którą jest w tej chwili Vidrine.

– Tak, Fannie, to prawda, ale... – Pan Rainold zastukał ołówkiem w stół, jakby zamierzał powiedzieć coś ważnego.

– To już lepiej, żebym tak szybko nie umarła.

Pan Rainold pociągnął fajkę.

– Przynajmniej nie w ciągu najbliższych dwóch lat, Fannie.

Doll, tłumiąc śmiech, szepnęła do matki:

– Pan Rainold próbuje żartować, ale Fannie wcale nie jest do śmiechu.

Pan Rainold odezwał się z kolei do Ibby:

– Przed twoim przyjściem rozmawialiśmy z babcią o pewnej sprawie, o której, jak sądzę, powinnaś wiedzieć.

– Proszę cię, Emile, czy to jest naprawdę konieczne? – spytała Fannie.

– Uważam, że mam obowiązek jej to powiedzieć – odparł pan Rainold, zwracając się następnie do Ibby. – Jeden z moich detektywów uważa, że widział ostatnio twoją matkę.

Ibby uniosła rękę do ust, przy okazji potrącając łokciem postument z wazonem, który roztrzaskał się na podłodze w drobny mak.

– Boże – szepnęła Doll.

– Co się stało? – zapytała Queenie.

– Ten paskudny stary chiński wazon potłukł się na tysiąc kawałków, kiedy pan Rainold powiedział Ibby o jej mamie.

– Nic wielkiego – skwitowała wydarzenie Queenie. – Fannie nie cierpiała tego wazonu; kupili go razem z domem.

– Wolałabym, żebyś nic nie mówił, Emile – powiedziała Fannie.

– Chciałbym, żebyś na to spojrzała, Ibby. – Pan Rainold przesunął zdjęcie po blacie stołu w jej stronę. – To zdjęcie zrobił jeden z moich detektywów kilka dni temu. Nie mamy stuprocentowej pewności, czy to jest twoja matka. Może to być ktoś bardzo do niej podobny.

– Czy to znaczy, że moja matka jest tutaj, w Nowym Orleanie? – zapytała Ibby.

– Ta fotografia została wykonana na Ursulines Street w Dzielnicy Francuskiej przed budynkiem należącym do pewnej kobiety w średnim wieku, niejakiej Maude Hopper, która występuje pod imieniem Avi. Jest ona dobrze znaną w Dzielnicy Francuskiej ekstrawagancką wariatką, która prowadzi luzacki pensjonat dla przejezdnych.

Ibby usilnie wpatrywała się w zdjęcie. Doll zauważyła, jak dziewczynie drżą ręce.

– Widzę, że sprawiłem ci przykrość. Bardzo cię przepraszam, Ibby. Wspomniałem o tym tylko na wypadek, gdyby Vidrine pokazała się tu niezapowiedziana. Jak już mówiłem, nie jesteśmy nawet pewni, czy ta kobieta na zdjęciu to twoja matka. – Pan Rainold spojrzał na zegarek. – O Boże, która to godzina. Przepraszam, ale muszę lecieć, już jestem spóźniony na następne spotkanie.

Fannie odprowadziła gościa do drzwi.

– Jak myślisz, mamo, chyba pani Vidrine nie zamierza się tu u nas pokazać, co? – zwróciła się do matki Doll.

– Gdyby pani Vidrine się tu pojawiła i zabrała pannę Ibby, toby złamała serce pani Fannie. – Queenie ujęła twarz w dłonie i spojrzała na Doll. – Ale by sobie napytała biedy.

ROZDZIAŁ

24

Po wyjściu Emile'a Rainolda Fannie wróciła do jadalni i złapała Ibby za rękę.

– Chodź. Zapraszam cię na przejażdżkę – powiedziała.

Kiedy wsiadły do samochodu, Fannie przewiązała sobie włosy szalikiem i wycofała samochód z podjazdu, co wzbudziło tumany żwirku z potłuczonych skorup ostryg, po czym skierowała się w stronę St. Charles Avenue, cały czas z wielką zaciekłością pociągając papierosa. Ibby spojrzała na babkę: była ciekawa, dokąd zmierzają w takim pośpiechu.

Od dnia, w którym z okazji dwunastych urodzin Ibby wybrały się do restauracji U Antoine'a, Fannie farbowała sobie włosy na jasny kasztan i bardzo dbała o swój wygląd. Nosiła dopasowane szyte przez Doll sukienki, a dziś użyła różu i szminki. Widać było, że intensywnie się nad czymś zastanawia.

Odezwała się jednak dopiero, kiedy dojechały do zakrętu rzeki, do skrzyżowania St. Charles z Carrollton.

– Na pewno wiadomość o tym, że twoja matka może być w mieście, trochę cię zdenerwowała.

Prawda była taka, że Ibby sama nie bardzo wiedziała, jakie są w tej sprawie jej odczucia, nie chciała jednak narazić się Fannie niewłaściwą odpowiedzią.

– Nie wiem.

– Czy jesteś zadowolona z tego, że mieszkasz ze mną?

Ibby zastanawiała się przez chwilę, nim odpowiedziała.

– Oczywiście, że jestem, ale... czy nie powinnam odejść z matką, gdyby tego chciała?

Fannie cisnęła papierosa za okno i po chwili wręczyła jej kopertę.

– Masz. To przyszło dzisiaj do ciebie.

Dziewczyna zauważyła, że koperta została otwarta.

– Wiem, że nie miałam prawa jej otwierać, choć po tym, co mi powiedział dziś rano pan Rainold, pomyślałam, że to może być od twojej matki. Ale nie jest.

Ibby wysunęła kartę z koperty i podziwiała niebieski lniany papier z wytłoczonym białym pismem.

– O, zaproszenie na szesnastkę Winnie Waguespack. Mówiła mi o tym, kiedy wracałyśmy ze szkoły.

– I twoje urodziny się zbliżają. A to zaproszenie natchnęło mnie pewnym pomysłem. Żeby i tobie urządzić szesnastkę.

– Szesnastkę? Mnie?

– Tak, kochanie. Już załatwiłam z Puzonem, że zacznie malować dom.

Puzon właśnie kilka tygodni temu wrócił z Wietnamu i poszukiwał pracy. Ibby nie widziała go od czasu tamtego spotkania w Baptystycznym Kościele Prawdziwej Miłości przed laty. Była ciekawa, jak wygląda teraz.

– Kochanie, czy dotarło do ciebie to, co właśnie powiedziałam? Musimy sporządzić listę gości – ciągnęła Fannie. – Oczywiście zaproszę twoje koleżanki z klasy. I siostrę Gertrude.

Ibby błyskawicznie odwróciła się do Fannie.

– Siostrę Gertrude? Dlaczego, na miłość boską, miałybyśmy zapraszać siostrę Gertrude? Popsuje nam całe przyjęcie. Nikt nie przyjdzie, jak się dowiedzą, że została zaproszona siostra Gertrude.

– Nie bądź głupia – rzuciła Fannie.

– Ale to prawda, Fannie. Siostra Gertrude jest ogólnie znienawidzona. – Ibby splotła ręce i wzniosła oczy do nieba.

– Moje drogie dziecko, siostra Gertrude była jedną z pierwszych osób, które poznałam po przyjeździe do Nowego Orleanu. Wychodziła z siebie, żeby mi pomóc, kiedy nikogo tu nie znałam. Byłoby z mojej strony bardzo nieładnie, gdybym jej nie zaprosiła.

– Ale właściwie jak dobrze znasz siostrę Gertrude?

– Uczyła mnie tańca.

– To siostra Gertrude umie tańczyć? – Ibby nie kryła zdumienia.

– I jest w tym całkiem dobra, a przynajmniej kiedyś była. Jeśli o nią chodzi, to jeszcze niejedno może cię zaskoczyć. Nie zawsze była zakonnicą. – Fannie spojrzała na wnuczkę. – A co z chłopcami? Znasz jakichś chłopców?

– Właściwie to nie znam.

Fannie stukała dużym palcem o kierownicę.

– To niewybaczalne.

– Ale przecież to ty mnie posłałaś do żeńskiej szkoły. Gdzie miałam poznać chłopców?

– No, rzeczywiście. – Fannie wyraźnie zastanawiała się nad zaistniałą sytuacją. – Musimy sporządzić listę. Winnie Waguespack ma kilku braci, prawda? Powiem Doll, żeby spróbowała pożyczyć książkę telefoniczną szkoły imienia Świętego Jana De La Salle tak, żeby nie wiedziała o tym matka Winnie.

– A jak zamierzasz to zrobić?

– Jej służąca Bertha przychodzi do nas co rano w sprawie zakładów Myrtis Waguespack. Jestem przekonana, że wspólnymi siłami coś wymyślimy.

Ibby wodziła palcami po desce rozdzielczej. Było na niej wiele nowych urządzeń, takich jak automatyczna regulacja temperatury czy ośmiościeżkowy odtwarzacz taśmowy.

– Co ci się stało, że ot tak sobie poszłaś i kupiłaś nowy samochód?

Fannie westchnęła.

– Kiedy wiele lat temu przyjechałam z Mamou, zagubiona dziewczyna bez grosza przy duszy, pierwszą rzeczą, która mnie zachwyciła, był piękny czerwony packard kabriolet. Obiecałam sobie wtedy, że pewnego dnia kupię duży czerwony kabriolet, taki jak właśnie ten. Kiedy obudziłam się dziś rano, poczułam, że nadszedł ten dzień.

– Dlaczego akurat dzisiaj?

Fannie wzruszyła ramionami.

– Nie mam pojęcia. Prawdopodobnie powinnam była to zrobić już dawno.

– Czy kiedykolwiek będę mogła go poprowadzić?

– Wszystko w swoim czasie – odparła Fannie, wyrzucając za okno niedopałek papierosa.

Przejeżdżały właśnie przez Mid-City, gdzie wiktoriańskie domy i niskie budynki sztuki użytkowej szybko ustąpiły miejsca dziesiątkom cmentarzy.

– Te cmentarze nazywają miastami zmarłych, ponieważ niektóre grobowce przypominają z daleka miniaturowe domy. – Fannie skręciła w stronę jednego z cmentarzy ogrodzonego starym metalowym płotem. – Kiedy w mieście zaraz po Francuzach osiedlili się Hiszpanie, stwierdzili, że wkrótce po pochówku woda wymywa ciała z grobów. Jedyną na to radą wydało im się chowanie zmarłych ponad powierzchnią ziemi. Spójrz na ten tutaj grób na filarach. Czy nie jest piękny?

Kluczyły przez jakiś czas wśród grobów wąskim krętym chodniczkiem, aż wreszcie zaparkowały przed małym grobowcem z szarego marmuru, z półokrągłym sklepieniem i z kolumienkami przy wejściu. Po obu stronach stopni prowadzących do grobowca stały miedziane wazony, teraz elegancko spatynowane. Ibby zauważyła świeże kwiaty w wazonach; były to ulubione przez Fannie białe lilie. Nad wejściem do grobowca widniały dwa imiona: Balfour i Norwood. Queenie przykazała Ibby, żeby nigdy nie pytała Fannie o dziadka Norwooda. A kiedy ostatni raz zostało wspomniane imię Balfoura, dzień nie skończył się dobrze.

Fannie podeszła do kamiennej ławeczki wtulonej pod dąb i rozwiązała szalik.

– Chodź no, usiądź sobie koło mnie. Czy tu nie jest pięknie? Posadziłam to drzewo po śmierci Balfoura. Musi mieć teraz ze trzydzieści lat.

Ibby patrzyła na ręce Fannie – czy na dźwięk imienia Balfoura nie zaczną się trząść, tak jak się to działo na wspomnienie kogoś, kogo kochała, a kto już nie żył, ale Fannie była spokojna, jakby przy zmarłych ze wszystkim pogodzona.

– Często tu przychodzisz? – zapytała Ibby.

– Kiedy tylko mogę – odparła Fannie. – Widzisz te pelikany krążące nad naszymi głowami? Zawsze mi tu towarzyszą. Czasem się zastanawiam, czy nie przyleciały tu za Norwoodem znad rzeki. – Zamilkła i obserwowała żeglujące po niebie ptaki. – Jak wiesz, był kapitanem holownika.

– Nie, Fannie, skąd mam to wiedzieć, nigdy mi nie mówiłaś o dziadku Norwoodzie.

– Znał rzekę jak własną kieszeń. – Odwróciła wzrok, jakby zbierała siły do tego, by mówić. – Twój dziadek znał po imieniu wszystkie pelikany znad Missisipi. Ależ on je kochał. Czasami wydawało mi się, że bardziej kochał te swoje pelikany niż mnie.

•••

Kilka dni po ślubie Norwood zabrał Fannie nad rzekę, żeby jej pokazać swój holownik. Stali razem na przystani i go podziwiali.

– Czy nie jest piękny? – Norwood machnął ręką w stronę holownika o nazwie *Pelican II.*

Fannie widywała holowniki tylko z daleka, na rzece, gdzie przy wielkich barkach, które popychały, wydawały się małymi punkcikami. Nigdy nie była na takim holowniku i teraz ze zdziwieniem stwierdziła, że jest to głęboko zanurzona w wodzie duża łódź, której burta wystawała nad powierzchnię zaledwie na metr czy metr dwadzieścia.

– Ponad trzydzieści metrów długi i dziewięć metrów szeroki. Sterówkę ma wysoko, żeby dobrze z niej było widać rzekę. Kiedy siedzisz w sterówce, czujesz się, jakbyś była w bocianim gnieździe. Chodź, zabiorę cię na przejażdżkę. – Norwood wskoczył na pokład i wyciągnął ręce do Fannie. – Daj mi rękę, żebym ci pomógł.

Gdy ją pociągnął, podmuch wiatru potargał jej włosy. Fala za przepływającym statkiem pasażerskim sprawiła, że Fannie zachwiała się i obróciła w poszukiwaniu oparcia.

– Uważaj, kochanie. – Norwood złapał ją za łokieć, żeby odzyskała równowagę. – Nie chciałbym stracić żony w tydzień po ślubie.

Poszła za mężem w stronę sterówki, a potem wspięli się na górę po wąskich metalowych schodkach. Norwood otworzył przed nią drzwi.

– To jest mój drugi dom – oznajmił, po czym wziął z półki kapitańską czapkę i włożył ją na głowę Fannie. Następnie pociągnął ją za rękę w stronę podium, na którym umieszczone było koło sterowe.

– Chcesz stanąć za kołem, kochanie?

– Ależ skąd. Ja jeszcze nie potrafię dobrze prowadzić samochodu – odparła, bawiąc się perłami, które dostała od Norwooda w prezencie ślubnym. Zdjęła kapitańską czapkę i założyła ją mężowi na głowę. – Pokaż mi, jak się to robi.

Chwilę później w drzwiach sterówki pojawił się jeden z marynarzy.

– Kapitanie Woody, przyniosłem wiadro ryb, o które pan prosił. Zostawiłem je pod ścianą sterówki od strony dziobu.

Fannie uśmiechnęła się do Norwooda. Nigdy do tej pory nie słyszała, żeby ktoś go nazywał Woodym.

– Chappy, zamierzam zabrać żonę na małą wycieczkę, chcę jej pokazać rzekę. Masz chwilę czasu?

– Jasne, kapitanie.

– Jak już wyprowadzę tę łajbę z przystani, to myślę, że sobie z nią poradzisz przez chwilę, jak sądzisz?

Oczy młodego człowieka zapłonęły radością.

– Wobec tego w porządku.

Norwood dotknął przycisku i pchnął dźwignię do przodu. Silnik zaskoczył, co sprawiło, że błotnista woda pod łodzią zakotłowała się z bulgotem. Norwood wyprowadził łódź na środek rzeki i po chwili dał sygnał Chappy'emu, żeby przejął od niego ster.

– Poprowadź ją za zakręt w Algiers Point i zawróć.

Chappy przejął ster.

– Załatwione, kapitanie.

Norwood wsunął Fannie przez głowę kamizelkę ratunkową i polecił:

– Zawiąż ją mocno.

– A ty nie założysz kamizelki ratunkowej? – zapytała, przewlekając sznurki przez metalowe oczka.

Norwood potrząsnął głową.

– Chyba nie chcesz, żebym wobec Chappy'ego wyszedł na mięczaka. Idziemy.

Fannie ruszyła za mężem po schodkach. Norwood machnął ręką w kierunku rufy. Holownik był tak głęboko zanurzony, że fale przelewały się przez burtę. Fannie się zawahała.

– Trzymaj się tego. – Norwood wskazał jej niewielki metalowy reling biegnący wzdłuż sterówki.

Uchwyciła się go oburącz i wspierana przez męża, przeszła bokiem wzdłuż ściany sterówki. Kiedy znaleźli się na dziobie, woda rozpryskiwała się o burty. Fannie była śmiertelnie przerażona, ale nie dawała tego po sobie poznać.

– Złap się z tyłu za mój pasek – polecił jej Norwood, biorąc wiadro barweny dostarczone przez Chappy'ego.

Posłusznie szła za mężem, trzymając się go mocno, aż na rufę. Norwood złapał ją za ręce i objął się nimi w pasie. Pomiędzy rykiem silnika a odgłosami szalejącej wokół nich rzeki wrzasnął głośno tak, żeby usłyszała:

– Nie puszczaj!

– Nie bój się! – odkrzyknęła, tuląc głowę do jego pleców, zadowolona z kamizelki ratunkowej.

Po chwili Norwood dał znak Chappy'emu, żeby wyłączył silnik. Łódź uspokoiła się i płynęła w wyrównanym spacerowym tempie wzdłuż dalszego brzegu rzeki. Fannie mogła teraz puścić się męża i stanąć o własnych siłach. Patrzyła na rzekę, która zamiast płynąć spokojnie, kotłowała się wokół nich, atakując łódź ze wszystkich stron.

– Czy rzeka nie jest wspaniała? – zapytał Norwood, podchodząc do żony. – Wojskowy Korpus Inżynierski próbował ją ujarzmić, jednak ona ma swój rozum; nigdy się nie podda.

Stado pelikanów brunatnych wzbiło się w górę nad nimi i zaczęło okrążać łódź. Pełne wdzięku, płynęły w powietrzu z rozpostartymi skrzydłami, z szyjami wygiętymi, głowami wspartymi o grzbiet i dziobami przy szyi. Leciały tak nisko, że Fannie miała ochotę dotknąć je ręką. Norwood wziął z wiadra rybę i uniósł w górę, a jeden z ptaków porwał ją i odleciał.

– Ten się nazywa Białek – powiedział Norwood. – Widzisz te białe plamki na czubkach jego skrzydeł? Wszystkie pelikany mają imiona. – Uniósł w górę kolejną rybę. – A ten jest Piasek. Ma na brzuchu takie jasne smugi, które kojarzą się z piaskiem.

Fannie patrzyła, jak ptaki przylatywały, jeden po drugim, jakby przestrzegały kolejności karmienia. Gdy ryby się skończyły, kilka pelikanów zanurkowało po więcej pożywienia. Niektóre znikały całkowicie pod wodą, inne kołysały się na powierzchni jak boje.

– Zawsze chciałem tak unosić się na wodzie jak one – rzucił Norwood, pokazując na jednego z pelikanów. – One mają puste kości, dlatego to jest możliwe. Ty czy ja poszlibyśmy na dno jak kamień i tyle by nas widziano.

Norwood pokazał w górę rzeki.

– Ona nie płynie prosto, tylko meandruje, skręcając czasem pod kątem osiemdziesięciu stopni, a kiedy woda uderzy w brzeg na jednym z tych zakrętów, zaczyna się kotłować, ściągając prąd aż do dna. Ten nurkujący prąd tworzy dziury, niektóre głębokości nawet i kilkudziesięciu metrów, a także wiry, które pojawiają się nagle nie wiadomo skąd. W każdym razie mogą bez trudu połknąć człowieka.

Norwood stał z rękami w kieszeniach, zapatrzony w wodę.

– Rzeka przypomina rozwijającą się linę. Potrafi strzelić jak z bicza. W każdej chwili. W każdym miejscu. Zawsze wtedy, kiedy najmniej się tego spodziewasz. – Przerwał. – Ty nie poskromisz rzeki, to ona poskromi ciebie.

•••

Fannie na chwilę spuściła głowę.

– Pewnego dnia twój dziadek poszedł do pracy na rzece i więcej nie wrócił. Chyba nie chciał, żeby tak się stało. Myślę raczej, że poleciał za pelikanami. – Spojrzała na wnuczkę z ukosa. – Życie płynie tak szybko. Pamiętaj o tym, Ibby.

Ani się obejrzysz, a pewnego dnia stwierdzisz, że to życie… przeminęło.

– Fannie?

Babka spojrzała na wnuczkę.

– Czy dlatego mnie tu przywiozłaś, bo myślisz, że i ja cię opuszczę?

– Posłuchaj mnie, kochanie. – Spojrzenie Fannie stało się mroczne. – Doszłam do wniosku, że musisz akceptować życie, jakie na ciebie czeka. Może to być życie, którego wcale nie planowałaś. Ale musisz się nauczyć godzić z pewnymi sprawami.

Ibby nie była pewna, czy Fannie mówi o swoim życiu, czy stara się przygotować ją na różne niespodzianki.

– Fannie?

– Tak, kochanie?

– Czy to znaczy, że według ciebie mama po mnie wróciła?

Fannie wzięła Ibby za rękę i zaczęła ją głaskać.

– Nie mam pojęcia, ale cokolwiek się stanie, chcę, żebyś wiedziała, że cię kocham, tak jak kochałam wszystkie swoje dzieci. – Odwróciła wzrok. – Wszystkie.

Robotnicy pracujący na rusztowaniu przy grobowcu w budowie zaczęli walić młotkami.

– Chodź, dziecko, idziemy. W takim hałasie nie mogę zebrać myśli. – Fannie wstała i skierowała się w stronę samochodu.

Ibby ruszyła za nią, podziwiając powstający właśnie wspaniały grobowiec z palladiańskimi kolumienkami i witrażowym oknem. Był tak okazały, że mógł pomieścić z tuzin zmarłych. Ibby przeczytała nazwisko i stanęła jak wryta.

– Fannie, a ten grobowiec, ten w budowie. I to nazwisko na nim… to jest Bell.

Fannie machnęła ręką.

– Nie przejmuj się, dziecino. Na razie nigdzie się nie wybieram. Po prostu planuję naprzód, na czasy, kiedy wszyscy będziemy mogli być razem.

– Co znaczy „wszyscy będziemy mogli być razem"? – dociekała Ibby.

– Pewnego dnia możemy wszyscy zostać pochowani w tym grobowcu – powiedziała Fannie i dodała: – To chyba lepiej niż być pochowanym gdzieś w lesie jak jakieś dzikie zwierzę, nie uważasz?

ROZDZIAŁ 25

– Ciekawe, dokąd to nasza pani się wybiera już od rana. – Doll patrzyła, jak Fannie wyprowadza tyłem samochód z podjazdu.

– Nie wiem – odparła Queenie, która siedząc przy stole kuchennym, czytała „Louisiana Weekly", lokalną gazetę dla czarnych. – Od kiedy kupiła sobie ten samochód, bez przerwy rozbija się nim po mieście. Nigdy nie mówi, dokąd jedzie ani gdzie była. Ale ona coś kombinuje. Kazała dzisiaj panu Henry'emu przynieść sobie tablicę i pisaki. Cały czas siedziała w swoim pokoju i coś kolorowała jak małe dziecko, a potem przyszła do kuchni i złapała miotłę ze schowka. Gdybym wcześniej nie wiedziała, że jest stuknięta, tobym coś takiego pomyślała.

Doll usiadła koło matki przy stole.

– Popatrz no. – Queenie pokazała nagłówek w gazecie. – Trzy morderstwa w ciągu pięćdziesięciu godzin.

– Nie warto zamartwiać się rzeczami, na które nie mamy wpływu. – Doll próbowała wyrwać matce gazetę.

Queenie dała jej po łapie.

– Ciągle się człowiek martwi. Martwię się o Puzona. Martwię się o Ptaszynę. O…

– A tak naprawdę myślisz o Purnellu, prawda? – podpowiedziała jej Doll.

Queenie zamrugała kilka razy, jakby to pytanie wyssało z niej całe życie.

Doll pogroziła matce palcem.

– Kiedy ostatni raz widziałaś Purnella? Rok temu, tak? A po co wpadł?

Queenie zacisnęła usta i zaczęła się kołysać na krześle. Doll źle znosiła taki nastrój matki, sentymentalny i smutny. Zdarzało się to zwykle wtedy, kiedy Queenie coś się nie udawało, tak jak teraz, gdy myślała o starszym bracie Doll, Purnellu.

– Wiesz przecież, dlaczego się nie pokazywał – ciągnęła. – On przychodzi tylko wtedy, kiedy potrzebuje pieniędzy. A jak nie, to mu wystarcza ulica. Dlatego właśnie tata wyrzucił go z domu, nie pamiętasz?

Doll próbowała skłonić matkę do jakiejś reakcji, ale Queenie siedziała w milczeniu, patrząc przed siebie.

– Wiesz, że mam rację, mama.

– Ale on i tak jest moim chłopcem – odparła Queenie ściszonym głosem. – A ja jestem jego mamą. Nic na to nie poradzę. Nie mogę przestać się o niego martwić.

– To wszystko przez tę gazetę, to ona wytrąciła cię z równowagi. – Doll złapała gazetę i wyrzuciła do kosza. – Napij się herbatki rooibos, to ci na pewno dobrze zrobi.

– Nie chcę żadnej herbatki rooibos.

– Coś ci powiem, mama. Zamartwianie się o Purnella nic nie zmieni.

Queenie przestała się kołysać i wpatrzyła się w Doll szeroko otwartymi oczami.

Doll znała dobrze to spojrzenie.

– No i co?

– Jest coś, o czym ci nie mówiłam – wyznała cicho Queenie. Założyła ręce na brzuchu i znów zaczęła się kołysać. – W ubiegłym tygodniu spotkałam w Piggly Wiggly Rosie Washington. Odciągnęła mnie na bok i powiedziała, co się wydarzyło na basenie publicznym na West Bank.

– A co się takiego wydarzyło? O niczym nie słyszałam.

Queenie przestała się kołysać.

– Powiem ci, ale buzia na kłódkę.

Doll przewróciła oczami.

– No, mów.

– Akurat na basenie miał zajęcia jej wnuk. Ratownikiem był młody biały chłopak, który uczył dzieci pływać. Rosie mówi, że jej wnuk bardzo lubi tego chłopaka, bo traktuje ich naprawdę dobrze i chętnie bawi się z dzieciakami.

– Tak. No i co?

– Pewnego dnia, z tydzień temu, grupa czarnych chłopaków w koszulkach Czarnych Panter* włamała się na basen w czasie, gdy oni tam byli. Podeszli do tego faceta, tego ratownika, i zażądali pieniędzy. A ten ratownik miał przy sobie tylko dziesięć dolarów. No więc oni, ta grupa, nie byli z tego zadowoleni. I powiedzieli przy tych dzieciakach, że go zabiją, to znaczy tego ratownika. No to dzieciaki zaczęły z wrzaskiem wyskakiwać z wody, bo myślały, że te chłopaki pozabijają i je. Wreszcie ci czarni zdecydowali, że nic tu po nich, i się wynieśli. I wtedy przyszła Rosie po swojego wnuka. Widziała, jak tamci wychodzili, ale wtedy nie zwróciła na nich uwagi, dopiero później wnuk jej powiedział, co się stało.

W oczach Queenie, kiedy to mówiła, był strach.

– No i co? Co z tego, że jakieś wściekłe chłopaki przyłażą na basen i straszą dzieci?

Queenie westchnęła.

– No bo Rosie powiedziała, że według niej prawie na sto procent jednym z tych młodych ludzi, którzy wychodzili z basenu tamtego dnia, był Purnell.

Doll usiadła. Teraz i ona miała zatroskaną minę.

Chwilę później weszła do kuchni Ptaszyna. Była ubrana

* Czarne Pantery – radykalna amerykańska organizacja polityczna utworzona w celu ochrony czarnej mniejszości w USA i walcząca o jej prawa. Aktywna w latach 60. i 70. XX w.

w mundurek szkolnej orkiestry dętej, z elastycznej białej atłasowej tkaniny, cały ponaszywany srebrnymi cekinami, krótkie białe buty mażoretki z frędzelkami, i trzymała w ręku pałeczkę.

– Czy ktoś umarł? – zapytała.

– Nie, kochanie – odparła Doll.

– To dlaczego jesteście takie milczące?

Na widok Ptaszyny nastrój Queenie zdecydowanie się poprawił.

– Chodź no tutaj i daj swojej babci słodkiego buziaka.

Ptaszyna oparła pałeczkę o drzwi i pocałowała Queenie w policzek.

– Co się stało, buniu, dlaczego jesteś taka smutna?

– Wcale nie jest smutna. Taka po prostu jest Queenie. A czy twoja mama nie zasługuje na buziaka?

Ptaszyna pocałowała Doll i usiadła przy stole.

– Ta próba mnie dosłownie wykończyła.

Queenie odepchnęła się od stołu.

– Wiem dokładnie, co to znaczy: jesteś głodna. Wiecznie głodna. Rośniesz jak chwast. Dogoniłaś już swoją mamę i gdybym nie wiedziała, tobym pomyślała, że jesteście siostrami, podobnymi do siebie jak dwie krople wody, z tą różnicą, że ty się zawsze czeszesz w koński ogon z warkoczyków.

Do kuchni weszła Ibby; w ręku trzymała jakieś pismo.

– Gdzie jest Fannie? – zapytała.

– Nie wiem, nie powiedziała, dokąd jedzie – wyjaśniła Queenie, stawiając przed Ptaszyną miskę zsiadłego mleka.

Ibby usiadła przy stole.

– Któregoś dnia zabrała mnie na cmentarz; musi tam często bywać.

– Tak? Może więc tam sobie urządziła swój prywatny pochód?

– Co to znaczy? – zapytała Ibby.

– Panienki babcia zrobiła sobie dziś rano coś w rodzaju transparentu i przykleiła go taśmą do kija od szczotki – wyjaśniła Doll. – Mama miała to na myśli.

– A dlaczego?

– Jesteś tu już od czterech lat i ciągle pytasz, dlaczego Fannie robi to, co robi – wtrąciła Ptaszyna.

– Panno Ibby, za parę dni są urodziny panny Winnie. Jaką mam panience uszyć sukienkę? – zapytała Doll.

– Ja już sobie wybrałam. – Ibby zaczęła kartkować magazyn w poszkiwaniu zaznaczonej strony. – O, taką.

Doll wzięła od niej pismo i potrząsnęła głową.

– Panienka chce ze stójką? Z tym tureckim wzorem to nie wyjdzie dobrze, nie będzie wyglądało elegancko.

– A jakby odjąć rękawy i uszyć ją z innego materiału? – zasugerowała Ibby.

– W porządku, jeśli tak panienka sobie życzy… – Doll wydarła kartkę z pisma i schowała do kieszeni fartucha. – Został mi od sukienki Fannie kawałek ładnego granatowego jedwabiu; powinien się nadać.

Ptaszyna odsunęła pustą miskę i wstała.

– Idę – oznajmiła.

– Dokąd idziesz? – zapytała Doll. – Myślałam, że mi pomożesz.

– Pani Fannie prosiła, żebym jej przyniosła z drogerii kredkę do ust.

– Co ty powiesz?! – Queenie wzięła się pod boki.

– Tak, właśnie, że mnie o to poprosiła.

– Ciekawe, kiedy – drążyła temat Doll, przyglądając się córce badawczo – skoro cały ranek cię nie było?

– Poprosiła mnie o to jeszcze wczoraj, zanim stąd wyszłyśmy po twojej pracy, a ja jej obiecałam, że to załatwię, jak będę wracała z próby, ale zapomniałam na śmierć.

– Panno Ibby, a może by panienka poszła z Ptaszyną, co? Łyk świeżego powietrza dobrze by panience zrobił – powiedziała Queenie, próbując przegonić dziewczynki z kuchni.

– Nie będzie ci to przeszkadzało, Ptaszyna? – zapytała Ibby.

Ptaszyna zawahała się, po czym machnęła ręką.

– Idziemy.

Kiedy tylko dziewczynki wyszły, Queenie usiadła przy stole i ponownie zagłębiła się w lekturze. Po chwili odłożyła gazetę i spojrzała na Doll.

– Mamo, proszę cię, tylko nie zaczynaj tego od początku, dobrze?

– Nie, dziecino, nic nie zaczynam, po prostu coś mi przyszło do głowy.

– A co takiego?

– Wydaje mi się, że pani Fannie jeździ po mieście i szuka Vidrine. Jak myślisz?

Doll usiadła i zrobiła wielkie oczy.

– Mam nadzieję, że nie. No bo co by zrobiła, gdyby ją znalazła?

Queenie potrząsnęła głową.

– Tego właśnie boję się najbardziej.

ROZDZIAŁ 26

Ibby patrzyła na chude nogi Ptaszyny, które poruszały się z determinacją pod jej strojem, na frędzle przy butach, dyndające miarowo w rytm jej kroków. Ptaszyna wyraźnie podążała do jakiegoś celu, którym jednak nie była narożna drogeria.

– Dokąd idziesz? – zapytała Ibby. – Mozer jest w drugą stronę.

Ptaszyna posłała jej surowe spojrzenie.

– Zobaczysz. A teraz nie marudź, bo się spóźnimy.

Po drodze minęły dom Annabelle Friedrichs. Wydawał się dziwnie cichy. Na podjeździe nie było samochodów, a przed drzwiami wejściowymi piętrzyły się nieodebrane gazety.

Ptaszyna skinęła głową w tamtą stronę.

– Wynieśli się.

– Wynieśli się? Dokąd? – zdziwiła się Ibby, kiedy pospiesznie mijały dom Friedrichsów.

– Słyszałam, jak mama mówiła, że pani Honey wdała się w romans z tym facetem z sąsiedztwa, z panem Jeffreysem. Mąż pani Honey się o tym dowiedział i ją wyrzucił z domu. W zeszłym tygodniu przeprowadziła się razem z Annabelle do mieszkania przy Magazine Street.

– Och – westchnęła Ibby. – O takich rzeczach nie słyszy się w szkole. Annabelle w każdym razie się nie chwaliła.

– No chyba, że nie – odparła Ptaszyna. – Szczególnie

ona, która zawsze udaje, że jej życie jest takie nieskazitelne, nie będzie o tym mówiła.

Dziewczynki szły najpierw Jefferson Avenue, a potem St. Charles Avenue. Przy Audubon Park przeszły na drugą stronę ulicy i skierowały się do Uniwersytetu Tulane. Energicznie przemierzyły kampus i znalazły się na Freret Street, gdzie przed budynkiem ROTC* kłębił się tłum studentów.

– Co tu się dzieje? – zainteresowała się Ibby.

– Oni protestują przeciwko wojnie w Wietnamie – wyjaśniła Ptaszyna. – Mama kazała mi trzymać się od tego z daleka. Nie chce mieć kłopotów, więc nic jej nie mów. Rozumiesz?

Dziewczynki przyłączyły się do tłumu podążającego McAlister Drive. Ibby zerkała znad ramienia Ptaszyny.

– Szukasz kogoś? – zapytała Ptaszyna.

– Nie – odparła Ibby.

Ptaszyna popatrzyła na nią, gdy szły w kierunku otwartej przestrzeni za klubem studenckim.

– Jej tu nie ma – powiedziała.

– Kogo?

– Twojej mamy, to jasne.

– A skąd wiesz o mojej mamie?

– Mama mi opowiadała, że przyszedł pan Rainold i dał ci zdjęcie. Nie powinien nic mówić. Narobił ci tylko nadziei, a ja jestem pewna, że jej tu nie ma.

– Wszystko mi jedno, czy ona tu jest, czy jej nie ma – rzuciła Ibby szorstko. – A zresztą skąd wiesz, że jej nie ma?

Ptaszyna przystanęła i wzięła się pod boki.

– Bo wiem, i już. A tobie wcale nie jest wszystko jedno, bo gdyby było, tobyś nie przyglądała się każdej osobie, którą mijamy.

---

* ROTC – Reserve Officers Training Corps – szkolenie wojskowe dla studentów, odpowiednik studium wojskowego.

Ibby potrząsnęła głową. Ptaszyna robiła się taka apodyktyczna jak jej babcia.

Na skraju placu tłoczyli się studenci, a na środku kilkudziesięcioosobowa grupa uczestników protestu w koszulkach z napisem „Front Wyzwolenia Tulane" żartowała wokół transparentów z hasłami antywojennymi, takimi jak „My nie chcemy, nie pójdziemy", „Chcę lepszej Ameryki" albo „Czyja to jest wojna?".

Ptaszyna pomachała ręką.

– Trzymaj się mnie i w żadnym razie nie gadaj z gliniarzami. Oni są wredni.

Nagle, ni z tego, ni z owego, jedna z kobiet zaczęła skandować: „Hej, hej, hej, LBJ*, kto cię wreszcie oświeci? Masz na rękach krew dzieci!...".

Ibby spojrzała na budynek klubu studenckiego, gdzie na balkonie pierwszego piętra ludzie gapili się i wiwatowali, podczas gdy policja uniwersytecka nawoływała uczestników protestu do zaprzestania działań. Kiedy spotkała się z odmową, wyrażoną pluciem i kopaniem funkcjonariuszy, do akcji wkroczyła policja Nowego Orleanu i zaczęła rzucać na ziemię protestujących. Ludzie rozpierzchli się we wszystkich możliwych kierunkach. W całym tym zamieszaniu Ptaszyna przepadła gdzieś w tłumie.

– Trzymaj – powiedział jakiś młody człowiek, wtykając Ibby do ręki podziemną gazetkę.

Już miała ją wyrzucić, kiedy jej wzrok przyciągnął rysunek z pierwszej strony przedstawiający nagiego mężczyznę. Tak była zaabsorbowana rysunkiem, że nie zauważyła, jak podjechał radiowóz policyjny, dopiero gwizdek policjanta sprawił, że spojrzała w tamtą stronę. Wepchnęła gazetkę do tylnej kieszeni i wypatrywała

* LBJ – Lyndon Baines Johnson, często nazywany w skrócie LBJ, 36. prezydent Stanów Zjednoczonych w latach 1963–1969.

w tłumie Ptaszyny. Tymczasem gliniarze zakuwali w kajdanki uczestników protestu, a następnie odprowadzali ich do suki policyjnej.

Wreszcie zobaczyła Ptaszynę, która stała na jednej z metalowych ławek otaczających plac. Jedyna czarna osoba w tłumie białych, w białym uniformie z cekinami, Ptaszyna była widoczna jak latarnia morska, zwłaszcza że wymachiwała rękami na wszystkie strony, mówiąc bezdźwięcznie do Ibby: Spójrz za siebie.

Ibby obejrzała się i zobaczyła kobietę z włosami przewiązanymi szalem i w ciemnych okularach. Jechała czerwonym kabrioletem McAlister Drive, trąbiąc i wymachując transparentem „Niech żyją nasi chłopcy!". I kradnąc show protestującym. Nawet policjanci odwrócili się, by na nią spojrzeć. Teraz Ptaszyna biegła pędem do Ibby, roztrącając ludzi na boki, żeby jak najprędzej dotrzeć do celu.

– Popatrz, kto to jest! – wykrzyczała prawie bez tchu.

– Wiedziałaś, że Fannie wybierała się na protest? – zapytała Ibby, patrząc, jak jej babcia wymachuje do tłumu.

Fannie wsadziła do ust dwa palce i wydała ostry gwizd.

– Nie, chyba żartujesz? – odparła Ptaszyna. – Nie wiedziałam też, że umie tak gwizdać.

Zebrani na balkonie klubu studenci zaczęli klaskać.

Kiedy Fannie zatrzymała samochód i wysiadła, w tłumie zaległa cisza.

– Ptaszyna! – głos Fannie niósł się echem przez cały plac.

Ptaszyna schowała się za Ibby.

– Co robimy?

Fannie wydała kolejny świdrujący w uszach gwizd.

– Ibby Bell, chodź tu w tej chwili!

Cały tłum spojrzał w stronę dziewczynek.

– Uśmiechaj się od niechcenia i idź za mną – poleciła Ptaszynie Ibby.

– Ale wszyscy się na nas gapią – szepnęła Ptaszyna, kiedy ruszyły w stronę samochodu.

– Wsiadajcie. – Fannie otworzyła drzwi czerwonego kabrioletu. – Ptaszyna, ty stoisz na tylnym siedzeniu i trzymasz transparent. Ibby, ty machasz rękami w powietrzu i masz dumną minę.

Dziewczynki spojrzały po sobie, a tymczasem Fannie, naciskając na klakson, ruszyła McAlister Drive. Tłum gwizdał i wiwatował, gdy Ptaszyna wymachiwała transparentem jak flagą, krzycząc na całe gardło:

– Mój wujek Puzon właśnie wrócił z Wietnamu! Jesteśmy z niego bardzo dumni! I wy też powinniście być z niego dumni!

Kiedy skręciły z McAlister w jedną z bocznic, Ptaszyna opadła na siedzenie, chichocząc histerycznie.

– Już dawno nie przytrafiło mi się nic tak śmiesznego – oświadczyła.

– A czy mogę zapytać, co wyście tam robiły? – zainteresowała się Fannie.

Po jej tonie Ibby nie mogła się zorientować, czy to zwykłe pytanie, czy może przesłuchanie, wobec tego pozostawiła odpowiedź Ptaszynie, która uśmiechnęła się bezczelnie.

– Właściwie to mogłybyśmy zadać pani to samo pytanie.

– To prawda – odparła Fannie.

– A my po prostu zobaczyłyśmy, że dużo ludzi idzie w tamtą stronę, więc poszłyśmy za nimi – wyjaśniła Ptaszyna.

– Aha – skwitowała Fannie.

Ibby widziała, że jej babka tego nie kupuje.

– A pani? Dlaczego pani tam poszła? – nalegała Ptaszyna.

– Powinniśmy popierać chłopców, którzy walczą za nasz kraj, takich jak na przykład Puzon – wyjaśniła Fannie.

– Mama mówi, że nie każdy tak myśli, zwłaszcza jeśli chodzi o chłopców kolorowych. Niektórzy twierdzą, że oni się nie liczą.

– I właśnie dlatego tam poszłam – dodała Fannie.

Ptaszyna dotknęła jej ramienia.

– Ale nie powie pani mojej mamie, dobrze? Nieźle by mi wygarbowała skórę, gdyby się dowiedziała, że byłam na proteście. Zakazała mi nawet się tam zbliżać, boi się, że mogliby mnie aresztować albo co.

Fannie poklepała Ptaszynę po ręce.

– To będzie taki nasz mały sekret – obiecała.

Kiedy wróciły do domu, Doll stała na schodkach przed drzwiami kuchennymi. Podparłszy się pod boki, wpatrywała się w córkę.

– Gdzie byłyście?

– U Mozera – rzuciła nonszalancko Ptaszyna.

– I zajęło wam to aż dwie godziny? – Doll zmrużyła oczy.

– Nie spieszyło się nam.

– Rozumiem. – Doll stukała butem w stopień. – A gdzie jest kredka do ust, którą miałaś kupić pani Fannie?

Ptaszyna wytrzeszczyła oczy.

Bez chwili wahania Fannie otworzyła torebkę i pokazała Doll szminkę.

– Ona mi tę kredkę dała po drodze. Spotkałam dziewczynki, jak wracały od Mozera, i podwiozłam je do domu.

– Rozumiem – odparła Doll. – A wy, dziewczyny, lepiej nie szukajcie guza i trzymajcie się z daleka od kłopotów.

– Trzymamy się. – Ptaszyna przecisnęła się obok Doll i weszła do domu.

– Dokąd to się wybierasz, Ptaszyno Trout, jeśli wolno wiedzieć? Marsz na górę, pomożesz mi w prasowaniu – powiedziała Doll, po czym zwróciła się do Fannie: – Za dwadzieścia minut zaczyna się Wimbledon, mecz, który pani chciała oglądać. Gra Margaret Smith Court z tą kobietą, co to wygląda jak mężczyzna.

Fannie spojrzała na zegarek.

– Jak ten czas leci – westchnęła, przechodząc przez kuchnię.

Ibby pospieszyła za nią do salonu. Chwilę później pojawiła się tam Queenie z dwoma talerzami.

– Pora lunchu – oznajmiła. – Przygotowałam dla pani kanapkę z krabem i z takim dressingiem, jaki pani lubi najbardziej.

Kiedy Queenie kładła na stoliku kanapki, zaczynały się właśnie południowe wiadomości telewizyjne.

– „Dziś na kampusie Uniwersytetu Tulane odbyła się demonstracja. Setki studentów protestujących przeciwko wojnie wyprowadzono w kajdankach" – zaczął reporter.

– Gdzie się podział pilot? – Fannie zaczęła przeszukiwać poduszki kanapy.

Kamera pokazała czerwony kabriolet jadący McAlister Drive. Ibby wstrzymała oddech, widząc, że Queenie zbliża się do telewizora.

– To Ptaszyna stoi na tylnym siedzeniu samochodu? – zapytała.

Tymczasem Fannie zdążyła znaleźć pilota, ale miała kłopot z przyciskami.

Queenie nachyliła się do telewizora.

– To pani jest w tym samochodzie? – dociekała.

– A co ja bym robiła na proteście? – odparła Fannie obojętnym tonem, skierowując pilota na telewizor i wreszcie zmieniając kanał.

Ibby z trudem zdusiła śmiech.

Queenie spojrzała na Fannie z ukosa.

– Będę udawała, że tego nie widziałam. – To mówiąc, ruszyła do drzwi, ale w ostatniej chwili odwróciła się i dodała: – A przy okazji, opuściła pani słowo dnia.

– To znaczy?

– Ekscentryczny. Czyli niekonwencjonalny i trochę dziwny. Może mi się to słowo przydać – powiedziała Queenie i ruszyła w stronę kuchni.

– No, no. – Fannie zmieniła kanał na mecz tenisowy.

Po meczu Ibby wymknęła się do swojego pokoju. Otworzyła okno, włączyła wentylator i usiadła na łóżku wśród lalek, które od swojego przyjazdu do Fannie dostawała na każde urodziny. Odsunęła je na bok, zastanawiając się, dlaczego Fannie daje jej co roku takie głupie prezenty. Wyjęła z tylnej kieszeni gazetę, rozprostowała ją starannie i rozłożyła na łóżku. Kiepsko odbita na powielaczu gazetka pod tytułem „The Express", podziemny szmatławiec, wychodziła na kampusie i była wydawana przez radykalną grupę, która sprzeciwiała się wszystkiemu, poza narkotykami. Ilekroć Ibby znalazła się w pobliżu Tulane, zawsze pojawiał się ktoś, kto jej wtykał egzemplarz „The Express". Zwykle zgniatała go i wyrzucała, nie czytając. Ale nie tym razem.

Tym razem nie mogła oderwać oczu od rysunku przedstawiającego nagiego mężczyznę z długimi włosami i niechlujną brodą. Mężczyzna miał wytatuowany na pośladku znak pokoju, a jego penis sterczał aż poza jego stopy. W jednej ręce trzymał gazetę, a w drugiej małe okrągłe okulary. Podpis brzmiał: „Jakiego rodzaju mężczyźni czytają »The Express«?". Ibby nigdy nie widziała nagiego mężczyzny. Ten obrazek coś w niej poruszył. Skierowała sobie wentylator na twarz i powróciła do studiowania ilustracji.

W jakiś niejasny sposób zaczęły do niej docierać hałasy zza okna, ale była zbyt zaabsorbowana gazetą, żeby się nimi zainteresować. Miała wrażenie, że to gałęzie dębu szurają o ścianę domu, więc nie zwróciła na to szczególnej uwagi. A potem walenie w drugą ścianę domu spowodowało, że z sufitu zaczęły unosić się tumany kurzu. W panice zerwała się z łóżka, by uciekać z pokoju, kiedy usłyszała głos.

– Czy to panna Ibby? – W drzwiach stał młody czarny mężczyzna. – Jestem Puzon. Pamięta mnie panienka? – Po czym lekkim krokiem wszedł do pokoju. Ibby nie wiedziała, co o tym sądzić. Nigdy by go nie poznała. Zapamiętała go jako chudego pełnego brawury szesnastolatka. Dziś stał przed nią młody mężczyzna o mocnej twarzy, na której malowała się pewność siebie. Ptaszyna mówiła jej, że Wietnam go zmienił, że Puzon zmężniał i spoważniał.

– Co ty tutaj robisz? – Wepchnęła gazetkę do kieszeni.

– Nie chciałem panienki przestraszyć, panno Ibby. Po prostu szorowałem papierem ściernym ściany domu przed malowaniem i natrafiłem na okno ukryte pod okapem wieżyczki. Kiedy tam wlazłem, okazało się, że jest to pusty pokój z drzwiami bez klamki. Wyważyłem drzwi łomem. – Puzon spojrzał na swoje nogi. – Myślałem, że tu nikogo nie ma.

– A tu jest jeszcze jakiś pokój?

Chłopak wskazał za siebie.

– Za tą ścianą. Całkiem pusty. Niech panienka zobaczy sama.

Ibby poszła za nim do sąsiedniego pokoju. Był ośmiokątny, nie większy od jej pokoju, z jednym małym oknem wychodzącym na front domu. Wzrok Ibby mimo woli zatrzymał się na stojącym w drugim końcu pokoju Puzonie. Zdumiało ją, jaki jest wysoki – dobrze ponad metr osiemdziesiąt – i jak muskularne ma ręce i ramiona, a włosy ścięte przy samej skórze.

– Panienka bardzo wyładniała – powiedział. Ibby była przekonana, że ten komplement to tylko grzecznościowa formułka, sposób na to, by pozbyć się skrępowania, które nagle wkradło się między nich, wypełniając niewielki pokoik. Na wszelki wypadek zmieniła temat.

– Musieli ten pokój zamknąć z jakichś względów. Ciekawe jakich.

Puzon podrapał się w głowę.

– Nie mam pojęcia.

Tuż koło nóg Puzona znajdowały się małe drzwiczki, szerokości najwyżej sześćdziesięciu centymetrów. Ibby otworzyła je, a kiedy Puzon ukucnął koło niej, musnęli się udami.

Chłopak sięgnął do szafki w ścianie.

– Wygląda na to, że ktoś bardzo chciał ukryć to pudełko, leżało wetknięte w sam kąt.

Ibby usiadła po turecku na podłodze i otworzyła pudło. Puzon kucnął koło niej. W pudle znajdował się album ze zdjęciami, obciągnięty różową taftą i ozdobiony koronkową lamówką, która zwisała miejscami, tam gdzie puścił klej. Ibby delikatnie wyjęła album z pudła.

Po wewnętrznej stronie okładki był napis.

– Popatrz. „Dla Pearl, najpiękniejszej kobiety na świecie, od najszczęśliwszego mężczyzny na świecie".

– Kim był Woody? – zapytał Puzon, wskazując na podpis.

– Mój dziadek miał na imię Norwood. Może Woody to było zdrobnienie od Norwooda. Ale wobec tego skąd Pearl?

Ibby zaczęła kartkować pożółkły album, udając, że nie słyszy oddechu Puzona i nie czuje piżmowego zapachu jego wody kolońskiej.

Puzon nachylił się niżej.

– A to co takiego? – zainteresował się.

Ibby wyciągnęła wycinek z gazety wetknięty między kartki albumu i zaczęła go studiować. Była to reklama Klubu Jazzowego Starlight mieszczącego się na Bourbon Street. Na zdjęciu widać było dwie kobiety: jedna, ubrana w atłasowy kostium kąpielowy, siedziała w prowokacyjnej pozie wewnątrz skorupy gigantycznej ostrygi; druga, skąpo odziana, stała z jedną nogą wspartą na aligatorze z papier mâché.

– Wygląda to na reklamę pewnych numerów tanecznych: panna Pearl, Dziewczyna Ostryga, i panna Gertie, Dziewczyna Aligator.

Puzon wskazał na zdjęcie.

– Ta w skorupie to według mnie pani Fannie.

Dziewczyna na zdjęciu nie mogła mieć więcej niż jakieś siedemnaście lat. Ibby wpatrywała się w jej długie nogi i wydatny biust. Zdradził ją jednak dopiero pieprzyk na policzku. Ibby wydała okrzyk zdumienia.

– Niezła sztuka – podsumował Puzon po chwili.

Ibby nie mogła oderwać wzroku od Fannie.

– Rzeczywiście niezła. – To było jedyne, co w tym momencie zdołała powiedzieć.

ROZDZIAŁ

27

– Co wy tutaj robicie?! – głos Doll rozdarł ciszę.

Puzon zerwał się na równe nogi.

– Nic!

Doll pogroziła mu palcem.

– Jak ty się tutaj w ogóle dostałeś?

– Natrafiłem na jakieś okno. Odgiąłem gonty i zobaczyłem, że jest tu pokój, którego nigdy do tej pory nie widziałem... to znaczy pomyślałem... – Puzon mówił tak szybko, że jego słowa zlewały się w jedno długie zdanie.

– I co? I co sobie pomyślałeś? – przerwała mu Doll. – Od jak dawna tu jesteście?

– Z minutę, góra dwie.

– Ty mnie lepiej nie okłamuj, Thaddeus Trout.

– Ale ja nie kłamię – odparł Puzon, spuszczając oczy.

– Wynocha stąd! – Doll skinęła głową w stronę otwartego okna. – I żebym cię tu więcej nie widziała. Słyszysz mnie?

– Idę – odparł Puzon z jedną nogą już za oknem.

Kiedy Ibby wstała z podłogi, Doll zauważyła, że dziewczyna próbuje coś ukryć za sobą.

– Ciekawe, co też panienka tam chowa – powiedziała i wyciągnęła rękę.

– Znalazłam to w samym rogu takiej małej szafki.

Doll obracała album w rękach.

– Czy ktoś jeszcze o tym wie?

– Tylko Puzon – odparła Ibby.

– Proszę wyjść z tego pokoju – poleciła Doll.

Ibby prześlizgnęła się obok niej i wróciła do siebie na łóżko. Doll usiadła obok niej i otworzyła album.

– Czy kiedykolwiek widziałaś te zdjęcia? – spytała Ibby.

– Nie, dziecino, nigdy, dopiero teraz. Przypuszczam, że ten album leżał tu od bardzo, bardzo dawna. Pokoik jest zamknięty od dnia, kiedy panicz Balfour wypadł przez okno.

– Ale na tym zdjęciu to jest Fannie, prawda? – zapytała Ibby po chwili.

– Tak, dziecino, to musi być ona.

– A czy Fannie rzeczywiście była striptizerką, tak jak mówiła Annabelle Friedrichs?

Doll spojrzała na Ibby.

– Powiedziałabym, że nie tyle striptizerką co raczej tancerką egzotyczną.

– A czy moja mama o tym wiedziała?

– Nie, dziecino. Nie sądzę, żeby wiedział o tym nawet panienki tata.

– A skąd wiesz ty?

– Otóż, moje dziecko, było tak: kiedy Queenie zaczęła pracować u pani Fannie, a pan Norwood szedł do pracy na rzece, to pani zaczęła sobie popijać, żeby tak bardzo nie odczuwać samotności. No i zdarzyło jej się nieraz coś chlapnąć. – Doll spojrzała na Ibby. – Wiem, o czym teraz panienka myśli, ale nie należy zbyt surowo osądzać innych. Wtedy życie wyglądało inaczej. Te głupki w Waszyngtonie uchwaliły ustawę, tak zwaną prohibicję, która zabraniała obywatelom kupować alkohol. I w końcu nastąpił krach na giełdzie i ludzie potracili domy i pracę. Często zostawali bez grosza przy duszy. Babcia panienki pochodzi z rodziny dzierżawców gruntów. Jej tata z braku pieniędzy musiał się pozbyć ziemi, więc pani Fannie praktycznie nie miała wyboru. Wyszła z domu jako szesnastoletnia dziewczyna, zdana tylko na siebie. Proszę sobie wyobrazić, panno Ibby, jak ciężko musiało być takiej młodziutkiej osobie.

• • •

Fannie opuściła nocą rodzinny dom, zbudowany z koślawych bali, pokryty zardzewiałą blachą szałas, i ruszyła przed siebie długą drogą gruntową, otulona mrokiem wznoszących się nad nią gigantycznych sosen. Tę drogę pokonywała już nieraz, kiedy zaspana przed wschodem słońca szła na pola trzciny cukrowej. Zwykle słyszała dookoła siebie ciężkie kroki innych robotników rolnych, a nierzadko kaszel jakiegoś wlokącego się za rodzicami dziecka. Pamiętała swoją pierwszą wyprawę na pole, którą odbyła w dojrzałym wieku pięciu lat. Zadanie dziecka polegało na zbieraniu ściętej trzciny od świtu do nocy i ładowaniu jej na zaprzężone w osły wózki, które czekały na końcu każdej bruzdy. Trzeba było bardzo uważać, żeby się nie nadziać na ostre, podobne do maczet noże, którymi robotnicy ścinali trzcinę.

Tamtego ranka pod koniec września ciche kroki Fannie były ledwie słyszalne wśród szeptu igieł sosnowych, poruszających się wysoko nad jej głową. Tym razem bowiem szczególnie starała się być cicho. Nie chciała, żeby ojciec złapał ją na tym, jak się wykrada z domu w środku nocy.

Szła blisko godzinę, zanim dotarła do pustej o tej porze autostrady. Słońce dopiero zaczynało zerkać zza linii horyzontu, zaznaczonej zieloną kreską ciągnących się kilometrami pól trzciny cukrowej. Sezon żniw był w pełni i kłęby białego dymu powstałego przy wypalaniu trzciny dla ułatwienia zbiorów unosiły się znad pól i pozostawiały w powietrzu znienawidzony przez Fannie gryzący smród.

Kiedy dotarła na stację kolejową, odległą o jakieś osiem

kilometrów od jej domu, zastała drzwi frontowe zamknięte na kłódkę. Zaszła od tyłu, wdrapała się po stopniach na peron i usiadła na drewnianej ławce, oczekując pojawienia się naczelnika stacji. Nie miała pojęcia, dokąd jedzie, ale modliła się, żeby pieniądze, które zdołała zgromadzić, umożliwiły jej skuteczną ucieczkę przed ojcem.

Kiedy tylko usłyszała brzęk otwieranych drzwi, zerwała się z ławki.

– Cóż to za pośpiech od samego rana? – zdziwił się naczelnik stacji, otwierając drzwi.

Fannie dała mu chwilę na usadowienie się w okienku kasy biletowej, po czym spytała:

– Dokąd odchodzi pierwszy pociąg?

– Do Nowego Orleanu. – Zaspany mężczyzna wychylił się przez okienko. – Hej, ja cię znam – oznajmił. – Jesteś córką Jake'a Hadleya, chyba się nie mylę, prawda?

– Prawda. – Fannie miała nadzieję, że mężczyzna jej nie pozna.

Sprzedający bilety O.D. Landry prowadził także jedyny w mieście sklep spożywczy. Fannie miała pewne poczucie winy wobec niego, w ubiegłym tygodniu bowiem ukradła z jego sklepu pomarańczę.

– Ile kosztuje bilet w jedną stronę? – zapytała.

Mężczyzna odchylił do tyłu czarny daszek.

– W jedną stronę, powiadasz? To będzie cię kosztowało... zaraz, niech obliczę... a ile masz?

Fannie policzyła bilon na dłoni. Cały majątek, jaki udało jej się zgromadzić na tę wyprawę, wynosił siedem dolarów i jakieś drobniaki.

– Przykro mi z powodu twojej mamy – zapewnił ją pan Landry.

– Bardzo dziękuję. – Fannie raz jeszcze przeliczyła pieniądze, ze wszystkich sił starając się nie myśleć o swojej mamie.

Kilka tygodni temu matka Fannie, Clara, podczas pracy w polu została zraniona w łydkę nożem do cięcia trzciny cukrowej. W ranę wdała się infekcja, w wyniku której Clara dostała wysokiej gorączki i mimo że nie żałowała merkurochromu na opatrunki – na lekarza Hadleyów nie było stać – w ciągu kilku dni zmarła. Mąż nie miał pieniędzy na przyzwoity pogrzeb, więc zawinął zwłoki w koc i zaniósł do lasu, gdzie pochował je pod drzewem, a miejsce pochówku oznaczył dwoma związanymi na krzyż patykami. Kiedy następnego dnia Fannie tam poszła, grób był zasypany liśćmi, a po prowizorycznym krzyżu nie zostało nawet śladu; najprawdopodobniej padł ofiarą wiewiórek. Nigdy nie wybaczyła ojcu, że pochował matkę w lesie jak dzikie zwierzę, i przysięgła sobie na wszystkie świętości, że postara się uniknąć takiego losu.

Wkrótce po pochowaniu żony ojciec zaczął gonić Fannie dokoła domu. W pierwszej chwili myślała, że przyczyną jego dzikiego spojrzenia był alkohol, ale kiedy mężczyzna wreszcie dopadł córkę, próbował ją zgwałcić. Jeszcze tej samej nocy spakowała swój niewielki tobołek, wygrzebała w kieszeniach ojca jakieś nędzne pieniądze i wyjechała.

– Wiesz, co ci powiem, mała? Daj mi te kilka dolarów i będziemy kwita. – Pan Landry mrugnął do Fannie pojednawczo.

Zdenerwowana wręczyła mężczyźnie pieniądze.

– Nie masz przypadkiem zamiaru zmienić zdania? – zapytał pan Landry. – Bo jeśli zmienisz, to możesz spokojnie wrócić do domu. Ja nikomu nic nie powiem. – Wpatrywał się w nią badawczo, jakby rozumiał jej położenie.

Fannie potrząsnęła głową.

– Nie mam zamiaru zmienić zdania.

– W porządku. Uważaj na siebie, słyszysz? – Pan Landry skinął głową.

Fannie wyszła na peron dokładnie w chwili, kiedy nadjeżdżał pociąg. Podbiegła do tylnych drzwi pierwszego wagonu. Znalazła wolne miejsce przy oknie i zdążyła oprzeć głowę, kiedy lokomotywa zaczęła sapać, a koła zazgrzytały na szynach. Sfatygowaną brązową skórzaną torbę położyła sobie na kolanach. Miała w niej cały dobytek: bryczesy, kilka par bawełnianych majtek, odświętną sukienkę, w której chodziła do kościoła, popelinową koszulę, kilka podkoszulków, nocną koszulę i małą zniszczoną książeczkę do nabożeństwa, która należała do jej matki.

Oparła czoło o parapet i patrzyła na przemykające za oknami pola trzciny cukrowej – najpierw zielone, potem wypalone, nakrapiane twarzami w kolorze soli z pieprzem, należącymi do ogorzałych na słońcu i wietrze robotników rolnych, którzy mieli za chwilę zrobić krótką przerwę w pracy, a teraz pustym wzrokiem odprowadzali przejeżdżający pociąg, tak jak to wiele razy robiła Fannie, marząc o tym, że kiedyś taki pociąg pomoże jej uciec od całej tej nędzy. Odwróciła się od okna, bawiąc się małym złotym krzyżykiem, który nosiła na szyi. Miała nadzieję, że pan Landry dotrzyma słowa i nie powie nikomu, dokąd pojechała. Tego tylko brakowało, żeby ojciec zaczął jej poszukiwać.

Kołysanie pociągu sprawiło, że Fannie szybko zapadła w głęboki sen. Obudził ją nagle ostry gwizd i widok zbliżającego się do niej konduktora.

– Nowy Orlean! – wykrzyknął mężczyzna. – Crescent City! The City that Care Forgot. Ostatnia stacja. Wszyscy wysiadać. *Laissez les bons temps rouler**.

---

* Crescent City – Miasto Półksiężyca – potoczna nazwa Nowego Orleanu – aluzja do krętego biegu Missisipi, rzeki, nad którą leży miasto. The City that Care Forgot – również nazwa Nowego Orleanu – Miasto beztroskie, niefrasobliwe (w swobodnym tłumaczeniu). *Laissez les bons temps rouler* (franc.) Niech się dzieją dobre czasy – popularne powiedzenie w Luizjanie.

Fannie złapała torbę i pospiesznie wraz z innymi zaspanymi pasażerami opuściła pociąg. Po wyjściu ze stacji znalazła się na szerokim bulwarze zwanym Loyola Avenue. Nigdy nie widziała tak wielu samochodów, pomykających w różnych kierunkach i trąbiących na pasażerów pociągu, którzy starali się przejść przez ulicę. Jeździła w życiu tylko jednym samochodem, starą rozklekotaną półciężarówką ojca, która miała w podłodze dziurę wielkości opony.

Wzrok Fannie spoczął na lśniącym czerwonym packardzie. Była to najpiękniejsza rzecz, jaką w życiu widziała: długi i wąski, ze składanym dachem z czarnej skóry, który zwijało się z tyłu. Pasażerowie, mężczyzna i kobieta, rozmawiali wesoło podczas jazdy. Fannie westchnęła ciężko. Może i ona będzie kiedyś miała taki samochód.

Podążyła śladem innych pasażerów pociągu aż do tętniącej życiem Canal Street. Ze wszystkich stron atakowały ją hałasy: dzwonienie tramwajów jadących środkiem bulwaru, klaksony przejeżdżających samochodów, syreny statków na rzece, dzwony pobliskich kościołów w południe, krzyki ulicznych handlarzy sprzedających wafle, praliny i lody cytrynowe. Mijała restauracje, kafejki i kina wciśnięte pomiędzy domy towarowe.

Szła wśród dziesiątków ludzi, którzy na nią wpadali i ją popychali, od czasu do czasu pokrzykując, żeby uważała, jak idzie. Zatrzymała się na rogu, bo chciała przepuścić tramwaj. Zaintrygowana nazwą, Desire, widoczną na jego froncie, postanowiła iść za nim Bourbon Street.

Wiele domów przy tej ulicy miało szczelnie pozamykane żaluzje i robiło wrażenie opuszczonych, a mimo to w Dzielnicy Francuskiej panowała atmosfera pewnej światowości i elegancji, która zdawała się rekompensować nędzny stan przypominających rudery budynków i smród piętrzących się w zaułkach śmieci, co sprawiało, że do tego miejsca Fannie ciągnęło. Gdy tak tuliła torbę do piersi i wygładzała workowatą wymiętą sukienkę, nagle poczuła się speszona konfrontacją z zadbanymi ludźmi, którzy mijali ją na ulicy.

Snując się bez celu Burbon Street, zastanawiała się, jak sobie poradzi bez grosza przy duszy. W obskurnym hoteliku, który właśnie mijała, chcieli trzy dolary za noc. Stać ją było na jedną. I co dalej?

Naprzeciwko, po drugiej stronie ulicy, znajdował się klub jazzowy Starlight. W drzwiach klubu oparty o futrynę stał mężczyzna. Jego wzrok padł na idącą wolno Fannie i zatrzymał się na tak długo, że poczuła się nieswojo. Odwróciła się, by iść.

– Hej, ty, masz jakieś imię? – zawołał.

Fannie uchwyciła mocniej rączkę torby i zerknęła spod obszarpanego kapelusika.

– Pan mówi do mnie? – zapytała.

Mężczyzna przyzwał ją gestem. Zawahała się, niepewna, czy może z tym obcym człowiekiem rozmawiać. Ale czy miała jakiś wybór? Przeszła przez ulicę i stanęła przed nieznajomym.

Wykałaczka, którą trzymał w ustach, chodziła w górę i w dół, kiedy przyglądał się jej twarzy; potem jego wzrok przesunął się na resztę.

– Szukasz pracy? – rzucił po chwili.

– Hmmm... no właściwie to tak, proszę szanownego pana – odpowiedziała potulnie.

Mężczyzna gestem zaprosił ją do środka, a sam oparł się łokciem o masywny dębowy bar.

– Ile lat?

– Co proszę? – odezwała się Fannie, zdekoncentrowana ciężkim odorem olejku sosnowego i zatęchłego alkoholu w lokalu.

– Pytałem, ile masz lat.

– A ile powinnam mieć?

Mężczyzna uśmiechnął się półgębkiem. Podszedł do niej i złapał ją za pierś. Fannie odskoczyła jak oparzona.

– Nietutejsza, jak sądzę, co? – Mówił ostro, zniecierpliwionym tonem, jakby nie nadążał kończyć słów.

Fannie zasłoniła torbą piersi.

– Tak, proszę pana, jestem z Evangeline Parish.

– A jakoś bliżej?

Zawahała się.

– Koło Mamou.

– Mamou? A gdzie, do diabła, jest Mamou? – Mężczyzna podrapał się w głowę pod kapeluszem.

– W górę od Ville Platte.

– Jesteś z Cajunów? – zapytał, marszcząc nos.

– Nie, proszę pana.

Mężczyzna wziął do ręki złoty krzyżyk, który Fannie miała na szyi, i zaczął obracać go w palcach.

– Jesteś katoliczką?

– Nie, proszę pana.

– To dlaczego nosisz krzyżyk?

Fannie wzruszyła ramionami.

– Mama mi go dała, jak byłam mała, i od tamtej pory stale go noszę.

Mężczyzna puścił krzyżyk i cofnął się o krok.

– To zresztą bez znaczenia. W tych okolicach mieszka wielu katolików. Znasz kogoś w Nowym Orleanie?

– Nie znam, proszę pana – odparła Fannie.

– Pijąca?

– Nie, proszę pana.

Na twarzy mężczyzny pojawił się uśmieszek.

– To wkrótce będziesz. Nie wątpię. Na pewno jakoś się nazywasz?

– Frances Hadley. – Nabrała tchu. Żałowała, że nie wymyśliła sobie jakiegoś imienia.

– Posłuchaj mnie więc Frances Hadley z okolic Mamou.

To jest legalny biznes. Jak ci nie odpowiada, to możesz iść do Normy na Burgundy Street.

Fannie miała się później dowiedzieć, że Norma to znana burdelmama, właścicielka jednego z burdeli zaraz za rogiem ulicy. Miała się również dowiedzieć, że w 1929 roku legalne biznesy trafiały się w Dzielnicy Francuskiej bardzo rzadko i że nie był to jeden z nich.

– Posłuchaj, dostaniesz u mnie dziesięć dolarów tygodniowo plus napiwki. Możesz dzielić łóżko piętrowe z jedną z dziewczyn na drugim piętrze. I żadnych igraszek z klientami, chyba że będziesz miała wolne. A wtedy możecie sobie robić, co wam się żywnie podoba. – W oczekiwaniu na odpowiedź mężczyzna żuł wykałaczkę.

– A dokładnie co miałabym robić za te dziesięć dolarów tygodniowo? – zapytała Fannie.

– Mamy nocne przedstawienia. Przychodzą faceci z zespołu i grają jazz. Jak już publiczność się rozrusza, to wtedy wychodzą dziewczyny i pozują ze swoimi rekwizytami. Widzisz tamtą muszlę ostrygi? – skinął głową w stronę stojącej w kącie muszli z papier mâché.

Fannie spojrzała we wskazanym kierunku.

– Widzę, proszę pana.

– Taka jedna dziewczyna, ladaco, która występowała z tą muszlą, uciekła do Nowego Jorku. Przejmiesz jej numer. A twoje sceniczne imię – Miss Pearl. Musisz kołysać tyłeczkiem i miotać tą muszlą z papier mâché, jakbyś była w niej zakochana. Któraś z dziewczyn ci pokaże, jak się to robi. Chodzi o to, żeby ludzie się dobrze bawili. I żeby przychodzili. To wszystko, co masz do roboty. Idź i przymierz się do tej muszli, a ja zobaczę, czy masz w sobie to coś. – Mężczyzna rzucił jej atłasowy stanik, jakieś majtki i pelerynkę.

Fannie zawiesiła sobie stanik na palcu, dyndając nim w powietrzu, niepewna, w co się pakuje.

– Jak się rozmyślisz, to na twoje miejsce będzie tłum dziewcząt chętnych do popłatnej pracy – powiedział mężczyzna.

– Nie, nie rozmyślę się – zapewniła go Fannie, idąc do muszli.

Mężczyzna złapał ją za rękę.

– A tak przy okazji: nazywam się Tony Becnel. I jestem tu menedżerem. I jeszcze jedno. – Zerwał jej z szyi krzyżyk i zaraz potem zwrócił. – Tylko żebym cię tu więcej z tym nie widział. Wystraszysz mi klientów.

Następnego dnia wieczorem, odebrawszy wiele nauk i wskazówek, świeżo ostrzyżona i poinstruowana w sprawach kosmetycznych przez Gertie, Dziewczynę-Aligatora, z którą dzieliła pokój na drugim piętrze, Fannie wystąpiła jako Miss Pearl, Dziewczyna-Ostryga. Początkowo była bardzo nieśmiała, po prostu siedziała w muszli i gapiła się na publiczność, podczas gdy zespół jazzowy grał na podium nad nią, a kelnerzy kluczyli wśród gości, nalewając drinki z butelek, ukrytych w kieszeniach fartuchów. Publiczność buczała.

Następnego wieczoru Fannie obserwowała Gertie i czerpała z tej obserwacji wiele wskazówek. Patrzyła, jak koleżanka kręci biodrami i podnosi ramiona wysoko nad głowę, mając przy tym ręce wiotkie w nadgarstkach, a także jak paradując z aligatorem, zamyka oczy i odrzuca do tyłu głowę, jakby była w transie. Siedząc więc w papierowej muszli, Fannie, wzorem Gertie, zamknęła oczy; starała się ją naśladować. Początkowo bez większego sukcesu, ale po kilku dniach zamiast buczenia były już gwizdy.

A po upływie kilku tygodni, kiedy klienci drzwiami i oknami walili na jej występ, Tony zmienił szyld na „Dom Miss Pearl, Dziewczyny-Ostrygi". Tak wielki mieli teraz ruch, że klub zaangażował młodego policjanta, niejakiego Petera Kennedy'ego, do pilnowania wejścia. Oficjalnie chodziło o to, żeby goście nie zaczepiali dziewczyn, a tak naprawdę żeby Peter uprzedzał kierownictwo o ewentualnej obecności agentów federalnych na sali.

Fannie planowała pozostać w klubie Starlight tylko do czasu znalezienia jakiejś przyzwoitej pracy, kelnerki albo urzędniczki, ale zaprzyjaźniła się z Gertie, która ją namówiła, by została choć trochę dłużej. Ze zdziwieniem zauważyła, jak szybko przywykła do życia w Nowym Orleanie. Ostatecznie praca nie była taka zła. Można powiedzieć, że nawet polubiła zainteresowanie, jakie budził jej numer Miss Pearl, Dziewczyny-Ostrygi. Po raz pierwszy w życiu poczuła się wyjątkowa. A poza tym, licząc pobory z napiwkami, zarabiała więcej, niż mogła sobie wymarzyć.

Pewnej nocy, kilka tygodni po przyjeździe, kołysząca się monotonnym ruchem w swojej muszli Fannie otworzyła oczy i stwierdziła, że przy jednym z pobliskich stolików siedzi młody ciemnowłosy ogorzały mężczyzna. Nieznajomy uśmiechnął się do niej. Fannie odwzajemniła uśmiech, a kiedy skończyła swój numer, podszedł do niej.

– Czy mogę postawić ci drinka? – zapytał.

– Dlaczego nie? – Fannie wzruszyła ramionami.

– Nazywam się Norwood. Norwood Bell. Pracuję na holowniku rzecznym – przedstawił się z dumą. – Jeszcze w życiu nie widziałem takiej pięknej dziewczyny jak ty.

Norwood nadstawił ramię, a Fannie przełożyła przez nie rękę. Teraz już nabrała rutyny i poczuła się pewniej. Agenci federalni, do których w latach prohibicji należało pilnowanie, by nie łamano prawa, starannie strzegli takich klubów. Lokale te jednak miały swoje sposoby: zapewniano mianowicie klientom prywatność w starannie ukrytych na zapleczu pokoikach, dostępnych poprzez sieć tajnych korytarzy. Norwood poprowadził Fannie przez damską szatnię do schowka, w którym popchnął wieszak na płaszcze. Kiedy to zrobił, otworzyły się w przeciwległej ścianie ukryte drzwi do wypełnionego dymem papierosowym zatłoczonego pokoiku. Pozostali tam przez większą część nocy, poznając się nawzajem i sącząc różne wyszukane drinki, jak Sazerac i Pimm's Cup.

Od tej pory Norwood regularnie co wieczór przychodził do klubu, z wyjątkiem tych dni, które spędzał na rzece. Za każdym razem prosił Fannie o rękę. I za każdym razem Fannie, uśmiechając się skromnie, dawała mu kosza.

Po upływie kilku miesięcy wziął ją na bok i zapytał:

– Kiedy dasz się zaprosić na obiad?

– Jedyny wolny wieczór mam w niedzielę.

– Przez cały tydzień pracuję na rzece, ale będę po ciebie w niedzielę około osiemnastej. Pamiętaj, żeby ubrać się odświętnie.

Gertie pomogła Fannie wybrać stosowną sukienkę i w najbliższą niedzielę we dwójkę z Norwoodem udali się do restauracji U Antoine'a. Fannie jeszcze nigdy nie była w takim eleganckim lokalu, z serwetkami z materiału i kelnerami w smokingach. Posadzono ich przy stoliku w dużej wysoko sklepionej sali z wieloma wentylatorami szemrzącymi u sufitu.

Kiedy pojawił się kelner, Norwood nachylił się do niego i zapytał, gdzie można dostać gorzałę.

Kelner, mężczyzna o czarnych włosach, posmarowanych brylantyną i ulizanych, mrugnął do Norwooda i odparł z wyraźnym akcentem typowym dla Cajunów:

– Pan pozwoli za mną.

Mężczyzna zaprowadził Norwooda do damskiej toalety, po czym zniknął i po chwili pojawił się z dwiema dużymi fajansowymi filiżankami do kawy.

– A to co takiego? – zapytała Fannie, kiedy Norwood postawił przed nią jedną z filiżanek.

– Szampan dla pani – odparł z powściągliwym uśmieszkiem, jakby coś przed nią ukrywał.

– Szampan? A co to za okazja? – zdziwiła się Fannie.

Norwood usiadł i wyciągnął z kieszeni małe pudełeczko, które zawierało złoty pierścionek z okrągłym brylancikiem.

– Posłuchaj, kochanie, zarabiam całkiem nieźle i naprawdę stać mnie na to, żeby ci zapewnić godziwy byt. Obiecuję, że nigdy nie podniosę na ciebie ręki, a kiedy już zostaniemy małżeństwem, nie będziesz musiała pracować w Starlight. Co ty na to, Pearl? Zrobisz mi zaszczyt i zostaniesz moją żoną?

Fannie nie bardzo wiedziała, co odpowiedzieć. Do tej pory myślała, że Norwood żartuje, gdy mówi o małżeństwie. A tu nagle wyciąga pierścionek. Zakręciło jej się w głowie. Norwood wydawał się naprawdę miły. Pierwszy raz w życiu ktoś jej pragnął. Naprawdę pragnął. A poza tym przy nim czuła się jak prawdziwa dama. Opuściła ręce i patrząc w dół, zastanawiała się, czy zakochała się w nim tak jak on w niej.

– No więc? Co ty na to, kochanie? – zapytał podekscytowany, w dalszym ciągu trzymając wyciągnięty w jej stronę pierścionek.

Fannie spojrzała na jego przystojną chłopięcą twarz.

– Oczywiście, Norwood. To będzie dla mnie zaszczyt. – Położyła dłoń na jego ręce. – Skoro mamy się pobrać, to musisz wiedzieć, że Pearl nie jest moim prawdziwym imieniem. Nazywam się Frances Hadley, ale możesz mówić na mnie Fannie.

•••

Kiedy Doll skończyła swoją opowieść, Ibby wciągnęła nogi na łóżko i objęła je mocno ramionami.

– Z tego wynika, że była to miłość od pierwszego wejrzenia?

– Można tak powiedzieć – roześmiała się Doll.

– Teraz rozumiem obsesję Fannie na temat cmentarza. Bardzo przeżyła to, że jej matka została pochowana w lesie jak zwierzę.

Doll skinęła głową.

– To były ciężkie czasy. Fannie nie bardzo lubi o tym mówić, szczególnie o swojej mamie. Odbyła długą drogę od czasu, kiedy była Miss Pearl, Dziewczyną-Ostrygą.

– Może przez kupienie tego dużego czerwonego samochodu chciała właśnie coś takiego powiedzieć – podsumowała Ibby.

– Nigdy tak o tym nie myślałam, ale bardzo możliwe. – Doll podrapała się w głowę. – Pan Norwood naprawdę ubóstwiał twoją babcię. Widziała panienka te perły, które pani Fannie nosi codziennie na szyi? To był ślubny prezent od niego. Nie ma dnia, żeby ich nie założyła. Jak się tak nad tym zastanowić, to nasza pani sama jest jak ta perła. Zaczyna się od szorstkiej bryłki, maleńkiej grudki piasku. A potem warstwa po warstwie ta grudka staje się okrągłą gładką kulką, aż pewnego dnia nigdy byś nie powiedziała, że w tej perełce był jakiś piasek. Im więcej się nosi taką perłę, tym wspanialszy ma ona blask. Tak samo było z panienki babcią. Może się nie wydawać nikim nadzwyczajnym, ale na pewno jest damą. I niech panienka pamięta o tym bez względu na to, co mogą o babci mówić inni ludzie. – Doll poklepała Ibby po kolanie. – A teraz muszę już iść pomóc Queenie w kuchni. – Zanim jednak wyszła na dobre, pogroziła Ibby palcem. – I jeszcze jedno – dodała – niech no ja tu jeszcze raz złapię jakiegoś chłopaka, to te deski zaraz wrócą na tamto okno. Zrozumiano?

ROZDZIAŁ

28

Kilka dni później Ibby weszła do domu kuchennymi drzwiami i położyła w kuchni na stole paczkę.

– Panienka kupiła sobie następny album płytowy? – zapytała Queenie.

– Aha. – Ibby otworzyła lodówkę i wyjęła dzbanek z lemoniadą.

– Zupełnie nie rozumiem, jak wy, młodzi, możecie słuchać takiej głośnej muzyki – powiedziała Queenie. – Dawniej babcia panienki robiła dokładnie to samo. Zamykała drzwi, podkręcała adapter na całego i godzinami tańczyła po pokoju, zupełnie jak panienka.

– Naprawdę?

– Naprawdę. Ale jak tańczyła! – Queenie przyglądała się Ibby, kiedy dziewczynka wyjmowała z szafki szklankę. – Ostatnio panienka wypija morze lemoniady – zauważyła.

– W moim pokoju jest bardzo gorąco. – Ibby złapała paczkę ze stołu i poszła do jadalni.

– Pani Fannie mówiła, że jak wróci, to chce z panienką porozmawiać – zawołała za nią Queenie. – O tej sukience, co to Doll ma ją panience uszyć na przyjęcie urodzinowe.

Po przyjściu do pokoju Ibby postawiła szklankę z lemoniadą na nocnym stoliku. Teraz, kiedy odkryła ten sąsiedni pokój, kilka ostatnich dni była zajęta przestawianiem mebli. Przede wszystkim drugie łóżko, a z nim wszystkie urodzinowe lale wyjechały do pokoiku w wieżyczce. Następnie zwędziła z pracowni Doll wieszak i z ubraniami zrobiła to samo. Komodę przestawiła pod tę samą ścianę co drugie łóżko, a swoje ustawiła bokiem pod oknem. Na koniec rozejrzała się, zadowolona z nowej aranżacji.

Położyła na adapterze płytę The Moody Blues *W poszukiwaniu utraconej nuty* i zaczęła tańczyć, żałując, że nie ma tu jej ojca, który by śpiewał razem z nią. Uwielbiała The Moody Blues, sposób, w jaki w pewnych piosenkach liryczny śpiew zastępowali nastrojową melodeklamacją, która przenosiła ją w świat innych, duchowych, doznań. Ten zespół zapewniał Ibby łączność z ojcem, której nikt jej nie mógł zabrać. Tak często słuchała albumu *Minione dni przyszłości*, że miała wrażenie, iż ściany jej pokoju znają na pamięć słowa *Nocy w białych atłasach*.

Kiedy album się skończył, nalała sobie szklankę lemoniady, a następnie otworzyła okno. Wychyliła się, by przez chwilę obserwować Puzona. Miał na sobie biały kombinezon, czapeczkę malarza i ciemne okulary. Nucąc, wymachiwał pędzlem.

– Nie chce ci się pić? – zapytała.

Puzon obrócił się gwałtownie.

– Przepraszam – powiedziała – nie chciałam cię przestraszyć.

Chłopak wytarł czoło szmatą, którą miał w tylnej kieszeni kombinezonu.

– Nic nie szkodzi, po prostu zamyśliłem się nad tym, co robię.

– Przyniosłam ci lemoniady. – Wyciągnęła do niego szklankę z napojem.

– To ładnie, panno Ibby, że panienka o mnie pomyślała. Kiedy się tak cały dzień pracuje na słońcu, to człowiek jest bardzo odwodniony. – Puzon łapczywie wypił lemoniadę i zwrócił szklankę.

– Możesz mi powiedzieć, co akurat w tej chwili nuciłeś? – zainteresowała się.

Potrząsnął głową.

– Nic takiego, co mogłoby się panience spodobać.

– Skąd wiesz?

Spojrzał na nią z ukosa.

– Tak mi się wydaje. A jaki rodzaj muzyki panienka lubi?

Ibby wzruszyła ramionami.

– Beatlesów, The Doors, The Supremes, Moody Blues. Lubisz The Moody Blues?

– Trudno powiedzieć – odparł Puzon.

– Czyli nie lubisz. Wobec tego powiedz, jaki rodzaj muzyki ci odpowiada.

Puzon powrócił do malowania, ale po chwili przerwał i odłożył pędzel na brzeg puszki.

– Funk. Chyba mogę powiedzieć, że lubię funk.

– Funk?

– To jakby soul, ale jest w nim więcej beatu.

– I to, co śpiewałeś, to było właśnie to?

– Aha. – Puzon uniósł czapeczkę i podrapał się w czubek głowy. – Musiała panienka to słyszeć w radio. Piosenka stała się w tej chwili bardzo popularna. „A ja głośno mówię teraz: jestem czarny, duma mnie rozpiera".

– Och. – Ibby poczuła, że się czerwieni.

– To jest piosenka skomponowana przez ojca funku, Jamesa Browna, znanego też jako Pan Dynamit albo jako Brat Soulu Numer Jeden. To jest brat bardzo w porządku i naprawdę umie tańczyć.

– Pokaż mi. – Ibby próbowała zachęcić Puzona.

Spojrzał w dół na drabinę, a potem na nią.

– Nie wiem, czy potrafię to zrobić na tej drabinie. – Próbował poruszać kolanami tak jak w tańcu, ale mało nie stracił równowagi. – Nie, na drabinie się nie da.

– No to zejdź z drabiny i chodź tutaj – powiedziała Ibby, pokazując przez ramię na swój pokój.

Spojrzał na nią i potrząsnął głową.

– Słyszała panienka, co mówiła Doll. Że jeśli jeszcze raz złapie mnie w panienki pokoju, to oboje będziemy mieli kłopoty.

– Boisz się swojej starszej siostry? – spytała prowokacyjnie Ibby.

– Nie, niespecjalnie, ale ona ma rację.

– No chodź, proszę. Chodź i pokaż mi, jak to się tańczy. – Wyciągnęła do niego rękę.

Puzon rozejrzał się, czy nikt nie widzi.

– Dobra, na minutkę. Ale niech panienka nikomu nie mówi. – Wdrapał się do środka przez okno. – Niewiele jest tu miejsca. Musi się panienka odsunąć, żebym mógł pokazać, jak się to robi.

– Dobrze. – Ibby usiadła na łóżku i podciągnęła nogi pod brodę. – No, zaczynaj.

Puzon zdjął czapkę i ciemne okulary i położył je na nocnym stoliku, a następnie zaczął poruszać nogami, zginając jednocześnie kolana i wystawiając na zewnątrz łokcie. Po chwili na obcasie zrobił obrót o 360 stopni, a następnie półszpagat.

Ibby opadła szczęka.

– Łał, ty naprawdę umiesz tańczyć. – Zeskoczyła z łóżka. – Naucz mnie, jak się to robi.

Puzon wyprostował się. Ibby stała tak blisko, że zapach jego potu, zmieszany z zapachem farby, był obezwładniający.

– W porządku. Proszę powtarzać za mną.

Ibby starała się go naśladować, ale kiedy miała zrobić obrót o 360 stopni, przewróciła się na wznak. Puzon złapał ją za ręce. Roześmiała się, patrząc mu w oczy.

– Panienka tak ładnie potrafi się śmiać, panno Ibby – powiedział. – Powinna panienka częściej to robić. Wtedy cała twarz się rozjaśnia. – Pociągnął ją za ręce, podnosząc z podłogi.

Spojrzała mu w oczy.

– Mogę cię o coś zapytać?

Puzon wsadził ręce w kieszenie i wzruszył ramionami.

– Jasne. A co by panienka chciała wiedzieć?

– Jak było w Wietnamie?

Spuścił głowę, tak że brodą prawie dotknął piersi, po czym spojrzał w sufit.

– Paskudny czas. Te wspomnienia będą mnie prześladowały do końca życia. To wszystko, co mogę na ten temat powiedzieć.

– Przepraszam.

Puzon potrząsnął głową i poszedł za jej wzrokiem.

– W każdym razie mama mnie nauczyła jednego: że trzeba tańczyć nawet wtedy, kiedy nie ma muzyki. Panienka rozumie, co mam na myśli?

Ibby ze współczuciem skinęła głową.

– To dlatego grasz na puzonie? To jest twój sposób na ucieczkę od bolesnych wspomnień?

Puzon westchnął głęboko.

– Zawsze lubiłem grać, ale po powrocie z Wietnamu nabrało to dla mnie zupełnie nowego znaczenia. Mówią, że muzyka jest dobra dla duszy. Ona mnie uratowała. Kiedy gram, to jak gdyby chowam się w nuty i jakoś zapominam.

Gdy tak stali przez jakiś czas w milczeniu, Ibby z trudem powstrzymywała chęć przytulenia Puzona.

Podniósł głowę i natrafił na jej spojrzenie.

– Może byś kiedyś przyszła posłuchać, jak gram?

– Bardzo chętnie. – Ujęła go za rękę.

– A przy okazji: pani Fannie wynajęła mnie, żebym grał na panienki urodzinach. Nic nie mówiła?

– Nie, nie mówiła. – Ibby potrząsnęła głową. – Jeśli mam

być szczera, to nikt mnie nie pytał o nic w sprawie tego przyjęcia.

– Mam nadzieję, że to panience nie będzie przeszkadzało.

– Nie. I jak do tej pory to jedyna rzecz, z której jestem zadowolona.

– Panno Ibby, prosimy na dół! – rozległ się głos Doll.

Ibby i Puzon spojrzeli po sobie.

– Muszę iść – wyszeptał.

Zanim Ibby zdążyła powiedzieć mu do widzenia, był już za oknem. Sekundę później do pokoju wtargnęła Doll.

– Co tu się dzieje? Słyszałam jakieś głosy.

– Och... to na pewno ten mój nowy album The Moody Blues. Oni czasem deklamują zamiast śpiewać. – Ibby pokazała na stereo.

– Deklamują zamiast śpiewać... coś podobnego... – powiedziała Doll, wychodząc za Ibby z pokoju i rzucając jeszcze spojrzenie w stronę okna.

– Widzę, że panienka ma nowe okulary przeciwsłoneczne...?

Fannie zastały w salonie. Przeglądała wykroje i wzory.

– Musimy wybrać dla ciebie jakąś sukienkę na przyjęcie urodzinowe, żeby Doll mogła się zabrać do roboty – zaczęła.

– Panno Ibby, niech no panienka stanie na tym stoliku – zażądała Doll. – To będzie długa suknia, nie taka, jaką uszyłam panience na przyjęcie urodzinowe Winnie. A zresztą panienka tak urosła, że muszę od nowa zdjąć miarę.

Kiedy Ibby wdrapała się na stolik, Doll wyciągnęła centymetr krawiecki i jeden jego koniec przytknęła jej w talii, a drugi puściła swobodnie.

– Pani sobie życzy, żeby to była długa suknia, a nie dotąd, tak? – zwróciła się do Fannie, przytykając miarkę poniżej kolana Ibby.

– Nie, nie, wykluczone, ma być do samej ziemi. To będzie uroczyste przyjęcie i suknia też ma być uroczysta.

– Ale, Fannie – zaprotestowała Ibby. – Inne dziewczyny na pewno nie będą miały długich sukienek.

– To jest prawdziwe przyjęcie i musisz mieć prawdziwą suknię.

Ibby wzięła ze stolika magazyn „Life" i zaczęła go kartkować.

– Popatrz na te kobiety, wszystkie mają sukienki za kolana. Takie są teraz modne. To jest nowy styl. Długie suknie są staroświeckie.

– Gdybyśmy zapraszały na popołudniową herbatkę, to owszem, ale to jest uroczyste przyjęcie. Po siódmej obowiązują długie suknie. Dość tej dyskusji – zakończyła Fannie.

– Może pięćdziesiąt lat temu – odgryzła się Ibby.

Kiedy Fannie i Doll przekomarzały się na temat sukni, Ibby zauważyła, że w telewizji idzie *The John Pela Show*, sobotni program lokalny, w którym nastolatki z całego miasta tańczą w telewizji do najmodniejszych kawałków. Przyglądała się młodym dziewczynom w spódniczkach mini i wysokich butach typu go-go, kręcących biodrami w takt piosenki *Tighten Up* Archie Bell and The Drells. Próbując ich naśladować, zaczęła kręcić biodrami, a potem z łatwością powtórzyła ruchy taneczne, których ją dopiero co nauczył Puzon.

Fannie i Doll zaprzestały swoich sprzeczek i zapatrzyły się na Ibby.

– Panno Ibby, a panienka skąd się nuczyła tak tańczyć? – zapytała Doll.

Ibby wskazała na telewizor.

– Z *The John Pela Show.*

Doll gapiła się na Ibby z niedowierzaniem.

– To mi wcale nie wygląda na *Pela Show.*

W tym momencie w hallu zadzwonił telefon.

– Ja odbiorę – powiedziała Doll.

– W takiej długiej kiecy będę wyglądała jak skończona idiotka – jęknęła Ibby. – To są moje urodziny. Chcę być ubrana tak, jak mnie się podoba. Spójrz na te dziewczyny w telewizji. Wszystkie mają krótkie sukienki.

– Telefon do panienki, panno Ibby – oznajmiła Doll.

Dziewczyna zerwała się od stołu i pobiegła do hallu. Przytknęła słuchawkę do ucha i przysłoniła ręką mikrofon.

– Idź i wytłumacz Fannie – ponagliła Doll. Po upływie kilku minut sama była z powrotem w pokoju.

– No i?

Doll ponownie zaczęła przeglądać wykroje.

– A ta? – zapytała.

– Nie podobają mi się rękawy – odezwała się Fannie.

Doll przerzuciła kilka kartek i uniosła pismo do góry.

– To może ta?

– Podoba mi się – orzekła Fannie. – Jest skromna, ale elegancka. Tak, zdecydowanie ta.

– Czy ja nie mam prawa wybrać chociażby fasonu sukienki, którą będę nosić? – Ibby stanęła obok Doll.

– Ta się podoba pani Fannie. – Doll wskazała sukienkę bez rękawów, empirową, z podwyższoną talią i z szarfą.

– Ja już powiedziałam: nie chcę długiej sukienki. – Ibby tupnęła nogą.

– To niech panienka załatwi to z babcią. – Doll przewróciła oczami.

Ibby i Fannie zaczęły się targować o sukienkę i trwało to dłuższy czas, aż rozległ się dzwonek u drzwi.

Fannie odwróciła głowę w stronę okna wychodzącego na ulicę, ciekawa, kto idzie.

Doll odsunęła koronkową firankę.

– To jest ta pucołowata przyjaciółka z kręconymi włosami.

– Nie mam żadnych pucołowatych przyjaciółek z kręconymi włosami – odparła Fannie.

– Mówię o przyjaciółce panny Ibby – wyjaśniła Doll.

– Jedziemy razem z Winnie Waguespack do śródmieścia do domu towarowego D.H. Holmesa wybierać dla niej sukienkę na przyjęcie urodzinowe. Dlaczego ja nie mogłabym przy okazji kupić sobie sukienki? – zapytała Ibby.

– Dlatego, że Doll uszyje ci lepszą – ucięła Fannie.

Ibby otworzyła drzwi i wróciła do salonu, tym razem z Winnie.

– Jak się pani miewa? – Uśmiech Winnie, gdy zwracała się do Fannie, trwał trochę za długo.

– Dziękuję, dobrze – odpowiedziała Fannie, przedrzeźniając Winnie. – A ty?

Winnie przestała się uśmiechać.

Tymczasem do rozmowy wtrąciła się Ibby.

– Winnie, jaką będziesz miała sukienkę na swoją szesnastkę, długą czy koktajlową?

Winnie patrzyła to na Ibby, to na Fannie, to znów na Ibby.

– Będę miała taką, jaką wybierze mi mama, na pewno – odparła.

– A nie mówiłam? – tryumfowała Fannie.

– Nasza pani zawsze ma rację. – Doll wzięła wykroje i wyszła z pokoju.

– Fannie, pozwól mi samej kupić sobie sukienkę. Tylko ten jeden jedyny raz – nalegała Ibby.

– Wybaczcie, dziewczynki, ale mam jeszcze sporo do załatwienia. – Fannie wstała i skierowała się do hallu.

Kiedy przyjaciółki wsiadły do samochodu Winnie, Ibby spytała:

– Dlaczego nie powiedziałaś prawdy? Przecież nie będziesz miała na swoim przyjęciu długiej sukienki.

Winnie otworzyła drzwi samochodu i spojrzała na Ibby.

– Ależ, panno Ibby Bell, to jest prawda. Gdyby miało być tak, jak chce moja mama, to na przyjęcie urodzinowe założyłabym jej starą sukienkę z balu debiutantek, z lat czterdziestych. Na strychu stał stary kufer ze wszystkimi jej strojami. Już moja w tym była głowa, żeby kufer w porę zniknął. I dlatego muszę sama sobie wybrać sukienkę u D.H. Holmesa. Trzeba mieć głowę na karku.

Ibby wsiadła do samochodu, rozmyślając nad tym, co jej właśnie powiedziała Winnie.

Przyjaciółka poklepała ją po kolanie.

– Wszystko będzie dobrze, zobaczysz. Jestem przekonana, że Doll uszyje ci fantastyczną sukienkę.

Ibby spędziła większość popołudnia, przyglądając się, jak Winnie po kolei wciska się we wszystkie możliwe suknie u D.H. Holmesa, zanim wreszcie zdecydowała się na pięć, które miały zostać odesłane jej do domu, żeby mogła sobie wybrać tę jedną.

– Mama z pewnością będzie rozczarowana, że żadna z nich nie jest naprawdę elegancka – roztrząsała Winnie, kiedy szły do samochodu. – Powiem, że nie mieli mojego rozmiaru. – Wsiadła na miejsce kierowcy i spojrzała na zegarek. – O rany, obiecałam mamie, że będę w domu o trzeciej, a jest prawie czwarta.

Ibby zajrzała przez okno.

– Jedź, ja muszę jeszcze coś załatwić.

Winnie robiła wrażenie zaskoczonej.

– Dlaczego nic nie mówiłaś? Przecież bym tak nie marudziła. A poza tym zanosi się na deszcz. Nie chcesz, żebym cię odwiozła do domu?

– Mogę wrócić autobusem. Nie przejmuj się mną.

Winnie westchnęła bezradnie.

– Trudno. Wobec tego widzimy się u mnie na urodzinach albo wcześniej. – Winnie pomachała jeszcze przyjaciółce przez okno i zniknęła w perspektywie Canal Street.

Przez całe popołudnie Ibby miała głowę zaprzątniętą wszystkim, tylko nie zakupami. Położony przy Ursulines Street budynek, gdzie zrobiono zdjęcie Vidrine, znajdował się w Dzielnicy Francuskiej zaledwie kilka przecznic stąd. I chociaż Ptaszyna wielokrotnie przekonywała ją, że pan Rainold się mylił, Ibby nie mogła przestać myśleć o kobiecie z fotografii.

Ze zdjęciem w ręku pospieszyła Royal Street. Postać była zamazana, jakby kobieta starała się uciec fotografowi. Głowę miała skręconą w bok, tak że widać było tylko niewielki wycinek twarzy, mimo to jednak miała w oczach coś szalonego, co przypominało Ibby matkę. Czyżby to była ona? A jeśli tak, to co by jej Ibby miała powiedzieć, gdyby ją mimo wszystko odnalazła?

Dlaczego mnie porzuciłaś? Czy mnie nie kochasz? – myślała.

Gdzieś w głębi serca wcale nie była pewna, czy chce znać odpowiedź na to ostatnie pytanie.

Minęła kobietę, która siedziała skulona na rogu. Głowę miała nakrytą chustą, tak że jej twarz była całkowicie niewidoczna. W wysuniętej kościstej ręce trzymała cynowy kubek. Ibby sięgnęła do kieszeni i wrzuciła jej do kubka dwudziestopięciocentówkę. Usłyszała stłumione „dziękuję", ale kobieta nawet na nią nie spojrzała. Ibby nachyliła się, usiłując zobaczyć jej twarz, ale żebraczka cofnęła się i nasunęła chustkę na oczy. Ibby jednak zdążyła zauważyć, że była bezzębna i siwa. Wrzuciła jej jeszcze jedną monetę i odeszła.

Ptaszyna miała rację. Od kiedy pan Rainold powiedział, że Vidrine jest w mieście, każdej nieznajomej zaglądała w twarz. Nie była w stanie się opanować.

W pewnym momencie, kawałek dalej na tej samej ulicy, zauważyła kobietę, która właśnie wychodziła z domu. Stała tyłem i zamykała drzwi. Po chwili ruszyła w tym samym kierunku co Ibby. Miała kolor włosów Vidrine i była podobnego wzrostu. Popatrzyła w jej stronę, po czym pospieszyła ulicą. Dziewczyna próbowała za nią nadążyć.

– Mama?! – zawołała.

Nieznajoma nie zareagowała i po chwili skręciła w jedną z przecznic.

– Vidrine, czy to ty?! – krzyknęła Ibby, ale zanim dotarła do rogu ulicy, po kobiecie nie było śladu.

– Vidrine! – wrzasnęła sfrustrowana.

Co ja robię? – pomyślała, wpatrując się w pusty chodnik. – Przecież mojej matki tu nie ma. Dlaczego pan Rainold mnie tak zwodzi? Dlaczego rozbudza we mnie nadzieje? Już miała zawrócić, kiedy zauważyła przy następnym rogu tkwiące w chodniku płytki ceramiczne, a na nich napis „Rue Ursulines" – ni mniej, ni więcej, tylko ulica, na której według informacji pana Rainolda zostało zrobione zdjęcie. Przeszła na drugą stronę i skierowała się do trójki muzyków grających na rogu. Nagle rozległ się grzmot i jednocześnie jeden z młodych mężczyzn, ten w okularach w drucianej oprawce, wyciągnął w jej stronę kapelusz, prosząc o datek. Ibby zbyła go machnięciem ręki.

Nie musiała zbyt głęboko zapuszczać się w Ursulines Street, żeby znaleźć budynek, o który jej chodziło. Był to drugi dom po lewej stronie, typowy dla Dzielnicy Francuskiej, z opuszczonymi żaluzjami w oknach i łuszczącym się tynkiem. Podeszła do zielonych drzwi i zadzwoniła, a ponieważ nikt się nie odezwał, zadzwoniła ponownie.

– Szukasz kogoś? – zapytał jeden z muzyków, odrzucając do tyłu długie włosy.

– Czy ten dom należy do kobiety imieniem Avi?

– A dlaczego chcesz to wiedzieć? – Mężczyzna podszedł do Ibby, która wyciągnęła zdjęcie matki.

– Widziałeś może tę kobietę?

Muzyk wziął do ręki zdjęcie, przyjrzał mu się, potrząsnął głową i zwrócił.

– Jesteś pewien?

– A kto to taki? – zapytał.

Ibby nie chciała, żeby jej odpowiedź zabrzmiała desperacko.

– Ktoś z moich przyjaciół.

Mężczyzna zawołał do swoich kumpli.

– Hej, panowie, chodźcie no tutaj i popatrzcie na to zdjęcie.

Podszedł do nich facet z długą brodą.

– Tak, koleś?

Wziął od Ibby zdjęcie i pokazał kumplom.

– Widzieliście tę lalkę?

Dwaj mężczyźni potrząsnęli głowami.

– Nie – odparł brodaty. – Żaden z nas jej nie widział.

– Mieszkacie tutaj? – Ibby wskazała na budynek.

Brodacz wsadził ręce w kieszenie i uśmiechnął się do niej głupawo. Dałaby głowę, że był naćpany.

– Czy mogę się tutaj rozejrzeć? – wzięła zdjęcie od mężczyzny w okularach w drucianej oprawce.

Facet wzruszył ramionami.

– Możesz tam wejść. Drzwi nie są zamknięte, ale tam nikogo nie ma.

Pchnęła ciężkie zielone drzwi i ostrożnie ruszyła ciemnym wilgotnym korytarzem.

– Halo! Jest tu kto?! – zawołała.

Kiedy nikt się nie odezwał, poszła do końca korytarzem aż do wykładanego cegłami podwórka z bezładnie rozrzuconymi metalowymi stolikami i krzesłami. Niedawno musiał tu ktoś być, bo na niektórych stolikach stały jeszcze puste talerzyki i filiżanki. W drugim końcu podwórka, pod wysokim na jakieś sześć metrów murem, znajdowała się tryskająca wodą fontanna w kształcie lwa. W powietrzu unosił się zapach zastałego kadzidła. Na galeriach wyższych pięter wisiała pościel i ubranie. Panowała tu jakaś dziwna atmosfera: jakby wszyscy w pośpiechu opuścili dom.

– Halo! Szukam Vidrine Crump! – zawołała Ibby.

Za nią pojawił się mężczyzna w okularach w drucianej oprawce.

– Przestraszyłaś mnie – powiedział. – Nie słyszałem, jak weszłaś.

Sam na sam z obcym mężczyzną Ibby poczuła się nieswojo i wróciła na ulicę. Zaczęło padać; wkrótce miała przed sobą dosłownie ścianę deszczu. Stanęła pod jednym z balkonów, ale przez dziurę w podłodze zaczęła się na nią lać woda.

Pojawił się mężczyzna w okularach w drucianej oprawce i stanął obok niej.

– Dlaczego szukasz tej kobiety? – zapytał.

Ibby wytarła twarz.

– Bo to jest moja matka.

– Czy gdzieś ją zgubiłaś?

Ibby spojrzała na mężczyznę z ukosa, nie wiedząc, co odpowiedzieć.

– Nie, to raczej ona zgubiła mnie.

Po tych słowach powlokła się ulicą, mrucząc pod nosem:

– To był bardzo głupi pomysł.

Kiedy dotarła do przystanku na Canal Street, autobus właśnie odjeżdżał. Przemoczona i rozczarowana, postanowiła iść do domu na piechotę. Gdy znalazła się na Tchoupitoulas Street, blisko rzeki, wyjęła z torebki zdjęcie matki. Przez chwilę wpatrywała się w nie intensywnie, a następnie podarła je i wyrzuciła do rynsztoka. Wycierając zalaną deszczem twarz, patrzyła, jak kawałki zdjęcia odpływają niby strzępy wspomnień, by w końcu zniknąć w kanale burzowym.

ROZDZIAŁ

29

Doll i Queenie były w kuchni, kiedy ktoś zadzwonił do drzwi. Queenie podniosła głowę znad zlewozmywaka.

– Spodziewasz się kogoś?

– Nie, mama. To pewnie Omar Pieróg albo jakiś inny handlarz uliczny, któryś z tych, co to przychodzą raz na tydzień i coś nam wtykają. Pójdę zobaczyć.

Gdy Doll wyszła na ganek, zobaczyła siedzącą na schodkach, tyłem do wejścia, kobietę. Na wszelki wypadek zamknęła za sobą drzwi.

– Mogę w czymś pomóc? – zapytała.

Po trawniku przeszedł ciepły podmuch wiatru. Kobieta owinęła się obszarpaną chustą, jakby jej było zimno.

Doll dotknęła jej pleców.

– Potrzebujesz czegoś?

Kobieta podniosła na nią wzrok. Po wymizerowanej twarzy i wytrzeszczonych oczach widać było, że jest chora.

– Zastałam Fannie?

Głos był słaby i zachrypnięty, jednak Doll pochwyciła w nim jakąś znajomą nutę, chociaż nie potrafiłaby jej przypisać do konkretnej osoby.

– Znasz panią Fannie? – zapytała.

– Można tak powiedzieć.

Kobieta miała na sobie spłowiałą luźną płócienną sukienkę i tenisówki z dziurami, przez które widać było gołe palce u nóg. Doll w żaden sposób nie mogła powiązać nieznajomej z Fannie ani nawet domyślić się, kim była.

– Chcesz się napić? – zapytała, biorąc ją za żebraczkę.

Kobieta potrząsnęła głową.

– A jest może Ibby?

Doll cofnęła się o krok. Była tylko jedna osoba, która mogła zadać takie pytanie. Vidrine. Zastanawiała się gorączkowo, co jej odpowiedzieć.

– Nie... Ibby nie ma. Pani... pani Fannie wysłała ją na obóz letni.

Vidrine zaczęła kasłać. Był to głęboki, mokry kaszel, którego atak trwał kilka sekund.

– To dobrze. Nie chciałabym, żeby mnie widziała w takim stanie.

Doll zeszła po stopniach na dół. Vidrine była tak wychudzona, jakby jej głowa w każdej chwili mogła odpaść od kościstej szyi. Cienkich włosów zostało niewiele, a w ustach brakowało kilku zębów. W niczym nie przypominała Vidrine, którą Doll znała.

– Ja umieram... – powiedziała wprost. – Zostało mi już bardzo niewiele życia...

– Czego chcesz? Pieniędzy? – Doll wiedziała, że Vidrine musi być w rozpaczliwej sytuacji, skoro przyszła do Fannie prosić o pieniądze.

Vidrine ukryła twarz w zagięciu łokcia.

– Zaczekaj tu – powiedziała Doll.

– Posłuchaj... – Vidrine złapała ją za rękę. – To nie tak miało być. Chciałam przyjść po Ibby. Musisz mi uwierzyć... Ale zachorowałam. I potrzebuję tylko tyle, żeby pociągnąć jeszcze te parę miesięcy.

Vidrine patrzyła na nią w taki sposób, że Doll zrobiło się jej żal.

– Gdzie mieszkasz?

– Tam gdzie akurat znajdę jakiś kąt.

– Jesteś bezdomna? To dlatego pan Rainold nie mógł cię znaleźć?

Vidrine ukryła twarz w dłoniach.

– Poczekaj tutaj. Nie ruszaj się stąd. Słyszysz mnie? Nie ruszaj się.

Doll weszła do domu i pobiegła do sypialni Fannie. Zamknęła za sobą drzwi na zamek. Spacerując tam i z powrotem, zastanawiała się, co robić. Czy zaprosić Vidrine do środka? Czy raczej niech tam siedzi do przyjścia Ibby? No bo co by powiedziała Fannie, gdyby po powrocie zastała Vidrine w swoim domu? Zmagała się z tymi pytaniami przez kilka minut, po czym wzięła się pod boki i spojrzała w sufit.

– Przebacz mi, Panie, ale nie widzę innego wyjścia. Ty wiesz lepiej, więc mi powiedz. Wskaż mi właściwą drogę. – Czekała na jakiś znak, jakikolwiek, który stanowiłby potwierdzenie tego, że robi dobrze. – Wiem, że to jest słuszna droga, chyba że masz mi coś do powiedzenia. – Nie usłyszała jednak nic poza warkotem wentylatora w górze. – A więc dobrze. – Otworzyła drzwi jednej z masywnych szaf. Dwie górne półki były wypełnione pudłami po butach, ale Doll już od dawna wiedziała, że butów w nich nie ma. Jak wielu, którzy przeżyli Kryzys, Fannie nie ufała bankom. Zamiast trzymać pieniądze na koncie, wolała wypychać gotówką materace, wycinać schowki w podłogach i utykać oszczędności w najróżniejszych miejscach, o których bywało, że zapominała. Pudełka po butach były jednymi z jej wielu schowków.

Doll wyjęła jedno z pudełek i odliczyła dziesięć banknotów studolarowych, zastanawiając się, ile Vidrine potrzebuje, żeby w ludzkich warunkach przetrwać te dni, które jej jeszcze zostały. Odliczyła kolejne pięćset dolarów, do okrągłej sumy, po czym wepchnęła zwitek banknotów do kieszeni fartucha i ruszyła z powrotem do hallu.

Queenie widziała, jak Doll wychodziła z sypialni Fannie.

– Co ty tam robisz? – zapytała.

Doll odprawiła ją gestem ręki.

– Wzięłam trochę pieniędzy, żeby zapłacić Omarowi. – Pospieszyła do drzwi. Kiedy wyszła na zewnątrz, stwierdziła, że Vidrine znikła. Wpadła w panikę, ale po chwili w kępie azalii rosnących u stóp schodków usłyszała jakieś szuranie.

– Vidrine? – Zbiegła po stopniach.

Z kępy azalii patrzyła na nią para oczu.

– Spadłam ze schodków – wyszeptała Vidrine.

– Ale się wystraszyłam. – Doll pomogła jej wstać, otrzepała ją i próbowała wręczyć jej pieniądze.

Vidrine patrzyła na nie, ale ich nie brała.

– Czy Fannie wie?

– Nie, i niech tak zostanie – odparła Doll. – A teraz proszę wziąć te pieniądze.

Vidrine ukryła banknoty pod ubraniem.

– A jak się miewa moja mała dziewczynka? – zapytała.

W jej oczach było tyle bólu, że Doll o mało się nie popłakała.

– Panna Ibby wyrosła na piękną młodą damę, byłaby pani z niej dumna.

– Fannie dobrze się nią opiekuje?

– O tak – odparła Doll. – Mogę zaręczyć, że bardzo dobrze. Pani Fannie bardzo dobrze się opiekuje panną Ibby.

Vidrine spuściła głowę.

– Jak przyjdzie mój czas, to powiedz Ibby, że ją kochałam. Zrobisz to dla mnie?

– Powiem jej, kiedy... kiedy przyjdzie czas... – Dalsze słowa uwięzły Doll w gardle.

Vidrine zdjęła z palca obrączkę.

– I daj jej to. Nie mam nic więcej. I powiedz, że ją przepraszam. – Dźwignęła się z trudem i wybrukowaną cegłami ścieżką ruszyła w stronę ulicy.

Doll wrzuciła obrączkę do kieszeni fartucha.

– Pokój z tobą, słyszysz?

Vidrine powlokła się jak staruszka. Kiedy zniknęła za rogiem, Doll zaczęła się zastanawiać, kiedy ostatni raz jadła.

– Vidrine, zaczekaj! – krzyknęła za nią, żałując, że nie przygotowała jej koszyka z żywnością.

Jednak Vidrine szła dalej, jakby nic nie słyszała.

Na moment ogarnęły Doll wątpliwości, czy aby słusznie postąpiła. O to Vidrine chodziło – przekonywała samą siebie, kiedy nagle odezwał się grzmot.

– Za późno już na to, Panie Boże – szepnęła i potrząsnęła głową. – Wiem, że przez te wszystkie lata powiedziałam o Vidrine dużo wrednych rzeczy, i jest mi z tego powodu naprawdę przykro. Bardzo przykro. Ale co się stało, już się nie odstanie.

Doll poszła na górę do swojej pracowni, zamknęła za sobą drzwi i usiadła przy maszynie. Wzięła do ręki lalkę, którą robiła dla Ibby na urodziny, i spojrzała jej w oczy.

– Mam nadzieję, że słusznie postąpiłam. – Pomacała kieszeń, ale obrączki w niej nie było. – O Boże, co ja z nią zrobiłam? – Wywróciła kieszenie na drugą stronę. – Ładne rzeczy – powiedziała, kiedy palcem natrafiła na dziurę.

Zbiegła po schodach, wyszła frontowymi drzwiami i zaczęła szukać na stopniach werandy.

– Ona musi gdzieś tu być. – Mrużyła oczy, oślepiona deszczem. Padła na czworaki i przez kilka minut szukała obrączki. Już miała zrezygnować, kiedy nagle ją zobaczyła: tkwiła ukosem w szparze pękniętej cegły. – Dzięki Ci, Jezu. – Wetknęła sobie obrączkę za biustonosz i już miała wstać z kolan, kiedy w drzwiach frontowych pojawiła się Queenie.

– Co tu się, do diabła, dzieje? Dlaczego chodzisz po deszczu na czworakach?

Doll pozbierała się z ziemi i otrzepała ubranie.

– Poślizgnęłam się na stopniach…

– Aha. A gdzie ten pieróg, co go miałaś kupować od Omara? – Queenie wskazała na ulicę. – O, popatrz, idzie panna Ibby. Przemoczona do suchej nitki.

Ibby zatrzymała się przy furtce.

– Dlaczego stoisz na deszczu, Doll? – zapytała.

– Mogłabym, panno Ibby, zadać to samo pytanie panience – odparła Doll.

ROZDZIAŁ

30

W dniu swego przyjęcia urodzinowego Ibby cały ranek spędziła w pracowni Doll, która trudziła się nad fryzurą solenizantki, to jej przypinała, to znów odpinała treskę.

– Dlaczego ja koniecznie muszę nosić coś takiego? Czy nie możesz mi po prostu podtapirować włosów i spryskać lakierem tak, jak to się teraz robi?

– Musi być tak, jak należy – odparła Doll.

– Ale ja się głupio w tym czuję – powiedziała Ibby, przeglądając się w lusterku ręcznym.

– Będzie panienka pięknie wyglądała, tylko proszę stać spokojnie. Jak skończę z panienką, muszę zadbać o panią Fannie, a to mi zajmie czas do końca dnia.

Ocierająca się o szybę gałąź dębu wydawała taki odgłos, jakby ktoś skrobał paznokciem po tablicy.

Doll się skrzywiła.

– Tata miał poprzycinać te gałęzie na dzisiejszą uroczystość. Pewnie nie dał rady dosięgnąć do tych górnych. Mam nadzieję, że przynajmniej uprzątnął dojście do domu, bo inaczej goście nie dostaliby się do drzwi wejściowych. Nie rozumiem, dlaczego pani Fannie nie wynajmie fachowca od pielęgnacji drzew, żeby z tym zrobił porządek. Jakby się bała do tego dębu dotknąć.

– Dlaczego? – zapytała Ibby.

– Nie mam pojęcia. Zawsze traktowała to drzewo, jakby ono coś dla niej znaczyło. A dąb już tu był, kiedy pani pojawiła się w tym domu, i pewnie chce, żeby pozostał po jej odejściu. – Doll poklepała treskę na głowie Ibby. – W porządku, bardzo ładnie panienka wygląda. Tylko proszę przy tym nie majstrować i broń Boże, nie zepsuć tego, co zrobiłam. A teraz idę do pani Fannie.

Kiedy nadeszła pora, w której zaczęli się schodzić goście, Ibby i Fannie witały ich w salonie – Ibby w długiej do ziemi szwajcarskiej sukni w groszki z przypiętym bukiecikiem storczyków, Fannie w sukni do kolan z matowego jedwabiu w kolorze błękitnym z bukiecikiem różowych różyczek. Pokój wypełniał zapach perfum Róża Orientu. Doll poświęciła na przygotowania całe popołudnie, dając z siebie wszystko, żeby tylko Fannie dobrze wyglądała. Zaczęła od ufarbowania jej włosów i zrobienia trwałej ondulacji, zadbała też o jej paznokcie, a nawet przylepiła sztuczne rzęsy.

– Naprawdę udała się Doll ta twoja suknia. Mam nadzieję, że jej to powiedziałaś – odezwała się Fannie.

– I ty jej się też udałaś – odcięła się Ibby, ciągle jeszcze zła na Fannie, że ją zmusiła do wystąpienia w staromodnej długiej sukni.

Zegar szafkowy w hallu wybił ósmą, godzinę rozpoczęcia uroczystości, a tymczasem nie pojawił się ani jeden gość.

Wrona przestawiał butelki na zaimprowizowanym barze w salonie. Ptaszyna odgrzewała w kuchni przystawki już kolejny raz, a Doll zaniosła do jadalni drugi półmisek jedzenia. Przez frontowe okno Ibby widziała Puzona i jego dwóch kumpli muzyków siedzących na ganku w bujanych fotelach.

Do salonu weszła Ptaszyna, podsuwając Ibby chrupki serowe na srebrnej tacy.

– Może chrupkę?

– Nie, dziękuję. – Ibby pacnęła wiszący nad jej głową papierowy lampion.

Po raz pierwszy widziała Ptaszynę w stroju pokojówki. Wiedziała, że dziewczyna nienawidzi tego uniformu, ale Doll nie pozostawiła jej wyboru.

Ptaszyna zmrużyła oczy.

– Nigdy się do tego nie przyzwyczaję.

Wrona poprawiał szklanki na barze.

– Queenie pożyczyła ten smoking od pana Lionela, właściciela zakładu pogrzebowego. – Pociągnął za klapę. – Ale nie bardzo na mnie pasuje.

– Wyglądasz w nim całkiem dobrze. – Ptaszyna poklepała dziadka po plecach. Postawiła na barze tacę z chrupkami i szarpnęła za swój fartuch. – Ten fartuch mamy też nie bardzo na mnie pasuje.

– Idź do Puzona i zapytaj go, czy by się nie napili wody, zanim przyjdą goście – zwrócił się do wnuczki Wrona.

– Dopiero co ich pytałam, tato – zaprotestowała Ptaszyna.

– To ja pójdę – ofiarowała się Ibby i ruszyła w stronę drzwi.

Fannie złapała ją za ramię.

– Cierpliwości, kochanie. Pamiętaj: nigdy nie przychodzisz jako pierwsza i nie wychodzisz jako ostatnia. Lekkie spóźnienie jest teraz w modzie.

– Z wyjątkiem pogrzebu. Spóźnić się na pogrzeb nie jest w modzie – wtrącił się Wrona.

Queenie poszła do jadalni sprawdzić, czy stół jest w porządku.

– Boże, jak tak dalej pójdzie, to będę musiała od nowa wszystko odgrzewać.

– Na pewno zaraz zaczną się schodzić goście – powiedziała Fannie, zerkając na zegarek.

Uwagę wszystkich zwrócił odgłos przypominający ryk wiatru.

– Czy dzisiaj miało padać? – zapytała Queenie.

– Nie – odparła Doll. – To dąb szura o mur domu. Zawsze mnie to przeraża, przypomina mi płacz starej kobiety.

– Wrona, przecież cię prosiłam, żebyś mu poprzycinał gałęzie – powiedziała Fannie.

– Zrobiłem to, proszę pani. Obciąłem dużą gałąź, która blokowała dojście do domu, ale to jest wielkie drzewo. Niewiele mogłem zrobić z takimi dużymi konarami, które ocierają się o mur.

Na werandzie rozległo się szuranie zwiastujące przybycie gości. Jako pierwsza wkroczyła siostra Gertrude, której suknie powiewały przy każdym ruchu. Przytuliła Fannie w sposób, który wydawał się dość dziwny.

– Jestem bardzo szczęśliwa, że cię widzę. – Pocałowała Fannie w policzek. – Czyżbym się spóźniła?

– W żadnym razie, Gertie, kochanie. Jesteś akurat na czas. Wchodź, proszę cię. – Fannie wskazała na Ibby. – Znasz moją wnuczkę, prawda?

– To jedna z naszych najlepszych uczennic. – Siostra Gertrude poklepała Ibby lekko po ramieniu.

– Wrócę do was, jak tylko przyjdzie reszta gości – powiedziała Fannie, po czym zwróciła się do mężczyzny, który pojawił się zaraz po siostrze Gertrude. – Witaj, Kennedy. Kopę lat. Widzę, że awansowałeś na komendanta. Najwyższy czas.

Mężczyzna pocałował Fannie w rękę.

– Dziękuję. Miło cię widzieć. – Po czym zwrócił się do Ibby. – A myśmy się chyba już poznali, prawda?

Ibby podała mu rękę.

– Dziękuję, że pan przyszedł.

– Kennedy, bądź taki miły i zaprowadź siostrę Gertrude do baru – poprosiła Fannie.

– Z przyjemnością. – Kennedy podał zakonnicy ramię.

Następnym gościem był Emile Rainold, a po nim kilkoro sąsiadów, w tym Jeffreysowie.

– Dzień dobry, Fannie. To miło, że mnie pani zaprosiła.

Ibby odwróciła się i zobaczyła Annabelle Friedrichs i jej matkę, Honey. Panie miały na sobie jednakowe sukienki z różowej tafty. Pana Friedrichsa z nimi nie było.

Annabelle z udaną serdecznością wyciągnęła do Ibby rękę, obdarzając ją nieszczerym uśmiechem.

– Dziękuję ci, Ibby, że się na mnie zgodziłaś. – Ibby patrzyła, jak Annabelle odchodzi, kołysząc biodrami, po czym znika w tłumie gości. W tej samej chwili usłyszała głos Winnie.

– Chciałam pani przedstawić moich rodziców, Myrtis i Winkiego Waguespacków, a także moich trzech braci Wileya, Whitfielda i Wernera.

– Fannie. – Myrtis Waguespack uścisnęła dłoń gospodyni, po czym z ciepłym uśmiechem zwróciła się do Ibby: – Witaj, Ibby Bell, ależ pięknie wyglądasz! Co za wspaniała żółta suknia! Gdzie takie cudo znalazłaś?

Uwaga Myrtis Waguespack bardziej przypominała zniewagę niż komplement. Po minie Fannie Ibby poznała, że nawet ona nie jest zachwycona reakcją gościa.

– Doll jej uszyła tę suknię – burknęła.

– Co za szczęście mieć taką Doll, która wszystko potrafi uszyć... – powiedziała Myrtis Waguespack.

Fannie zrewanżowała jej się, komentując sukienkę w zielono-niebieską kratkę, w której okrągły tors Myrtis wyglądał jak nadmiernie wypchane tapicerowane krzesło.

– Czy to przypadkiem nie jest jedna z sukienek twojej matki? Tak, przypominam sobie, widziałam ją w tej sukience parę lat temu na pogrzebie Idy Brewbacker.

Myrtis Waguespack uśmiechnęła się, ale w jej oczach widać było złość.

– Mylisz się, moja droga, uszyłam ją na uroczystości urodzinowe Winnie, ale jest mi przyjemnie, że ją zauważyłaś.

Tymczasem wystąpił naprzód Wiley Waguespack i odsuwając matkę, zwrócił się do Ibby:

– Miło znów cię widzieć.

Ibby podała mu rękę i napotkała jego spojrzenie. Tańczyła z nim w ubiegłym tygodniu na urodzinach Winnie. Miał typowe dla całej rodziny Waguespacków rumieńce, które u Winnie nie zachwycały, ale jej bratu przydawały chłopięcego uroku. Ibby nie mogła oderwać od niego oczu.

– Myślę, że są już wszyscy goście, proponuję, żebyśmy dołączyli do reszty towarzystwa – powiedziała Fannie. Ibby jednak marudziła przy drzwiach wejściowych. – Czekasz jeszcze na kogoś, kochanie?

Ibby wiedziała, że to głupie z jej strony, ale ciągle jeszcze miała nadzieję, że mimo wszystko pojawi się w końcu Vidrine.

Potrząsnęła głową.

– Nie, na nikogo nie czekam.

Fannie poszła dołączyć do reszty towarzystwa, Ibby jednak zawahała się; patrząc ciągle przez szybę w drzwiach wejściowych, ściągnęła białe rękawiczki i cisnęła je na stół w hallu.

Tymczasem nadeszła Doll z tacą.

– Co tak panienka stoi tu sama w hallu? – zapytała.

– A, tak sobie. – Ibby wzruszyła ramionami, posyłając w stronę drzwi ostatnie spojrzenie.

– Panna Ibby czeka na mamę, tak? Niech sobie panienka wybije to z głowy i biegnie za tym chłopcem, co to panienka ma na niego oko. – Doll trąciła Ibby łokciem.

– Za którym znów chłopcem? – obruszyła się Ibby.

– Panienka bardzo dobrze wie, za którym. Już ja widziałam, jak panienka patrzyła na tego Wileya, kiedy tylko przyszedł. No, niech już panienka idzie.

Ibby zauważyła siostrę Gertrude: stała przy barze, popijając koktajl Staroświecki i z ożywieniem rozmawiając z Fannie. Jak te dwie kobiety mogły się przyjaźnić? Ibby weszła do jadalni i zanurzyła smażoną ostrygę w misce sosu koktajlowego. Zauważyła, że Wiley jest zajęty pogawędką z jedną z koleżanek z klasy, Marcelle de Marigny. Nie słyszała, co powiedziała Marcelle, ale rumieńce na policzkach Wileya nabrały intensywniejszej barwy. Na chwilę podniósł głowę, ale Ibby nie dostrzegł.

W tym momencie podeszła do niej Winnie.

– O, widzę, że mój brat wpadł w oko Marcelle.

– Jest taki przystojny... – zauważyła Ibby.

– Zapomnij o moim bracie.

– Dlaczego? Spotyka się z kimś?

Winnie spojrzała na Ibby podenerwowana.

– Wiley mi powiedział, że jesteś urocza, ale że z tobą nie ma szans.

– Dlaczego?

– Bo moi bracia mogą się spotykać tylko z dobrymi katoliczkami. Dlatego.

Ibby odłożyła z powrotem ostrygę na półmisek, nie przejmując się tym, czy ktoś to widział, czy nie.

– Przepraszam cię. – Idąc przez tłum gości, walczyła z chęcią wymierzenia Winnie policzka. Zauważyła Emile'a Rainolda zabawiającego rozmową niskiego łysego mężczyznę. Pan Rainold pocił się obficie, od czasu do czasu ocierając czoło wierzchem dłoni. Naprzeciwko nich Honey Friedrichs flirtowała z sąsiadem, panem Jeffreysem. Ibby zauważyła, że drobniutka żona pana Jeffreysa, Inez, stojąca w drugim końcu jadalni, pilnie obserwowała umizgi męża.

Ibby udała się do baru.

– Czym mogę służyć, panno Ibby? – Wrona też się pocił obficie, od czasu do czasu dotykając serwetką policzka. – Może szampana? Albo Sazeraca?

– Poproszę Shirley Temple.

Ludzie w Nowym Orleanie przywykli do tego, że już nastolatki piją mocniejsze trunki, ale Ibby nie przepadała za alkoholem. Odchodząc od baru, wpadła na Puzona i cały jej koktajl wylądował na jego białej wykrochmalonej koszuli.

Wzięła serwetkę i próbowała nią wytrzeć plamy.

– Bardzo przepraszam, tak mi przykro.

Puzon złapał ją za rękę.

– Nic się nie stało, panno Ibby. Nie ma się czym przejmować.

Pod wpływem ciepła jego dłoni Ibby spojrzała w górę.

– Ślicznie panienka dziś wygląda, panno Ibby. Naprawdę ślicznie.

Stojąca naprzeciwko nich Fannie posyłała Ibby pełne dezaprobaty spojrzenia.

– Wszystko w porządku? – zapytał Puzon.

Dziewczyna uśmiechnęła się do babki, a następnie wspięła się na palce i złożyła Puzonowi na policzku pocałunek.

Fannie ruszyła w jej stronę.

– Ibby, kochanie, dlaczego nie poszukasz sobie innego towarzystwa?

– Tu mi jest bardzo dobrze.

Fannie złapała ją za rękę i odciągnęła na bok, szepcząc jej do ucha:

– Nie rób mi wstydu przy moich przyjaciołach, młoda damo, bo gorzko tego pożałujesz.

Ibby wyrwała się babce i z wściekłością pobiegła do kuchni. Odpięła bukiecik kwiatów i cisnęła nim z całej siły o podłogę; bukiecik wylądował przy drzwiach.

Tymczasem do kuchni weszła Queenie z tacą.

– Co panienka tutaj robi? Widzę, że minę ma panienka nietęgą. Coś jest nie tak?

Ibby zaprzeczyła ruchem głowy.

– Jeśli ci ludzie nie przestaną tak jeść, to niedługo

zabraknie nam żywności. Jakby nie jedli od tygodnia. Panienka widziała Ptaszynę? Gdzie się ta dziewczyna podziewa? – burknęła pod nosem Queenie, idąc do jadalni z pełną tacą.

Ibby już miała wrócić do gości, kiedy usłyszała na podwórku jakieś szmery. W pierwszej chwili pomyślała, że to pomruki ropuch. Ale zaraz pomyślała, że to czyjś szept. Zgasiła światło w kuchni, żeby jej nie było widać, i wyjrzała przez okno. Pojedyncza żarówka oświetlająca garaż pozostawiała na podwórku smugę żółtego światła. Ktoś stał w cieniu, paląc papierosa, a kiedy zrobił krok do przodu, Ibby rozpoznała w nim Puzona. Potem usłyszała czyjś chichot i zobaczyła rękę tak białą, że aż się jarzyła w ciemności. Ta ręka sięgnęła do ust Puzona. Zamajaczył profil dziewczyny. Była to Annabelle. Oparta łokciem o ramię chłopaka, zaciągała się jego papierosem.

Ibby już miała ruszyć w ich stronę i powiedzieć Annabelle, co o niej myśli, kiedy usłyszała jeszcze jeden głos.

– Niech panienka wraca do domu, panno Annabelle. – Ptaszyna próbowała odciągnąć ją od Puzona.

Annabelle wyrwała jej się ze złością.

– Nie dotykaj mnie.

Nagle z ciemności dobiegł głęboki męski głos.

– Hej, bracie, właśnie cię szukałem. – Mężczyzna był ubrany w czarne spodnie i czarny T-shirt. Kiedy zbliżał się podjazdem, umieszczona na garażu lampa rzuciła światło na jego bujne afro.

– Co ty tu, do jasnej cholery, robisz, Purnell? – zapytał Puzon.

Purnell podszedł i walnął go w plecy.

– Nie jesteś zadowolony, że mnie widzisz? Co to za biała suka tak się do ciebie klei?

– Zamknij się, Purnell – rzuciła Ptaszyna.

Purnell złapał ją za ramię i przytulił.

– Jak ty się odzywasz do wujka, pisklaku? Kiedy cię ostatni raz widziałem, sięgałaś mi do ramienia, a teraz proszę, jaka dorosła.

– To dlatego, wujku, że cię z nami nie ma. Wolisz się trzymać z tymi łobuzami.

– Nieprawda – odparł Purnell. – Nie mogę dostać pracy, i tyle.

Ktoś otworzył drzwi do kuchni i Ibby obróciła się gwałtownie. Rozległ się huk, a potem brzęk i na podłodze wylądowała metalowa taca.

– Na miłość boską, co panienka tu robi sama po ciemku? – Doll zapaliła światło.

Nagle jej uwagę zwróciły dochodzące z podwórka głosy. Podeszła do okna i stanęła obok Ibby.

– Jestem w kropce. Nie ruszę się stąd, dopóki nie dostanę jakiejś forsy – mówił do Puzona Purnell.

– Ale ja nie mam żadnej forsy – bronił się Puzon.

– O Boże – jęknęła Doll. – To mój brat Purnell. Muszę się go stąd pozbyć, zanim Queenie się dowie, że on tu jest.

Otworzyła siatkowe drzwi, które z trzaskiem się za nią zamknęły.

– Panno Annabelle, proszę do domu, słyszy mnie panienka? – Doll pokazała na dom.

– A to niby dlaczego?

Doll miała taką minę, jakby zamierzała wziąć Annabelle za kark i osobiście ją tam zaciągnąć.

– Mam tu poprosić mamę panienki?

– Już idę. – Annabelle wyrzuciła papierosa i ruszyła w stronę domu.

– Nie, nie, panno Annabelle. Proszę iść podjazdem i od frontu.

Po zniknięciu Annabelle Doll zwróciła się do Purnella:

– Czy ty zgłupiałeś, żeby tu przyłazić, jak jesteśmy w pracy?

– Znalazłem się w kłopocie, nie rozumiesz?
– To nie jest miejsce na załatwianie takich spraw.
– Nie mam wyboru, siostro.
Doll popchnęła Purnella.
– Nic ci nie dam, już cię tu nie ma, wynocha stąd.
Jednak Purnell demonstracyjnie się nie spieszył.
– Chcesz, żebym tam poszedł i powiedział tym białym o tobie?
– O czym ty mówisz?
– Wiesz, o czym. Myślisz, że ja jestem taki głupi?
Doll spiorunowała go wzrokiem.
– Nic nie wiesz. Masz tutaj i wynocha. – Wyjęła zza stanika kilka banknotów i odliczyła. – A teraz zjeżdżaj stąd, zanim mama cię tu zobaczy.
– To za mało. – Purnell wyciągnął rękę.
– Więcej nie mam.
Purnell ze złością potrząsnął głową. Ibby myślała, że rzuci się na Doll z pięściami, ale odwrócił się, pobiegł podjazdem i znikł w ciemnościach równie szybko, jak się pojawił.
Puzon i Ptaszyna weszli do kuchni w momencie, kiedy wparowała tam Queenie, niosąc puste naczynie z podgrzewaczem. Postawiła je i szarpnęła Ptaszynę za rękę.
– Chodź no tutaj, to mi pomożesz. Ciekawe, gdzie się podziewa ta moja córunia?
W tym momencie do kuchni weszła zlana potem Doll.
– Co ty tam robisz? – zapytała Queenie.
– Musiałam się czegoś pozbyć, i tyle – odparła Doll.
Kiedy usiadła przy stole, poprawiając sobie treskę, Ibby zauważyła, jak bardzo drżą jej ręce.
– Chcesz mi coś powiedzieć, Doll?
– Nie, mama.
– Jesteś pewna? – Queenie wpatrywała się w córkę badawczo. – Ciekawe, dlaczego jesteś taka spocona. Przecież ty się nigdy nie pocisz.

– Noc jest gorąca, i tyle.

Queenie zwróciła się z kolei do Puzona:

– Mam nadzieję, że Wrona nie poi Fannie burbonem?

Puzon potrząsnął głową.

– Nie ma się co martwić o panią Fannie. Widziałyście tę zakonnicę? Ta dopiero tankuje jeden Staroświecki za drugim.

– Tylko tego brakowało, żebyśmy upili zakonnicę. Nie chciałabym kłopotów dziś wieczór – Queenie potrząsnęła głową. – Idź no tam, Puzon, i zobacz, czy wszystko jest w porządku. Zrób coś, żeby trochę ożywić atmosferę.

– A co chcesz, żebym zrobił?

– Nie wiem. – Queenie wręczyła tacę Ptaszynie. – Wymyśl coś szybko. Ostatnio widziałam, jak pan Waguespack tańczył wolnego walca z siostrą Gertrude, a Fannie śpiewała jedną z wersji *Czy wiesz, co znaczy tęsknić za Nowym Orleanem.*

Ptaszyna wyszła z kuchni za Puzonem.

Doll bębniła palcami po stole.

– Powiem ci, mama, że ta zakonnica ma w sobie coś dziwnego. To nie jest taka zwyczajna zakonnica.

– Wszyscy są dzisiaj jacyś zwariowani. Ty też. Nie jesteś dzisiaj sobą. Naprawdę nie masz mi nic do powiedzenia?

– Naprawdę, mama.

– A panna Ibby – dlaczego tutaj siedzi? Przecież pani Fannie nie po to się starała, by panienka cały czas przebywała w kuchni. – Nagle rozległa się muzyka i Queenie podniosła głowę. – Co to, Puzon przyprowadził jakiegoś pianistę?

– Nic o tym nie wiem – powiedziała Doll.

– No to kto gra? Profesor Longhair*?

* Henry Roeland „Roy" Byrd, powszechnie znany jako Profesor Longhair – nowoorleański pianista i wokalista bluesowy.

Ibby i Doll zaczęły strzelać z palców do melodii *Big Chief*, która w Nowym Orleanie stała się symbolem dobrej zabawy. Kiedy rozbrzmiewała, miejscowi ludzie wstawali z miejsc i zaczynali tańczyć.

Doll zerknęła przez szparę w drzwiach.

– Chodź no, mama, popatrz, nie uwierzysz.

Wszystkie trzy wyjrzały przez uchylone drzwi. W jadalni na stole stała Ptaszyna ze stertą płóciennych serwetek, które rozdawała gościom, a ci związywali na supeł każdy z czterech rogów, uzyskując w ten sposób nakrycie głowy. Kiedy Ibby widziała coś takiego po raz pierwszy kilka lat temu na jakimś przyjęciu, pomyślała, że goście za dużo wypili – tańczyli w tych zaimprowizowanych czapeczkach, powiewając przy tym serwetkami, które trzymali w rękach. A teraz sama miała się przyłączyć do gości i tańczyć razem z nimi.

– Popatrzcie na pana Rainolda! Nie wiedziałam, że on potrafi tak grać na fortepianie! – zadumała się Queenie.

A pan Rainold zdjął marynarkę i na stojąco, z czerwonymi szelkami dyndającymi po bokach, walił w klawiaturę fortepianu, gdy tymczasem Puzon prowadził dokoła pokoju węża składającego się z gości z serwetkami na głowach, to unosząc swój instrument dęty, to znów go opuszczając w takt muzyki. Pochód zamykała rytmicznie poruszająca biodrami siostra Gertrude.

– Kto by to pomyślał... – skomentowała Queenie, widząc, jak Wrona klaszcze w ręce i pogwizduje.

Doll wciągnęła Ibby do jadalni. Gdy tylko Fannie to zobaczyła, złapała ją za rękę i zawlokła do drugiego węża. Tańce trwały dobre pół godziny, po czym do jadalni wkroczyła Queenie z tortem urodzinowym. Goście tłumnie otoczyli stół i odśpiewali *Happy Birthday*. Queenie zapaliła świeczki, a Fannie wzniosła toast.

– Za zdrowie mojej ukochanej wnuczki z okazji jej szesnastych urodzin.

Ibby wstrzymała oddech w nadziei, że Fannie nie zaskoczy jej kolejną urodzinową lalą.

– Na co czekasz, kochanie? – zapytała Fannie.

Ibby odetchnęła z ulgą i zdmuchnęła świeczki.

Ostatecznie to przyjęcie nie jest wcale takie złe – pomyślała, gdy tymczasem Queenie zaczęła kroić tort.

A kiedy już pożegnała ostatniego gościa, stała jeszcze jakiś czas w hallu bezmyślnie zapatrzona przed siebie.

W pewnym momencie podeszła do niej Doll.

– Wiem, o czym panienka myśli – powiedziała.

– O niczym nie myślę.

– Owszem, myśli panienka. Widzę to w jej oczach. Panienka jest rozczarowana, że nie pojawiła się pani Vidrine.

Ta zdolność Doll do czytania w jej myślach doprowadzała Ibby do szału.

– A właśnie, że nie.

– To ciekawe, dlaczego panienka ma taką minę, jakby połknęła cytrynę, zamiast się cieszyć z udanego przyjęcia urodzinowego.

– Nic mnie to nie obchodzi, czy mama jest, czy jej nie ma – burknęła Ibby.

– To nieprawda, ale nie ma co płakać nad rozlanym mlekiem. Pani Fannie wychodziła ze skóry, żeby panience urządzić to przyjęcie, rozesłała takie piękne zaproszenia, kazała odmalować dom, posprzątać podwórko. Nigdy przedtem dla nikogo czegoś takiego nie zrobiła. Panienka powinna być zadowolona.

Zamiast jednak słuchać Doll, która przecież miała rację, Ibby poszła na górę do swojego pokoju.

Chwilę później znalazła ją tam Doll.

– Coś panience przyniosłam. – Była to naturalnej

wielkości lala, ubrana w replikę sukni Ibby, łącznie z bukiecikiem kwiatków i białymi rękawiczkami.

Ibby cisnęła lalką o ziemię.

– Niech panienka posłucha. – Doll pogroziła jej palcem. – Pani Fannie mogła panience wręczyć tę lalę przy wszystkich. I chciała tak zrobić, ale ja jej to wybiłam z głowy.

– Nienawidzę tych kukieł!

– Panienka rani moje uczucia.

– Dlaczego Fannie wciska mi te lale? Jestem za stara na lalki. One są koszmarne.

Doll podniosła lalkę z podłogi i odgarnęła jej na bok niciane włosy.

– W ten sposób pani Fannie okazuje, że kocha panienkę. Kiedyś panienka to zrozumie.

– Dlaczego ja nie mogę mieć normalnego życia jak inni?

– Normalnego? A jakie to jest normalne życie? Panienka myśli, że wszyscy, co byli na tym przyjęciu, mają normalne życie? Każdy z nas ma coś takiego, z czego nie jest zadowolony i co chciałby zmienić. – Doll wymierzyła w Ibby palec. – Powiem panience coś, czego może panienka nie chciałaby słuchać, to dotyczy panienki dorastania. Nie ma czegoś takiego jak normalność, już ja to wiem. Babcia panienkę kocha i jeśli tylko panienka wpuści ją do swojego serca, to ona po stokroć panience wynagrodzi brak mamy. Panienka rozumie?

Ibby usiadła i wierzchem dłoni obtarła nos.

– Uważasz mnie za smarkulę, tak?

– Uważam panienkę za szesnastolatkę, która ma jeszcze pstro w głowie jak każda szesnastolatka. A to mi przypomina o jeszcze jednym. Panienka nie może całować czarnych chłopców na oczach swojej babci, nawet Puzona, panienka rozumie? Bo to nie jest w porządku.

– A dlaczego nie mogę pocałować Puzona, jeśli mam na to ochotę?

– Po pierwsze, dlatego że to rodzina. A po drugie, dlatego że białym dziewczętom nie wypada całować czarnych chłopców. Panienka powinna sobie znaleźć jakiegoś fajnego białego chłopca do całowania.

– Ale mnie się podoba Puzon.

– Panno Ibby, jak ja mam to panience wytłumaczyć, żeby panienka zrozumiała?

– On mi powiedział, że jestem ładna.

Doll potrząsnęła głową.

– Panno Ibby, jeszcze wielu chłopców powie panience, że jest ładna. Jak mnie jeden taki powiedział, że jestem ładna, to w dziewięć miesięcy później urodziła się Ptaszyna. Oby nic takiego się panience nie przydarzyło. A teraz niech się panienka kładzie spać.

Kiedy Doll podeszła do Ibby, żeby ją pocałować na dobranoc, natrafiła nogą na coś twardego.

– A to co takiego? – Schyliła się i sięgnęła pod łóżko. – O, album ze zdjęciami pani Fannie. Mówiłam panience, że trzeba go schować.

– Schowałam. Pod łóżkiem.

Doll usiadła koło niej i zaczęła kartkować album.

– Co robisz? – zapytała Ibby.

– Całą noc ta myśl nie dawała mi spokoju. Gdzie jest ta reklama z panią Fannie i z taką dziewczyną z aligatorem?

– Na końcu albumu – odparła Ibby.

– O, jest. – Doll rozpostarła wycinek i wygładziła. – Aha, tak myślałam.

– Co myślałaś? – zainteresowała się Ibby.

– Wydawało mi się, że w tej kobiecie z aligatorem jest coś jakby znajomego...

– Nic takiego nie widzę.

Doll pokazała na fotografię.

– Panienka się przyjrzy tej Gertie, dziewczynie z aligatorem.

Ibby patrzyła na wysoką, szeroką w ramionach kobietę trzymającą nogę na grzbiecie aligatora.

– No i co?

– Jeszcze raz niech się jej panienka przyjrzy, tylko dobrze. Ma coś takiego w ustach...

Jednak Ibby w dalszym ciągu nie rozumiała, do czego zmierza Doll.

– Babcia panienki nigdy nie chciała powiedzieć, jak poznała siostrę Gertrude. Teraz już wiem, dlaczego.

Ibby otworzyła usta.

– To jest siostra Gertrude? – I wtedy nagle sobie skojarzyła. – Fannie mi kiedyś mówiła, że siostra Gertrude nauczyła ją tańczyć. Teraz rozumiem, co miała na myśli!

– Mówią, że niezbadane są wyroki boskie – powiedziała Doll. – I to z pewnością jest jeden z nich.

ROZDZIAŁ

31

Pod koniec tygodnia Ibby siedziała w kuchni i przyglądała się, jak Ptaszyna ćwiczy na werandzie różne kroki taneczne. W pewnym momencie Queenie postawiła przed nią pudełko.

– Co to takiego? – zainteresowała się.

– Pani Fannie zamówiła specjalną papeterię, żeby panienka mogła napisać do wszystkich gości z podziękowaniem za przybycie na przyjęcie.

– Przecież było ponad sto osób! To by mi zajęło całe lato! – zaprotestowała Ibby.

– Wydaje mi się, że o to właśnie chodzi. Żeby panienka się czymś zajęła i nie napytała sobie jakiejś biedy. A poza tym może panienka podziękować za ten pomysł swojej przyjaciółce Winnie Waguespack. Bo to ona pierwsza przysłała panience taką kartkę z podziękowaniem po swoich urodzinach.

– Najlepiej to powiedz Fannie, że ja już te podziękowania wysłałam, i niech to będzie taki nasz mały sekret – zaproponowała Ibby.

Queenie potrząsnęła głową.

– Nic z tego. Pani Fannie powiedziała, że chce te wszystkie kartki zobaczyć, jak już je panienka napisze.

Ibby otworzyła pudełko i zobaczyła stos kartek ze swoim monogramem.

– Niech panienka spojrzy. Monogram panienki jest

L.A.B. – Liberty Alice Bell. Jakby to był skrót od labradora – zauważyła Queenie i zachichotała.

Ibby zamknęła pudełko.

– Nie przypominaj mi o tym. Annabelle Friedrichs odkryła to już pierwszego dnia, kiedy przyszłam do szkoły. Jak tylko zobaczyła mój monogram na kołnierzu mundurka. Od tamtej pory zawsze jak mnie widziała na korytarzu, to szczekała.

W pewnym momencie przez uchylone drzwi kuchenne wsadziła głowę Ptaszyna.

– Powiedzcie mamie, że za chwilę wracam.

– Dokąd idziesz? – Queenie wytarła ręce w fartuch.

– Może pójdę do Audubon Park – odparła Ptaszyna.

– Posłuchaj. – Queenie zrobiła srogą minę. – Puzon właśnie dostał w Stajniach Audubon pracę. Nie chodź tam, żebyś mu nie narobiła kłopotów.

– Mogę iść z tobą? – zapytała Ibby.

– Jeśli chcesz... – Ptaszyna wzruszyła ramionami.

– A co z tymi kartkami, panno Ibby? – zaniepokoiła się Queenie.

– Zrobię to później. – Ibby wymknęła się za Ptaszyną kuchennymi drzwiami. – Albo nigdy...

Queenie otworzyła siatkowe drzwi i zawołała za dziewczynami:

– Słyszysz, co do ciebie mówię, Ptaszyna? Nie przeszkadzaj Puzonowi, kiedy on jest w pracy.

– Jasne. – Ptaszyna machnęła ręką, nie przestając iść. Skierowała się ku Magazine Street, kilka przecznic od domu Fannie w stronę rzeki. Kiedy dziewczęta dotarły do stajni, okrążyły budynek i na jego tyłach znalazły Puzona, który akurat mył szlauchem jednego z koni.

– Skąd się tu wzięłyście? – zdziwił się.

Ptaszyna wyjęła mu papierosa z kieszeni koszuli.

– Przyszłyśmy zobaczyć, jak ci się powodzi.

– Idźcie nad rzekę koło Ogrodu Botanicznego Butterfly. Ja tam przyjdę za jakieś dwadzieścia minut, jak skończę pracę.

– Dlaczego mówisz szeptem? – zapytała Ptaszyna, zapalając papierosa.

Ze stajni dobiegł ich piskliwy głos:

– Dlaczego mój koń nie jest jeszcze osiodłany?

Annabelle Friedrichs wyszła ze stajni wolnym krokiem. Miała na sobie obcisłe czarne spodnie do konnej jazdy, które ledwie mieściły jej tłusty tyłek.

– O, proszę, kogo my tu widzimy? – Obrzuciła Ptaszynę pełnym obrzydzenia spojrzeniem, a następnie zwróciła się do Ibby: – Trzymasz tu konia?

– Dopiero myślę o kupieniu konia – odparowała Ibby. – Chciałam przed podjęciem decyzji sprawdzić, jakie tu są warunki.

Było to naturalnie kłamstwo, ale Ibby postanowiła, że nie pozwoli Annabelle wejść sobie na głowę.

– I tak nie mogłabyś tu trzymać konia, bo nie ma wolnych miejsc – odparła gładko Annabelle, a następnie zwróciła się do Puzona: – A ty się pospiesz, nie będę czekała cały dzień. – Po czym rzuciła pod adresem Ptaszyny: – Co tak stoisz? Mogłabyś mu pomóc.

– Ja tu nie pracuję – odparła Ptaszyna.

– Ona jest ze mną – powiedziała wyzywająco Ibby.

– Och, zapomniałam – Annabelle uderzyła się po nodze szpicrutą – że Ibby Bell zawsze była miłośniczką czarnuchów.

Puzon musiał usłyszeć ten komentarz, bo wyłonił się ze stajni z tak gniewną miną, jakby miał za chwilę uderzyć Annabelle. Zamiast tego jednak spokojnie wyprowadził osiodłanego konia i wręczył jej wodze.

– Proszę.

– A może byś pomógł mi go dosiąść?

Puzon posłusznie podsadził Annabelle na siodło. Kiedy odjechała, bez słowa zniknął w stajni.

– Moja babcia to zawsze mówi: „Co brzydkie na wierzchu, to i brzydkie w środku". Patrz na ten worek tłuszczu.

Dziewczynki ruszyły w głąb parku, w kierunku rzeki, mijając po drodze zoo i basen publiczny, zamknięty teraz na kłódkę. Kiedy przekroczyły wał przeciwpowodziowy, roztoczyła się przed nimi wielka otwarta przestrzeń. W jej drugim końcu, przy samej rzece, znajdowało się stoisko przypominające kształtem motyla, ze skrzydłami rozpostartymi na boki. Ptaszyna zatrzymała się i kupiła sobie lody.

– Masz ochotę? – zwróciła się do przyjaciółki, zlizując czerwony syrop ściekający po ściance papierowego kubka.

– Nie, dziękuję. – Ibby ciągle jeszcze myślała o tym, w jaki sposób Annabelle odzywała się do Puzona. Pozostawiło to w jej ustach cierpki smak.

Ptaszyna zaprowadziła ją do schodków wiodących do grobli. Dziewczynki usiadły na potężnych głazach narzuconych wzdłuż brzegu przez Wojskowy Korpus Inżynieryjny dla ochrony przed erozją. Za skałami znajdowała się niewielka zaśmiecona plaża z mułu rzecznego, na której ucztowały poszukujące pożywienia gołębie. Fale wzbudzone przez holownik pchający barkę ze zbożem oblizywały głazy. Nagle, kiedy barka przepływała pod Mississippi River Bridge, holownik wydał ostry gwizd, płosząc przycupnięte na przęsłach mostu pelikany.

Po chwili do dziewczynek dołączył Puzon, który zapalił papierosa.

– Bardzo mi przykro z powodu zachowania Annabelle – powiedziała Ibby.

Puzon spojrzał na nią z ukosa.

– Przyzwyczaiłem się do tego.

Cała trójka siedziała zapatrzona w rzekę i pogrążona

w swoich myślach. Ibby była przekonana, że Puzon jest wściekły, chociaż udawał obojętność. Ptaszyna wstała i weszła na głaz, skąd rzucała w gołębie kamykami. Kiedy się rozproszyły, puściła kaczkę – kamyk kilkakrotnie prześlizgnął się po lustrze wody, zanim zniknął pod jej powierzchnią.

– Mamy towarzystwo. – Ptaszyna wskazała za Puzona.

Zbliżało się do nich trzech czarnych chłopców mniej wiecej w tym samym co on wieku. Jeden z nich był ubrany w bluzę i chociaż temperatura wynosiła co najmniej 26 stopni, miał kaptur naciągnięty na głowę.

– Hej, ty – zwrócił się do Puzona, podczas gdy jego dwaj towarzysze pozostali nieco z tyłu.

– Czego chcesz, Fistaszek? – zapytał Puzon.

Chłopak zmrużył oczy.

– Co ty tu robisz z tą białą?

Puzon potrząsnął głową.

– Ona nie jest ze mną, bracie. To koleżanka Ptaszyny.

– Są źli, bo nie przywykli do towarzystwa białych dziewczyn – szepnęła Ptaszyna Ibby do ucha. – I tyle. Dla nich każda biała osoba oznacza kłopot. Najlepiej się nie odzywaj, bo inaczej mogą sprowokować bójkę z Puzonem.

Chłopak wyjął z kieszeni bluzy plastikowy woreczek.

– Mam tu zajebiste zioło, które da ci niezłego kopa. Dwadzieścia za uncję.

Puzon potrząsnął głową.

– Hej, bracie, muszę to gówno opylić. Jak nie chcesz całej uncji, to może pół? – Fistaszek wyjął z kieszeni jointa i wręczył Puzonowi. – Spróbuj tego.

– Skąd mogę wiedzieć, że to jest to samo gówno co w woreczku? – zapytał Puzon.

Fistaszek wyjął z kieszeni paczkę bibułek i wręczył woreczek jednemu z kumpli, który mu go otworzył, po czym sam wyciągnął z niego porcję zioła. Już miał zrobić skręta, kiedy usłyszeli gwizdek. Ibby spojrzała w tamtą stronę i zobaczyła policjanta, który stał na wale i wskazywał na nich pałką.

– Hej, ty tam w bluzie, co masz w ręku? – wrzasnął.

Chłopak rzucił woreczek, jakby go parzył.

– Nic.

Ibby poczuła, że ktoś ją ciągnie za rękaw. Nagle wszyscy rzucili się do ucieczki.

Ibby usłyszała, jak ktoś mówi: „Ja ją znam".

Znów ten sam głos.

Była to Annabelle Friedrichs, która siedząc wysoko na swoim koniu, pokazywała na nią szpicrutą.

Ibby gnała ile sił w nogach. Zostawiła za sobą wał ochronny, tory kolejowe i wreszcie park, ale gdzieś po drodze zgubiła Ptaszynę. Zatrzymała się dopiero na Prytania Street. Zgięta wpół, czekała, aż jej przejdzie kolka. Zdyszana, rozejrzała się dokoła i dopiero kiedy się upewniła, że nikt jej nie goni, zaczęła iść.

Kiedy dotarła do domu, pod drzwiami kuchennymi stała już Ptaszyna z taką miną, jakby się bała wejść. Zaraz za drzwiami Ibby dostrzegła Wronę, a głębiej w kuchni Doll, która obejmowała ramieniem Queenie.

– Co się stało? – spytała szeptem.

– Mój wujek, Purnell... – odparła Ptaszyna. – Dziadek mówi, że został zastrzelony.

Do kuchni weszła Fannie. Położyła rękę na ramieniu Wrony i podała mu kopertę.

– To się wam na pewno przyda – powiedziała. – Gdybym mogła wam jeszcze w czymś pomóc, to mówcie.

– Serdecznie pani dziękuję. – Wrona otarł łzę.

Doll próbowała ruszyć Queenie ze stołka.

– Chodź, mama, trzeba iść do szpitala.

Wrona objął ją wpół; Doll próbowała podnieść matkę za ramiona.

– Chodź, mama.

A tymczasem weszła do kuchni Ptaszyna i zaczęła ciągnąć babkę za rękę.

– Chodź, bunia, musimy iść.

– Moje dzieciątko, moje dzieciątko, moje dzieciątko – powtarzała w kółko Queenie.

W drzwiach stanął spocony Puzon.

– Co się stało?

– Chodź no tutaj i pomóż zaprowadzić mamę do samochodu – nakazała Doll.

– Purnell... – szepnęła Ptaszyna.

Więcej nic nie musiała mówić.

ROZDZIAŁ

32

Po wyjściu Troutów Ibby stała jeszcze jakiś czas przy drzwiach kuchni i słuchała, jak Fannie w hallu rozmawia przez telefon.

– Chcę złożyć zamówienie z dostawą na Elysian Fields Avenue – powiedziała, zaciągając się papierosem. – Nie, nie w Marigny, bliżej jeziora... Jak mam to rozumieć, że nie dostarczacie do tej dzielnicy? – Ze złością rzuciła słuchawkę, ale nie wypuściła jej całkiem z ręki, jakby się zastanawiała, co robić dalej.

Znów podniosła słuchawkę.

– Leah, tu Fannie Bell. Chciałabym posłać rodzinie Troutów jakąś żywność... tak, Queenie i Wronie... Co się stało? Ich chłopak, Purnell, został zastrzelony... Nie, dopiero co wyszli ode mnie... pojechali do szpitala... co do pogrzebu to jeszcze nic nie wiem. Potrzebna mi jest twoja pomoc. Poradź mi, co powinnam im posłać... To, co zwykle. – Fannie powtórzyła zamówienie: – Pieczone kurczęta, gumbo, smażony sum, pudding chlebowy i piróg ze słodkiego ziemniaka. A co z wódką?... Zajmiesz się tym? Zrobisz, jak będziesz uważała. Zdaję się w tej sprawie na ciebie. Ty wiesz lepiej ode mnie... Cudownie. Podaj mi tylko, ile to będzie kosztowało, to ci później prześlę gotówkę... Mój numer? Twinbrook siedem cztery trzy pięć jeden. – Fannie odłożyła słuchawkę, wpadła do swojej sypialni i zatrzasnęła za sobą drzwi.

Ibby pozostała w kuchni. Czekała, aż babka wyjdzie ze swojego pokoju, kiedy nagle poczuła zapach spalenizny. Queenie była w takim stanie, że zostawiła zapalony gaz pod jednym z garnków. Ibby zgasiła gaz i włożyła łyżkę do zlewu. Uświadomiła sobie, że po raz pierwszy jest w kuchni bez Queenie.

– Ibby, kochanie, jesteś w kuchni? Chodź no tutaj. – Głos Fannie dochodził z jadalni.

Siedziała przy stole.

– Posłuchaj, dziecino. Przez kilka dni nie będzie Queenie i Doll, więc musimy radzić sobie same. Purnell był... – tu Fannie zawiesiła głos – takim uroczym dzieckiem, dopóki nie zaczął się zadawać z tą bandą łobuzów. Jako nastolatek przychodził tu nieraz i wykonywał różne drobne prace, pielęgnował trawnik...

– Jak to się stało, że został postrzelony? – zapytała Ibby.

– Nie powiedzieli, w jakich okolicznościach się to stało. Z pewnością później dowiem się od Kennedy'ego. Podejrzewam, że miało to coś wspólnego z jego przyjaciółmi z Czarnych Panter. To wielka tragedia. – Fannie w zamyśleniu stukała palcem w stół. – Czasami dzieci ładują się w kłopoty niezależnie od tego, jak bardzo je kochamy.

– A Purnell... czy on nie żyje?

– Wrona powiedział, że dostał postrzał w głowę... w jakiejś przepychance z policją gdzieś w śródmieściu. Nie sądzę, żeby miał szansę przeżyć, kochanie. Myślę, że czuwanie zacznie się zaraz po tym, jak szpital wyda ciało zakładowi pogrzebowemu.

– A co to jest czuwanie? – dociekała Ibby.

– Och, czasem zapominam, że nie jesteś stąd. Czuwanie to stary zwyczaj. Wystawia się ciało, żeby ludzie mogli przychodzić i składać wyrazy szacunku.

– I każdy może je oglądać?

– Tak, jest wystawione na widok publiczny i odświętnie ubrane. – Fannie wskazała palcem na Ibby. – Posłuchaj. Obiecaj mi, że kiedy umrę, nie pozwolisz, żeby coś takiego zrobili ze mną. Żeby mnie wystawili w otwartej trumnie, a ludzie żeby się na mnie gapili. Zapamiętaj, Ibby: mam być od razu pochowana w zamkniętej trumnie. – Przerwała, żeby zapalić papierosa. – Jedno muszę przyznać czarnym: w urządzaniu pogrzebów są mistrzami. Ciągnie się to przez wiele dni, jest kupa jedzenia i picia. A potem zaczynają się kolejne uroczystości z tańcami i śpiewami. I wreszcie na koniec, po pogrzebie, jest jeszcze jedno przyjęcie, żeby godnie pożegnać zmarłego.

– Jeszcze nigdy nie byłam na pogrzebie – wyznała Ibby. – Nie wyobrażałam sobie, że to może tak wyglądać.

– Zgadza się. Już twoja mama o to zadbała. Dopilnowała osobiście, żeby zwłoki twojego taty zostały skremowane. I żeby nie było żadnego pogrzebu. A właśnie, jeszcze jedno: nie pozwól po mojej śmierci skremować mojego ciała. Ci, co odchodzą, powinni mieć stosowny pogrzeb. W przeciwnym razie ich niespokojne dusze błąkają się potem po ziemi. A wiesz, po co są pogrzeby?

Ibby potrząsnęła głową, bo nie chciała przerywać babce jej tyrady.

– Pogrzeby są po to, żeby ci, co zostają, mogli się ze zmarłym pożegnać po raz ostatni, żeby każdy Tom, Dick czy Harry z sąsiedztwa nie musiał się zatrzymywać, żeby po raz nie wiadomo który powiedzieć: tak mi przykro z powodu tego tam iksa czy igreka. Skremowanie zmarłego jest znacznie gorsze, bo nie ma nawet grobu, który można potem odwiedzać. A poza tym skąd pewność, że pracownik krematorium się nie pomylił i wydał ci właściwe prochy? Wiesz, o co mi chodzi? Nigdy nie możesz mieć tej pewności.

Ibby, zdenerwowana przemówieniem Fannie, bawiła

się kosmykiem włosów. W dalszym ciągu myślała o swoim tacie jako o swoim tacie, a nie o jakichś prochach w puszce.

– Przepraszam cię – powiedziała Fannie – ale pogrzeby zawsze wytrącają mnie z równowagi.

Ibby wyprostowała się na krześle.

– A my idziemy na ten pogrzeb?

– Oczywiście! To przecież rodzina. – Fannie wstała od stołu. – Możesz włożyć tę sukienkę w indiańskim stylu, którą ci uszyła Doll.

Po wyjściu Fannie Ibby poszła do pokoju swojego taty. Otworzyła szafę, ale urny w zwykłym miejscu, pomiędzy tenisówkami a mokasynami, nie było. Zaczęła jej szukać pod stertą równiutko ułożonych koszul, a potem odsunęła wiszące na wieszakach ubrania i wreszcie zadumana przykucnęła. Urna znikła.

Raz jeszcze rozejrzała się po pokoju. Nie zdawała sobie sprawy z tego, ile pociechy czerpała z jej obecności; wystarczyła świadomość, że urna stoi sobie bezpiecznie zamknięta w szafie. Kiedy zabrakło taty, Ibby poczuła się tak, jakby zabrakło części jej samej. Dlaczego ktoś go zabrał?

Teraz, gdy w domu panowała cisza, rozlegało się tylko chrobotanie gałęzi dębu o mur. Było w tym odgłosie coś niesamowitego: jakby ktoś skrobał paznokciami po tablicy. Ibby zaczęła nasłuchiwać. Czuła, że stare drzewo chce jej coś powiedzieć.

ROZDZIAŁ

33

Drzwi siatkowe zaskrzypiały, kiedy Doll otworzyła je, by wpuścić Wronę, Puzona i dwóch sąsiadów, którzy pomagali im wnieść do domu ciało Purnella. Z pokoju dziennego zostały usunięte wszystkie meble, z wyjątkiem ciężkiej krytej sztuczną skórą sofy, żeby zrobić miejsce dla zaimprowizowanego katafalku z dwóch drewnianych kozłów i kawałka sklejki nakrytego materiałem.

– Wybaczcie, ale my już pójdziemy – powiedział jeden z mężczyzn, kiedy postawili trumnę.

– Mamy w domu pełno jedzenia – odezwał się Wrona – dzięki wam wszystkim, a pani Fannie była tak dobra, że przysłała trzy skrzynki whisky Old Crow. Wpadnijcie później na drinka.

– Będziemy zaszczyceni. – Mężczyzna uchylił kapelusza, po czym obaj sąsiedzi wyszli.

Doll i Puzon stali przy ojcu. Wszyscy patrzyli na Purnella ubranego w najlepszy garnitur. Z zamkniętymi oczami i złożonymi na piersiach rękami wyglądał, jakby spał. Doll miała wrażenie, że widzi na jego ustach lekki uśmiech. Podziwiała kunszt pracowników zakładu pogrzebowego, z jakim potrafili ukryć dziurę po kuli w głowie jej brata.

– Naprawdę wspaniale się spisali – orzekł Wrona, dotykając ręki Purnella z taką czułością, że aż Doll zakręciły się łzy w oczach.

– Tak, tato, masz rację, wspaniale. – Objęła ojca ramieniem.

– Purnell wygląda tak, jakby miał zaraz wstać i iść na własnych nogach. Wstać i ot tak sobie iść, jakby nigdy nic – dodał Puzon.

– Tak, to prawda. – Wrona pokiwał głową. – A jak się miewa mama? – Spojrzał na Doll tymi swoimi ciemnymi oczami w żółtych obwódkach, których widok zawsze tak ją wzruszał.

– Odpoczywa. Leży na łóżku z poduszką na twarzy. I tak już od dłuższego czasu.

– Bardzo źle to znosi – odparł Wrona – to już trzeci syn. Co wcale nie znaczy, że jest jej z tym lżej.

– Jasne, że nie – potwierdziła Doll.

Ktoś zapukał do drzwi i Wrona spojrzał w tamtą stronę.

– Jeszcze słońce nie zaszło, a my już mamy pierwszego gościa. Puzon, zajmij się alkoholem.

– Ptaszyna! – wykrzyknęła Doll. – Jesteś mi potrzebna!

Pojawiła się Ptaszyna i stanęła przed matką.

– Nie ma co krzyczeć, jestem przy tobie, mama.

– Przepraszam cię bardzo, ale ja cię nie widziałam. Zacznij wykładać jedzenie. Mamy już pierwszych gości. – Doll machnęła ręką w stronę kuchni i poszła otworzyć drzwi.

– Jestem pierwsza? – zapytała pulchna kobieta z tacą. – Przyniosłam trochę jajek faszerowanych.

– Tak, jesteś, Leola, ale ty zawsze przychodzisz pierwsza. I wychodzisz ostatnia – dodała pod nosem Doll.

– A wcale że nieprawda – obruszyła się Leola.

– Owszem, prawda, i bardzo dobrze o tym wiesz, ale to nie ma znaczenia. Wchodź. – Doll wzięła od niej tacę.

Leola ruszyła za nią do kuchni.

– Ptaszyna, znajdź miejsce na te jajka i zastaw drzwi frontowe plastikowym krzesłem z werandy. Niech ludzie wchodzą. Na pewno szybko trafią do baru. A ja pójdę zobaczyć, jak się miewa mama.

– A ja pomogę Ptaszynie – ofiarowała się Leola, gestem wyganiając Doll. – Idź już, idź, zajmij się mamą. Dobrze, że akurat przyszłam w tym momencie.

– Aha. – Doll ruszyła w stronę pokoju matki znajdującego się w głębi domu. Kiedy otworzyła drzwi, okazało się, że Queenie nie ma w łóżku.

– Mama?

Nie było odpowiedzi.

Doll zawołała ponownie.

– Mama?

Drzwi do łazienki były uchylone. Kiedy przeszła przez pokój, zauważyła matkę leżącą na podłodze po drugiej stronie łóżka.

– Mama, co ty wyrabiasz? – Doll uklękła koło Queenie. – Dlaczego leżysz na podłodze?

Queenie patrzyła w sufit.

– Mama, wiem, że mnie słyszysz. Nie udawaj, że śpisz. – Doll złapała ją za rękę i posadziła. – Co ty wyprawiasz? Dlaczego leżysz na podłodze?

Queenie westchnęła.

– Spadłam z łóżka. I nie mam siły wstać.

– No, chodź, wracaj do łóżka. Przyszła Leola. A inni przyjdą lada chwila. – Doll wzięła matkę za rękę, pociągnęła i pomogła jej położyć się z powrotem do łóżka, po czym opatuliła ją kołdrą.

– Jest już Purnell? – zapytała Queenie.

W oczach matki było tyle bólu, że Doll sama ledwie mogła się opanować.

– Jest, mama.

– Jak wygląda?

– Dobrze. Zakład pogrzebowy spisał się na medal.

– Chcę go zobaczyć. – Queenie odrzuciła kołdrę.

– Jeszcze zdążysz, mama. Lepiej chwilę odpocznij. – Doll poklepała matkę po ramieniu.

Queenie z powrotem opadła na łóżko, po czym osłoniła czoło ramieniem.

– Wpuścić tutaj ludzi? – zapytała Doll.

Queenie odwróciła głowę i spojrzała na córkę.

– Najpierw chcę porozmawiać z tobą.

Doll usiadła na łóżku koło matki.

– O czym? Jedzenie jest już powykładane na półmiski. Ptaszyna częstuje gości, a tata i Puzon zajmują się barem.

– Nie o to mi chodzi. – Queenie ujęła Doll za rękę.

– No więc o co ci chodzi?

– Żałujesz? – zapytała Queenie.

– Mama, od tych proszków, co ci je zapisał doktor, chyba ci się pokręciło w głowie.

– Nie, Doll, nie chodzi o proszki. Chodzi mi o to, czy żałujesz, że jesteś moją córką. Czy kiedykolwiek żałowałaś, że tu jesteś?

Queenie jeszcze nigdy w ten sposób z nią nie rozmawiała, ale Doll wiedziała, że matka bardzo źle znosi śmierć w rodzinie. Strata Purnella przywiodła na pamięć dwóch innych synów, którzy zbyt wcześnie rozstali się z życiem.

Doll próbowała ją uspokoić, gładząc po policzku.

– Dlaczego miałabym żałować, mama?

– Mogło być inaczej – odparła Queenie.

– Inaczej? W jaki sposób? Jesteś najlepszą matką, jaką znam. Nigdzie się nie wybieram. – Doll ścisnęła ją za rękę.

Queenie odwzajemniła uścisk.

– Chciałam się tylko upewnić, dziecko, nic więcej. Chciałam się tylko upewnić.

ROZDZIAŁ

34

Ceremonia pogrzebowa Purnella Trouta odbyła się parę dni później w Baptystycznym Kościele Prawdziwej Miłości. Kiedy przyjechały Fannie i Ibby, procesja żałobników znajdowała się w odległości jednej przecznicy od kościoła. Prowadził ją, stawiając powolne, odmierzone kroki, mistrz ceremonii ubrany w czarny smoking i czapkę z daszkiem. Za nim podążała grupa mężczyzn w czarnych spodniach i białych koszulach z czarnymi muszkami, grając *Just a Closer Walk with Thee**. Tuż obok mężczyzny grającego na trąbce, zaraz za muzykiem uderzającym w duży bęben ze złotym napisem z boku Excelsior Brass Band, Ibby dojrzała Puzona. Jego ręka poruszała się miarowo, jakby stanowiła przedłużenie instrumentu, a policzki wydymały się, kiedy chłopak, z zamkniętymi oczami i nisko pochyloną głową, dął w puzon.

Zaraz za muzykami szła grupa mężczyzn ubranych w garnitury w pastelowych kolorach, z szarfami z napisem Klub Turystyczny Duke'a Wellingtona. Grupę prowadził Wrona w cukierkoworóżowym garniturze z szarfą naszywaną różowymi i błękitnymi atłasowymi różami i w różowym meloniku. Prezentował się dumnie z wachlarzem przybranym w różowe i czarne strusie pióra.

Następna w pochodzie była Doll, która obejmowała matkę ramieniem; z drugiej strony szła Ptaszyna, trzyma-

* Pieśń gospel, grana lub śpiewana, stanowi rodzaj marszu pogrzebowego.

jąc babkę za rękę. Zaraz za nimi dwa białe ogiery w ciężkiej czarnej uprzęży ciągnęły dostojny czarny karawan na drewnianych kołach. Kiedy przejeżdżał koło nich, Ibby zauważyła wielkie owalne okno, przez które widać było trumnę.

Do czasu, kiedy procesja dotarła do kościoła, były już tylko miejsca stojące. Członkowie orkiestry ustawili się wzdłuż ołtarza, za pastorem, naprzeciwko otwartej trumny ustawionej na katafalku w samym środku nawy. W powietrzu unosił się mdlący zapach lilii.

W kościele było duszno. Stojąca koło Ibby kobieta wachlowała się energicznie. Kiedy zamknięto drzwi i wielebny Jeremiasz miał rozpocząć nabożeństwo, Doll odwróciła się i rozejrzała po tłumie zebranych żałobników, a następnie podniosła rękę.

– Chwileczkę, wielebny.

Wielebny Jeremiasz uniósł głowę znad Pisma Świętego. Doll energicznym krokiem ruszyła do tyłu świątyni. Kiedy się znalazła przy samym wejściu, zawołała:

– Pani Fannie! Panno Ibby! Proszę do mnie. Miejsce rodziny jest za trumną.

– Nie zawracaj sobie nami głowy. – Fannie machnięciem ręki próbowała ją zbyć.

Tłum wiernych z zaciekawieniem przyglądał się tej scenie.

– Bardzo proszę, pani Fannie – nalegała Doll.

– No już dobrze. – Fannie chyłkiem przesunęła się pod tylną ścianą, wymijając ludzi.

Ibby podążała za nią wzdłuż nawy, słysząc dokoła komentarze. Zaraz po tym, jak usiadły, wielebny Jeremiasz odchrząknął i gwar ustał. W kościele zapadła taka cisza, że Ibby słyszała oddech Fannie.

– Chcieliśmy pani podziękować za przyjście – zwrócił się do Fannie wielebny Jeremiasz.

Fannie skinęła głową, zapatrzona we własne splecione dłonie leżące na kolanach.

Ze swojego miejsca w pierwszym rzędzie Ibby miała doskonały widok na ciało spoczywające w otwartej trumnie. Chciała odwrócić głowę, ale metalowy talerzyk spoczywający na piersi Purnella natrętnie przyciągał jej wzrok.

– Po co jest ten talerzyk? – zwróciła się szeptem do Fannie.

– W dawnych czasach był taki zwyczaj, że kładziono zmarłemu na piersi talerzyk z solą, żeby zapobiec oczyszczaniu się ciała – szeptem odpowiedziała Fannie.

– Oczyszczaniu się ciała?

– Ze zwłok często wyciekają różne płyny.

– Wyciekają gdzie?

Fannie spojrzała na wnuczkę znacząco.

– Tam, gdzie mogą, kochanie.

Szybko uwagę Ibby przyciągnął magiczny głos wielebnego.

– Czas brata Purnella na tym trudnym, okrutnym świecie dobiegł końca – zaczął. – Już nie będzie latał samolotem na ostatnich miejscach w klasie ekonomicznej. O nie, nie będzie, bracia i siostry, dziś brat Purnell poleciał pierwszą klasą, by w całej swojej chwale stanąć u wrót niebios.

– Amen – dopowiedzieli wierni.

– Brat Purnell miał krótkie życie, które nie dało świadectwa wszystkiemu, kim i czym był. A był dumnym duchem, nieustępującym przed byle przeciwnikiem. Chciałbym zwrócić waszą uwagę na Drugi List do Koryntian, rozdział jedenasty, wers dziewiętnasty, który mówi: „Chętnie przecież znosicie głupców, sami będąc mądrymi”*. Stosowny cytat na mowę pogrzebową dla naszego brata Purnella,

* Pismo Święte Starego i Nowego Testamentu; Biblia Tysiąclecia, wyd. trzecie poprawione, Wydawnictwo Pallottinum, Poznań – Warszawa 1980.

nie uważacie? Jak wszyscy wiemy, Purnell Trout nie znosił chętnie głupców. Chcę wam przez to powiedzieć, moi bracia i siostry, że wszyscy jesteśmy na swój sposób głupcami. Rozumiecie, co mam na myśli? Że to właśnie w tej głupocie, w tej nagiej prawdzie znajdujemy fundament naszej miłości, a nawet wzajemnego szacunku.

– Szacunku! – ktoś wykrzyknął.

Ibby rozejrzała się po wiernych i zobaczyła Queenie, która z zamkniętymi oczami kołysała się w przód i w tył, cicho pojękując.

– Żegnaj, Purnell – wymamrotała najpierw, a potem od czasu do czasu powtarzała na cały głos: – Moje dziecko!

Ibby wachlowała się ręką, słuchając, jak wielebny mówi o pladze morderstw, jaka nawiedziła miasto, i jak bardzo jest to niepotrzebne i szkodliwe. Nastawiła uszu, uwiedziona płomiennym tonem kaznodziei. Siedzący za pastorem Puzon spojrzał w jej stronę i ich oczy się spotkały. Nie wiedziała, jak długo na nią patrzył. Uśmiechnęła się i zaraz potem schyliła głowę, żeby nikt nie zauważył, że się zaczerwieniła.

Duchowny uniósł ręce i rękawy jego sutanny zatrzepotały jak anielskie skrzydła.

– Proszę Cię, Boże Wszechmogący, przyjmij tego chłopca do swojej chwały.

Po tych słowach Queenie wstała, podeszła do trumny i zaczęła posypywać ciało białym proszkiem, po czym wróciła na swoje miejsce.

– Po co ona to zrobiła? – zapytała szeptem Ibby.

Fannie nachyliła się do wnuczki.

– To był z pewnością proszek do pieczenia, który ma sprawić, że Purnell wstanie na Sąd Ostateczny.

Kiedy wielebny Jeremiasz skończył kazanie, wstał Puzon i zagrał solo, przy akompaniamencie śpiewu i klaskania wiernych, *Jakiego przyjaciela mamy w Chrystusie*.

Zaraz potem ponownie podeszła do trumny Queenie. Kiedy wielebny skinął głową, nachyliła się i pocałowała Purnella w usta.

– Żegnaj, dziecino – powiedziała, dotykając jego ręki. A następnie zaczęła zawodzić tak głośno, że wielebny Jeremiasz podszedł i objął ją ramieniem. Doll i Ptaszyna także stanęły u jej boku. A potem wierni utworzyli kolejkę do trumny.

Fannie kuksnęła Ibby.

– Idź za Ptaszyną.

Doll nachyliła się i pocałowała Purnella w policzek. Ptaszyna zrobiła to samo.

Ibby spojrzała na Fannie przerażona.

– Czy ja też mam go pocałować?

– Dotknij jego ręki i przejdź dalej.

Wstrzymała oddech i zamknęła oczy. Chciała wymacać marynarkę Purnella, żeby nie musieć dotykać jego ciała, ale zamiast poczuć pod palcami materiał, poczuła coś twardego. Otworzyła oczy i stwierdziła, że natrafiła palcami na nos nieboszczyka. Odskoczyła jak oparzona i z bijącym sercem oddaliła się w stronę wyjścia.

Wreszcie ostatni już uczestnicy nabożeństwa złożyli hołd zmarłemu i przy katafalku pojawili się czterej żałobnicy, by wynieść trumnę z kościoła. I wtedy przed świątynią zespół zaczął grać *Kiedy święci maszerują*. Mężczyźni unieśli trumnę do góry i zaczęli nią potrząsać w takt muzyki.

– Co oni robią? – zainteresowała się Ibby.

– To jest ostatni taniec Purnella – odparła Fannie. – Każdy z nas zasługuje na ten jeden ostatni taniec, nie uważasz, kochanie?

Kiedy mężczyźni wkładali trumnę do czekającego karawanu, na niebie pojawiła się czarna chmura. Spadł lekki deszczyk, ale ludzie jakby go w ogóle nie zauważyli.

Tańczyli w deszczu, powiewając białymi chusteczkami, podczas gdy karawan sunął w stronę cmentarza.

Ibby zamierzała ruszyć za nimi, ale Fannie ją powstrzymała.

– Nie idziemy na cmentarz? – zapytała.

– Nie, kochanie, uważam, że już teraz powinnyśmy ich zostawić samych.

ROZDZIAŁ

35

Nazajutrz wpadł pan Henry i Fannie postawiła sporą sumę na Ligę Narodową w meczu gwiazd. Po południu wszyscy ten mecz oglądali, kiedy nagle Ibby usłyszała, że otwierają się drzwi kuchenne.

Poszła do kuchni, gdzie zastała Queenie i Doll. Queenie chowała właśnie torebkę do szuflady, a Doll wyjmowała z komórki miotłę.

– Co wy tu robicie? Myślałam, że weźmiecie sobie trochę wolnego po tym… – Ibby nie bardzo wiedziała, jak skończyć zdanie.

Queenie potrząsnęła głową.

– Życie nie jest takie proste, dziecino.

Ibby podeszła do Queenie i ją uściskała.

– Tak mi przykro…

– Wiem, ale trzeba iść do przodu. Trzeba tańczyć nawet kiedy nie ma muzyki. – Queenie zrobiła pauzę. – Szczególnie kiedy nie ma muzyki. Panienka rozumie, co mam na myśli? A poza tym dziś przyszłyśmy tylko zobaczyć, jak sobie radzicie. Na dobre przyjdziemy dopiero jutro.

– Willie Mays dostał niezasłużony punkt! – usłyszały dobiegający z salonu krzyk Fannie.

– Pani Fannie na pewno ogląda mecz gwiazd – skomentowała Doll. – Tego ona nigdy nie opuści.

Queenie otworzyła lodówkę.

– O, widzę, że pan Henry przyniósł, co trzeba.

Słowa Doll przerwał odgłos ocierania się gałęzi drzewa o mur.

– Kiedy szłyśmy, wydało mi się, że to drzewo jest bardziej pochylone niż zwykle – zauważyła Doll.

– Mam wrażenie, że ostatnio też mocniej hałasuje – powiedziała Ibby. – Zwróciłam nawet na to uwagę Fannie, ale ona powiedziała, że tak jest od czasu huraganu Betsy i żeby się tym nie przejmować.

Doll skinęła głową.

– To prawda, że drzewo zaczęło się pochylać podczas huraganu w sześćdziesiątym piątym, ale z każdym rokiem jest gorzej.

Queenie spojrzała na sufit.

– Posłuchajcie. Mnie się wydaje, że ten odgłos się zmienił.

Doll nastawiła ucha.

– Masz rację, mama. Nasze stare drzewo już się chyba kończy. I chce nam to powiedzieć.

– I to już od dawna – dodała Queenie. – Ale ja mam inne sprawy na głowie. Zamiast słuchać, co drzewo ma nam do powiedzenia, muszę się zainteresować, co jest w lodówce i czy będę miała z czego ugotować obiad. Widziałam na podwórku bakłażany i pomidory. Zaraz, co my jeszcze mamy? – Queenie zajrzała do lodówki.

– Jak będziesz mnie potrzebowała, to jestem na górze w pracowni – powiedziała Doll, wychodząc z kuchni.

Ibby wróciła do salonu oglądać mecz z Fannie. Po chwili Queenie przyniosła im coś do przegryzienia.

– Kiedy się tu pojawiłaś? – zapytała Fannie.

– Przed chwilą. Po prostu wpadłam, żeby przygotować jakiś obiad. Jutro przyjdziemy tak jak zwykle.

Kiedy Queenie się odwróciła, żeby wyjść, Fannie zawołała:

– Queenie?

– Słucham panią. – Queenie stała z ręką na drzwiach.

– Cieszę się, że jesteście.

– Dziękuję, pani Fannie. I ja się cieszę, że jesteśmy – odparła Queenie i zaraz potem drzwi się za nią zamknęły.

Szuranie konarów drzewa o mur było teraz tak głośne, że Fannie musiała podkręcić telewizor.

– Cholerne drzewo – zaklęła. – Przypomnij mi, żebym kazała Wronie w przyszłym tygodniu poprzycinać te gałęzie. Będziesz pamiętała, Ibby?

– Hank Aaron będzie strzelał – zapowiedział spiker.

– To mój chłopak. – Fannie nachyliła się do telewizora.

Tymczasem z góry zbiegła z krzykiem Doll.

– A nie mówiłam?! A nie mówiłam?!

– O czym ona gada? – Fannie podkręciła głos w telewizorze, żeby ją zagłuszyć.

Ibby wpadła do kuchni, gdzie zastała wymachującą rękami Doll.

– A nie mówiłam, mama?!

Queenie spojrzała na sufit.

– Ten hałas… on wcale nie ustaje.

Jęki stały się głośniejsze i bardziej przeciągłe, a po nich nastąpiła seria niby wystrzałów, jakby ktoś otwierał butelki szampana. Na koniec rozległ się głośny pisk, tak ostry, że Ibby musiała zasłonić uszy rękami.

– Jezus Maria, Józefie święty! – wrzasnęła Doll.

W następnej sekundzie posypało się szkło i słychać było trzask walącego się na dom gigantycznego drzewa.

– Gdzie jest pani Fannie? – W głosie Queenie słychać było panikę. – Ona nie szła tu do kuchni z panienką?

– Nie. Jest nadal w salonie – odparła Ibby.

Wszystkie trzy spojrzały po sobie ze strachem, niepewne, co zobaczą po otwarciu drzwi do salonu.

Jedynym dźwiękiem w całym domu był teraz ryk telewizora podkręconego na pełny regulator:

– Tony Oliva odbił od płotu… Ciekawe, czy zdobędzie dziś punkt?

Kiedy zajrzały do salonu, zobaczyły tylko tył głowy Fannie. W dalszym ciągu siedziała na kanapie, przywalona z obu stron konarami, które runęły przez okno.

– Jak myślicie, czy wszystko z nią w porządku? – wyszeptała Queenie. – Jest taka dziwnie cicha…

Weszły na palcach do salonu i zobaczyły Fannie zerkającą spomiędzy gałęzi jak ptak w klatce. Ibby zakryła ręką usta, żeby powstrzymać chichot, ale Fannie wyglądała tak zabawnie, że nie wytrzymała i wybuchnęła śmiechem.

– Ale się pani urządziła, pani Fannie. – Queenie uderzyła się po kolanie i zgięta wpół zaczęła chichotać.

– No właśnie. – Doll parsknęła śmiechem. – Ciekawe, jak się pani stąd wydostanie.

– Cieszę się, że wam jest tak wesoło. – Fannie spojrzała na nie spode łba, chociaż sama ledwie mogła się powstrzymać od śmiechu. – Ciekawe, czy ktoś zamierza z tym coś zrobić, czy będziecie mnie tak trzymały do końca dnia?

– Nie wiem. A ty co o tym myślisz, mama? Potrzymamy panią tu trochę, aż zmięknie.

Fannie zaczęła zmieniać kanały jak szalona.

– Przynajmniej telewizor nie ucierpiał.

– Dzięki Bogu – wycedziła Queenie pomiędzy jednym a drugim chichotem. – Nie wiem, co byśmy wtedy zrobiły.

Ibby pobiegła do hallu po aparat.

– Spójrz tutaj, Fannie – powiedziała.

Kiedy robiła zdjęcie, Fannie podniosła rękę do góry.

– Stop!

– Queenie i Doll, stańcie koło Fannie, to wam pstryknę fotkę.

Queenie przysunęła się najbliżej Fannie, jak tylko mogła, i zrobiła błazeńską minę. Doll pokazała na Fannie, która siedziała z otwartymi ustami, i kiedy Ibby zaczęła robić zdjęcie, mówiła właśnie: „Nie, proszę cię, daj spokój".

– Zróbcie z tym coś, ale szybko! Bo mi się strasznie chce – rzuciła Fannie.

– Przyniosę nocnik – zachichotała Queenie.

Ibby wyjrzała na zewnątrz. Stare drzewo przypominało śpiącego olbrzyma, który położył się na ziemi i przytulił do domu na wieczny odpoczynek.

– Przykro mi, Doll – zawołała – ale wygląda na to, że niektóre gałęzie mogły się przebić do twojej pracowni.

Doll wyszła na werandę. Znaczna część drzewa blokowała podjazd i wystawała na sąsiedni teren. W miejscu, gdzie były korzenie, ziała dziura wielkości małego basenu. Doll wskazała na dom sąsiadów.

– Ale pan Jeffreys będzie wściekły, jak wróci z pracy i nie dostanie się na swój podjazd. Od lat walczył z panią o wycięcie tego drzewa.

– Przestań się martwić o drzewo – wrzasnęła Fannie – bo za chwilę będziesz miała jeszcze więcej do sprzątania.

– Naprawdę, Doll, trzeba coś z tym zrobić – dodała Ibby. – Ona jest tu uwięziona. Jeśli szybko jej nie uwolnimy, zleje się w majtki.

– W komórce jest piła. Spróbuję panią Fannie wyciąć, zanim przyjadą faceci od drzew. – Doll spoważniała. – Niech no panienka tutaj popatrzy. Na tę gałąź koło pani Fannie. Gdyby panienka nie przyszła do kuchni, to ta gałąź mogłaby przygnieść panienkę, panno Ibby. Całe szczęście, że nic się nikomu nie stało. Pójdę na górę zobaczyć, jak tam wygląda sytuacja.

Ibby spojrzała na okno, przez które konary powalonego drzewa sięgały do wnętrza domu jak macki ośmiornicy. Nagle wszystko to przestało jej się wydawać śmieszne.

– Czy ktoś się wreszcie pospieszy? – niecierpliwiła się Fannie.

– Proszę się uspokoić – odparła Queenie, nie przestając chichotać. – Na pewno coś wymyślimy. W końcu.

– Dobrze, skoro to dla was takie wesołe. – Fannie zapadła się głębiej w kanapę i skrzyżowała ramiona.

Z góry nadbiegła Doll.

– Boże! – krzyczała – Boże! Moja pracownia cała w ruinie! Przez okno wpadła gałąź, o mało nie trafiła w maszynę do szycia.

– Czy tylko o to się martwisz? A może byście tak pomyślały, jak mnie stąd wydostać – jęczała Fannie.

Kilka minut później w salonie pojawiła się Doll z niewielką ręczną piłą.

– Zaraz przyjdzie Wrona i pozabija okna dyktą – oznajmiła. – Ale nie zrobi nic, dopóki nie usunie się tych gałęzi – powiedziała i zaczęła piłować pierwszą z brzegu.

– W takim tempie to i na Boże Narodzenie mnie nie oswobodzisz.

Doll podniosła piłę do góry.

– Chce pani spróbować?

– Zobaczę, może Wrona ma kogoś, kto by to drzewo usunął. – Queenie wróciła do kuchni.

Po wypełnionych jękami jakichś dwudziestu minutach Doll zdołała wreszcie wyciąć dostatecznie obszerny otwór, przez który Fannie mogła się jakoś wyczołgać. Kiedy tylko się uwolniła, pobiegła prosto do swojej sypialni.

Wrona podjechał pod sam dom pożyczoną furgonetką wyładowaną arkuszami sklejki. Towarzyszyli mu Ptaszyna i Puzon. Wrona wysiadł i próbował ocenić rozmiary zniszczeń. Po chwili dołączył do niego syn. Następnie cała trójka ruszyła wzdłuż lewej ściany domu aż na jego tyły.

Ibby wraz z Doll czekały na nich w kuchni.

– Znalazłeś może kogoś? – zapytała Queenie, kiedy Wrona pojawił się w drzwiach.

Ten poskrobał się w głowę.

– Zadzwoniłem do Roosevelta Jeffersona, wiesz, on ma taką firmę.

– I co powiedział?

– Po południu, jak tylko skończy inną pracę, przyjedzie to wszystko obejrzeć.

– Mamy jeszcze kupę roboty do wykonania przed zachodem słońca – powiedziała Queenie. – Przede wszystkim trzeba pozabijać okna. Bo inaczej będziemy tu mieli za chwilę pełno robactwa.

– Jasne. – Wrona skinął głową.

Queenie gestem wezwała Ptaszynę i Puzona do środka.

– Ptaszyna, ty pójdziesz na górę i pomożesz Doll uprzątnąć pracownię, a Wrona, Puzon i ja pójdziemy do salonu.

– A co ze mną? – zapytała Ibby.

– A ty, dziecino, po prostu staraj się nie przeszkadzać – odparła Queenie.

Ibby poszła do swojego pokoju i otworzyła okno. Wkrótce przybył pan Roosevelt ze swoją ekipą. Przyjechali wielką ciężarówką z ciężkim sprzętem. Mężczyźni otoczyli wyrwę w ziemi pozostałą po korzeniach drzewa i dzielili się z Wroną swoimi spostrzeżeniami. Korzenie były tak potężne, że cały ich wyszarpany z ziemi system sięgał Wronie powyżej głowy. A powstały po nich dół przerósł swoimi rozmiarami najśmielsze wyobrażenia Ibby. Musiał mieć jakieś dwa i pół metra szerokości i tyle samo głębokości.

Kiedy pan Roosevelt i jego ludzie zaczęli piłami łańcuchowymi odcinać zewnętrzne gałęzie, Ibby wychyliła się przez okno, żeby lepiej widzieć, co się dzieje. Fannie wyszła na werandę od frontu i zaczęła się po niej przechadzać tam i z powrotem z bardzo dziwnym wyrazem twarzy.

Ibby zrobiło się żal starego drzewa, tak bardzo katowanego. Przypomniał jej się Balfour i jego tragiczny wypadek. Gdyby nie było tego drzewa, to samolot chłopca nie zaczepiłby się o gałąź, a on nie wyszedłby po niego aż na rynnę. A gdyby Balfour żył, rodzice nie wysłaliby jej taty do szkoły z internatem, a Fannie nie przeżyłaby załamania nerwowego. Czy to jedno drzewo mogło stać się przyczyną tylu nieszczęść?

Fannie przerwała swój spacer i stała teraz z bezwładnie opuszczonymi rękami. Ibby zastanawiała się, czy jej babka myśli o tym samym co ona.

Pan Roosevelt i jego ekipa pracowali aż do zachodu słońca, ale i tak uprzątnęli fragmenty drzewa tylko z wnętrza domu, żeby umożliwić Wronie i Puzonowi zabicie okien przed nocą. Po odjeździe ekipy Fannie pozostała na werandzie.

– Pani idzie do domu, pani Fannie – zaczęła ją namawiać Queenie. – Oni już pojechali. Zrobiło się ciemno, kolacja na stole.

Jednak Fannie nie dała się namówić na wejście do domu. Siedziała na bujawce w rogu werandy, aż Queenie wyniosła kolację na zewnątrz, a następnie usiadła koło niej, od czasu do czasu podając jej kęs smażonego kurczaka. Wszyscy wstrzymali oddech, zastanawiając się, czy bujawka wytrzyma ten ciężar.

– Co w nią wstąpiło? – zapytała za drzwiami Ibby.

– Nie mam pojęcia, dziecino – odparła Doll.

Ale i ona była niespokojna. Od chwili, kiedy drzewo runęło, wszyscy wydawali się podenerwowani.

Wrona i Puzon zapakowali narzędzia do pikapa.

– Jesteśmy gotowi – oznajmił Wrona.

– Jeszcze chwilę. – Queenie oddaliła go machnięciem ręki. – Chodź no tutaj, Doll, i pomóż mi zaprowadzić panią Fannie do domu. Panno Ibby, i panienki pomoc może być potrzebna.

Kiedy kobiety podniosły Fannie z bujawki, jej ręka zaczęła się trząść w sposób niekontrolowany.

Z pomocą Ibby Doll zaprowadziła Fannie do pokoju

i położyła ją na łóżku. Zaraz potem przyszła Queenie i zdjęła jej buty, ale przez cały ten czas wyraz twarzy Fannie się nie zmienił. Wyglądała tak, jakby zobaczyła ducha.

Nazajutrz rano o wschodzie słońca była już na nogach. Przechadzała się po werandzie w szlafroku i kapciach. Queenie zdołała ją jakoś ubłagać, żeby poszła do domu się ubrać, ale kiedy tylko pojawił się pan Roosevelt, wróciła na werandę i obserwowała jego działania.

Ibby i Queenie towarzyszyły jej przez chwilę, stojąc w drzwiach.

– Co jest takiego w tym drzewie, że powoduje w niej takie napięcie? – zapytała Ibby.

– Kto wie? – Queenie się zadumała.

– Ale jak myślisz, jak stare było to drzewo?

– A dlaczego panienka chce to wiedzieć?

– Tak sobie, z ciekawości.

– Bardzo stare – odparła Queenie pod nosem. Wyglądało na to, że ją Ibby zirytowała tym pytaniem.

Prawie cały ranek Fannie spędziła na zewnątrz, przyglądając się, jak pan Roosevelt i jego ludzie odpiłowują gałęzie drzewa, a następnie wloką je do rozdrabniarki.

W pewnym momencie wyszła z domu Queenie i zapytała:

– Za chwilę zacznie się Wimbledon, nie chciałaby pani oglądać?

Jednak Fannie tylko pokręciła przecząco głową. W tym momencie Ibby zorientowała się, że coś jest niedobrze z jej babką, która jeszcze nigdy nie opuściła Wimbledonu. Wnuczka usiadła koło niej na bujawce i przez jakiś czas usiłowała ją wciągnąć w rozmowę, ale na próżno. Fannie nie odezwała się słowem. Siedziała, tylko obserwując drzewo. Po chwili Ibby poddała się i poszła na górę. Wstąpiła do pokoju ojca i zaczęła szukać urny. Otworzyła szafę, ale urny nadal nie było.

Zajrzała do pracowni Doll, gdzie zastała Ptaszynę tańczącą do piosenki Arethy Franklin, którą właśnie nadawali w radio. Doll stała na balkonie i też obserwowała stamtąd działania mężczyzn. Po chwili weszła do środka.

– Pomóc w czymś panience? – zapytała.

– Nie widzę w szafie urny taty. Wiesz może, co się z nią stało?

– O mój Boże, panno Ibby, na śmierć zapomniałam. Tyle się ostatnio działo. Parę tygodni temu pani Fannie pytała, gdzie jest urna, no to zniosłam ją na dół i postawiłam w jadalni na stole. Myślałam, że pani Fannie chce sobie na nią zwyczajnie popatrzeć. Ale potem, kiedy znów za jakiś czas zeszłam na dół, nie było ani pani Fannie, ani urny.

– Och, myślałam, że ją gdzieś przestawiłaś.

– Nie, dziecino, ja jej nigdzie nie przestawiałam. Pomyślałam, że pani Fannie zabrała ją na przejażdżkę swoim nowym samochodem, ale wróciła bez urny. A kiedy spytałam, gdzie jest urna, odpowiedziała: „koło Balfoura".

– Ale co miała na myśli, mówiąc „koło Balfoura"?

– No, wie panienka, na cmentarzu.

Ibby patrzyła w podłogę.

– Myślałam, że Fannie planowała prawdziwy pogrzeb dla taty. Wiesz, zawsze mówiła o prawdziwych pogrzebach i o tym, jakie to jest ważne. Szkoda, że mi nic nie powiedziała.

– Jasne, że tak by było najlepiej, ale panienka wie, jaka jest Fannie, ona zawsze robi wszystko po swojemu.

– Jasne – włączyła się Ptaszyna.

Doll skinęła głową w jej stronę.

– Wiecie co, dziewczynki, najlepiej będzie, jak sobie pójdziecie na jakiś film do Prytania Theatre, zamiast się tu nudzić.

Ptaszyna machnęła ręką.

– Dobry pomysł. Idziemy, panno Ibby.

– Biegnij na dół, Ptaszyna, bo ja muszę pogadać z panną Ibby w cztery oczy.

Zaraz po wyjściu Ptaszyny Doll zamknęła drzwi. Miała dziwny wyraz twarzy.

– Niech no panienka tu pozwoli. – Usiadła na kanapce stojącej naprzeciwko maszyny do szycia i wyciągnęła z kieszeni żółty kawałek papieru.

– Ten telegram przyszedł do panienki dziś rano. Czekałam z nim na właściwy moment, ale w takich sprawach żaden moment nie jest właściwy. – Po tych słowach wręczyła telegram Ibby, która usiadła na kanapie koło niej. Telegram był od prawnika z Kalifornii. Ibby odczytała go na głos:

– „Niniejszym informuję Panią jako osobę najbliższą z rodziny, że Vidrine Crump Bell" – tu Ibby zrobiła pauzę – „zmarła z przyczyn naturalnych. Zgodnie z ostatnią wolą zmarłej jej ciało zostanie skremowane, a prochy rozsypane na Oceanie Spokojnym".

Ręka Ibby opadła na kolana, a telegram ześlizgnął się na podłogę. Poczuła się, jakby dostała cios w żołądek. Przez ostatnie cztery lata zastanawiała się, co powie swojej matce, jeśli ta wróci. Takiego finału nigdy się nie spodziewała. Żadnych ostatnich słów. Żadnych pożegnań. Żadnego tak mi przykro.

– Wiem, że jesteś zdenerwowana – powiedziała Doll, dotykając ręki dziewczyny.

– Byłam wściekła na matkę za to, że mnie tu zostawiła.

– A ja myślałam, że jesteś tu szczęśliwa.

– Nie o to chodzi. Byłam na nią wściekła o to, że nie raczyła nawet po mnie wrócić. – Ibby ukryła twarz w dłoniach.

Doll objęła ją ramieniem.

– Moje biedactwo. Ja jednak sądzę, że było inaczej, że twoja mama się po prostu pogubiła. I tyle. Wiem, że cię kochała.

– A skąd ty możesz to wiedzieć? – spytała Ibby beznamiętnie.

– Bo mi to sama powiedziała – odparła Doll.

Ibby spojrzała na nią zaskoczona.

– Co takiego? A kiedy ona mogła ci to powiedzieć?

Doll westchnęła głęboko.

– Kilka tygodni temu pani Vidrine tu przyszła.

Ibby aż podskoczyła do góry.

– Dlaczego mi nic nie powiedziałaś? Moja matka wróciła, a ty mi o tym nie powiedziałaś?!

– Posłuchaj mnie. Twoja mama przyszła powiedzieć, że cię przeprasza.

– Było za co. – Ibby z trudem powstrzymywała łzy.

– Myślę, że to było bardzo szczere. Mówiła, że nie tak to sobie wyobrażała. Nie chciała zachorować. Myślała, że panience będzie tu lepiej z panią Fannie. Ona żyła w nędzy, bez dachu nad głową.

– To dlaczego nie przyszła tutaj? Dlaczego nie zapytała Fannie, czy może tu z nami zamieszkać?

– Myślę, że duma jej nie pozwoliła. Chciała, żeby panienka ją zapamiętała taką, jaka była kiedyś. I poprosiła, żebym dała panience to. – Doll wyjęła z kieszeni obrączkę.

Ibby otarła łzę wierzchem dłoni i wzięła obrączkę.

– To jest jej ślubna obrączka. Dostała ją od taty.

– Prosiła, żebym panience koniecznie powiedziała, że panienkę kochała.

Ibby wsunęła obrączkę na palec i przez chwilę się nią bawiła.

– Ale czy ona to naprawdę powiedziała, czy tylko tak mówisz, żeby mi poprawić humor?

– Pani Vidrine kazała mi to powiedzieć dopiero po jej śmierci. A ja cały czas o tym myślę, od chwili kiedy się tu pojawiła, czyli kilka dni przed przyjęciem urodzinowym panienki.

– A więc jednak tu była. – Ibby obracała obrączkę na palcu.

– Była, panno Ibby.

– Czy Fannie o tym wie?

– Nie, dziecino. Bałam się, że jak jej o tym powiem, to zacznie jeździć po mieście i szukać pani Vidrine. Nie powiedziałam o tym nikomu, nawet Queenie.

– Ja szukałam mojej mamy. Tego dnia, co tak padało i przyszłam taka zmoknięta.

– Domyśliłam się – odparła Doll.

– Nie chciała, żebym ją znalazła.

– To nie tak, panno Ibby. Jestem przekonana, że pani Vidrine pragnęła się z panienką spotkać, ale była bardzo chora. Myślę, że nie chciała, żeby ją panienka widziała w takim stanie.

– Ale ja marzyłam o tym, żeby ją zobaczyć ten jeden jedyny ostatni raz.

– Proszę mi wybaczyć, panno Ibby, jeśli postąpiłam źle, ale załatwiłam to najlepiej, jak umiałam.

Ibby znów otarła łzę.

– Nie mów nic Fannie. Nie wiem, czy w tej chwili dałaby sobie radę z taką wiadomością. Z jakiegoś powodu to drzewo całkowicie wytrąciło ją z równowagi. Sama jej to powiem w odpowiednim czasie.

– Jak sobie życzysz, dziecino, jak sobie życzysz. – Doll wzięła Ibby za rękę. – Wiem, że to jest szok.

– Nie zamierzam o tym więcej mówić. Nie teraz. Nigdy. – Ibby wyrwała rękę Doll i pospieszyła do drzwi.

Na podjeździe czekała na nią Ptaszyna.

– Co mama od ciebie chciała?

– Nic. – Ibby pociągnęła nosem.

– Jesteś o coś wściekła?

– Nie.

– Wygląda na to, że jesteś.

– Daj spokój.

– Co mama ci takiego powiedziała, że jesteś taka zła? – Ptaszyna nie ustępowała. – Płakałaś?

Ibby postanowiła ignorować jej pytania.

– Idziemy.

Kiedy doszły do końca podjazdu, zobaczyły Fannie. Siedziała na bujawce na werandzie z bezwładnie zwisającymi nogami i nisko pochyloną głową, jakby rozmyślała o czymś, co się wydarzyło bardzo dawno temu.

Puzon był na podwórku, pomagał ojcu posprzątać po ekipie pana Roosevelta. Odłożył grabie i podszedł do dziewcząt.

– Jutro wieczorem mam występ w Union Hall na Tchoupitoulas Street. Może przyjdziecie z Ptaszyną posłuchać?

Ibby nie odpowiedziała. Patrzyła gdzieś obok Puzona na Fannie.

Proszę cię, Fannie, nie opuszczaj mnie. Jesteś w tej chwili całą moją rodziną, teraz kiedy zabrakło mamy – myślała.

– Panno Ibby, czy panienka mnie na pewno słyszała? – zapytał Puzon.

Ptaszyna kuksnęła Ibby.

– Może byś odpowiedziała Puzonowi.

Ibby oderwała wzrok od babki i spojrzała na Puzona.

– Przepraszam, ale mam myśli zaprzątnięte czym innym. Z przyjemnością posłucham jutro wieczorem, jak grasz.

– To w porządku. – Puzon podniósł rękę, jakby chciał im pomachać, i oddalił się wolnym krokiem.

Kiedy dziewczynki wróciły z kina, pan Roosevelt i jego ekipa pakowali się już po pracy. Wyglądało na to, że uprzątnęli do tej pory zaledwie pół drzewa.

Fannie wróciła do przechadzania się po werandzie. Queenie dreptała za nią, ale jej nie pocieszała tak, jak to robiła poprzedniego dnia i dwa dni wcześniej.

Tym razem i ona miała na twarzy wyraz troski.

Tej nocy Ibby nie mogła zasnąć. Nie potrafiła przestać myśleć o matce. Przypomniało jej się to, co niedawno powiedziała Doll, a mianowicie, że miłość czasem bardzo boli. Zastanawiała się, czy w ogóle bywa tak, że nie boli.

Otworzyła okno. W powietrzu wisiał zapach trocin, a przepływająca chmura spowiła drzewo w jakiś niesamowity welon, co sprawiło, że jego korzenie wyglądały jak kościste paluchy sięgające głębin ziemi. W widoku drzewa leżącego na boku z poodcinanymi gałęziami było coś bardzo smutnego. Ibby potarła ramiona; myśląc o matce, czuła się samotna i bezbronna jak to powalone drzewo.

Nagle usłyszała szelest. W pierwszej chwili nie przywiązywała do niego wagi. Pomyślała, że to może jakiś szop przemyka ścieżką po lewej stronie domu. A potem odgłos się powtórzył pod oknem. Zgasiła światło w swoim pokoju i spojrzała w dół, żeby się zorientować, skąd pochodzi. Dostrzegła jakiś cień na brzegu dziury powstałej po korzeniach drzewa. Czyżby to jakieś zwierzę? Cokolwiek to było, wyraźnie badało, jak się dostać na dół.

– Kto tam jest? – zawołała Ibby.

Jednak żadna odpowiedź nie padła.

– Czy ktoś tam jest? – zapytała ponownie, a następnie zbiegła po schodach i wyszła kuchennymi drzwiami w nadziei, że złapie to coś, ale kiedy się znalazła przed domem, zobaczyła tylko umykającego kota.

Może po prostu jestem przewrażliwiona z powodu tego, co mi powiedziała dzisiaj Doll na temat mojej mamy – pomyślała.

Kiedy zajrzała do dołu, miała uczucie, że ziemia się rusza pod jej stopami. Odskoczyła jak oparzona. Jestem beznadziejna – uznała. – Tu przecież nikogo nie ma.

Okrążyła dom i weszła kuchennymi drzwiami. Kiedy ruszyła w górę, usłyszała jakiś hałas dochodzący z podestu.

Zamarła. Czyżby w domu ktoś był? Właśnie zaczęła się zastanawiać, czy nie powinna pobiec do sąsiadów po pomoc, kiedy usłyszała cichy głos.

– Wpuść mnie.

Ze zdumieniem stwierdziła, że na podeście schodów stoi Fannie. Była boso, miała na sobie białą koszulę nocną i usiłowała otworzyć drzwi, do których prowadziły schody. Kręciła gałką i napierała na drzwi ramieniem, cały czas powtarzając:

– Mała mateczka. Mała mateczka.

Z wyrazu jej oczu Ibby wywnioskowała, że Fannie jest lunatyczką.

– Co się stało, Fannie? – zbliżyła się do babki.

– Pokój. Jest zamknięty. – Fannie pokazała na drzwi.

– Wiem.

– Otwórz go.

– Nie mogę. Nie mam klucza. – Ibby położyła rękę na plecach babki, żeby ją uspokoić.

Ale Fannie dalej szarpała za gałkę.

– Otwórz.

– Mówiłam ci już. Nie mam klucza.

Babka raz jeszcze spróbowała otworzyć drzwi, po czym spojrzała na Ibby zdenerwowana.

– Tam jest mała mateczka.

– A kto to jest mała mateczka?

Fannie potrząsnęła głową.

– Chodź, Fannie, pójdziemy do twojego pokoju.

– Nie! – wykrzyknęła Fannie. – Muszę wypuścić małą mateczkę!

Ten wybuch przestraszył Ibby, która jednak starała się zachować spokój, żeby jeszcze bardziej nie rozdrażnić babki, która załamywała ręce i robiła wrażenie, jakby się miała za chwilę rozpłakać.

Ibby zdołała delikatnie odciągnąć Fannie od drzwi, ale

wciąż zastanawiała się, w jaki sposób ją skłonić do tego, żeby zechciała zejść na dół.

– Wrócimy tu jutro, dobrze? Mała mateczka na pewno teraz śpi. Nie będziemy jej przecież budziły, prawda? – Cały czas mówiąc do Fannie, sprowadzała ją po schodach, na których jej brudne stopy zostawiały ślady.

Zdołała w końcu położyć Fannie do łóżka, po czym wyszła, zamykając za sobą drzwi i biorąc głęboki oddech. Czy coś się w tym pokoju wydarzyło? I kim była mała mateczka? Nigdy nikt o niej nie wspominał.

Wróciła na górę pod drzwi zamkniętego pokoju, które usiłowała sforsować Fannie. Ibby znała przeznaczenie wszystkich pokojów na piętrze, z wyjątkiem tego jednego. Potrząsnęła głową. Tak wiele było spraw dotyczących jej rodziny, o których jeszcze nic nie wiedziała.

Po czterech latach jej mieszkania na Prytania Street dom w dalszym ciągu krył przed nią jakieś tajemnice.

ROZDZIAŁ 36

Nazajutrz wieczorem po odjeździe pana Roosevelta i jego ekipy Ibby poszła do swojego pokoju, żeby się przygotować do wyjścia. Wybierała się z Ptaszyną na występy Puzona w Union Hall. Włożyła spódniczkę i top, w ostatniej chwili skropiła się Dziką Orchideą Nr 7. Liczyła na to, że niepostrzeżenie przemknie się koło Fannie, która oglądała akurat w telewizji wyścigi konne z przeszkodami. Była już prawie w kuchni, kiedy usłyszała za sobą głos babki.

– Dokąd to się wybierasz, młoda damo, jeśli wolno spytać?

– Och, wychodzę na chwilę.

– Z kim?

Ibby wiedziała, że Fannie najprawdopodobniej nie byłaby zachwycona, gdyby wiedziała, że wybiera się do klubu tanecznego na spotkanie z Puzonem. Zawahała się, zanim odparła:

– Z przyjaciółmi.

– Z jakimi przyjaciółmi?

– No wiesz, ze szkoły. I może spotkam się z Ptaszyną.

– A dokąd idziecie?

– Do Union Hall posłuchać muzyki.

Fannie spojrzała znad okularów do czytania.

– A co na siebie włożyłaś?

Niech to szlag – pomyślała Ibby. – Każe mi iść na górę i się przebrać.

– Spódnicę – odparła.

– I to nazywasz spódnicą? A co się stało z resztą materiału? Jak się schylisz, to ci będzie widać całą pupę.

– Teraz jest taka moda, Fannie. Wszyscy się tak ubierają.

– Chcesz powiedzieć, że młode kobiety tak się dzisiaj noszą? – Babka zmierzyła wnuczkę wzrokiem od stóp do głów, po czym zdjęła okulary i jeszcze raz przyjrzała się jej z obojętną miną. – Całkiem ładnie wyglądasz – stwierdziła w końcu.

– Mogę iść? – Ibby nerwowo miętła zamszowy pasek torebki.

– Idź, tylko nie wracaj późno – zastrzegła Fannie.

•••

Union Hall mieścił się w starym magazynie przylegającym do nabrzeży Missisipi. Było to duże puste pomieszczenie z podium z jednej strony i barem z drugiej, gdzie zawsze zbierały się tłumy. Dziewczyny musiały stać w kolejce do wejścia.

Po piętnastu minutach oczekiwania i zapłaceniu za wstęp przepchnęły się przez tłum do baru, nad którym warczały dwa duże wiatraki. Z powodu braku klimatyzacji wszyscy się pocili, nikt jednak nie zwracał na to uwagi.

Ibby nie zaprotestowała, kiedy Ptaszyna wręczyła jej cuba libre. Trzymała plastikowy kubek wysoko w powietrzu, kiedy w potwornym ścisku torowały sobie drogę do podium. Zabrakło im jakichś sześciu metrów do celu, kiedy Ptaszyna dała za wygraną.

– Darujmy sobie! – wrzasnęła, starając się przekrzyczeć gwar.

Następną godzinę dziewczęta, popychane i spocone, spędziły, popijając drinki.

Zbliżała się dziesiąta trzydzieści, kiedy do mikrofonu

doszedł potężnie zbudowany czarny mężczyzna w T-shircie i dżinsach.

– Jak się macie? – zwrócił się do widowni.

Ludzie unieśli ręce i zagwizdali.

– Dziękuję wam bardzo za to, że przyszliście. Jesteście gotowi na zabawę?

Publiczność zaczęła szaleć.

– Tak! Tak! Tak! – skandowała.

Panował ogłuszający hałas, więc Ibby wolną ręką usiłowała zasłonić sobie ucho.

– To nic nie da. – Jej sąsiad, młody mężczyzna, uniósł kubek do góry i obdarzył ją uśmiechem.

Był to Wiley Waguespack, starszy brat Winnie, ten sam, który lekko zawrócił jej w głowie, dopóki się nie dowiedziała od przyjaciółki, że wolno mu się spotykać tylko z katoliczkami.

– A gdzie jest Marcelle? – zapytała. – Myślałam, że chodzisz z Marcelle.

– Co? – zapytał chłopak, osłaniając ręką ucho.

– Nieważne – odparła. Tak naprawdę to wcale nie chciała wiedzieć.

W pewnym momencie na podium pojawił się zespół, który zaczął grać nową muzykę, zwaną funkadelic, i wszyscy zaczęli tańczyć w miejscu. W głębi sceny Puzon wraz z resztą sekcji instrumentów dętych wprawnie wywijał swoim instrumentem w rytm muzyki. Ibby, klaszcząc i kołysząc się wraz z innymi, próbowała nie zwracać uwagi na to, że Wiley objął ją ramieniem.

Kiedy kilku członków zespołu zaczęło tańczyć jak James Brown, wykrzyknęła:

– Ja też tak umiem! – Potem uginając kolana i szurając nogami, powtórzyła dokładnie to, czego nauczył ją Puzon.

Wiley zrobił krok do tyłu i z uznaniem przyglądał się jej popisom.

– Gdzie się nauczyłaś tańczyć w ten sposób?

Ptaszyna też zaczęła się przyglądać występom Ibby.

– Ty chyba musisz mieć w sobie coś czarnego. Jeszcze nigdy nie widziałam, żeby biała dziewczyna tańczyła w ten sposób.

Kiedy zespół przestał grać, Ibby poczuła się wyraźnie zawiedziona. Spojrzała na zegarek. Była pierwsza po północy.

Ludzie zaczęli wychodzić frontowym wyjściem, ale Ptaszyna wskazała w przeciwnym kierunku, w stronę podium.

– Chodź, poszukamy Puzona.

Tymczasem Wiley pociągnął Ibby za rękę.

– Idę do Tawerny Bruna, może byś poszła ze mną?

Jakaś część Ibby chciała iść, ale jednocześnie ona sama zdawała sobie sprawę, że z niej i Wileya nigdy nie będzie pary, przynajmniej jeśli wierzyć Winnie. Po co więc miałaby iść? A poza tym przyszła z Ptaszyną, no i nie chciała sprawić zawodu Puzonowi.

– Nie, nie mogę z tobą iść, ale dziękuję za zaproszenie – powiedziała.

Kiedy odwracała się, żeby iść za Ptaszyną, dostrzegła zawiedzioną minę Wileya. Uśmiechnęła się do siebie. Fakt, że dała Wileyowi kosza, sprawił jej pewną satysfakcję.

Kiedy dziewczęta znalazły się przy podium, Puzon zeskoczył, żeby się z nimi przywitać.

Ibby zatknęła za uszy przepocone włosy.

– Byłeś fantastyczny.

Puzon uśmiechnął się w odpowiedzi.

– Bardzo dziękuję, panno Ibby. Posłuchajcie, wybieram się do Ebony Lounge pograć w *chicken drop*. Idziecie ze mną?

Ptaszyna potrząsnęła głową.

– Muszę odprowadzić samochód. Mama nawet nie wie, że go wzięłam.

– To może panna Ibby miałaby ochotę? Przejechalibyśmy pod domem i po drodze zabrali Ptaszynę – zaproponował Puzon, chowając instrument do skórzanego futerału.

– Nie, jedźcie sami – odparła Ptaszyna.

Ibby szepnęła jej do ucha:

– Bez ciebie nie jadę.

– Dlaczego? On nie gryzie. – Ptaszyna powiedziała to na tyle głośno, że Puzon ją usłyszał.

Ibby wyraźnie się zawstydziła.

– Nie o to chodzi.

Kiedy Puzon do niej podszedł i stanął blisko, jej puls wyraźnie przyspieszył. Jego T-shirt był cały przepocony, z wyjątkiem trójkąta pośrodku piersi.

Ptaszyna przekrzywiła głowę.

– Dobrze, w porządku, ale trzeba się pospieszyć. Za dwadzieścia minut rozpoczyna się gra.

Gdy Ibby wsiadała do czarnego camaro Puzona, kątem oka zauważyła przejeżdżającego Wileya Waguespacka, któremu od niechcenia pomachała ręką. Był tak zaskoczony, że mało nie spowodował wypadku.

Puzon zapalił silnik, a wtedy Ibby spytała:

– Na czym właściwie polega *chicken drop*?

– A, to taka głupia gra wymyślona w Treme* i polegająca na obstawianiu liczb – wyjaśnił Puzon. – Wsadzają kurę do klatki, na której dnie są w kółkach różne liczby. Jeśli kura zrobi kupę na obstawionej przez ciebie liczbie, wygrywasz.

Kiedy podjechali pod dom Troutów, wszystkie światła były pogaszone i ulica tonęła w ciemnościach. Ibby nawet nie zauważyła siedzącej na schodkach Ptaszyny, dopóki ta nie zerwała się i nie podbiegła do samochodu. Puzon ruszył i zatrzymali się dopiero w odległości kilku przecznic

* Treme – dzielnica Nowego Orleanu.

przed białym parterowym budynkiem z metalową markizą nad drzwiami. Na chodniku kłębił się tłum ludzi w najróżniejszym wieku.

Puzon wysadził dziewczyny przed samym wejściem.

– Idźcie, ja zaparkuję.

Weszły do lokalu, gdzie powietrze było gęste od dymu papierosowego, a z szafy grającej sączyła się muzyka. Przy barze Ptaszyna uniosła w górę trzy palce. Starsza kobieta w kwiecistej sukience i białym fartuszku podała jej trzy plastikowe kubeczki. Zajęły stolik w rogu i wkrótce potem pojawił się Puzon.

– Już postawiłyście? – zapytał.

– Czekałyśmy na ciebie. – Ptaszyna podsunęła mu jeden z kubków.

Puzon wziął kubek i powiedział:

– Już czas, chodźcie.

Bocznymi drzwiami wyszli na podwórko, gdzie główną atrakcję stanowiła klatka z drucianej siatki wsparta na drewnianych nóżkach. Tęgi mężczyzna w T-shircie i szelkach, z przylepionym do wargi cygarem, inkasował pieniądze od klientów, którzy obstawiali różne liczby. Puzon wręczył Ibby i Ptaszynie po kawałku papieru.

– Napiszcie na tych karteczkach nazwisko i numer, który obstawiacie. O opłatę się nie martwcie, ja stawiam.

– Pięć minut! – wykrzyknął mężczyzna.

Kiedy już wszystkie numery zostały obstawione, mężczyzna z cygarem wybrał tłustą kurę z zagrody znajdującej się w rogu podwórka i wsadził do klatki.

– Uwaga, ten kurczak wysra wasze szczęście! – wykrzyknął dostatecznie głośno, żeby to dotarło do wszystkich zgromadzonych na podwórku uczestników gry.

Przez kilka minut przestraszony ptak siedział w jednym miejscu, mimo że ludzie wtykali palce przez oczka siatki i usiłowali go dotknąć. Kilka razy pokręcił głową, zrobił trzy kroki i usiadł ponownie. Każdy ruch kurczaka wywoływał wrzaski i śmiechy. Trwało to ze dwadzieścia minut, nim wreszcie ptak poszedł w róg klatki i tam się wypróżnił.

– Numer cztery! Na samym brzegu! – zawołał mężczyzna przez ogryzek cygara.

– Wygrałeś kiedyś? – zapytała Puzona Ibby.

– Nie. Jeszcze nigdy mi się to nie zdarzyło. Ot, tak gram dla zabawy.

Kiedy wrócili do lokalu, przy barze siedziała biała dziewczyna mniej więcej w wieku Ibby. Podparta łokciem, zaciągała się papierosem.

Dziewczyna obserwowała Ibby w wiszącym za barem lustrze. W pewnym momencie się odwróciła.

– O, Ibby Bell. To ty?

– Co tutaj robisz, Annabelle? – rzuciła Ibby.

Annabelle uśmiechnęła się głupawo w sposób świadczący o tym, że jest kompletnie pijana. Kiedy pokazywała na Puzona, mało nie spadła ze stołka.

– Jesteś tu z tym stajennym i z tą małą czarnuchą, z którą się wiecznie prowadzasz? – Annabelle zatkała ręką usta. Zdała sobie sprawę z tego, że mówiąc o Ptaszynie „czarnucha" w barze dla czarnych, popełnia grube faux pas. Na chwilę zatrzymała wzrok na kroczu Puzona, po czym spojrzała na jego twarz. – Wiesz, co mówią.

Puzon cofnął się o krok.

– Panno Annabelle, to nie jest miejsce dla panienki. Czy mamy panienkę odwieźć do domu?

– Ty? – Annabelle zmrużyła oko, choć próbowała puścić oczko.

– Panienka jest z kimś? – Puzon rozejrzał się dokoła.

– Nie, facet – odezwał się mężczyzna siedzący przy pobliskim stoliku i palący jointa. – Ta dziwka podjechała tu, zaparkowała przed barem i przyszła tutaj sama jakąś godzinę temu.

– A dlaczego ona tutaj jest?

Mężczyzna zerknął w stronę Annabelle.

– A jak myślisz, bracie, dlaczego? Ona już tu była, i to nie raz.

– Pieprzysz, Shorty – odparł Puzon.

– Nie, facet. Jak chcesz sztosa, to tylko chwilę zaczekaj. – Shorty skinął głową w stronę drzwi. – Wcale nie musisz się wysilać. Wystarczy, że z nią pójdziesz do samochodu. Zrobi to na tylnym siedzeniu. Jej jest wszystko jedno.

Annabelle złapała Puzona za koszulę na piersi i przyciągnęła do siebie.

– Powiedz mi jeszcze raz, stajenny, jak masz na imię.

Puzon usiłował się oswobodzić z jej uścisku, ale trzymała go mocno za ramię.

– Idziemy. – Ptaszyna pociągnęła Puzona za rękaw. – Nie chcę mieć do czynienia z tym białym ścierwem. Chodź, Puzon, ona to same kłopoty.

Annabelle wskazała na Puzona.

– Ty tu wrócisz.

Kiedy dojeżdżali do najbliższej przecznicy, Ibby usłyszała wrzask. Był to histeryczny śmiech Annabelle, która nie mogła sobie poradzić z otwarciem własnego samochodu.

A potem pojawił się jakiś mężczyzna i pomógł jej wsiąść, po czym wślizgnął się za nią na tylne siedzenie.

ROZDZIAŁ 37

Puzon jechał w milczeniu Louisiana Avenue; na tylnym siedzeniu drzemała Ptaszyna.

– To nie jest pierwszy raz – przerwał wreszcie niezręczną ciszę.

– Co nie jest pierwszy raz? – zapytała Ibby.

– Chodzi mi o pannę Annabelle. Nie pierwszy raz się w ten sposób zachowuje – rzucił w stronę Ibby szybkie spojrzenie. – Przyłazi do wszystkich chłopaków ze Stajni Audubon i podtyka im ten swój biały tłusty tyłek. I nie jest specjalnie wybredna, załatwia to tam na miejscu, w stajni. Nad rzeką też, w krzakach, sam ją tam widziałem raz czy dwa.

Ibby odwróciła się, nie chciała wiedzieć, czy i Puzon brał udział w tych eskapadach Annabelle.

Chłopak potrząsnął głową.

– Wiem, o czym myślisz, ale ja się do tego nigdy nie przyłożyłem.

Ibby uparcie patrzyła w okno.

– Wcale tak nie pomyślałam.

– Panno Ibby? – Puzon dotknął jej ręki.

Odwróciła się, a on się do niej nachylił. Myślała, że chce ją pocałować, więc zamknęła oczy i również się do niego nachyliła.

– Wiesz, że mi się podobasz, ale... – zaczął.

Ibby otworzyła oczy: Puzon siedział najdalej od niej, jak tylko to było możliwe, oparty aż o drzwi.

– Ale ty jesteś czarny, a ja jestem biała – dokończyła za niego. – I mam się całować tylko z białymi chłopakami. A przynajmniej tak powiedziała Doll.

– Doll tak powiedziała?

– Tak. Po tym jak cię pocałowałam na moich urodzinach. Zrobiła mi cały wykład.

– Mnie też zrobiła. Mówi, że jesteśmy jak...

– Rodzina. Wiem – dokończyła Ibby.

Siedzieli tak przez chwilę, nie bardzo wiedząc, o czym rozmawiać.

– Panno Ibby, jest jeszcze coś, o czym chciałem właśnie teraz panience wspomnieć... Ten zespół, z którym grałem dziś wieczorem, rusza w trasę koncertową do Europy i proponują, żebym jechał z nimi.

– To superpropozycja dla ciebie – odparła Ibby i po chwili dodała: – Puzon?

– Tak, panno Ibby?

Miała ochotę wyznać mu: „W dalszym ciągu mi się podobasz", ale wiedziała, że byłoby to z jej strony bardzo egoistyczne, więc zamiast tego zakończyła:

– Tylko nie zapomnij przysłać mi widokówki.

Była trzecia nad ranem i drogi puste jak okiem sięgnąć. Kiedy Puzon skręcił w Prytania Street, Ibby nagle poczuła wielkie zmęczenie. Miała za sobą długi, wyczerpujący dzień. Marzyła tylko o tym, żeby jak najprędzej znaleźć się w łóżku. Liczyła na to, że Fannie śpi, w przeciwnym razie spodziewała się kłopotów w związku z tak późnym powrotem.

Kiedy podjeżdżali pod dom Fannie, właśnie obudziła się Ptaszyna. Przeciągnęła się i rozejrzała dokoła.

– Co robi cadillac Wrony przed domem pani Fannie? – Wskazała samochód zaparkowany przed nimi.

– To nie może być jego samochód. Przecież odstawiłaś go do domu. Chyba wszyscy spali?

Ptaszyna przytknęła nos do szyby, żeby lepiej widzieć.

– Tak, to on. Poznaję po wgnieceniu na tylnym zderzaku.

W domu nie paliły się żadne światła. Poza mizernym blaskiem padającym od lampy ulicznej panowały całkowite ciemności.

– I taka cisza – powiedziała Ptaszyna, wysiadając z samochodu.

Puzon spojrzał przez ramię na starego cadillaca.

– Coś tu jest nie tak. Odprowadzę panienkę do drzwi i sprawdzę, czy wszystko jest w porządku.

– Ja też z wami idę. Nie będę tu sama siedziała po ciemku – dodała Ptaszyna.

Kiedy ruszyli ścieżką od frontu, nagle oślepił ich promień światła. Stanęli jak wryci.

– Co to było? – wyszeptała zaniepokojona Ptaszyna.

– To z drzewa – odpowiedział cicho Puzon.

– Jak to z drzewa? O co chodzi? – Ptaszyna złapała go za koszulę i mocno się jej uczepiła.

A potem znów błysk. Tym razem światło było skierowane na nich.

– Co ty tu robisz, chłopcze? – Głowa Wrony wystawała z dołu po korzeniach drzewa, a jego latarka oświetlała Puzona.

– Co się tu dzieje, tato? – zapytał Puzon.

Z dołu wychynęła kolejna głowa.

– Skąd wyście się tu wszyscy wzięli, Ptaszyna?

– To ty, Doll? – Ibby podeszła bliżej.

– O Boże, panna Ibby. Co wy tu o tej porze robicie?

– Kto tam jest? – z dołu doszedł ich kolejny ściszony głos.

Doll spojrzała w dół.

– Ciii, mama, obudzisz panią Fannie.

– Czy tam jest Queenie? – zainteresowała się Ibby, gdy

tymczasem Wrona ponownie zniknął w dole, zabierając ze sobą latarkę i pozostawiając ich w ciemnościach.

– Ciii – powtórzyła Doll. – Dlaczego wy wszyscy nie śpicie?

– Byliśmy na *chicken drop* – wyjaśniła Ptaszyna. – A wy co tu robicie w tym dole?

– Jest, znalazłem – oznajmił Wrona.

– Pamiętasz, gdzie to położyłeś? – zapytała Queenie.

– Tak, kobieto. Znalazłem część. Popatrz no tutaj.

– Co znalazłeś? – Puzon podparł się pod boki.

Stojąca na drabinie Doll wyglądała na górę, gdy tymczasem Queenie i Wrona, świecąc sobie latarką, szukali czegoś na dnie dołu.

– To długa historia, bracie – odparła Doll i odwróciła głowę. – Mama, wychodź z dołu i puść tam Puzona. On ma lepsze oczy.

Wkrótce pojawiła się na powierzchni głowa Queenie.

– Pomóż mamie wyjść.

Puzon pociągnął Queenie za rękę i pomógł jej się wygramolić na górę, a następnie zszedł po drabinie i zniknął w dole.

– Ptaszyna, jesteś taka chuda, że najlepiej, żebyś ty tam zeszła – powiedziała Queenie. – Mogłabyś pomóc i zabierz przy okazji ze sobą ten worek na śmieci.

– Co tu się, u licha, dzieje? – Ibby zajrzała do dołu.

Queenie wzięła ją pod rękę i zaprowadziła do schodków przed frontowym wejściem, z dala od całego zamieszania.

– Niech no panienka siądzie tu koło mnie.

Ibby ledwie widziała w mroku profil Queenie, zajętej otrzepywaniem sukienki z piachu. Kiedy skończyła, ujęła w dłonie rękę dziewczyny.

– Nie myślałam, że pani Fannie wie, ale gdy zobaczyłam, jak się nerwowo przechadzała dzisiaj po werandzie, upewniłam się, że musiała tamtej nocy, wiele lat temu widzieć tutaj mnie i Wronę. – Mówiąc to, Queenie kiwała się, jak zawsze, kiedy myślała o czymś, co ją niepokoiło. – Od dawna chciałaś wiedzieć prawdę o tym pokoju na górze, o tym nad schodami. Opowiem ci, dziecko, o tamtej nocy. Stało się to wkrótce po śmierci panicza Balfoura i jak ojciec panienki został wysłany do szkoły z internatem. Minęło ze dwa tygodnie od wyjścia pani Fannie ze szpitala, do którego trafiła po załamaniu nerwowym. Ciągle jeszcze była bardzo słaba. Miałam ją cały czas na oku, szczególnie kiedy pan Norwood szedł do pracy na rzece. Jak wracam do tego pamięcią, to sobie myślę, że nie powinnam była wtedy iść na rynek. Wszystko mogło się potoczyć inaczej.

•••

Kiedy nie było nikogo w domu, Fannie lubiła słuchać muzyki. Szła na górę, otwierała okna, nastawiała adapter na cały regulator i muzyka wypełniała pokój. Czasem jakiś sąsiad narzekał, że za głośno, ale większość przywykła do dźwięków Glenna Millera i Tommy'ego Dorseya w tych późnopopołudniowych godzinach. Tamtego dnia Fannie stała boso pośrodku sypialni jej i Norwooda, słuchając *In the Mood* Glenna Millera. Podkręciła adapter, ile tylko się dało, tak że drżały szyby w oknach, i zaczęła tańczyć, wymachując jedwabnym szalem, który powiewał dokoła niej. W pewnym momencie zatrzymała się i zaczęła tańczyć w drugą stronę, wirując wolno, z zamkniętymi oczami, aż do zawrotu głowy. Taki miała sposób na samotność, kiedy mąż wychodził do pracy. Spędziła w tym pokoju już kilka godzin, wyobrażając sobie, że są razem w Nowym Jorku przed wielką sceną. Nigdy nie była w Nowym Jorku, ale Norwood jej obiecał, że ją tam kiedyś zabierze.

Fannie tak się zatraciła w swoich marzeniach, że dopiero po upływie kilku minut zauważyła, że ktoś stoi w drzwiach sypialni. Był to jeden z kuzynów Queenie, Muddy, który przychodził od czasu do czasu po pieniądze.

– Nie masz tu żadnego interesu, Muddy, tyle powinieneś wiedzieć. – Odprawiła go gestem, zła, że jej przeszkodził w samym środku piosenki.

Muddy był potężnym mężczyzną, blisko dwa metry wzrostu i sto pięćdziesiąt kilo wagi. Miał tępą pozbawioną wyrazu twarz. Wciąż nie rozumiał, co Fannie do niego mówi. Był mało rozgarnięty. Fannie próbowała więc mu wytłumaczyć tak, żeby to do niego dotarło.

– Nie ma tu Queenie, Muddy. Poszła na rynek. Idź sobie. Możesz na nią zaczekać na dole, w kuchni. – Odwróciła się i podjęła przerwany taniec. Kiedy chwilę później otworzyła oczy, Muddy stał w odległości jakichś dwóch metrów od niej. – Co robisz? Mówiłam ci, żebyś zszedł na dół. Nie słyszysz, co się do ciebie mówi? – Tym razem w tonie Fannie czuło się gniew. Nie lubiła, żeby ktoś był tak blisko niej, a szczególnie nieproszony gość, i do tego w jej sypialni.

Jednak Muddy tkwił w tym samym miejscu, jakby zamierzał ją o coś zapytać, tylko nie miał odwagi.

– Chcesz pieniędzy? Po to przyszedłeś, tak? – zapytała. – O, proszę, mam tu jakieś pieniądze.

Otworzyła szufladę w stoliku przy łóżku, gdzie trzymała trochę gotówki i mały pistolet. Odliczyła dziesięć dolarów i próbowała wręczyć je Muddy'emu. Mężczyzna spojrzał na pieniądze. Fannie pomyślała, że się zastanawia, co robić. Może uznał, że to za mało.

– No już, jazda stąd. Bierz pieniądze i zmykaj tak, jak ci mówiłam. – Usiłowała wetknąć mu pieniądze do ręki. Ale Muddy strącił je i potrząsnął głową, a następnie postąpił krok bliżej.

– Co ty robisz?! – Fannie poczuła narastającą panikę, ale w dalszym ciągu uważała, że Muddy nie rozumie, o co jej chodzi. – Bierz pieniądze i wynocha!

Potem wszystko zaczęło się dziać bardzo szybko. Muddy przewrócił ją na podłogę i zadarł jej sukienkę. Próbowała się bronić, drapiąc go po twarzy, ale Muddy był silnym mężczyzną. Uderzył Fannie w policzek, co ją przestraszyło. Zaczęła płakać. Jednak Muddy pchnął ją i potem, kiedy w nią wchodził, poczuła na piersiach jego wielki brzuch. Próbowała krzyczeć, ale nie zołała wydobyć głosu, uroniła tylko łzę, która spłynęła jej po policzku. Nie mogła zrobić nic, poza słuchaniem muzyki i gardłowych jęków Muddy'ego.

Kiedy skończył, sturlał się z niej i natychmiast zasnął. Odsunęła go i wydostała się spod jego nogi, a następnie sięgnęła do otwartej szuflady przy łóżku i wyjęła z niej pistolet. Stojąc nad śpiącym mężczyzną, wycelowała w niego broń.

– Jak śmiałeś – syknęła.

Strzeliła do niego pięć razy, a potem dołożyła jeszcze szósty, prosto w twarz. Następnie sama osunęła się na podłogę koło niego, nie wypuszczając broni z rąk. Muzyka, której słuchanie sprawiało Fannie kiedyś tyle przyjemności, teraz zagłuszała jej jęki. Wyciekająca spod zwłok krew zbliżała się do miejsca, w którym siedziała, ale ona nawet nie drgnęła. Nie ruszyła się również wtedy, kiedy usłyszała, że ktoś wszedł do pokoju.

– O Boże, co pani najlepszego zrobiła?! – Queenie nachyliła się i namówiła ją na oddanie pistoletu. – Dowiedziałam się właśnie, że kilka dni temu wypuścili Muddy'ego ze szpitala wariatów. – Przepraszam, pani Fannie, tak mi przykro. Przepraszam, że mnie tu nie było, kiedy on przyszedł. Zwykle nie sprawiał kłopotów... – Queenie gadała jak nakręcona, pomagając jednocześnie Fannie wstać. – Niech pani usiądzie sobie na łóżku, a ja zaraz panią oporządzę. Potem się zastanowię, co zrobić z Muddym.

Do Fannie ledwie docierało to, co Queenie mówiła. Czuła się, jakby była za mgłą. Wszystko wydawało się nierealne. Queenie pomogła Fannie położyć się na łóżku. Ona zaś gapiła się tępo w sufit, ale łzy jej wyschły, jakby się całkowicie wyczerpały. Dokoła w dalszym ciągu rozbrzmiewała muzyka.

Queenie podeszła z mokrą ściereczką i zaczęła zmywać jej twarz.

– Boże, pani ma całą sukienkę we krwi. Musimy coś z tym wszystkim zrobić przed powrotem pana Norwooda. Kiedy on wraca z rzeki?

– Jutro wieczorem – odparła Fannie słabym, jakby nieswoim głosem.

– Pani jest w szoku, niech pani leży spokojnie, a ja panią doprowadzę do porządku.

Fannie złapała Queenie za rękę.

– On się nie może o tym dowiedzieć. Nigdy! To by go zabiło.

Fannie zdawała sobie sprawę, że gdyby Norwood usłyszał, że jego żona została zgwałcona przez czarnego mężczyznę, byłby to koniec jej życia. Nigdy by jej nie wybaczył tego, co się stało. Uważałby ją za splamioną na zawsze.

Małe oczka Queenie zamrugały. Poklepała Fannie po ramieniu.

– Niech się pani nie martwi. Queenie o wszystko zadba. Rozumie pani?

Fannie zamknęła oczy. Słyszała, jak Queenie rozmawia w hallu przez telefon.

– Przyjeżdżaj tu zaraz, Wrona. Tylko bez gadania. Wszystko ci wyjaśnię, jak już tu będziesz. Po prostu przyjeżdżaj jak najprędzej. Jasne?

Wróciła do Fannie i podparłszy się pod boki, powiedziała:
– Pani go zastrzeliła jak dwa a dwa cztery. – Następnie pozamykała okna i wyłączyła adapter. – Ale nikt się o tym nie dowie pod warunkiem, że pani nie piśnie nikomu ani słówkiem. Muddy zawsze się urywał z tego domu wariatów po drugiej stronie jeziora. Oni tam na pewno myślą, że uciekł na dobre. Pani rozumie, o czym mówię, tak? Zaraz tu przyjdzie Wrona i się nim zajmiemy.

Queenie miotała się po pokoju, usiłowała zrobić jaki taki porządek. Biegała po schodach w górę i w dół po ręczniki do wycierania krwi. Wrona pojawił się, kiedy kończyła sprzątanie. Zdjął słomkowy kapelusz i podrapał się w głowę.

– Boże Wszechmogący.

– O Boga będziemy się martwić później – ucięła Queenie. – Musimy stąd usunąć Muddy'ego, zanim go ktokolwiek zobaczy.

– Jak? Przecież on waży ze sto pięćdziesiąt kilo – powiedział Wrona, ponownie drapiąc się w głowę.

– Musimy go zawinąć w ten tutaj koc i zsunąć po schodach. A potem wsadzić do bagażnika samochodu i wywieźć tam, gdzie go nikt nie znajdzie. Jak tylko zrobi się ciemno, zakopiemy ciało.

– Widzę, że masz już wszystko obmyślane – stwierdził Wrona.

– Rób, co ci mówię – denerwowała się Queenie.

Wrona potrząsnął głową i poszedł na dół. Po chwili słychać było, jak podstawia samochód. Tymczasem Queenie zawinęła Muddy'ego w koc. Kiedy wrócił Wrona, ściągnęli ciało po schodach. Fannie słyszała, jak głowa nieboszczyka z głuchym łomotem uderza o kolejne stopnie; z dołu doszły ją odgłosy ich sprzeczki o to, co z nim zrobić dalej.

– Chyba nie damy rady dźwignąć go do samochodu, jest za ciężki – uznał Wrona.

– A co mamy zrobić? Przecież go tu nie zostawimy. Musimy spróbować. Jeśli to nam nie wyjdzie, wymyślimy coś innego.

– Na przykład?

– Nie wiem. Na razie wychodzimy tylnymi drzwiami.

Fannie słyszała jeszcze, jak drzwi kuchenne otwierają się i zamykają. Potem w domu zaległa cisza.

Nie wiedziała, jak długo leżała na łóżku, wsłuchując się w trzeszczenie okien i świst wirującego pod sufitem wiatraka. Po pewnym czasie, kiedy w pokoju zapanował półmrok, a na zewnątrz zapadła ciemność, wstała i wyjrzała przez okno. Wrona i Queenie próbowali podnieść tobół i wrzucić go do bagażnika samochodu, ale wszelkie ich wysiłki szły na marne: za każdym razem ciężar wypadał im z rąk i lądował na ziemi. Przez kilka minut kłócili się o to, co z tym fantem zrobić.

Wówczas Wrona poszedł do garażu i wrócił z taczką. Queenie przechyliła taczkę aż do ziemi i wtedy Wrona wtoczył na nią ciało. Po chwili zniknęli za rogiem domu. Pchając taczkę główną alejką, zmierzali do ogródka od frontu.

Fannie przeszła przez hall do gościnnej sypialni, której okna wychodziły na ogródek przed domem. Queenie pogasiła wszystkie światła. Noc była bezksiężycowa i ogród tonął w ciemnościach, więc Fannie niewiele widziała. Nawet w jasne noce mało co dało się zobaczyć, bo większość ogródka przesłaniał ogromny dąb i szpaler bambusów rosnących gęsto od strony domu.

Wpatrując się w ciemności, dostrzegła w końcu Wronę, który pchał taczkę, i idącą obok niego z łopatą Queenie. Zatrzymali się przed wielką dziuplą w dębie, w której chłopcy, kiedy byli mali, bawili się w zamek. Potężny pień dębu zasłaniał ich od ulicy. Queenie wręczyła mężowi łopatę i Wrona zaczął kopać. Przez dobre pół godziny usuwał ziemię z korzeni drzewa. Kiedy uznał, że już wystarczy, podjechał z taczką bliżej i przechylił ją nad świeżo wykopanym dołem. Ciało wpadło do grobu zaimprowizowanego u podnóża dębu. Queenie odjechała z taczką, a Wrona zaczął zasypywać dół. Kiedy skończył, Queenie skakała w tym miejscu przez jakiś czas, żeby ubić ziemię i upewnić się, że jest dostatecznie utwardzona. Na koniec otrzepała ręce, skinęła na Wronę, po czym oboje oddalili się alejką i zniknęli w ciemnościach.

Po pewnym czasie Queenie wróciła na górę do Fannie.

– A teraz trzeba zdjąć to ubranie i wziąć porządną kąpiel – oświadczyła.

Fannie zdjęła sukienkę i wręczyła ją Queenie. Na halce była krew.

Queenie potrząsnęła głową.

– Ale dlaczego Muddy to pani zrobił?

Fannie zamknęła oczy. Starała się o tym nie myśleć.

– Proszę się więcej Muddym nie przejmować – powiedziała Queenie. – Słyszy mnie pani? Już zrobiliśmy z nim porządek.

Nazajutrz Queenie bez końca szorowała podłogę w sypialni, żeby pozbyć się plamy. Jednakże wszystkie jej wysiłki szły na marne. Krew wsiąkła w strukturę drewna.

– Co zrobimy? – zamartwiała się Fannie. – Norwood wraca wieczorem. Na pewno zauważy plamę.

– Musimy ją przykryć. Przyniosę z dołu z biblioteki dywan orientalny.

– Ale czy ta zmiana go nie zdziwi? – zapytała Fannie.

– Jeszcze nie widziałam mężczyzny, który by przywiązywał wagę do wystroju wnętrza, chyba że by mu to w czymś przeszkadzało – odparła Queenie.

Wieczorem przygotowała na kolację ulubione dania Norwooda, a Fannie ze swojej strony robiła wszystko, żeby nie dać po sobie poznać, że cokolwiek się stało. Norwood, ogorzały i w doskonałej formie po spędzeniu kilku dni na rzece, pojawił się około szóstej. Żona powitała go gorącym całusem w same usta.

– Nie było mnie raptem tydzień, a ty mnie witasz, jakbyś mnie nie widziała przynajmniej z rok – zauważył.

– Po prostu się stęskniłam, to wszystko. – Fannie złapała go za rękę i wciągnęła do domu.

– Widzę, że Wrona posadził pod dębem jakieś nowe kwiatki. – Norwood skinął głową w stronę ogródka. – Chyba mu się to zdarzyło pierwszy raz. Ładnie wygląda.

Fannie zrobiła wszystko, żeby odwrócić uwagę męża od dębu.

– Queenie przygotowała ci twoje ulubione dania – potrawkę z langusty z ryżem i kolczocha* faszerowanego. Wszystko czeka na stole.

Pojawiła się Queenie, żeby powitać Norwooda.

– Witamy w domu – powiedziała.

Norwood spojrzał na nią z ukosa.

– Witaj, Queenie. Czy stało się coś szczególnego?

– Co pan ma na myśli, jeśli wolno spytać? – Queenie podążyła za Norwoodem do jadalni.

– Cackacie się ze mną, jakbym wracał z wojny albo coś w tym sensie. – Zajął miejsce przy stole.

Fannie usiadła naprzeciwko niego.

– Queenie, przynieś Norwoodowi wysoką szklankę, żeby mógł sobie przyrządzić drinka.

Norwood wziął do ręki butelkę whisky i spojrzał na etykietę.

– Mount Vernon? Wiesz, że to moja ulubiona. Ciekawe, co to za okazja? Może znów jesteś w ciąży?

Fannie poczuła, jak jej krew odpływa z twarzy.

– Ależ skąd! Co ci przychodzi do głowy?

---

* Kolczoch jadalny – z rodziny dyniowatych, pochodzi z terenów tropikalnych.

– Moje ulubione dania? I ta whisky? Jeszcze nigdy mnie tak nie witałaś, kiedy wracałem z rzeki.

Wzruszyła ramionami.

– Po prostu się za tobą bardzo stęskniłam, kochanie, to wszystko.

Po kolacji Norwood poszedł do biblioteki, gdzie lubił sobie poczytać gazetę i wypić przed snem parę drinków. Fannie została w jadalni, paląc papierosa i czytając „Life". Queenie sprzątała w tym czasie ze stołu.

– Gdzie jest ten dywan, który tu zawsze leżał? – zawołał z biblioteki Norwood.

Kobiety wymieniły szybkie spojrzenia i po chwili w jadalni pojawił się Norwood.

– Przeniosłam go do państwa sypialni – wyjaśniła Queenie. – Pani zawsze narzekała, że nie lubi chodzić boso po gołej podłodze.

– No, może. – Norwood wzruszył ramionami i wrócił do biblioteki.

– A mówiłaś, że nie zauważy – powiedziała Fannie ściszonym głosem.

Chwilę później rozległ się z góry krzyk Norwooda:

– Fannie, pozwól no tu na moment!

Fannie spojrzała na Queenie; w jej szeroko rozwartych oczach malowało się przerażenie.

– Pani tam idzie, wszystko będzie w porządku – zapewniła ją Queenie. – Tylko niech pani nic nie mówi.

– A jeśli zauważy siniaki na moich nogach? Jak myślisz, po co kupiłam tę whisky? Miałam nadzieję, że się upije i spędzi tę noc w bibliotece.

– Fannie! – zawołał ponownie z góry Norwood. – Co się stało z tym pistoletem, który zawsze był w szufladce przy łóżku?

– Co z nim zrobiłaś? – Fannie zwróciła się szeptem do Queenie.

– Pozbyłam się go. Nie sądziłam, że pan to zauważy. Od lat nikt tego pistoletu nie ruszał.

Fannie odsunęła się od stołu. Zaczęły jej się trząść ręce.

– Tylko spokojnie, pani Fannie.

Kiedy Fannie dotarła do sypialni, Norwood stał przy łóżku i grzebał w szufladzie. Róg dywanu był odgięty i część krwawej plamy widoczna. Fannie rzuciła się w tę stronę, żeby nogą poprawić dywan.

– Pozbyłam się tego grata już wiele lat temu – kłamała. – Denerwowało mnie, że leży w tej szufladzie naładowany. Mogłaby się komuś stać krzywda.

Norwood spojrzał na żonę w szczególny sposób.

– Za każdym razem, kiedy jadę do pracy na rzece, sprawdzam, czy pistolet jest na miejscu. Kiedy wychodziłem w poniedziałek, był w szufladzie. Powiedz mi, Fannie, co tu się dzieje?

Zdenerwowana tym, że plama jest w dalszym ciągu widoczna, Fannie wybuchnęła płaczem.

Norwood usiadł na brzegu łóżka.

– Co się stało, kochanie? Obojętne, co się zdarzyło, możesz mi przecież powiedzieć.

Fannie nie wiedziała, co robić. Norwood pociągnął ją na łóżko i objął ramieniem. Siedziała na brzegu łóżka, ale mimo największych starań nie mogła oderwać oczu od plamy. Czuła narastającą panikę.

– Fannie? – Norwood wskazał na plamę. – Co to jest?

Zaczęła się trząść w sposób niekontrolowany. Chciała wstać i wybiec z pokoju, ale mąż ją przytrzymał, objął w talii i odgiął róg dywanu.

– To wygląda na krew. Zrobiłaś sobie krzywdę?

Chciała mu się wyrwać, ale trzymał ją tak mocno, że mało nie zemdlała.

– Fannie – zażądał stanowczym tonem – powiedz mi, co się stało.

W drzwiach pojawiła się Queenie.

– To nie była pani wina. Kiedy poszłam na rynek, pojawił się tu Muddy i pani Fannie strzeliła do niego. I załatwiła go na dobre. Ale proszę się o niego nie martwić.

Norwood trzymał żonę za ramiona i patrzył jej w oczy.

– Czy on cię wykorzystał, Fannie?

Głowa jej się zachwiała, a ponieważ Norwood nie uzyskał odpowiedzi na swoje pytanie, ścisnął ją jeszcze mocniej za ramiona.

– Odpowiedz mi, kochanie. Czy on cię zgwałcił? – Potrząsnął nią i zaczął płakać.

Fannie nie mogła na niego patrzeć.

W poszukiwaniu odpowiedzi spojrzał na Queenie.

– Tak mi przykro, proszę pana. – Było to wszystko, na co mogła się zdobyć.

Norwood pchnął Fannie na łóżko i wybiegł z pokoju.

Queenie rzuciła się za nim po schodach.

– Panie Norwoodzie! Proszę pana! Proszę nie uciekać! – błagała.

Trzasnęły drzwi frontowe, aż zatrząsł się cały dom. Fannie słyszała, jak Norwood wyprowadza samochód. Tylny zderzak zazgrzytał o asfalt, kiedy wrzucił bieg, a potem rozległ się pisk opon.

Fannie czekała na Norwooda cały następny dzień i kolejny. Czwartego dnia ktoś zapukał do drzwi.

Na górze pojawiła się Queenie.

– Przepraszam, że przeszkadzam, pani Fannie, ale przyszedł oficer Straży Przybrzeżnej z pani przyjacielem panem Kennedym. Mówią, że muszą z panią porozmawiać.

Fannie otarła chusteczką łzę.

– Zapytaj, o co im chodzi – powiedziała, pochlipując.

– Ten ze straży mówi, że musi rozmawiać z panią... osobiście. – Queenie podeszła do łóżka, żeby pomóc jej wstać.

Kiedy zeszły na dół, strażnik poprosił Fannie, żeby zajęła miejsce na kanapie. Sam usiadł koło niej, a tuż obok stał Kennedy. Fannie zauważyła, że unika jej wzroku.

– Pani Bell, pani mąż Norwood zaginął.

– Wiem o tym – odparła. – Kilka dni temu wyjechał z domu i od tamtej pory go nie widziałam.

– Nie, szanowna pani, chcę powiedzieć co innego. Jeden z członków załogi *Pelikana II* twierdzi, że ostatnie dni pan Norwood spędził na statku. Jego ludzie mówią, że robił wrażenie zdenerwowanego i że dużo pił. Ponoć kapitan Bell był spokojnym człowiekiem.

– Mogę to potwierdzić – wtrącił się Kennedy.

– Musiało się stać coś wyjątkowego, co tak bardzo wytrąciło kapitana Norwooda z równowagi. Załoga mi powiedziała, że kapitan nie był człowiekiem nadmiernie pijącym, ale że od chwili, kiedy wsiadł na statek, pił po całych dniach. Czy pani się może orientuje, co go tak bardzo zdenerwowało?

Fannie bawiła się chusteczką.

– Ja? Nie, nie mam pojęcia.

– Z relacji jego ludzi wynika, że wczoraj po południu podczas karmienia pelikanów pan Norwood poślizgnął się i wypadł za burtę. Nie miał na sobie kamizelki ratunkowej. Musiał stracić równowagę na skutek fali wzbudzonej przez przepływający w pobliżu statek. Chłopcy twierdzą, że kapitan nie pojawił się już na powierzchni.

Fannie siedziała ze wzrokiem wbitym w podłogę, ale ręce jej się trzęsły.

– Rozumiem.

– Straż Przybrzeżna przez całą noc przeszukiwała rzekę, ale – przykro mi to powiedzieć – nie jestem dobrej myśli – dodał Kennedy.

Wyraz jego twarzy dobitnie potwierdzał najgorsze obawy Fannie.

– Nie chciałbym być brutalny – ciągnął oficer straży – ale podejrzewam, że jeśli kiedykolwiek znajdziemy pani męża…

– Wiem, co chce pan powiedzieć – odparła Fannie, skręcając chusteczkę.

– Bardzo mi przykro. – Mężczyzna wstał.

– Jeśli tylko się czegoś dowiem, zaraz dam ci znać – zapewnił ją Kennedy.

– Dziękuję. – Fannie próbowała się uśmiechnąć. – Wiem, że zawsze mogę na ciebie liczyć.

Queenie odprowadziła mężczyzn do drzwi.

Kilka tygodni później, kiedy Straż Przybrzeżna odwołała poszukiwania, Queenie przeniosła wszystkie meble z sypialni do biblioteki.

Noga Fannie już nigdy więcej w tamtym pokoju nie postała.

•••

– Tamtej nocy pani Fannie musiała widzieć, jak razem z Wroną chowaliśmy Muddy'ego pod dębem – ciągnęła Queenie. – Co panienka myśli? Dlaczego pani Fannie nigdy nie pozwoliła wyciąć tego drzewa? Ano ze strachu, że ktoś znajdzie w tym dole Muddy'ego. Lepiej, żeby pewne tajemnice nigdy nie wyszły na jaw.

Ibby wróciła pamięcią do tamtego dnia, kiedy była z Fannie na cmentarzu.

– Fannie powiedziała mi, że dziadek Norwood poszedł za pelikanami. Nie wiedziałam wtedy, co miała na myśli, ale teraz już wiem.

– Nigdy nie znaleziono pana Norwooda. Została po nim tylko tabliczka na cmentarzu.

– Queenie?

– Tak, dziecino?

– Parę dni temu widziałam, jak Fannie próbuje się dostać do tego pokoju na samej górze. Cały czas powtarzała „mała mateczka". Co to miało znaczyć?

Queenie spojrzała na Ibby przez ramię.

– Przepraszam cię, dziecino, ale powiedziałam ci wszystko, co mogłam w ten jeden wieczór. A teraz pomóż mi wstać. Chyba już do tej pory znaleźli to, czego szukali.

Słońce wschodziło, kiedy Troutowie wyjeżdżali od Fannie do siebie. Kilka godzin później pojawił się pan Roosevelt, żeby dokończyć pracę przy usuwaniu drzewa.

O dziwo, tym razem Fannie nie wyszła na werandę, by patrzeć.

ROZDZIAŁ 38

Nazajutrz w domu panowała cisza aż do chwili, kiedy po południu zjawił się u drzwi kuchennych Wrona z czapką w ręku.

Ibby jeszcze nigdy nie widziała go tak przygnębionego, nawet wtedy, kiedy przyszedł im powiedzieć, że zabili Purnella.

– Co się stało, tato? – Doll otworzyła mu drzwi.

– Usiądź, Queenie – powiedział Wrona, wchodząc. – Jest źle.

– Co się dzieje złego, tato? – zapytała Doll.

Wrona spuścił głowę.

– Puzon. Właśnie przed chwilą przyszli do domu i go aresztowali. Wsadzili go do więzienia.

Queenie zerwała się na równe nogi.

– Co takiego? Za co?

Wrona podniósł głowę. Trzęsły mu się ręce.

– Za zgwałcenie panny Annabelle Friedrichs.

Queenie wydała jęk tak głośny, że mało szyby w oknach nie popękały. W tym momencie do kuchni zajrzała Fannie zobaczyć, co się dzieje.

Queenie podreptała do niej i zarzuciła jej ręce na szyję.

– Puzon, przed chwilą go aresztowali. Niech pani dzwoni do swojego przyjaciela z policji, niech Puzona wyciągnie. Błagam panią, pani Fannie. On nic złego nie zrobił. To na pewno jakaś pomyłka.

– Uspokój się i powiedz mi, co się stało. – Fannie posadziła Queenie na krześle.

Zrozpaczona kobieta ukryła twarz w dłoniach.

– Pani musi mu pomóc!

Fannie dotknęła jej ramienia.

– Przecież nie mogę mu pomóc, jak mi nie powiesz, co się stało.

– Aresztowali Puzona za gwałt – powiedziała Doll.

– Mówią, że zgwałcił pannę Annabelle Friedrichs – dodał Wrona.

– Kiedy? – zapytała Fannie.

– Podobno wczoraj w nocy – odparł Wrona.

Fannie rozglądała się po twarzach obecnych, oczekując wyjaśnień.

Po chwili ciszę przerwała Doll.

– Puzon tego nie zrobił.

– Skąd jesteś taka pewna? – dociekała Fannie.

– Ptaszyna może to potwierdzić. Ona z nim była ubiegłej nocy.

Fannie potrząsnęła głową.

– Dobrze wiesz, Doll, że to nic nie da. Nieletnia biała dziewczyna oskarża o gwałt czarnego chłopaka. Policja nawet nie będzie słuchała, co ma na ten temat do powiedzenia jakaś czarna dziewczyna.

– Ale byli też inni świadkowie – ciągnęła Doll. – Czy i to się nie liczy?

Fannie potrząsnęła głową.

– To jest słowo Annabelle Friedrichs przeciwko słowu Puzona.

Doll wpatrywała się w Ibby, próbowała ją zmusić, żeby przemówiła. Ibby nie miała wątpliwości, że powinna powiedzieć prawdę o tym, co się stało, ale zdawała sobie jednocześnie sprawę, że sama wpadnie w tarapaty. Kiedy

Queenie osunęła się na krzesło i wydała jęk, dziewczyna doszła do wniosku, że nie ma wyboru.

– On tego nie zrobił – oświadczyła.

– Skąd możesz wiedzieć? – zainteresowała się Fannie.

– Bo ja też byłam ubiegłej nocy z Puzonem.

Fannie spojrzała na wnuczkę z ukosa.

– Jak mam to rozumieć?

– Poszłyśmy z Ptaszyną do Union Hall posłuchać, jak Puzon gra – odparła Ibby. – Wyszliśmy stamtąd razem o jakiejś pierwszej trzydzieści i pojechaliśmy do Ebony Lounge popatrzeć, jak grają w *chicken drop*.

– Policja twierdzi, że według zeznania panny Annabelle Friedrichs to się stało około trzeciej nad ranem – wtrącił Wrona.

Ibby potrząsnęła głową.

– Ona kłamie. Puzon był wtedy dalej ze mną i z Ptaszyną.

– A dlaczego ona miałaby wszystko zmyślić? – zapytała Fannie.

– Ona była w Ebony Lounge, kiedy my tam byliśmy – wyjaśniła Ibby. – I próbowała flirtować z Puzonem, ale była tak pijana, że ledwie mogła ustać na nogach. Po wyjściu stamtąd widzieliśmy, jak wsiadała do swojego samochodu i jak ktoś wsiadał za nią. Ale to nie był Puzon.

– To skąd jej przyszedł do głowy akurat Puzon? Dlaczego nie podała imienia chłopaka, z którym była? – zdziwiła się Fannie.

– Puzon pracuje w stajniach na terenie Audubon Park, gdzie panna Annabelle trzyma swojego konia – wyjaśniła Doll. – Tam go poznała. Może jej się pomyliło. Może myślała, że jest z nim, a była z kim innym.

– Puzon nie mógł tego zrobić – oświadczyła Ibby. – Ona go oskarżyła, żeby się odegrać na mnie.

– Odegrać na tobie? W jaki sposób może się odegrać na tobie, oskarżając kogoś o gwałt z czystej złośliwości? Przykro mi, Queenie, ale nie będę mogła nic zrobić dla Puzona. Wobec takiego oskarżenia jestem bezradna, obojętne, ile bym wykonała w tej sprawie telefonów. To jest słowo białej dziewczyny przeciwko słowu czarnego chłopaka. A co gorsza, ona nie ma nawet osiemnastu lat. To poważna sprawa. Nie wiem, co mogłabym zrobić poza wpłaceniem za niego kaucji. Chyba że… – Fannie urwała.

– Chyba że co, pani Fannie? – Queenie wykręcała sobie palce. – Chyba że co?

– Chyba że Annabelle zgodzi się wycofać skargę – dokończyła Fannie. – To jedyna szansa.

– Chyba prędzej w piekle zapanuje mróz, niż panna Annabelle przyzna się do błędu – powiedziała Doll. – To już taki typ.

– Tak, ale to jest teraz nasza jedyna droga. – Fannie zdjęła kluczyki od samochodu z haczyka przy drzwiach.

– Dokąd pani jedzie? – zapytała Queenie.

– Zamierzam złożyć wizytę Annabelle.

Ibby zsunęła się ze stołka.

– Jadę z tobą.

– Dobrze, ale najpierw wykonam jeden telefon. Poproszę Kennedy'ego, żeby się tam z nami spotkał na wypadek, gdyby Annabelle jednak zmieniła zdanie.

Kiedy wychodziły, Doll złapała Ibby za ramię. Przygarnęła ją do siebie i uściskała, po czym szepnęła jej do ucha:

– Bądź silna w razie przeciwności. Bóg ci wskaże właściwą drogę, pamiętaj.

Ibby usiadła na miejscu pasażera i podczas jazdy studiowała profil babki. Myślała o tym wszystkim, co jej poprzedniego dnia powiedziała Queenie – zrozumiała, że życie ludzkie może się zmienić dosłownie w jednej chwili.

Gdyby tamtego dnia Queenie była w domu, to Muddy dostałby jakieś pieniądze i sobie poszedł, a Norwood nie musiałby uciekać na rzekę. Pomyślała też o swoim ojcu – o tym, jak się przewrócił i uderzył o kamień. Czy gdyby wtedy nie padało, to jej tata by żył? I wreszcie Puzon, którego życie miało się zmienić tak bardzo tylko dlatego, że wczoraj w nocy poszedł do Ebony Lounge akurat wtedy, kiedy była tam Annabelle Friedrichs.

W pewnym momencie Fannie spojrzała w jej stronę i złapała Ibby na tym, że na nią patrzy.

– Co takiego, dziecko? Czy może masz ochotę coś mi powiedzieć? Bo nie chciałabym żadnych niespodzianek, jak już się tam znajdziemy.

– Nie, Fannie, po prostu myślę.

– O czym, kochanie?

– O życiu, chyba.

Ibby zastanawiała się, czy można zmienić ludzkie życie. Kiedy zajechały na Magazine Street, przed budynek, w którym mieszkały matka i córka, była bliska znalezienia odpowiedzi na to pytanie.

Kennedy, oparty o wóz policyjny, już na nie czekał.

– Dzień dobry, pani Fannie. – Uchylił czapki.

– Dzień dobry, Kennedy. Dzięki, że przyszedłeś.

– Rozumiem, że mają panie informacje sprzeczne z tym, co zeznała dziś rano na posterunku panna Friedrichs.

– Mówiąc między nami, Kennedy, wolałabym zapomnieć o całej tej awanturze – powiedziała Fannie, zdejmując szal z głowy i chowając go do torebki.

– Co pani proponuje? – zapytał.

– Mała Friedrichs powinna zrozumieć swój błąd i odstąpić od wszelkich zarzutów, jakie zamierza postawić Puzonowi – odparła Fannie, kiedy szli ścieżką w stronę domu.

Kennedy nie był nastawiony szczególnie optymistycznie do tej sprawy.

– Mam nadzieję, że zechcesz poczekać tu za drzwiami na wypadek, gdybyśmy cię potrzebowały.

– Jasne. – Kennedy stanął z boku, a Fannie zadzwoniła.

Drzwi uchyliły się, ale kiedy Honey Friedrichs zobaczyła Fannie, próbowała je zatrzasnąć. Ta jednak zablokowała drzwi nogą.

– Czego chcesz? – zapytała Honey.

– Chcę porozmawiać z Annabelle. – Fannie złapała za drzwi i siłowała się z Honey, żeby je otworzyć.

– Idź sobie. Ona ci nie ma nic do powiedzenia. – Honey próbowała kopniakiem usunąć nogę Fannie z progu.

– Mam dowody na to, że podała fakty niezgodne z prawdą. Zanim pójdziemy na policję i oskarżymy ją o krzywoprzysięstwo, może zechce nas wysłuchać. W przeciwnym razie udamy się na posterunek z obecnym tu komendantem Kennedym.

Fannie skinęła głową i Kennedy wystąpił do przodu tak, żeby go było widać.

– O jakie dowody chodzi? – zainteresowała się Honey, choć w dalszym ciągu próbowała wyrwać Fannie drzwi.

– Jeśli wpuścisz Ibby i mnie, to ci powiem – odparła Fannie.

Honey uchyliła drzwi tylko na tyle, żeby mogły wejść.

Trudno powiedzieć, żeby Honey Friedrichs starzała się ładnie. Twarz miała nalaną, nos czerwony od nadmiaru alkoholu, a włosy wyglądały tak, jakby od dawna nie widziały grzebienia. Annabelle leżała na kanapie, przykryta kocem pod brodę. Miała podbite oko i siniaki na szyi.

– Co one tu robią?! – wrzasnęła.

– Chcą z tobą porozmawiać – odparła matka.

– Nie mam nic do powiedzenia. Każ im wyjść! – zażądała Annabelle, pokazując na drzwi.

– Mówią, że jeśli z nimi nie porozmawiasz, to pójdą na policję złożyć zeznania – powiedziała Honey.

– Wpuść je. – Annabelle odwróciła głowę.

– Annabelle, mam powody twierdzić, że to nie Puzon był z tobą wczoraj w nocy – odezwała się Fannie zdumiewająco łagodnym tonem. – Ani żadnej innej nocy, jeśli już o to chodzi.

– Skąd pani wie? On mnie zgwałcił, a potem pobił i zostawił na pewną śmierć. – Annabelle spojrzała na Fannie z taką wrogością, jakby chciała się na nią rzucić.

– Nie, on tego z całą pewnością nie zrobił – powtórzyła Fannie ze spokojem.

– Owszem, zrobił! – wrzasnęła Annabelle.

Honey położyła rękę na ramieniu córki.

– Nie dotykaj mnie! – Annabelle zrzuciła rękę matki.

– Kłamiesz – powiedziała Ibby.

Annabelle z dzikim wzrokiem kręciła głową.

– Jak śmiesz! – wskazała na Ibby. – Wynoś się! Wyrzuć je, mamo.

– Wczoraj w nocy Puzon nie był z tobą, tylko ze mną.

– Ty zdziro! – syknęła Annabelle.

– Możesz mnie nazywać, jak ci się tylko podoba – powiedziała Ibby – ale on z tobą nie był. Był ze mną i z Ptaszyną. Przez całą noc. Mamy świadków, którzy to potwierdzą.

– Wszystko mi jedno, co gadasz. Po prostu go kryjesz. Moje słowo przeciwko jego słowu. – Twarz Annabelle stężała.

– Czy wiesz, co robią z ludźmi, którzy miotają fałszywe oskarżenia? – Fannie spojrzała na nią surowo.

– Nie mam zamiaru z nimi rozmawiać. Wyrzuć je stąd, mama. Po co je tu w ogóle wpuściłaś? – odepchnęła matkę od kanapy.

Jednak Fannie nie dawała za wygraną.

– Pozwól, że ci powiem, co się stanie, jeśli nie odwołasz swoich fałszywych oskarżeń. Będziesz musiała stanąć w miejscu dla świadków…

– I co? – przerwała jej Annabelle.

– I wszyscy usłyszą, że uprawiałaś seks w stajniach – wtrąciła się Ibby.

– Co takiego?! – Głowa Honey chodziła to w jedną, to w drugą stronę.

– Nie słuchaj jej, mamo. Ona wszystko zmyśla. – Annabelle spojrzała na Ibby spode łba.

– A kilku innych świadków opowie, jak lubiłaś wiązać konia nad rzeką przy grobli i kochać się w krzakach. – Mówiąc to, Ibby nie spuszczała wzroku z Annabelle.

– Nieprawda! Ona kłamie! – Annabelle z wściekłością pogroziła Ibby palcem.

– I jeszcze kilku świadków potwierdzi, że w poniedziałek w nocy nie po raz pierwszy byłaś w Ebony Lounge. Zeznają, że bywałaś tam wiele razy. I za każdym razem uprawiałaś seks z mężczyznami na tylnym siedzeniu swojego samochodu, który zawsze parkowałaś przed wejściem do lokalu.

– Annabelle! – wykrzyknęła Honey.

– Zamknij się, mama.

– Tamtej nocy widziałam cię, jak wsiadałaś do swojego samochodu – ciągnęła Ibby – ale nie z Puzonem, bo Puzon stał wtedy obok mnie, a po jego drugiej stronie była Ptaszyna. I widzieliśmy, jak do twojego samochodu wsiada jakiś mężczyzna. To samo widział Shorty. I barman z Ebony Lounge. I policjant, który tej nocy miał tam służbę i chodził przed wejściem do baru. I tak się składa, że jest to ten sam policjant, który stoi teraz przed twoim domem.

Kennedy zakasłał, zakrywając ręką usta.

Annabelle usiadła; opadła jej szczęka.

– A jeśli tego wszystkiego ci mało, to prawnicy zajmą się twoją matką. – Ibby skinęła głową w stronę pani Friedrichs. – I powiedzą, jak niedaleko pada jabłko od jabłoni, opiszą jej romans z panem Jeffreysem, sąsiadem z tej samej ulicy. – Ibby dosłownie pluła słowami.

– Uspokój się. – Fannie złapała ją za ramię.

Jednak dziewczyna się wyrwała.

– I wtedy się okaże, dlaczego twój ojciec odszedł od twojej matki. I wyjdą na jaw jej inne seksualne wyczyny. I wszyscy zobaczą, jak bardzo córka jest do niej podobna.

Honey wzięła się pod boki.

– Annabelle Friedrichs, masz mi powiedzieć prawdę. Czy ten chłopak to rzeczywiście zrobił, czy znów chodziłaś z tyłkiem po prośbie? – Honey nachyliła się, tak że znalazła się w odległości kilkunastu centymetrów od twarzy córki. – Odpowiedz mi, bo jak nie, to przysięgam na Boga, tak ci złoję skórę, że mnie na długo popamiętasz.

– Annabelle – powiedziała spokojnie Fannie. – Masz zrobić tylko jedno: wycofać swoje oskarżenia przeciwko Puzonowi. To będzie dla ciebie najlepszy interes. Ja bym się na twoim miejscu nie wahała ani chwili. W przeciwnym razie spotkamy się w sądzie.

Annabelle z otwartymi ustami patrzyła to na matkę, to na Ibby.

– No więc? – Fannie stukała butem w podłogę. – Nie będę czekała na twoją odpowiedź cały dzień.

– W porządku – mruknęła pod nosem Annabelle.

– Co ty powiedziałaś? – zapytała Honey.

Annabelle odrzuciła koc.

– W porządku! Powiedziałam: w porządku!

– Powtórz to głośno. Powiedz, że Puzon cię nie zgwałcił – nalegała Ibby.

Annabelle się skrzywiła.

– Powiedz to do protokołu – nie ustępowała Ibby.

– On tego nie zrobił.

– A teraz: żeby wszystko było jasne. Pójdziesz na policję i podpiszesz dokument stwierdzający, że wycofujesz wszelkie oskarżenia pod adresem Puzona. W porządku? – spytała Fannie.

Annabelle wstała.

– W porządku.

– Proponuję wobec tego, żebyś zaraz udała się z komendantem Kennedym na posterunek, a my wracamy do domu. Słyszałeś to wszystko, prawda, Peter?! – zawołała Fannie w stronę drzwi.

Kennedy zajrzał do środka.

– Słyszałem.

– Dlaczego to zrobiłaś, Ibby? Trzeba było dać spokój – jęczała Annabelle.

– Nie mogłam dopuścić do tego, żebyś mu zrujnowała życie – odparła Ibby.

– Ale dlaczego? Przecież on jest tylko... – Annabelle wybuchnęła płaczem.

Ibby pogroziła jej palcem.

– Nie idź tą drogą. Puzon Trout ma więcej klasy w małym palcu, niż ty będziesz miała kiedykolwiek.

Annabelle rzuciła się w stronę Ibby, ale Honey ją powstrzymała.

Ibby poczuła na ramieniu rękę Fannie.

– Czas na nas.

Kennedy towarzyszył Annabelle i Honey do wozu policyjnego. Kiedy tylko odjechali, Fannie uruchomiła silnik swojego samochodu.

– Jestem z ciebie bardzo dumna, Ibby. To wymagało wielkiej odwagi. Ciekawi mnie jednak, czy wszystko, co mówiłaś, było prawdą? – zapytała.

Ibby odwróciła się; wyglądała przez okno. Słońce stało nisko na niebie, ledwie utrzymując się nad horyzontem, jakby nie chciało się poddać. Uśmiechnęła się lekko do babki.

– Większość.

Fannie poklepała ją po kolanie i uśmiechnęła się do niej szelmowsko.

– Moja krew.

Ibby przypomniała sobie niedawne słowa Fannie na cmentarzu. Powiedziała, że życie, które mamy dane, trzeba jakoś przeżyć. Może to prawda – pomyślała Ibby, patrząc, jak znikają resztki dnia.

Ale czasem można komuś życie zwrócić.

CZĘŚĆ TRZECIA

1972

ROZDZIAŁ

39

Był koniec maja i Ibby przygotowywała się do ostatniego egzaminu. Siedziała pochylona nad biurkiem, kiedy nagle okienny klimatyzator wionął na nią strumieniem zimnego powietrza i przewrócił kartki podręcznika historii. Zakuwała prawie całą noc, a teraz miała kłopoty z koncentracją. Wzięła do ręki kartkę pocztową, której używała jako zakładki, i już ją miała wetknąć do książki, bo chciała pójść sobie zrobić kawę, kiedy nagle odwróciła kartkę. Jej brzegi były wystrzępione, a pismo tak spłowiałe, że ledwie widoczne. Kartka od Puzona, którą jej przysłał cztery lata temu z Niemiec, gdy wyjechał z zespołem muzycznym w trasę koncertową po Europie, gdzie przebywał do tej pory.

Ibby spojrzała na zegarek. Dochodziła piąta, a jej pozostało jeszcze dużo nauki. Kiedy dwa lata temu zapisała się na Uniwersytet Tulane, wyprowadziła się od Fannie i zamieszkała po przeciwnej stronie miasta, obiecując babce, że będzie z nią spędzała wszystkie niedzielne wieczory. I rzeczywiście od dwóch lat nie opuściła żadnej niedzielnej kolacji. Miała jednak przed sobą jeszcze tyle nauki, że poważnie myślała o tym, żeby przeprosić Fannie i powiedzieć, że tym razem niestety nie przyjdzie, gdy nagle zadzwonił telefon.

– Panna Ibby? – usłyszała w słuchawce głos Doll.

– Wiem, że jestem spóźniona – odparła Ibby.

– Myślę, że powinna panienka przyjść.

– Boję się, Doll, że tym razem nie dam rady. Jutro mam egzamin z historii Europy, a jeszcze nie jestem gotowa. W tej sytuacji raczej nie będę mogła przyjść na kolację. – Ibby czuła się winna, bo wiedziała, że Queenie z okazji jej cotygodniowej wizyty przygotowywała elegancki posiłek.

– Ale nie, panno Ibby, obawiam się, że panienka będzie musiała przyjść – powtórzyła Doll.

Ibby odstawiła słuchawkę od ucha, zastanawiając się, co wstąpiło w Doll.

– Bardzo mi przykro, Doll, ale mam jeszcze bardzo dużo nauki.

– Panno Ibby, panienka koniecznie musi przyjść, i to zaraz.

– Czy coś się stało? – zapytała Ibby.

Jednak odpowiedzi nie było – Doll przerwała połączenie. Ibby jeszcze przez chwilę nie wypuszczała słuchawki z ręki, zastanawiając się nad tą dziwną rozmową.

Wstała od biurka i podeszła do okna, patrząc, jak inni studenci, którzy mieli już egzaminy za sobą, podążają do Tawerny Bruna. Żałowała, że nie może być z nimi. Myślała o tym, co jej przed chwilą powiedziała Doll. A może jednak przerwa w nauce dobrze jej zrobi. No i bulion Queenie, smażona okra i pudding chlebowy – to wszystko pomogłoby jej przetrwać długą noc zakuwania. Wsunęła chodaki i ruszyła w stronę drzwi.

Kiedy przyjechała, na werandzie od frontu czekała Doll, wyraźnie czymś poruszona. Ibby zauważyła, że na podjeździe nie ma samochodu Fannie.

– Proszę, proszę, panno Ibby – powitała ją Doll.

W hallu czekała Queenie, wykręcając sobie ręce.

– Nie wiedziałyśmy, co robić, panno Ibby, więc zadzwoniłyśmy do panienki.

– A gdzie jest Fannie? – Ibby ruszyła za Queenie do jadalni, gdzie stół był nakryty na dwie osoby.

– Pani Fannie… pojechała na przejażdżkę, ale do tej pory nie wróciła – wyjaśniła Doll.

Zegar szafkowy w hallu wybił szóstą.

– Może przegapiła godzinę…? – zastanawiała się Ibby. – Może się po prostu spóźni. Wiecie, jak to z nią nieraz bywa, jak zacznie krążyć tym swoim samochodem.

– Ale pani Fannie wyjechała wczesnym popołudniem, a ona nigdy nie wychodzi z domu na dłużej niż godzina – dwie – powiedziała Queenie. – Czekałyśmy na nią, myślałyśmy, że lada chwila wróci, a jej już nie ma dobre pięć godzin.

– Poza tym – dodała Doll – zawsze pamiętała, że panna Ibby mniej więcej o tej porze przychodzi na kolację. A z tego ona by nigdy nie zrezygnowała.

– Wiecie może, dokąd pojechała?

– Ona nam nigdy nie mówi. Wiem tylko, że czasami jeździ na cmentarz odwiedzić rodzinę – przypomniała sobie Doll.

– Jak myślicie, może powinnam pojeździć po mieście i jej poszukać? – zapytała Ibby.

Queenie westchnęła ciężko.

– Tak, panno Ibby, to dobry pomysł.

– W porządku, jadę wobec tego na cmentarz zobaczyć, czy jej tam nie ma.

– Chodź, mama, wracamy do kuchni. – Doll wzięła matkę pod rękę. – Może Fannie się wkrótce pojawi i wtedy przestaniesz się martwić.

Queenie poklepała Doll po ramieniu.

– Tak, jakbyś ty się nie martwiła.

Ibby była przekonana, że prędzej czy później Fannie się, jak zawsze, pojawi, ale kiedy sama dotarła pod cmentarz, brama była już zamknięta na noc. Pojechała więc na teren wyścigów konnych, potem do sklepu z perfumami, wszędzie tam, gdzie według niej mogła być Fannie, jednak po godzinie dała za wygraną. Kiedy wróciła, samochodu Fannie dalej nie było na podjeździe.

Tym razem na ganku czekały obie: i Queenie, i Doll.

– No i co? – zapytała Queenie.

Ibby potrząsnęła głową.

– Nie dzwoniła?

– Nie, panno Ibby. Gdzie ona się podziewa? – W oczach Queenie pojawiły się łzy.

Ibby objęła ją ramieniem.

– Chodźmy do kuchni, może coś wymyślimy.

Usiadły wszystkie trzy przy kuchennym stole.

– Czy któraś z was dzwoniła na policję? – zapytała Ibby.

– Nie chciałyśmy nic robić, dopóki panienka nie wróci, bo pomyślałyśmy, że może panienka ją znajdzie – odparła Doll.

– Macie może numer telefonu do komendanta Kennedy'ego? – zapytała znów Ibby.

– Jest w tym małym notesie, który zawsze leży przy telefonie – Doll wskazała w stronę hallu.

Ibby wybrała numer.

– Czy mogę rozmawiać z komendantem Kennedym?

– Przy telefonie.

– Mówi Ibby Bell.

– Dobrze się składa, bo właśnie wychodziłem. W czym mogę pomóc? Co słychać u Fannie?

– Szczerze mówiąc, właśnie w tej sprawie dzwonię. Wygląda na to, że zaginęła. Wyszła z domu po południu i dotąd nie wróciła. Zaczęłyśmy się niepokoić. Wie pan może o jakimś wypadku?

– Chwileczkę. Zaraz sprawdzę. – Ibby usłyszała, jak Kennedy zrywa się od biurka. Kilka minut później znów był przy telefonie. – Nie widzę nic takiego, co mogłoby w jakikolwiek sposób pasować. Czy mam przyjąć zgłoszenie o zaginięciu?

Ibby się zawahała.

– Nie, jestem przekonana, że Fannie się wkrótce pojawi. Pan wie, jaka ona jest.

– Zadzwonię, jak będę coś wiedział.

Ibby odłożyła słuchawkę i wróciła do kuchni. Usiadła przy stole, starając się robić dobrą minę.

– Co powiedział? – zainteresowała się Queenie.

– Powiedział, że nie było żadnego zgłoszenia wypadku i że jak będzie coś wiedział, to zadzwoni.

Queenie postawiła przed Ibby talerz.

– Lepiej niech panienka coś zje. Już dochodzi ósma.

Ibby wzięła do ręki widelec i spróbowała trochę okry.

– Wiecie co, przywiozę sobie tu książki i tutaj się będę uczyła na wypadek, gdyby Fannie wróciła. A wy coś zjedzcie i wracajcie do siebie. Gdyby były jakieś wiadomości, to dam wam znać.

Queenie i Doll spojrzały po sobie.

Widać było, że im to nie bardzo odpowiada.

– Nie ma co tutaj siedzieć i panikować. Poza tym jak się uczyć z dwiema zamartwiającymi się osobami nad głową? – rzuciła Ibby.

– Panna Ibby ma rację, idziemy, mama – zgodziła się Doll.

– Zostawię pani Fannie jej porcję w piekarniku na wypadek, gdyby się pojawiła – powiedziała Queenie.

Po wyjściu kobiet Ibby skończyła kolację i pojechała do siebie po książki. Była prawie pewna, że po powrocie zastanie Fannie palącą papierosa w jadalni. A jednak kiedy wróciła, dom był ciemny.

Weszła i usiadła przy kuchennym stole. Otworzyła podręcznik, żeby się pouczyć, ale cisza była tak deprymująca, że zaczęła się denerwować. Mniej więcej co pięć minut wstawała i wyglądała przez okno. Kiedy nadeszła północ, nie miała już wątpliwości, że Fannie musiało się przydarzyć coś złego. W nocy od czasu do czasu drzemała w salonie na pozapadanej kanapie.

O wpół do siódmej rano obudziło ją trzaśnięcie drzwi. Do kuchni wkroczyła Queenie, która burczała coś pod nosem. Piekarnik był włączony przez całą noc i kolacja Fannie niewyjęta.

– Cały dom mógł pójść z dymem – mówiła właśnie Queenie, kiedy do kuchni weszła Ibby.

– To niedobry znak, mama, to znaczy, że nie ma pani Fannie – powiedziała Doll.

– Dzień dobry – powitała je półprzytomna Ibby.

– Panienka nie spała całą noc?

– Prawie całą. – Ibby ziewnęła.

– Nie było żadnych telefonów? – zapytała Queenie.

Ibby potrząsnęła głową.

– Boże święty. – Queenie osunęła się na stołek.

– Wiem, że nie powinnam iść, ale o ósmej mam egzamin. Wracam, jak tylko skończę. – Ibby zauważyła, w jaki sposób spojrzała na nią Doll. – Może powinnam go odłożyć. Spróbuję się skontaktować z profesorem.

– Nie, nie trzeba, w razie czego, gdyby pani miała wrócić, jesteśmy w domu. Niech panienka idzie. Liczę na to, że będziemy miały dla panienki dobre wiadomości – pocieszała ją Queenie.

Na egzaminie Ibby nie potrafiła się skupić. Nie mogła myśleć o niczym innym, jak tylko o Fannie. Minęły już prawie dwadzieścia cztery godziny bez żadnych wiadomości. Odłożyła długopis i przetarła oczy. Był to głupi pomysł. Oddała arkusz egzaminacyjny i wyszła. Kiedy wróciła na Prytania Street, na podjeździe stał samochód, lecz nie był to samochód Fannie.

Otworzyła drzwi kuchenne i usłyszała dochodzące z jadalni głosy. Queenie i Doll siedziały przy stole w towarzystwie Emile'a Rainolda.

Queenie rzuciła się do Ibby.

– Och, panno Ibby! Panno Ibby!

Uściskała ją tak mocno, że Ibby zaparło dech w piersiach. Chyba jeszcze nigdy nie widziała Queenie tak zrozpaczonej.

Proszę, niech z Fannie będzie wszystko w porządku – modliła się Ibby, siadając do stołu.

Emile położył dłoń na jej dłoni.

– Obawiam się, że mam złe wiadomości. Dziś rano policja znalazła w jeziorze Pontchartrain jakiś samochód.

Kiedy do Ibby dotarł sens tego, co usłyszała, opadły jej ręce.

Pan Rainold zrobił pauzę, po czym podjął.

– Tego oczywiście nie wiadomo na pewno, ale istnieje podejrzenie, że Fannie zamiast na pedał hamulca nacisnęła na pedał gazu i przypadkowo wjechała do jeziora. Jest mi naprawdę ogromnie przykro.

Dziewczyna wyobraziła sobie, że jej babka patrzy na zegarek, stwierdza, że czas najwyższy wracać do domu na kolację, i wobec tego mocno naciska pedał gazu, tak jak wtedy kiedy wyprowadza samochód z podjazdu, tylko że tym razem samochód skacze do przodu i przesadza wał przeciwpowodziowy, po czym ląduje w wodzie.

– Panno Ibby? – odezwała się zaniepokojona Doll – czy wszystko z panienką w porządku?

– Przepraszam – westchnęła Ibby. – Myślałam o Fannie tam... zupełnie samej... – urwała i opuściła głowę. Dlaczego mnie tam nie było? Dlaczego nie mogłam jej pomóc? – myślała.

– Nie wykluczam ataku serca – dodał po chwili pan Rainold. – Nie było śladów jakiejkolwiek walki z jej strony.

– A gdzie ona jest teraz? – zapytała niemal szeptem Ibby.

– Przygotowaniami do pogrzebu zajmuje się Zakład

Pogrzebowy Bultmana. Wygląda na to, że Fannie zbudowała na cmentarzu okazały grobowiec rodzinny.

– Tak, wiem wszystko na ten temat – odparła Ibby.

– Według jej życzenia ma być skromne nabożeństwo w kościele episkopalnym pod wezwaniem Świętej Trójcy, a potem pogrzeb na cmentarzu z udziałem tylko najbliższej rodziny.

Pan Rainold musiał zauważyć wyraz zaskoczenia na twarzy Ibby, bo ona nigdy nie słyszała, żeby Fannie przyznawała się do uczestnictwa w jakiejkolwiek wspólnocie religijnej.

– W ciągu lat Fannie wpłacała całkiem pokaźne sumy na rzecz tego kościoła – dodał.

Przez jakiś czas nikt się nie odzywał.

– Zdaje się, że najwcześniejszym terminem pogrzebu mógłby być czwartek. Jest to wielki szok dla nas wszystkich – kończył pan Rainold. – Wiesz, Ibby, że byłem wielkim admiratorem twojej babki. Uważałem ją za wspaniałą kobietę.

Kiedy nikt się nie odezwał, pan Rainold wziął teczkę i wstał.

Zaraz po jego wyjściu Ibby ukryła twarz w dłoniach i zaczęła szlochać.

Queenie podeszła do niej i objęła ją ramieniem.

– Wszystko będzie dobrze, panno Ibby.

Ibby wtuliła twarz w jej biust, a Queenie zaczęła ją kołysać jak małe dziecko. Słyszały, jak tuż obok pochlipuje Doll.

– Wiadomo było, że pani Fannie nie umrze we śnie – powiedziała po chwili.

Queenie spojrzała na córkę.

– Święte słowa. Taka śmierć to nie dla naszej Fannie.

Doll i Queenie zawsze wiedziały, jak rozśmieszyć Ibby, nawet w najcięższych chwilach.

• • •

Nazajutrz rano pan Rainold przyniósł Ibby jakieś papiery do podpisania.

– Zakład Pogrzebowy Bultmana zamieścił w gazecie nekrolog. Fannie sama go napisała już wiele lat temu. – Pan Rainold wręczył Ibby kopię nekrologu.

Był tak długi, że jego autorka musiała go pisać latami. Znalazły się tam rzeczy, o których Ibby nie wiedziała, jak na przykład to, że babka miała młodszą siostrę, która umarła w niemowlęctwie, kiedy Fannie była zaledwie trzylatką, i że bardzo tęskniła za ukochanym pieskiem Maksem, przybłędą, którego znalazła jako jedenastoletnia dziewczynka. Potem następowały akty dobroczynne – pięćdziesiąt różnych wpłat na cele charytatywne, jakich Fannie dokonała w życiu.

– Nie miałam o tym wszystkim pojęcia – powiedziała Ibby po chwili. – Babcia nigdy o tym nie mówiła.

Emile Rainold skinął głową.

– Była bardzo tajemniczą, ale bardzo szlachetną osobą.

– A skąd się wzięło to zdjęcie? – zapytała Ibby. – Nigdy go nie widziałam.

– Zamówiła je kilka lat temu u fotografa. Jest całkiem dobre, nie uważasz? Fannie była przystojną kobietą.

Weszła Queenie z kawą.

– Jest na nim napisane, że miała wtedy sześćdziesiąt lat. Czy ona to sama napisała? – zapytała Ibby, zerkając na pana Rainolda.

– Nie, zdjęcie zostało niepodpisane. O niektóre szczegóły sam musiałem zadbać. Na przykład Fannie nie miała metryki urodzenia; musiałem polegać na jej słowie.

– Ale to by się zgadzało – potwierdziła Queenie. – Na pewno liczyła sobie nie więcej jak osiemnaście lat, kiedy się tu wprowadzili z panem Norwoodem.

– Nabożeństwo jest zaplanowane na czwartek na dziesiątą trzydzieści – poinformował kobiety pan Rainold.

– To znaczy, że zostało mi tylko dwa dni na gotowanie. Jak panienka myśli, ile osób przyjdzie po pogrzebie? Ze dwieście?

– Dwieście? – Ibby osłupiała. – Myślałam, że Fannie planowała skromny pogrzeb.

– Skromny dla pani starszej to nie to samo co skromny dla mnie albo dla panienki – odparła Queenie.

– Myślę, że Queenie ma rację. Fannie znała bardzo wiele osób wywodzących się z najróżniejszych kręgów – dodał pan Rainold.

– Zabieram się do roboty – oświadczyła Queenie, ruszając do kuchni.

– Ibby – powiedział pan Rainold ściszonym głosem – zechcesz przejrzeć testament? Bo możemy z tym poczekać, jeśli wolisz.

Ibby nabrała tchu.

– Prędzej czy później i tak musimy to zrobić, więc zróbmy teraz.

– Szczerze mówiąc, sprawa nie jest szczególnie skomplikowana.

Kiedy pan Rainold odczytywał ostatnią wolę i testament Fannie, jego słowa unosiły się nad głową Ibby i tworzyły jedną wielką plątaninę. Dziewczyna poczuła się, jakby przejechał po niej buldożer, a potem jeszcze zawrócił, żeby sprawdzić, czy jest już jak placek. Nic do niej nie docierało.

– Testament jest bardzo prosty – ciągnął pan Rainold. – Zgodnie z wolą Fannie Queenie i Doll mają sobie wziąć z domu jakieś pamiątki, co tylko będą chciały.

Ibby bawiła się rąbkiem swojej koszuli.

– W porządku.

– Fannie opłaciła też do końca twoje studia na Uniwersytecie Tulane i studia Ptaszyny na Uniwersytecie Południowym – mówił pan Rainold. – Przynajmniej o to nie będziesz musiała się martwić. – Położył dokument na stole. – Poza domem, który zapisała tobie, niewiele posiadała. – Pan Rainold wskazał na różne przedmioty. – Teraz widzę, że miała kilka wartościowych rzeczy, jak na przykład te obrazy Drysdale'a* i cała ta ceramika Newcomb znajdująca się w serwantce, które mogłabyś sprzedać na aukcji. – Spojrzał na Ibby znad okularów. Na koncie bankowym jest około pięciu tysięcy dolarów, ale Fannie nigdy nie trzymała większych sum w banku.

– Po Wielkim Kryzysie nie ufała bankom, tyle wiem – dorzuciła Ibby.

Pan Rainold dotknął jej dłoni.

– To wszystko dzieje się tak szybko. Proponuję, żebyś sobie te sprawy przemyślała. Nie musisz podejmować żadnych decyzji w tej chwili. Chciałem po prostu, żebyś wiedziała, na czym stoisz.

Pan Rainold wstał i wyszedł.

Ibby jeszcze przez dłuższą chwilę po jego wyjściu siedziała przy stole. Wróciła myślami do tego, co powiedziała Fannie po śmierci Purnella. A mianowicie, że każdy powinien mieć przyzwoity pogrzeb, żeby wszyscy mogli się z nim pożegnać. Wiele się w życiu zastanawiała, gdzie ona sama zostanie pochowana. Wydawało się to w jakiś sposób dziwne, że nie będzie mogła przekonać się o tym osobiście.

Ibby słyszała, jak Queenie tłucze się w kuchni. Bez względu na to, co gotowała, Ibby poczuła się głodna.

– Niech panienka się nie martwi – próbowała pocieszyć ją Queenie w kuchni. – My się wszystkim zajmiemy. Robiłam to już tyle razy, że mogłabym urządzić pogrzeb przez sen.

---

* Sir George Russell Drysdale (1912–1981) – australijski malarz pejzażysta.

Ibby uśmiechnęła się na siłę.

– Dziękuję ci, Queenie. Nie wiem, co ja bym bez ciebie zrobiła.

– A teraz posłuchaj, dziecino, jak to wszystko będzie się działo. Kiedy wrócimy z pogrzebu, zastaniemy przed drzwiami wielką kolejkę ludzi czekających na poczęstunek. Spędzą tu całe popołudnie, a niektórzy nawet i wieczór, zanim się rozejdą do domów. I wszyscy będą ci mówili, jak to oni uwielbiali panią Fannie bez względu na to, czy tak było, czy nie. – Queenie zachichotała z cicha.

Jednak Ibby nie było do śmiechu.

– No, niech się panienka tak nie smuci, trzeba żyć dalej.

Ibby spojrzała na Queenie.

– Jakoś sobie tego w tej chwili nie wyobrażam.

– Wiem, że panienka jest smutna, ale pani Fannie nie byłaby z tego zadowolona. W sumie miała dobre życie i bardzo panienkę kochała. I to trzeba zachować w sercu. Pamiętać wszystko, co było dobre. Jak wtedy, kiedy drzewo wpadło przez okno i pani była uwięziona jak ten ptaszek w klatce. Pamięta panienka? Jak Fannie wtedy wyglądała?

Wreszcie na twarzy Ibby pojawił się uśmiech.

– O, to mi się podoba. – Queenie poklepała ją po plecach. – Teraz niech panienka posłucha: ja się zajmę gotowaniem, a Doll skleci panience jakąś ładną sukienkę na pogrzeb. Wrona będzie robił za barmana. I to wszystko. – Queenie potrząsnęła głową. – Oj, będzie nam pani starszej brakowało, będzie.

Ibby uśmiechnęła się po raz drugi. Queenie zawsze mówiła o Fannie „pani starsza", chociaż Fannie była od niej młodsza.

Do kuchni weszła Doll.

– Panno Ibby, pan Rainold powiedział, żebym wybrała garderobę pani Fannie na pogrzeb. Nie ma panienka nic przeciwko temu?

– Wybierz jakąś ładną sukienkę – odparła Ibby i w tej samej chwili rozległ się dzwonek u drzwi.

– Aha, i jeszcze jedno – dodała Queenie, kiedy Doll pospieszyła otworzyć. – Teraz to już dzwonek będzie dzwonił co kilka minut. Jak tylko ludzie się dowiedzą, że pani Fannie nie żyje, zaczną tu znosić jedzenie.

Wróciła Doll z torbą z szarego papieru.

– Pan Rainold przysłał szynkę glazurowaną miodem. I to niemałą, tak na oko.

Ibby wytarła łzę z policzka.

– Aha, póki pamiętam. Pan Rainold powiedział, że wolą Fannie było, żebyście sobie coś wzięły z domu na pamiątkę, więc bierzcie, co chcecie.

Queenie pokazała w stronę salonu.

– Pani Fannie była dla nas przez te wszystkie lata naprawdę dobra. I bardzo hojna. Ale jeśliby panience nie przeszkadzało, to wiem, że Wrona byłby szczęśliwy, gdyby mógł sobie wziąć ten duży telewizor.

– Jest wasz – odparła Ibby. – A ty, Doll, co byś chciała?

Doll zmarszczyła nos, jakby się nad czymś zastanawiała.

– Ja to bym najbardziej chciała to popiersie pani Fannie, które stoi w hallu na górze.

Queenie skrzywiła się, jakby to była największa niedorzeczność, jaką kiedykolwiek usłyszała.

– A po cóż ci takie brzydactwo? Przecież dlatego postawili je tam na górze, żeby nikt nie musiał na nie patrzeć.

– Nie umiem tego wytłumaczyć, mama, ale przez te wszystkie lata jakoś tak mi się na to zbierało. No, chyba że panna Ibby chce je mieć.

Ibby machnęła ręką.

– Ależ proszę bardzo, możesz sobie wziąć.

– A gdzie ty masz zamiar je postawić? W każdym razie nie w moim living roomie! – najeżyła się Queenie. – O nie, moja droga, tylko nie w moim domu.

– Już ty się nie bój, mama. Na pewno znajdę jakieś dobre miejsce – zapewniła matkę Doll.

– Tylko żebym nie musiała na nie patrzeć – powiedziała Queenie. – Nic więcej nie żądam. Na samą myśl o tym dostaję ataku serca.

• • •

We czwartek rano podjechała limuzyna, żeby je zabrać do kościoła na nabożeństwo. Kiedy dotarły tam, przed wejściem stała kolejka ludzi.

– Boże, spójrzcie na te tłumy – powiedziała Queenie, gdy limuzyna skręciła za róg. – Chyba całe miasto się tu pojawiło.

– Jak na skromny pogrzeb to tłumy – przyznała Doll.

Bocznymi drzwiami wprowadzono je do prywatnej kaplicy, gdzie miały czekać na rozpoczęcie się nabożeństwa.

– Popatrzcie. – Ibby wskazała napis nad drzwiami. – „Kaplica Frances Bell". Fannie ufundowała kaplicę. Ciekawe, dlaczego nigdy nikomu o tym nie powiedziała.

Była to śliczna mała kapliczka z witrażami w oknach i haftowanymi poduszkami w ławkach.

– Założę się, że jest więcej takich rzeczy, o których nigdy nikomu nie powiedziała – skomentowała Queenie. – Mogłaby dożyć setki, a my byśmy i tak niewiele o niej wiedzieli.

Dokładnie o dziesiątej trzydzieści przyszedł diakon. Wprowadził je do kościoła wypełnionego dźwiękami harfy i kazał usiąść w pierwszym rzędzie ławek. U stóp schodów wiodących do ołtarza na katafalku nakrytym kapą stała zamknięta trumna Fannie, udekorowana białymi liliami.

– Żałuję, że nie ma Puzona – wyszeptała Ibby. – Tylko tego mi brakuje. Fannie byłaby szczęśliwa, gdyby zagrał na jej pogrzebie.

– Wiem, dziecino. I on by tego bardzo chciał, ale nie było jak ściągnąć go na czas – odparła Queenie.

Kiedy pastor zbliżał się nawą z krzyżem uniesionym na drewnianym maszcie, znajdująca się na chórze solistka zaczęła śpiewać *Amazing Grace*, a gdy skończyła, duchowny stanął za pulpitem.

– Proszę wstać. – Kapłan uniósł ręce. – Zebraliśmy się tu, by uczcić śmierć wielkiej damy.

Reszta słów zlała się w świadomości Ibby w jedno, ale te pierwsze zapadły głęboko w jej pamięć.

„Zebraliśmy się tu, by uczcić śmierć wielkiej damy".

Po kazaniu pastor rzekł:

– Wnuczka Fannie, Ibby, poprosiła Saphronię Trout, żeby powiedziała kilka słów. Saphronia?

Queenie wydostała się z ławki i weszła po stopniach do pastora, który ustąpił jej miejsca za pulpitem.

– Witam wszystkich serdecznie. – Queenie stuknęła palcem w mikrofon, żeby się przekonać, czy na pewno jest włączony. – Panna Ibby poprosiła mnie, żebym powiedziała kilka słów o jej babce, ale nie wiem, czy te kilka słów wystarczy, żebym wyraziła wszystko, co bym chciała, o pani Fannie.

Ta uwaga wzbudziła śmiechy wśród zebranych w kościele wiernych.

– Bo pani Fannie nie da się porównać z żadną inną panią, z jaką się w życiu zetknęłam. Pracowałam u niej ponad czterdzieści lat, i to dlatego panna Ibby poprosiła mnie o te parę słów na jej temat. Znałam ją dłużej niż kogokolwiek z zebranych tutaj, no może z kilkoma wyjątkami. – Queenie skinęła głową w stronę Kennedy'ego i siostry Gertrude. – Myślę jednak, że wszyscy zgodzimy się co do tego, że Fannie przeżyła swoje życie tak, jak chciała. Nie dbała o to, co sobie ludzie o niej pomyślą. Bo nie potrzebowała. Była dobrym człowiekiem i każdy, kto się z nią zetknął – Queenie wskazała na obecnych – będzie zawsze o tym pamiętał. Dlatego się zebraliśmy tutaj, bo wszyscy w ten czy inny sposób się z nią spotkaliśmy.

Ibby płakała cicho.

Kiedy Queenie skończyła, wróciła na swoje miejsce koło niej i poklepała ją po kolanie. W odpowiedzi Ibby ścisnęła Queenie za rękę.

W pewnym momencie organista zaczął grać *Leć jak ptak* i jednocześnie wypuszczono z klatek setki białych gołębi i wywieziono z kościoła trumnę. Patrząc, jak gołębie krążą nad głowami wiernych, a potem śmigają przez otwarte drzwi świątyni na zewnątrz, Ibby pomyślała, że był to piękny gest.

– Człowiek wiedział, że ona musi zrobić coś szalonego – orzekła Queenie, kiedy wsiadały do limuzyny.

Po nabożeństwie wszyscy udali się na cmentarz, gdzie Fannie spoczęła we wspaniałym marmurowym grobowcu, który sama sobie wybudowała. Po tym, jak przebrzmiały ostatnie słowa, Queenie hojną ręką sypnęła do grobu proszku do pieczenia, żeby mieć pewność, że w dniu Sądu Ostatecznego Fannie na pewno wstanie z grobu.

Kiedy limuzyna zajechała przed dom, kolejka ludzi ciągnęła się aż do następnej przecznicy.

– O Boże, spójrzcie na te tłumy. – Queenie, wysiadając z samochodu, burczała na Wronę. – Pospiesz się, stary, popatrz, ile przed nami roboty.

Wkrótce dom wypełnił się monotonnym gwarem.

Ibby, nie będąc w nastroju do rozmów, wymknęła się do kuchni. Wkrótce pojawiła się tam Queenie z pustą tacą.

– A co też panienka tutaj robi? Osobista stypa? Niech no panienka wyjdzie do ludzi i ich powita. Oni tu przyszli z powodu pani Fannie – podkreśliła Queenie, napełniając następną tacę grzybami. – Słyszy mnie panienka? To nie chodzi o panienkę.

Queenie pociągnęła Ibby za ramię, żeby zmusić ją do wstania, a następnie wypchnęła dziewczynę do jadalni. Wokół stołu kręciło się mnóstwo osób, które co chwila sięgały do półmisków, jakby tygodniami nic nie jadły. Ibby usiłowała się między nimi przecisnąć, ale jakaś nieznana kobieta klepnęła ją po ramieniu i zaczęła coś do niej mówić z ustami pełnymi *boudin balls**.

– Tak mi przykro z powodu twojej babci, to była taka wspaniała pani.

– Dziękuję – odparła Ibby, wymijając nieznajomą.

Byli tam dosłownie wszyscy: pan Jeffreys, komendant Kennedy, wielebny Jeremiasz, siostra Gertrude, pan Henry i pan Pierce. Na specjalne zaproszenie Queenie przybyli sąsiedzi z Prytania Street ze swoimi pokojówkami. Pojawił się też burmistrz. A nawet Lucy, dama od kaczek, która jeździła na swoich rolkach; została jednak wysłana do ogródka, jako że Queenie nigdy by się nie zgodziła na obecność kaczek w domu.

Kiedy Ibby uznała, że porozmawiała już ze wszystkimi, przeprosiła gości i udała się na górę.

Okno ze szkła witrażowego wydawało się nagie bez popiersia Fannie, które się przed nim dotychczas pysznilo. Ibby podeszła do drzwi znajdujących się naprzeciwko schodów, tych, które były latami zamknięte. Kiedy spróbowała przekręcić gałkę, drzwi – o dziwo – ustąpiły. Oczom jej ukazał się pusty pokój z dużą brązową plamą na podłodze niedaleko okna. Postanowiła zostawić otwarte drzwi.

Następnie poszła do dawnego pokoju swojego ojca i też otworzyła drzwi. Potarła dłońmi ramiona. Od śmierci Grahama upłynęło już osiem lat – dla niej całe wieki.

---

* *Boudin balls* – kulki uformowane z masy, którą wypełnia się flak zwierzęcy przy produkcji kiełbasy.

Od tamtej pory tak wiele się zmieniło. Przez chwilę stała z ręką na gałce drzwi, po czym ruszyła do pokoju Balfoura. Kiedy spróbowała przekręcić gałkę, okazało się, że i ona nie była zablokowana. Pokój wyglądał tak, jakby od śmierci chłopca nic się w nim nie zmieniło. Na nocnym stoliku leżały zmięte opakowania od gumy do żucia, a na podłodze rzucone niedbale krótkie spodenki. Gdyby nie wisząca u sufitowego wentylatora pajęczyna, można by pomyśleć, że Balfour poszedł wziąć kąpiel. Ibby miała wrażenie, że pokój dalej na niego czeka; i tu zostawiła drzwi niezamknięte.

– Teraz już wszyscy jesteście wolni – powiedziała.

ROZDZIAŁ

40

Po wyjściu gości Queenie i Doll zajęły się sprzątaniem kuchni.

W pewnym momencie Queenie, która zmywała akurat naczynia, zwróciła się do córki:

– Chcę cię o coś zapytać, Doll. Czy Fannie, nim wyjechała tamtego dnia samochodem, czy ona coś ci powiedziała? Mam na myśli coś specjalnego?

– Powiedziała: uważam, że powinnaś otworzyć własną pracownię, szycie sukienek, ale ona nie pierwszy raz poruszała ze mną tę sprawę – odparła Doll, która wycierała umyte przez matkę naczynia. – A do ciebie coś mówiła?

– No, że czas, żebym przeszła na emeryturę. Na emeryturę, masz pojęcie?

– Lata lecą, mama. Masz prawie siedemdziesiątkę. A pracujesz od jedenastego roku życia.

– A co ma jedno z drugim wspólnego? Jak mogłam przejść na emeryturę, kiedy żyła pani Fannie? – Queenie oparła się o ladę kuchenną. – Myślisz, że ona naumyślnie wjechała w to jezioro?

Doll przestała wycierać naczynia i wbiła wzrok w podłogę.

– Wiesz o czymś, czego mi nie chcesz powiedzieć?

Doll skinęła głową.

– No to dawaj, wyrzuć to z siebie. – Queenie wytarła ręce w fartuch.

– Usiądź, mama.

– No, mów.

– Nie, mama, chodź tu i usiądź. Bo mi nie uwierzysz.

Queenie usiadła przy stole, a koło niej Doll.

– Oj, masz w oczach coś takiego… Coś ci Fannie powiedziała tamtego dnia?

Doll wyjęła z kieszeni perły Fannie i pokazała je na otwartej dłoni.

– Skąd masz te perły? Myślałam, że przepadły razem z Fannie w jeziorze.

– Nie, mama, ona mi je tamtego ranka podarowała.

– A dlaczego by to miała zrobić?

– Kiedy się ubierała, zawołała mnie do swojego pokoju i powiedziała, że chce ze mną porozmawiać.

• • •

Dzień zaczął się jak każdy inny. Fannie ubierała się w swoim pokoju, bo pan Henry miał wpaść po zakłady. Kiedy Doll przechodziła korytarzem, zawołała:

– To ty, Doll?

– Tak, pani Fannie.

– Zajrzyj tu do mnie na chwilę, jeśli łaska.

Doll zatrzymała się zdziwiona, że pani Fannie jest dla niej taka uprzejma. Zwykle wrzeszczała po prostu „Doll!" na cały głos, a ona musiała biec w te pędy. Wsadziła głowę w drzwi.

– Pani czegoś potrzebuje?

Fannie siedziała przed toaletką i patrzyła w lustro. Gestem przyzwała Doll do siebie.

– O co chodzi? – Doll zatrzymała się zaraz za drzwiami. Tego dnia nie była w nastroju do wysłuchiwania różnych głupot Fannie.

– Chcę po prostu z tobą porozmawiać.

– To proszę się pospieszyć, bo mam dziś huk roboty.

– Ale proszę cię, Doll, podejdź tu bliżej.

Doll zrobiła wielkie oczy. Pani Fannie jeszcze chyba nigdy nie powiedziała „proszę cię".

Teraz trzymała w ręku swoje perły.

– Mam pani pomóc założyć te perły? O to chodzi? – zapytała Doll.

– Wiesz na pewno, ile te perły dla mnie znaczą – powiedziała Fannie.

– Jak mam nie wiedzieć? Pan Norwood dał je pani w dniu ślubu i od tamtej pory nie było dnia, żeby ich pani nie nosiła.

Doll obawiała się, że Fannie zacznie długą opowieść o perłach – jak to je dostała od pana Norwooda – ale ona tylko siedziała i wpatrywała się w leżący na jej dłoni sznur pereł.

– Czy coś jest nie tak, pani Fannie? Pani myśli o panu Norwoodzie?

Fannie spojrzała na nią lodowatym wzrokiem. Tego dnia miała w oczach coś dziwnego.

– Nie, Doll, ja myślę o tobie – odparła.

– O mnie? A dlaczego miałaby pani myśleć o mnie?

– Uklęknij.

– Co? Dlaczego? – Doll pomyślała, że to bardzo dziwne życzenie, nawet jak na panią Fannie.

– Chcę z tobą porozmawiać w cztery oczy.

– To przecież może pani wstać – powiedziała Doll, padając na kolana.

– Wiem, jak zawsze podziwiałaś te perły – zaczęła Fannie.

– No, podziwiałam. I co z tego?

– Podaj mi rękę.

Dziś rano pani Fannie zachowuje się bardzo dziwnie – pomyślała Doll, wyciągając rękę.

Fannie położyła na niej perły.

– Chcę ci je dać.

– Co takiego? Nigdy! – Doll usiłowała oddać Fannie perły. – Przecież pani je tak kocha.

– Dlatego chcę, żeby należały do ciebie. – Fannie zamknęła palce Doll wokół pereł i położyła dłoń na jej dłoni. – Bo cię kocham.

– Pani Fannie, pani jest dziś bardzo sentymentalna – zauważyła Doll, usiłując odłożyć perły na toaletkę.

Fannie zaprotestowała ruchem ręki.

– Mówię poważnie, Doll. Myślałam o tym od dłuższego czasu. Chcę, żeby te perły były twoje.

– No więc dobrze. – Doll wsunęła je do kieszeni, przekonana, że prędzej czy później Fannie zmieni zdanie. – Będę te perły dla pani przechowywała i oddam je, kiedy pani zechce.

– Zgoda – odparła Fannie i zaczęła malować sobie usta. – Poza tym uważam, że powinnaś zacząć poważnie myśleć o otwarciu tego sklepu z sukienkami, o którym marzyłaś. Teraz jest na to tak samo dobra pora jak każda inna, nie sądzisz?

•••

Queenie potrząsnęła głową.

– Dlaczego nic nie mówiłaś?

– A co ci miałam mówić, mama? Gdybym ci powiedziała, tobyś pomyślała to samo co ja: że znów ją złapało, a jak odpuści, każe mi je oddać.

– Ale nigdy jej nie odpuściło – mruknęła pod nosem Queenie.

– Nigdy – potwierdziła Doll, patrząc na leżące na jej dłoni perły.

Queenie wstała i pocałowała ją w głowę.

– Cieszę się, że ci je dała. Zasłużyłaś na nie.

– Może i tak, mama, ale co sobie pomyśli panna Ibby? To jej pani Fannie powinna dać te perły.

– Powiemy jej we właściwym czasie. Ale nie dzisiaj. Zatrzymaj je, dopóki nie wymyślimy, jak jej o tym powiedzieć.

– A jakbym tak jej te perły dała i nic nie mówiła, że Fannie ofiarowała je mnie? – zapytała Doll.

– Nie, dziecino, pani Fannie życzyła sobie, żebyś to ty je miała. Panna Ibby to zrozumie.

– No, jeśli tak uważasz… – Doll z powrotem schowała perły do kieszeni.

– Jak przyjdzie czas, to jej powiemy. Muszę tylko wykombinować, kiedy najlepiej to zrobić – podsumowała Queenie.

ROZDZIAŁ 41

Nazajutrz rano z głębokiego snu wyrwał Ibby telefon.

– Mama chce, żeby panienka do nas przyszła – oznajmiła Doll – i przyniosła ze sobą jedną z lalek.

– Ale po co? – zdziwiła się Ibby.

– Tak po prostu, chce. Wszystko jedno którą.

– Dobrze, ale muszę po nią pojechać do domu Fannie. Lalki są w moim pokoju, tam, gdzie je zostawiłam, gdy się wyprowadzałam.

– Nie ma pośpiechu, panienka przyjedzie, jak będzie mogła – zakończyła Doll.

Kiedy Ibby podjeżdżała pod dom na Prytania Street, wiatrowskaz na dachu obracał się tak szybko, że koń robił wrażenie, jakby gonił własny ogon.

– Widzę, że i ty jesteś wolny – powiedziała do niego Ibby, wysiadając z samochodu.

Weszła frontowymi drzwiami i zatrzymała się w hallu. Poczuła się dziwnie – sama w całym domu i tylko odgłos poruszającego się miarowo wahadła wielkiego szafkowego zegara. Jadalnia, gdzie zwykle siadywała rano Fannie, ziała pustką, nie było nawet żadnego nakrycia. Ibby pochwyciła swoje odbicie w oprawnym w złotą ramę wiszącym nad kominkiem lustrze, tym samym, w którym zobaczyła siebie tamtego dnia, kiedy matka zostawiła ją u Fannie. Wtedy była małą przestraszoną dziewczynką, przekonaną o tym, że to koniec jej życia. Dziś patrzyła na nią z lustra dorosła kobieta, która wiedziała, że tamtego dnia jej życie się nie skończyło, tylko zaczęło.

Poszła na górę do swojego dawnego pokoju. Nie była w nim od dwóch lat, od chwili kiedy rozpoczęła studia i wyprowadziła się z Prytania Street. Adapter w dalszym ciągu stał na komodzie, a w nim tkwił album. W tym pokoju zawsze panował dziwny zapach – Doll nazywała go zapachem starego domu – który utrzymywał się mimo stosowania Pine-Sol i innych odświeżaczy do pomieszczeń.

Weszła do pokoju mieszczącego się w wieżyczce, gdzie na łóżku pod ścianą siedziały wszystkie lale i patrzyły na nią nieruchomymi oczami. Było ich siedem – po jednej na każde urodziny aż do chwili rozpoczęcia przez Ibby studiów. Nie miała pojęcia, o co chodziło Queenie z tą lalką. Może akurat tego ranka ogarnęła ją tęsknota za Fannie i potrzebowała jakiejś pamiątki.

•••

Kiedy zajechała pod dom Troutów, na werandzie czekała na nią Ptaszyna. Zaprosiła Ibby do środka z sennym półuśmiechem. Wrona popijał kawę przy niewielkim stole.

– Dzień dobry, panno Ibby – powitał ją znużonym głosem, wstając.

Ibby ruchem ręki dała mu znak, żeby usiadł.

– Jak się miewacie?

– Wszyscy wykończeni – odparł – ale w jednym kawałku. A to najważniejsze.

– Popatrz. – Ptaszyna wskazała przedmiot leżący koło dawnego telewizora Fannie, który stał teraz u Troutów pod przeciwległą ścianą. – Podoba ci się?

Ibby parsknęła śmiechem na widok popiersia Fannie ubranego w filcową fedorę i paciorki Mardi Gras.

W tym momencie pojawiła się Doll w spodniach i zielonym golfiku bez rękawów.

– Tylko nie mówcie mamie, ona nic nie zauważyła.

– Jak do tej pory, ale na pewno zauważy. – Ptaszyna zachichotała.

– Mama jest w swoim pokoju, musiała się położyć. Jeszcze po wczorajszym nie doszła do siebie.

– Ja mogę przyjść później – zaproponowała Ibby.

– Nie, nie, ona chce coś powiedzieć. – Doll skinęła na Ibby, żeby za nią szła. Kiedy znalazły się na miejscu, zajrzała przez uchylone drzwi. – Mama, jest panna Ibby.

Queenie przyzwała Ibby ręką.

– Chodź no tu bliżej, dziecino. Przepraszam, że nie wstaję.

W pokoju pachniało bzem i naftaliną. Queenie miała na sobie szlafrok, a jej siwe włosy zwisały bezładnie. Ibby delikatnie usiadła na brzegu łóżka, trzymając lalkę.

– Pamiętam, jak przyjechałaś do swojej babci – mała nieśmiała dziecina. Ostrzyżona na Kapitana Kangaroo, tak jak pani Fannie. Pamiętasz?

– Oczywiście, że pamiętam. Byłam przerażona – odparła Ibby. – Mama mi wmówiła, że Fannie jest czarownicą.

– Różne rzeczy o Fannie można mówić, ale nie to, że była czarownicą – sprostowała Queenie ze śmiechem i zaraz spoważniała. – A co się tyczy twojej mamy, dziecino, to wiem, że umarła kilka lat temu. Bardzo mi z tego powodu przykro.

– Doll ci powiedziała?

– Jasne, że Doll. Fannie też wiedziała. Pan Rainold ją powiadomił wkrótce po tym, jak ty się dowiedziałaś. Ale pani Fannie nigdy nie puściła pary, bo pamiętała, że zakazałaś Doll cokolwiek mówić. Może dlatego nigdy ci nie powiedziała.

– Nie powiedziała mi czego?

– Nie powiedziała ci o tych urodzinowych lalach, dziecino. Nigdy się nie zastanawiałaś, dlaczego dostajesz od niej te lale?

– No owszem, wydawało mi się to dosyć dziwne, ale jak lepiej poznałam Fannie, to już mi się takie nie wydawało.

– Ona chyba przestała ci dawać te lalki, kiedy skończyłaś osiemnaście lat. Nie stało się to bez powodu.

– Nie rozumiem – odparła Ibby.

– Pani Fannie dbała o to, żeby te lale siedziały w twoim pokoiku na poddaszu tak długo, dopóki nie przyjdzie właściwy czas. – Queenie potrząsnęła głową. – Fannie miała nadzieję, że po jej śmierci zamieszkasz na Prytania Street. – Na twarzy starej kobiety malował się ból.

Ibby położyła rękę na jej ramieniu.

– O co chodzi, Queenie? Boisz się, że jeśli nie wprowadzę się z powrotem do domu Fannie, to stracicie pracę?

Queenie zmarszczyła czoło.

– Och nie, panno Ibby, zupełnie nie o to mi chodzi. Mnie już w krzyżach boli. Ja już jestem stara. Czas mi przejść na emeryturę. Ja w tym domu przepracowałam blisko pięćdziesiąt lat.

– Boisz się o pieniądze po tym, jak przestaniesz pracować?

– A gdzie tam, dziecino. Tu nie chodzi o pieniądze. Już pani Fannie dobrze o nas zadbała. Zadbała też i o ciebie na swój sposób.

– „Na swój sposób", dobrze powiedziane.

Queenie potrząsnęła głową.

– Nie, dziecino, nie rozumiesz. Po śmierci twojego taty pani Fannie bała się, że twoja mama będzie chciała się tu wprowadzić i przejąć ten dom. Przysięgła, że nigdy do tego nie dopuści. Dlatego w dniu, kiedy się pojawiłaś, powzięła pewien plan, który miał przeszkodzić pani Vidrine w zagarnięciu twojej schedy. – Queenie otworzyła szufladę w nocnym stoliku i wyjęła nożyczki. – A teraz daj no mi tę lalę.

Podniosła lalce sukienkę, przebiła nożyczkami materiał i rozpruła jej brzuch.

Ibby oniemiała ze zdumienia.

– Co ty robisz?

– A jak myślisz, dokąd szły wszystkie pieniądze twojej babci? – Queenie wsadziła rękę do rozprutego brzucha lalki i zaczęła z niego wyciągać zwitki banknotów. – Wszystkie pieniądze, aż do twojej pełnoletności, ukrywała w tych lalkach. W ten sposób była spokojna, że nikt się nie dobierze do twojej gotówki.

Ibby opadła szczęka.

– Te lalki zawsze miały jakiś dziwny zapach, a to były pieniądze!

– Przez te wszystkie lata umierałyśmy ze strachu, że się zorientujesz, o co chodzi, ale kiedy w ogóle przestałaś się tymi lalkami interesować, odetchnęłyśmy z ulgą; nie musiałyśmy się już więcej tym martwić. A więc tak, jak ci mówiłam, dziecino, pani Fannie dobrze o ciebie zadbała.

– A kto wpadł na pomysł z tymi lalkami?

– Pani Fannie nigdy nie miała zaufania do banków. Sama o tym wiesz. Większość pieniędzy chowała w ścianach albo po szafach w pudełkach, albo w różnych innych miejscach, jakie jej tylko przyszły do głowy. Wiedziała, że Doll potrafi uszyć coś naprawdę ładnego, więc kazała jej szyć dla ciebie te lalki.

– Ile tam jest pieniędzy?

– Z tego, co sobie przypominam, w każdej lali musi być około stu tysięcy dolarów – odparła Queenie. – Nie licząc biżuterii i papierów wartościowych, które tam upchnęła. – Z rozprutego brzucha lalki wyjęła kopertę i wręczyła Ibby. – Pani Fannie zaczęła dość wcześnie inwestować w przemysł naftowy. Możesz mi wierzyć, dziecko, że te akcje Esso są warte fortunę.

– Chciałabym, żeby część tego trafiła do was. – Ibby przesunęła kupkę pieniędzy w stronę Queenie. – Tego wymaga sprawiedliwość.

Queenie odsunęła pieniądze.

– To jest dziedzictwo panienki, panno Ibby. Myśmy i tak mieli dobrze u pani Fannie. Kupiła nam ten dom. Dała Wronie samochód. Doll od lat marzyła o otwarciu własnego sklepu z sukniami i pani Fannie wybrała jej nawet lokal na St. Claude Avenue. Dała jej na to pieniądze już bardzo dawno temu, ale Doll jakoś do tej pory tego nie załatwiła. A Ptaszyna? Ptaszyna jest w college'u. Pierwsza osoba z rodziny Troutów, która będzie miała wyższe wykształcenie! Czy to jest do wyobrażenia? A Puzon? Puzon robi to, o czym zawsze marzył: jeździ po świecie i gra. Nie, panno Ibby, my tych pieniędzy nie potrzebujemy.

Ibby otarła łzę.

– Nie ma co płakać, panno Ibby. Jest jeszcze jedna sprawa. Pani Fannie kazała mi przysiąc, że póki ona żyje, nie powiem o niej panience. Ale teraz już pani starszej wśród nas nie ma – świeć, Panie, nad jej duszą – więc czas najwyższy, żeby panienka poznała prawdę. Pamięta panienka tamtą noc, kiedyśmy w dole pod dębem szukali kości?

– Oczywiście, że pamiętam. Opowiedziałaś mi historię Muddy'ego.

Queenie ścisnęła Ibby za rękę.

– Ale to nie był koniec tamtej historii, dziecino. Pamiętasz, jak ci mówiłam, że pani Fannie zamknęła się w pokoju po tym, jak pan Norwood wpadł do rzeki? Od tamtej pory codziennie do niej przychodziłam i rozmawiałyśmy przez drzwi pokoju, i zostawiałam jej posiłki. I codziennie znajdowałam pod drzwiami pustą tacę. Trwało to bardzo długo, dziecino. Miesiącami. Aż pewnego dnia usłyszałam krzyki. Sąsiedzi pewnie myśleli, że Fannie dostała jednego z tych swoich ataków, ale ja wiedziałam, że to musi być co innego.

•••

Kiedy Queenie otworzyła drzwi kuchenne, natychmiast poczuła metaliczny zapach krwi. Pobiegła do sypialni Fannie i zaczęła się do niej dobijać. A że nie było odpowiedzi, złapała za gałkę. Ku jej zdumieniu drzwi ustąpiły. Kiedy weszła do pokoju, zastała Fannie leżącą na łóżku. Ale nawet mimo naciągniętej kołdry widać było duży brzuch.

– O Boże, pani Fannie. Dlaczego pani nigdy nic nie mówi?

Kiedy Queenie zdarła z niej kołdrę, okazało się, że Fannie jest cała we krwi. Domyśliła się, że przyczyną tak wielkiego bólu był poród pośladkowy. Wiedziała, że musi coś z tym zrobić, i to bardzo szybko, bo inaczej nie uratuje ani dziecka, ani matki. Pobiegła więc do łazienki, złapała kilka ręczników i zmoczyła w ciepłej wodzie ściereczkę, którą następnie położyła Fannie na czole.

– Niech pani ją trzyma, to przyniesie ulgę.

Fannie złapała za ściereczkę i rzuciła ją na podłogę.

– Proszę mnie posłuchać, pani Fannie: zanim to dziecko przyjdzie na świat, muszę je obrócić. Czy pani to rozumie?

Queenie położyła rękę na brzuchu Fannie i starała się wyczuć główkę dziecka. Kiedy ją znalazła, zaczęła obracać płód, uciskając brzuch rodzącej z obu stron. Fannie znów wydała krzyk; pociła się przy tym obficie.

– Boże, daj mi trochę czasu – modliła się Queenie. – Daj mi chociaż trochę czasu.

Po upływie jakichś dwudziestu minut poczuła, że dziecko się obróciło. Wytarła Fannie czoło, przemawiając do niej bardzo łagodnie.

– A teraz, kiedy powiem, musi pani mocno przeć. To dziecko musi się wydostać na zewnątrz. W porządku, teraz. Przeć.

Twarz Fannie wykrzywiła się w najgorszym grymasie, jaki Queenie kiedykolwiek widziała.

– O tak, dobrze. Jeszcze raz, tak jak teraz, i zaraz będzie dziecko. Tak, z całej siły.

Tym razem Fannie się zaparła i dziecko wysunęło się i wydało krzyk.

– Jest, jest, pani Fannie. Jaka śliczna dziewczyneczka. Najpiękniejsze maleństwo, jakie widziałam w życiu.

Fannie opadła na poduszki.

Queenie pobiegła do łazienki, a następnie umyła noworodka, zawinęła w ręcznik i położyła sobie na kolanach. Nigdy w życiu nie widziała dziecka o takich oczach: jedno piwne, a drugie szarobłękitne.

– Pokaż mi ją! – zawołała Fannie.

Queenie wpadła w panikę. Jak ja jej to powiem? Co robić? – zastanawiała się.

– Queenie, czy z dzieckiem jest coś nie w porządku?

– Nie, tylko muszę małą troszkę umyć. – Queenie grała na zwłokę, gorączkowo myśląc, co powiedzieć Fannie.

Kiedy jednak spojrzała w oczka małej, wiedziała, co robić. Otuliła dziewczynkę porządnie i podała Fannie, a ona wzięła ją na ręce.

– Pani Fannie, to jest mała ślicznotka. Wygląda jak wyjęta z ciasta świątecznego laleczka, rączki i nóżki jak utoczone, no po prostu figurynka z porcelany. – Queenie pogładziła buzię maleństwa wierzchem palca. Bała się, co zrobi Fannie teraz, kiedy już zobaczyła dziecko.

A Fannie zamknęła oczy.

– Wiem, co pani teraz myśli. Pani myśli, że nie zatrzyma czarnego dziecka. Ale mam pomysł. Niech pani mnie tylko posłucha. Niech mnie pani posłucha.

Fannie zasłoniła twarz ramieniem. Queenie nie miała pojęcia, co sobie w tej chwili myśli. Wiedziała tylko jedno: że musi ratować maleństwo.

Zaczęła mówić, chociaż nie wiedziała, czy Fannie jej słucha.

– Powiem pani, co zrobię. Wezmę tę kruszynę i wychowam jak swoją. Zabiorę ją do domu i powiem, że jest moja. Ludzie się nie poznają. Jestem taka gruba, że kiedy byłam w ciąży i tak nikt o tym nie wiedział, dopóki nie urodziłam. Tak samo będzie i tym razem. Pani mnie posłucha: zawsze chciałam mieć dziewczynkę. No i mam. Będę ją codziennie przynosiła, a pani będzie widziała, jak mała rośnie. Co pani na to, pani Fannie?

Fannie leżała nieruchomo, patrząc w sufit. Była tak bardzo nieruchoma, że Queenie zaczęła się martwić, czy przypadkiem ten szok jej nie zabił.

W końcu Fannie spojrzała na Queenie.

– Zrobisz to? – niemal wyszeptała.

– Chyba, że zrobię. Tak będzie najlepiej dla nas obu.

– A co na to Wrona?

– Pani się nie martwi o Wronę. Będzie cały szczęśliwy, że ma taką malutką dziewczynkę. Sama pani zobaczy.

Fannie wpatrywała się w Queenie przez dobre pięć minut.

– A jak jej dasz na imię?

Queenie odczuła niewyobrażalną ulgę. Wzięła małą i zaczęła ją kołysać w ramionach.

– Dam jej chyba na imię Viola, po mojej mamie.

– Viola – powtórzyła Fannie, z trudem przywołując uśmiech na twarz. – To ładne imię.

– Ale pani popatrzy na tę małą pucołowatą twarzyczkę. Jak u laleczki. Chyba będę na nią mówiła Dollbaby. Co pani na to?

ROZDZIAŁ

42

Doll słuchała przy drzwiach. Oto tajemnica jej życia ujrzała światło dzienne. Nigdy nie słyszała, żeby matka w taki sposób opowiadała tę historię. Niewykluczone, że została ona opowiedziana po raz pierwszy. Uśmiechnęła się do siebie. Mama nigdy mi nie powiedziała, że mam pucołowatą twarz – pomyślała.

Poczuła się tak, jakby ten nóż, który kiedyś wbito jej w plecy i który nosiła w sobie przez lata, nagle wyciągnięto i wyrzucono.

Nie było wyrzutów sumienia. Ani lęku. Tylko ulga.

Wymacała w kieszeni list, który wręczył jej pan Rainold po pogrzebie. Wyciągnęła go i przyjrzała się pełnemu zawijasów pismu na kopercie zaadresowanej wiecznym piórem do Violi Trout. Z jednej strony, tam gdzie Fannie przejechała palcem po mokrym atramencie, litery były zamazane. Nie ulegało wątpliwości, że Doll miała przed sobą pismo Fannie. Przesunęła palcem po literach, próbowała sobie wyobrazić, jak Fannie pisała jej imię. Nie miała odwagi otworzyć listu. Nie była pewna, czy chce poznać jego treść.

Podważyła palcem klapkę koperty i wyjęła list. Kiedy czytała, drżały jej ręce.

Moja kochana córeczko!

Piszę to, czego niestety nie miałam odwagi już dawno wyznać ci sama. Moje słowa nie wynagrodzą tamtych straconych lat ani chwil, kiedy cię nie tuliłam w ramionach, mówiąc, jak bardzo cię kocham. To nie ma zresztą znaczenia. I tak byś mi na to nie pozwoliła. Bo niby dlaczego miałabyś pozwolić? Queenie przecież tak bardzo cię kochała. To chyba najlepsza matka, jaką może sobie wymarzyć dziecko. Ale i ja cię kochałam. Mam nadzieję, że zachowałaś dla mnie w sercu ciepłe miejsce.

Chcę, żebyś wiedziała, że jestem z ciebie dumna, dumna tak, jak byłaby każda matka na moim miejscu. Wiem, że szycie tych pięknych lalek dla mojej wnuczki Ibby musiało być dla ciebie bolesne. Myślałaś pewnie, że jedna z nich powinna przypaść Ptaszynie. Przecież i ona jest moją wnuczką. Nie byłam taka prymitywna, żeby nie zdawać sobie z tego sprawy. Dlatego w 1964 roku, w roku, w którym uszyłaś pierwszą lalkę, założyłam w banku na twoje nazwisko skrytkę depozytową. Znajdziesz w niej przypadający ci spadek. Możesz z nim zrobić, co tylko chcesz. Otwórz sobie sklep z sukniami, o którym zawsze mówiłaś. I wspomnij mnie od czasu do czasu.

Z wyrazami miłości
Fannie

Doll odwróciła kopertę do góry nogami i na rękę wypadł jej mały kluczyk.

Po raz pierwszy pomyślała, że jednak Queenie miała rację. Przez lata żyły w świecie złudzeń. Nikt przecież nie trzymał jej w tym domu wbrew woli.

– Oczywiście, że cię kochałam, Fannie – wyszeptała. – Inaczej dlaczego bym została?

Schowała list do kieszeni, jeszcze raz otarła oczy i oparła się o futrynę drzwi. Chciała usłyszeć, jaka będzie reakcja panny Ibby na opowieść jej matki.

•••

– Dlaczego to zrobiłaś? – zapytała Ibby.

Queenie potrząsnęła głową.

– W tamtej sytuacji nie widziałam innego wyjścia. Poza tym trafiła mi się córka, o której zawsze marzyłam. No a pani Fannie mogła patrzeć, jak Doll dorasta. Zrobiłam to dla nas wszystkich.

– Szkoda, że Fannie mi o tym nie powiedziała.

– Wiem, że chciała, dziecino. Widziałam to w jej oczach. Uważała, że jak się o tym dowiesz, to się od niej odwrócisz. Bała się, że nie zrozumiesz.

– A czy mój ojciec o tym wiedział?

– Nie. Nikt nie wiedział, poza panią Fannie i… Wroną.

– A Doll?

Doll wstrzymała oddech w oczekiwaniu na odpowiedź matki.

Twarz Queenie stężała.

– Jasne, że wie, ale żałuję, że to usłyszała. Fannie i ja posadziłyśmy ją – miała wtedy ze dwanaście lat – i jej powiedziałyśmy, ale widziałam, jakie to było dla niej bolesne. Powinnyśmy były z panią Fannie zachować tę tajemnicę dla siebie. Bóg mi świadkiem, nigdy nie przypuszczałam, że ta prawda zwali się takim ciężarem na barki Doll. Przykro mi było na to patrzeć, wiedząc, że sama się do tego przyczyniłam. Wtedy uważałam, że to dla niej szczęście mieć dwie kochające mamy. Dziś rozumiem, że tamta moja decyzja o wzięciu Doll mogła być okrutna. Mam nadzieję, że mnie za to nie znienawidziła. – Queenie wymierzyła palec w Ibby. – W głębi serca wiem, że i Doll musiała kochać Fannie, bo inaczej czy by wzięła to popiersie? Kto by chciał takie brzydactwo? Nie mam racji, Doll?

Doll wstała i zawstydzona otworzyła drzwi.

– Jak długo tam byłaś? – zapytała Queenie.

– Wystarczająco długo – odparła Doll.

– Chodź no tutaj. – Queenie wyciągnęła ramiona.

Doll uścisnęła matkę i usiadła na łóżku.

– Ile z tego usłyszałaś? – próbowała ustalić Queenie.

– Wszystko – przyznała Doll ściszonym głosem.

– No i co, w porządku?

– Dlaczego nigdy mi nie opowiedziałaś tej historii tak, jak ją teraz przekazałaś pannie Ibby? – zapytała Doll. – Może łatwiej byłoby mi to wszystko zrozumieć.

– Bo myślałam, dziecino, że nie chcesz o tym mówić, że mnie nienawidzisz za to, co zrobiłam.

– Nie, mama, ja cię za to kocham. To był z twojej strony dowód wielkiej odwagi. – Doll ujęła rękę matki. – Pamiętasz dzień, kiedy pojawiła się w tym domu panna Ibby i nazwałaś mnie poszukiwaczką? Kimś, kto szuka czegoś, czego nigdy nie znajdzie? Myliłaś się, mama, bo ja to znalazłam. – Doll ścisnęła matkę za rękę. – To, czego szukałam, było tu przez cały czas. Kocham cię, mama.

– I ja cię kocham, dziecino – odparła Queenie.

– Ale, panno Ibby, żebym nie zapomniała, mam coś dla panienki. – Doll wyjęła z kieszeni perły Fannie.

– Pani Fannie dała mi je tego ranka, kiedy odeszła.

Ibby wzięła perły od Doll.

– Myślałam, że one zginęły.

– Doszłam do wniosku, że one się należą panience – powiedziała Doll.

Ibby zwróciła jej perły.

– Nie, Doll. Ona je dała tobie. Chciała, żeby je miała jej córka.

– Panna Ibby ma rację. Załóż te perły, Doll – poleciła Queenie.

Ibby pomogła Doll zapiąć naszyjnik.

– Jak w nich wyglądam? – zainteresowała się Doll.

– Wyglądasz wspaniale – zapewniła ją Ibby.

– Widzi panienka, zawsze byłyśmy rodziną. I zawsze będziemy, czy panienka tego chce, czy nie. – Queenie kuksnęła Doll. – To jak panna Ibby ma teraz do ciebie mówić? Ciociu? Tente? Viola? Mamcia?

Doll machnęła ręką w powietrzu zupełnie tak, jak robiła to Fannie.

– Nie, mama, najlepiej będzie Dollbaby.

ROZDZIAŁ 43

Po wyjściu od Queenie Ibby pojechała nad jezioro Pontchartrain. Zaparkowała w pobliżu miejsca, w którym kilka dni wcześniej samochód Fannie przeleciał przez wał nadbrzeżny i wpadł do wody. Opuściła dach volkswagena garbusa, po czym położyła głowę na oparciu fotela. Cieszyła się pogodnym dniem i obserwowała pelikany nurkujące w poszukiwaniu roztrzepotanych ryb, które całymi ławicami podpływały pod powierzchnię ciemnej lśniącej wody. Niewielki samolot przekreślił niebo cienką smugą spalin. Trudno uwierzyć, że zaledwie kilka dni temu Fannie była w tym samym miejscu.

Ibby wyjęła z kieszeni jej zdjęcie zrobione w dniu, kiedy drzewo wybiło szybę i przygwoździło ją do kanapy, przez co została zamknięta jak zwierzę w klatce. Na fotografii widać było Queenie, która stała w tle z założonymi rękami i głupią miną. Ibby śmiała się za każdym razem, kiedy to zdjęcie oglądała.

Uniosła fotografię, jakby w ten sposób oddawała Fannie cześć, i wróciła myślą do dnia, w którym poznała swoją babkę. Początkowo nie bardzo wiedziała, co o niej myśleć, ale na końcu Fannie okazała się czymś w rodzaju majestatycznego okrętu zacumowanego na zawsze w tym samym miejscu – niezatapialnego, nieruchomego i całkowicie niezrozumianego. Ibby musiała się zmierzyć z kobietą, która była jej babką, i z dwiema innymi kobietami z domu na Prytania Street, które bez wątpienia pomogły Fannie przejść drogę pełną duchów, które za sobą zostawiała. Gdyby Ibby wiedziała wtedy to, co wiedziała teraz, może sprawy wyglądałyby inaczej, ale jak to miała jej powiedzieć Queenie, tak było i tak być powinno.

A Doll z kolei powiedziała jej, że nie wybiera się dnia, w którym człowiek osiąga swój rozkwit. To się dzieje we właściwym czasie, kiedy się najmniej tego spodziewamy. Jak choćby dziś, kiedy Ibby myślała, że jest na świecie sama jak palec. A wtedy Queenie opowiedziała jej historię Dollbaby.

Podmuch wiatru wytrącił Ibby z ręki fotografię. Jeden z pelikanów dał nurka i złapał ją w powietrzu. Obejrzał się tylko na moment za siebie i pofrunął nad jezioro. Fannie powiedziała kiedyś, że Norwood poleciał z pelikanami. Dobrze się złożyło, że ona zrobiła to samo i że teraz już na zawsze będą razem.

Ibby spojrzała na jezioro i przypomniało jej się jeszcze coś, co mówiła Fannie.

A szło to mniej więcej tak:

Ilekroć jest jakaś strata, to zawsze gdzieś indziej jest zysk. Musisz tylko wiedzieć, gdzie go szukać.

Ibby wiedziała, że przynajmniej tym razem Fannie miała rację.

PODZIĘKOWANIA

Specjalne podziękowania należą się agentom literackim Marly Rusoff i Michaelowi Radulescu za to, że dostrzegli w moim pisaniu potencjał, że wzięli mnie pod swoje skrzydła i przez cały czas byli moimi orędownikami. Za wasze nieustające wsparcie i poświęcenie dziękuję wam z całego serca. Dziękuję też Clare Ferraro i Kathryn Court, gdyż dzięki nim mogłam zostać członkiem grupy Viking/Penguin – jest to dla mnie zaszczyt, który zawsze będę sobie ceniła. Dziękuję mojemu wspaniałemu wydawcy Pameli Dorman, której przenikliwości i mądrości moja książka zawdzięcza swój obecny kształt; to, że wyszła ona w wydawnictwie Pamela Dorman Books, traktuję jako wielki zaszczyt. Dzięki ci, Kiki Koroshetz, za twoje bezwarunkowe oddanie temu projektowi i za odpowiedzi na wszystkie moje nawet najdrobniejsze pytania. Wyrazy wdzięczności dla Beeny Kamlani, której spokój, uroczy głos i cicha wytrwałość pomogły w nadaniu książce ostatecznego szlifu. Serdeczne dzięki należą się także Carolyn Coleburn, Maureen Donnelly, Kristen Matzen, Patrickowi Nolanowi, a także niezwykle dynamicznemu działowi marketingu i sprzedaży grupy Viking/Penguin, łącznie z Nancy Sheppard, Johnem Faganem, Dickiem Heffernanem i Normanem Lidofskym za ich ciepły stosunek do *Dollbaby* i do mnie. Dziękuję też Roseanne Serra i Nancy Resnick za piękną okładkę i opracowanie graficzne książki i za wszystkich wspaniałych ludzi, którzy mnie wzięli pod opiekę w SIBA – Diane Van Vleck, Dave'a Kliegmana, Kaseya Pfaffa, Mike'a McGrodera, Diane Kierpę i Michelle Malonzo.

Chciałabym też podziękować Jamesowi Nolanowi i członkom jego warsztatów pisarskich, którzy nauczyli mnie nie tylko pisać powieści, ale także śmiać się z siebie samej – w szczególności Aneeli Shui, której przyjaźń pozwoliła mi uwierzyć w siebie. Na koniec dzięki dla całej mojej rodziny – Roba, Beattie, Willa, Lou, Charliego i Carol, którzy nie tylko ze mną wytrzymali, ale także wspierali mnie od samego początku; kocham was wszystkich.

No i oczywiście dla mieszkańców Nowego Orleanu, bez których nie byłoby tej historii.